浴火

YUHUO

卢汉文 著

中国出版集团

现代出版社

图书在版编目（CIP）数据

浴火 / 卢汉文著. -- 北京：现代出版社，2016.5

ISBN 978-7-5143-4853-8

Ⅰ．①浴… Ⅱ．①卢… Ⅲ．①长篇小说－中国－当代
Ⅳ．①I247.5

中国版本图书馆CIP数据核字（2016）第081221号

浴　火

作　　者	卢汉文	
责任编辑	李　鹏　陈世忠	
出版发行	现代出版社	
地　　址	北京市安定门外安华里504号	
邮政编码	100011	
电　　话	010-64267325　010-64245264（兼传真）	
网　　址	www.1980xd.com	
电子邮箱	xiandai@vip.sina.com	
印　　刷	北京一鑫印务有限责任公司	
开　　本	787×1092　1/16	
印　　张	17	
版　　次	2016年5月第1版　2022年7月第2次印刷	
书　　号	ISBN 978-7-5143-4853-8	
定　　价	49.80元	

目录

CONTENTS
浴火·YUHUO

浴火·YUHUO

浴火

YUHUO

一　新局面

新学期开始，秀丽县璧江中学橙色调为主的高中部四层教学大楼——鸿志楼启用了。

新大楼每层楼为一个高中年级，教师办公室是由教室改装添设必要配置而成的。奇怪的是，全校只有鸿志楼最底层的高一年级办公室配置了整齐的新办公桌。旧办公桌和宽敞亮洁、式样时尚、还配着超纤皮椅的新办公桌相比，寒碜气暴露无遗。

旧办公桌也变样了，加涂了一层橘红色油漆，但和新办公桌相比，依旧一副土气样。因此别处办公的教师不断赶到高一年级办公室看稀奇。

老师们毫无顾忌叽叽喳喳的议论，自然传进了同在底楼的行政办公室。

副校长朱兴顺正在行政办公室和办公室主任叶永宁说着话。朱兴顺分管教务，还兼任着高三·一班暨理科重点班的数学。说来也怪，朱兴顺是中学地理高级教师，却担任着高三宏志理科班的数学。他精瘦的脸，精瘦的身子，在工作中总是一脸严肃。听见对面吵吵嚷嚷，朱兴顺交代完工作，便来到高一办公室。

看见副校长到来，议论声小了一点。朱兴顺站在门口，故作严肃说："学校资金非常紧张。这些新办公桌，还是县教育局为庆贺学校大楼启用，赶人情送了两万元礼，添置的。其他办公室，以后慢慢增添。"

屋内的人你看看我，我看看你，没有人回答朱兴顺，朱兴顺自觉无趣，正尴尬着，角落里一个老师说："县政府不是也资助了四万吗？"

"哼，用作新会议室的配置都还不够呢。"朱兴顺听到有人接话，立即回答，并且依然保持着严肃的表情和领导的威严。

"大家真得体谅学校难处，几次验收检查，四万块连接待费都还贴补不上。"

声音依然是从角落里发出的，那里有三位教师，原本正在一起聊得起劲，朱兴顺进来后打断了他们。说这话的是楚钰老师。

楚钰是初中部教师，朱兴顺没想到他会在这里。楚钰是令朱兴顺最发怵的人。你永远猜不到楚钰那没遮拦的嘴会蹦出什么话来，而且那些话偏偏深含机趣，鞭辟入里，很多人爱听。

"大家这样理解就对了。"说完，朱兴顺赶紧转身走了，他听到背后好像有议论自己的声音。

"老大今年进局里，升副局有望，不知这位扶得正不？"

"他呀，在老婆面前那个弱势，恐怕是扶不起的阿斗哦。"

议论声很小，朱兴顺听不清楚，只是敏感地觉得是一些关于自己不好听的话，他如鲠在喉，却又吐不出来。他忿恼着，迈开步子，差点撞上侧面过来的徐凌。

徐凌大跨一步让开，朱兴顺不得不招呼道："今天有兴致到高中部来啊。"

徐凌是初三·九班和初三·三班的数学老师。初三有个九班级，九班是小尖班，七、八班是重点班，其余为普通班。徐凌昨天拿到课表，发现自己的初三·三班的课没啦，改到了初二·三班。在昨天下午教职工大会上，朱兴顺也提到了工作安排上的一些变化，初三·三班撤掉了。徐凌今天过来，便是想向校长陈天南问个究竟，学校减少了一个班，如果搭顺道车能够少上一个班课的话，他十分乐意。

徐凌自觉和朱兴顺算是面和心不合的，不想和朱兴顺多说话。在朱兴顺看来，徐凌自恃有钱，平时对领导缺少毕恭毕敬的态度，也常常让朱兴顺心里不爽，有时难免在言语上流露出来。总的说来，徐凌和楚钰，是他最看不惯的教员。

因此，徐凌嗯了一声，顺口说道："陈校在上面吧？"

"可能吧。"朱兴顺敷衍一句，埋着头便往过道尽头走。

徐凌也正要继续上楼，忽然回转身子问道："贵少爷今年考上了大学，怎么不请大家吃状元酒啊？"

真是哪壶不开提哪壶，朱兴顺的儿子平时考试成绩一向还不错，唯独高考比较差，勉强走了一个不如意的二本。喜滋滋等着收获同行的羡慕夸奖时，兜头一盆冷水，朱兴顺感觉太丢面子了。筹划好了去补习，哪知儿子抵死不干，说都要崩溃了再不敢又读高四。朱兴顺为此没少和老婆龚自容斗嘴，自个儿挨的骂不少，憋着的气挺多。他不想回答，却躲避不开，嘟囔着："说啥呢。考得很差，很差，不办也罢。"

话很陡，徐凌几乎下不来台，他自我解嘲地一笑，转身上楼。

要不是在门厅里遇见张思琴，徐凌是不会和朱兴顺相遇，讨这场没趣的。

张思琴现在读高三·二班，文科宏志班。以前，张思琴在本校读初中时，是徐凌的数学科代表。

这两个宏志班，可不是那种在政府的支持下，专门为品学兼优而家庭经济困难的学生，进行免收学费、书费甚至还补助生活费的一种特殊教育形式的班级，不少学校也为自家普通班起了这么一个好听的名字。璧江中学高中部每个年级都是六个班的规模，因为优生源十分有限，每个年级各有文、理一个宏志班，算作重点班，其余都是普通班。宏志班在璧江中学，是对重点班的称呼。

张思琴在徐凌眼中可不是一个普通的学生。初一半期过后，徐凌选定了自己的数学科代表，张思琴和柳芳芸。那些年，这两个女生是数学上最勤奋的学生，成绩也居上游。刚刚当选时，每逢上课，柳芳芸总是率先跑到办公室，接老师上课，同时带走教科书备课纸等，如果还有其他教具练习册之类的话，柳芳芸会叫上一个人帮忙，但绝不会是张思琴。几次没抢上，张思琴以后便不做了，让柳芳芸一个人去献殷勤，但是免不了在某个场合，比如单独面对徐凌的时候，会半怨半妒挤出一句"老师喜欢漂亮女生"的话来。徐凌受到刺激，仔细想想，果然觉得柳芳芸除了个子稍矮之外，真的是一个漂亮女生，柔美的双唇，水灵灵的大眼睛仿佛会说话。有一次，徐凌和该班班主任并排走路时，这个包不住话的女老师，先夸赞几句徐老师慷慨大方肯帮助人，最后大大咧咧蹦出一句"我们班上至少有四个女生暗恋你"，也不顾忌旁边还有一个女教师同行。徐凌搪塞了句"哪有那么夸张"后，赶紧加快步伐走掉。

第二天，徐凌找柳芳芸谈了话，隐晦地提醒她不必那么辛苦，她应该把精力都放在自己的学习上。柳芳芸自然是每话必听，再也不去接徐凌上课了。

崇拜是最好的动力。但徐凌不知道到了初二后，数学难关会一个接一个，这些学生还有没有忍耐劲。初二上期一过，柳芳芸在深圳做工的父母带她去了深圳，听说是在那边读书了。过了一学期后，初二下期刚一开学，柳芳芸回来了，徐凌才知道，柳芳芸去深圳后就辍学了，深圳的选校费实在太高。柳芳芸想回到原来的班级读书，谁知父母坚决不同意，认为休了一期，无论如何都赶不上了，应该降一个年级。柳芳芸赌气之下，干脆弃学跑到浙江打工去了。事情过了一个多月徐凌才从学生嘴里听到。如果早知道的话，徐凌认为自己能够说服柳芳芸降级就读的，她肯定会听自己的话。哎，毕竟还是一个害羞的女孩啊，半年不见，就生疏了，不敢主动找到自己说说心里话。

当时，徐凌在惋惜之余，让全体学生选出一个他们心目中的科代表，代替柳芳芸。徐凌喜欢用两个科代表，这种做法已经有了五六个年头。

晚自习的时候，徐凌组织了选举，他列举出三个人，又让学生推荐两位，总计五人名字写在黑板上。收票时有点吵闹杂乱，随后唱票、监票、书写统计，学生代表们很认真地做着。渐渐地，徐凌发现不对劲了，一个数学成绩中等，一直默默无闻叫王春生的男生，伴随着学生们整齐的叫喊声，得票猛

浴火·YUHUO

涨，远远把其他四位学生甩在后面。最后结果是：六十二名学生的班级，王春生居然获得了七十九票。徐凌一数选票纸，一百多张。

"你们是不是想证明中国人的素质不适合民主选举。"徐凌沉着脸问。

学生们噤声，窃笑，慢慢地忍不住，爆发出笑声狂潮。徐凌忽然猜想到了什么，宣布选举作废，他另行指定科代表。布置了几道作业题后，趁学生做题的间隙，徐凌叫出了张思琴。

只简单问了几句，张思琴老实交代了和王春生谈朋友的事，但不是真的，是同学们的谣传。

原来同班的小子们都热心想做红娘。徐凌问："为什么这样做？"

张思琴脸涨红了，忽然掉转头朝向大楼外，对着黑幽幽的夜空，小声地说："我知道和老师是不可能的。"

徐凌一下子愣住了，不知道咋样回答。过了一会儿，他坚定而不容置疑地说："记住，你不是为我学习，也不为任何人学习。你只为你自己学习。"

张思琴嗫嚅着，答应徐凌，从此静下心来学习，再也不胡思乱想。

过了一个多月，张思琴在办公室请教一道数学题的时候，听着听着走神了，眼泪汪汪，落下来了。

在徐凌不断的催问下，张思琴说，她的爸爸妈妈要离婚了，爸爸也不要她了。他们一直在吵，都一年多了。

徐凌不知道如何劝慰张思琴，他想，或许，她一直想要一个感情的依靠，可能是想要逃避现实，王春生的故事如果这样解释，也行得通。他丢下了几句干瘪的话，同样也是不容置疑的，张思琴似乎从不质疑徐凌什么，只要是他说的，她就听。徐凌说：

"还是那句话，你只为你自己学习，为你的兴趣，或者未来。孩子管不了大人的事，也就不要去管。你想得太多了，你父亲不会不要你的，父母永远不会离弃子女。"

后来，徐凌多方打听，才知道张思琴的父母一直在外打工，父亲好像还是个包工头，也挣了一些钱，比较富裕。张思琴在家，带着一个妹妹和一个弟弟读书、生活，最小的弟弟才读小四。张思琴在学校时，弟弟和妹妹就在婶娘家里寄饭。

自那以后，张思琴似乎真的坚强和开朗起来，虽然成绩不是十分突出，也还过得去。初中毕业后，张思琴考上了县城的省重点中学，但是在教导处和班主任努力动员下，张思琴回来了，继续在璧江中学就读，享受了全免学费的待遇，现在已经是高三了。按照她自己的说法，目前上二本都还要努力，但是考一个艺体本科没问题。张思琴选修了体育。

在门厅里和张思琴简短的交谈，徐凌知道了这些情况，他感到欣慰，然而，一分钟过后，好心情就被朱兴顺撞没了。

徐凌也弄不清楚自己到底和朱副校长有什么隔阂，仔细分析起来，又似乎没有什么隔阂，只是一种臆想而已。比较而言，与其说是对朱兴顺有啥看法，还不如说是对朱兴顺的夫人，龚自容有啥看法。

但是，徐凌不是一个容易轻易表达自己看法的人，这一点上，和心直口快存不住话的楚钰不一样。徐凌认为自己是有傲骨无傲气，沉稳有节；而楚钰是傲骨朝天，傲气成云，啥都露在外边给别人看。

两年前，徐凌、楚钰和两位女老师，在校门口面食店里吃早餐，龚自容迟来了一点，和他们坐在了一张大圆桌上。一边等着店老板煮面，龚自容大谈特谈这两天她在璧江镇买衣服的过程。跑完全镇以后，龚自容说她实在失望了，至少要六七百元的羽绒服才会买，只要波司登，消费能力有限的小镇满足不了她的要求，只得等周末，到县城去选。

楚钰低头吃着燃面，却忍不住噗嗤笑出了声。

"笑啥呢？"语文老师宁蕾问。

楚钰吞下嘴里含着的面条，一本正经地说："女人要时髦，还得穿皮草。"

龚自容面容一变，但是面前的楚钰，是嘴尖牙利的才子，可能还骂不过。但龚自容还是忍不住，筷子甩掉了一粒碎葱，明显不满地愤道："嗨，楚钰，我们女人说话，你乱插什么嘴？"

宁蕾一边调和着："也不是啦，其实楚老师对穿着很有眼光的，去自贡看灯会时，还陪着我们去买过衣服呢。"

"嗯，楚哥确实很有欣赏眼光的。"徐凌跟着打圆场。

龚自容瞪了一眼，装作认真对付面前的食物去了。徐凌知道，龚自容就是这样一个强势的女人，做事高调，爱颐指气使，不过，第二天，她照样会和你说说笑笑，过去的事仿佛没发生过。

凡是熟悉龚自容的人，都知道她的强悍和强势。她代过课，办过补习班，在乡镇企业待过两年，倒腾过竹笋产品，还开过幼儿园，自己当园长。儿子在成都读书时，常去陪读，也算是奇女人一个，绝对坚强能干，见多识广，敢闯敢拼。有女人向她取经，问朱兴顺敢不敢在家里装大？龚自容嘴一撇，蔑视地说："装大，那还不提着他两根癞毛甩出门去。"

龚自容个子和朱兴顺差不多，一米七左右，但是还要丰实一点，没有人会怀疑她这话。龚自容也经常跟着参加学校的外出活动，教师节时，学校往往都把表彰大会弄到风景区或者休闲场所去开，也算是犒劳老师们一下，那时，肯定能看到龚自容的身影。她简直把自己看成了学校的一员，而且对学校工作评头论足，指手画脚，俨然二夫人派头，要不是陈天南校长还在前面

浴火·YUHUO

挡着，恐怕开学典礼都得让龚自容来讲话。老师们自然心有不满，但是谁会当面顶撞或者奚落呢？说不定，哪天龚自容就成了老板娘了；况且，尊敬一个强悍好胜而且收入比老师高一倍的女人，也算不得错事。

不知不觉间，徐凌到了四楼。不时有打扫完卫生回到教室等着开学典礼的学生经过身边。楼梯转角面都置有宽大的镜子，以方便经过的师生正衣冠塑形象，楼梯对面则是运动休闲大厅，安放着一张墨绿色乒乓台。地板砖反射着光亮，整洁而新鲜，和初中部旧教学大楼有着天壤之别，比初中部新大楼也高出一个档次。

徐凌进了校长办公室，里面只有校长陈天南一个人，正伏在办公桌上写稿。长椅靠着的墙上挂着大横幅，"难得糊涂"四个正体大字为横幅定下了豁达无为的艺术基调，立式空调从角落里送出清凉的风，使这间办公室显得和学校任何一间办公室都不相同。

见是徐凌，陈天南放下笔，询问啥事。徐凌走近了说："您先忙吧，等您一下。"

"没事啦。写的开学典礼讲话稿，都结尾了，讲时也不完全照着念的，主要是心里有个谱。有事吗？"

在璧江中学，陈天南不会怠慢的，有三个人，除徐凌外，另一个是二十多年前的第一届教师节就获得全国优秀教师称号，享受国家津贴的初中物理教师许正伦，许正伦同时还是校党支部书记。第三个人，外人难以猜到，陈天南却心里明白，是对他尽量在表面上保持着礼貌的人，他就是语文教师楚钰。恰好他们又是学校内仅有的不喜欢打牌赌钱的三人，徐凌还因为生意上应酬偶尔为之，楚钰则几乎不打，许正伦是完全不摸牌。

楚钰才子的大名，不仅在县内，在全市都传得很开，诗歌，散文，杂文，国内不少报刊上，楚钰都有发表。琴棋书画，吹拉弹唱，扳完十个指头，也没能数尽楚钰的特长。这还不完全令陈天南另眼相看，更重要的是，楚钰是一个性情中人，恃才傲物，愤世嫉俗，心直口快，想啥说啥，多次当面和陈天南辩论甚至争吵，丝毫不给面子，偏偏陈天南还说不过他。陈天南暗里称他"政治上很幼稚"，镇政府那边的人则把楚钰叫作"捅烂天不补"。楚钰要是对啥不满了，叽哩哇啦说上一通，又是伶牙俐齿的好口才，铿锵有力的美妙词语一抖便是一大箩筐，骂人也不看对象场合，要是真捅出什么大娄子，还不得要陈天南去收拾残局，那不划算。

关于楚钰，在教育部门，还流传着许多故事，都是千真万确发生的真事。比较久远的一次，镇里召开全镇教育工作会议，全镇中小学教师参加，会场设在镇政府礼堂，完会后已是中午，镇政府食堂办了一顿伙食，恰在这时，镇党委刘书记带领一群人下乡工作，也回来了。这群人饥肠辘辘，看见已经摆好的桌席，他们只有等教师用过餐之后才能吃上午饭。刘书记发话了，让教师们等等，他们这群下乡的政府工作人员先吃。主持会议的人心里恼火，却不敢公开表态。一些人赌气干脆午饭也不吃，回家了。等教师们开始用餐的时候，刘书记也觉得过火了，挨桌去给教师们敬酒，话不明说，大家都知道是啥意思，无非是借此道个歉。书记镇长走第一拨，带领四大班子全部正职敬到楚钰所在的桌前，楚钰当即把酒杯翻倒放桌上，说：我不喝酒。楚钰不太喝酒倒是事实，可是任是谁，敬酒一般都是喝得下的，一个小酒盅能装多少啊，你不喝也得接下表示礼貌吧。刘书记看了楚钰一眼没说话，继续敬酒去了。没一会儿，第二拨敬酒的到了。赵副书记是楚钰的老朋友，举着酒杯故意意味深长地问："我的酒喝不喝？"楚钰翻转酒杯，笑着说："哥子的酒，哪有不喝的。"这下，食堂里，十来桌的人悄悄议论开了，一个小学校长，暗地里捅了楚钰一下说："太露骨了。"刘书记装作啥也没听见，随后离开了食堂。十年过去了，刘书记如今已经是市里的正处级实权官员，在发改委工作；楚钰年过四十，却还是中教二级，人们戏称"老中二"，他的学生职称都比他高一级。年终团年会上，某一桌子的人拿这说事，有人分析说是和楚钰平日里偏激的言行相一致的，不感意外。徐凌立即说道：偏激？我倒不那样看，敏锐的洞察力，大胆的想象力，丰富的创造力，表现在人格上，普通人都容易看成是偏激，但是作为艺术家，科学家，如果不偏激，变得中庸，那他也和普通人一个样儿了；能喝会说，善于应酬，八面玲珑，左右逢源，那是官员，或者商人。同桌的一个年轻教师便笑了：原来徐总是钰哥的粉丝，我也是。

　　还有一次，楚钰被派到另外一个乡镇中学去中考监考，一待四天，晚上免不了娱乐活动。县上派的巡视员老张和楚钰等四人，凑了一桌麻将"血战到底"。老张手气太霉，精神头却好，输到欠账无数，也不罢休，直到天发白。罢战之时，老张除了身上两千多元输得一干二净之外，还欠下一千多元，最后，老张硬是被打下了欠条，才脱身而去，十天后，老张如数把钱打到了楚钰的卡上，让他们三人分。"麻将欠条"随即传遍了全县教育系统。

　　如此一个较真而不顾后果的人，陈天南肯定不愿意做他的对头。

　　"我想问问，这期怎么排课的，都跨头了。"徐凌轻言问道。

　　"这期工作重，黄荆中心校的三个初中班也并过来了。高三、初三，各撤除了一个班。这你都知道的。"陈天南解释道。

　　"那就一个班呗，我还想申请一下减少工作量呢。"

　　"那怎么行，你还要多做贡献呢。我们学校数学一直很差，在全县抬不起头。校行政还指望你出山，一是担任班主任，一是担任数学教研组长，都知道你能力强啦。你考虑一下，选一个？"

"那还不累死。"徐凌顿了一下，知道陈天南是以进为退应付他，便说，"这也用不着跨年级上啊。我得备两次课。"

"能者多劳嘛。我们校已经启动了创建市级示范性高中的进程。创示成功对学校面貌有很大改变，包括教师名额和中高级职称名额都会增加很多，在此之前更需要大家辛苦一点。今年的高初中毕业成绩非常重要。这是硬件标准。高中我还不担心，初三很悬的。郁含章也调到初三•七班教数学了，也是两个班，跨头。他还是二年级的班主任，还兼着督导组组长，可不比你累得多。数学四大高手，初三就占了三个，这个初三数学应该没有问题了吧。熬一熬，两三年之后学校人手肯定会有较大改变。"

陈天南提到了郁含章，徐凌没有话说了。郁含章比徐凌小一岁，又是同乡老熟人，还都是学校公认的数学组四大高手之一。另外两个，是副校长朱兴顺和初三年级组长、初三•八班班主任李培峰。李培峰还兼着高中的数学课。这些人哪个工作量不比徐凌重得多？这么一比较，徐凌只有沉默接受的份儿。

离开校长办公室，徐凌心事重重，想到以后的劳累日子，徐凌的腿有些发软。在这不开心的时候，下去时千万别再遇上朱兴顺了，徐凌想。

二　不和谐开局

朱兴顺一肚子不快，觉得徐凌总是有意无意针对他，想看他的笑话。对身边熟悉及关系密切的人物，但凡比他强的、富的、名气大的，他都会感觉不乐意，尤其有人刻意指出来进行比较的时候。某个公开的场合，当有人赞许着龚自容会交际会赚钱的时候，另一个却不服气地指出"要说钱多，徐凌才是全县教师首富"。那时候他恨不得暗中踢那个胡言乱语的教师一脚，或者立即召开教师会议义正词严以教学效果为由训斥一番。也就是从那时起，他对徐凌心里起了疙瘩。

走完横穿全楼的过道，推开玻璃门，一股热气扑面而来。九月初的天气，还如酷暑一样，上午便有了热辣辣的味道。去年，因为开学之初的酷热，根据天气预报，县政府通知放了四天的高温假，这在教育史上闻所未闻。善意的评论者便说是政府人性化的转变。

天气一热，人就容易烦，这不，烦心的事马上来了。

左边传来砰砰的声音，朱兴顺扭头一看，一个高个子男生正拿着篮球往墙上撞，篮球弹回来之后接住，再推出去，他似乎是在练习胸前传球，动作十分娴熟。另一位个子差不多高的男生和他说着话。

"你，你在干啥？"朱兴顺顿时火冒三丈。

推球的学生一愣，收住了篮球。朱兴顺往回走了两步，仔细看看墙，大声呵斥道："你眼睛不好使咋的，墙都弄脏了。吃饱了撑得慌。"

旁观的学生偷偷往后退。打球的学生不服气顶了一句："哪里有啊，小题大做。"

朱兴顺指着白墙高过瓷砖线上淡淡的灰色球印，更加大声喊道："眼睛瞎了，你看不见。哪个班的？叫啥名字？"

再下来，可能就要检查并没收学生证，叫班主任去取了，那肯定面临着一场更大的灾难，处分是免不了的，璧江中学的学生都清楚。在朱兴顺的盛怒之下，打球的学生不说话了，眼睛平行的射过去，狠狠地盯着朱兴顺，在朱兴顺的连续追问下，又倔傲地调开头，咬着牙，偏偏不回答朱兴顺。朱兴顺声音虽然大，却像是从牙缝里挤出来的，缺少那种强大的震慑力。

朱兴顺的火气得不到消退，一直在胸膛里窝着，不出这口气，他简直觉得胸膛要爆炸。"好，你跟我到保卫科去。"

观看的学生退远了，脸上露出怯意，打球的学生却一动没动。朱兴顺正要进一步行动，手机响了。教导主任蒲易莲来电话说，教导处等候着几个调课的老师，他们课表上排的课打架了，怎样调动，才让老师们没意见，她不敢自作主张，要朱兴顺赶紧去教导处，下午就要正式上课了。

听蒲易莲说话的语气，好似一分钟都等不得。朱兴顺知道，蒲易莲性子急，有主见，但是不自个儿决定调课，与其说是尊重他这个分管领导，还不如说是不想被老师们以后埋怨。蒲易莲个子不高，却很性感，工作上十分卖力，能力很强，是他的得力助手，朱兴顺很愿意和她保持着亲近的态度，不好怠慢；从眼前的势头上看，要征服跟前这个浑小子，似乎也不是一件易事。

"好好，我就来。"回答完蒲易莲，朱兴顺又对两个男生狠狠道，"今天放过你，再要看见这样，破坏环境卫生，肯定给你处分。马上回教室，等开学典礼。"

"好的好的，朱校长，我们马上就走。"旁观的男生立即答应。两个学生小跑着离开了。奇怪的是，他们俩居然不是同班的，旁观的学生进了高中鸿志楼，打球的学生拍着球跑向老教学区中央那座综合大楼——创新楼。对学校的班级结构和地址，朱兴顺很清楚，原来，打球的那个是初三学生。

朱兴顺没来由去思考，他穿过红花争艳绿叶葳蕤的三角梅藤架，以及密实的紫藤架，绕过教研组板报墙，进了老教学区综合大楼——厚德楼。

徐凌走后，陈天南又看了一遍开学典礼演讲稿，自我感觉还比较满意，如果能够让楚钰润色一下，那肯定文采斐然，获得满场掌声是顺理成章的事，那种掌声让每一个领导者满足，陶醉。

一想到楚钰，陈天南心里便不愉快，甚至有些隐忧，六十周年校庆时，他口头要求楚钰不吝才华，也写一点诗词散文类的，刊在学校纪念书册上，凑凑阵势，直到最后，他审稿时，在一大堆祝贺诗词或纪念文章的作者中，也没有看见楚钰的大名。这家伙太狂太不给他面子了。他处处防备着楚钰，因工作临时调动，语文组空缺出一个教代会名额，陈天南让语文组选出一个来，正是楚钰，陈天南知道后，对工会说三年一换届的期限没有到，暂时不增选，这就让楚钰推迟了两年才进入教代会。

当年，陈天南就任校长时，以全市最年轻的高完中校长之势态，备受瞩目，随后几年，勇猛精进，锐意改革，从没有路中闯出路来，被誉为最有冲劲的校长。现在，已经是他任校长的第七个年头，按照县里干部管理条例，六年的校长，已经是两届，如果没有升职或调用，应该交换学校任职。陈天南没有动，还在原校任职，这一个学年度，将有极好的机会。璧江中学这几年在他的手中发生了巨变，成就斐然，特别是上半年的学校六十周年大庆，让陈天南露了脸。他小学时的老师莫文刚，是现任教育局局长。据县常委某人透露的消息说，市组织部正在考察莫文刚局长，后者有望在明年调任外县副县长。依次挪动，教育局便空出了一个位置。

大胆竞争正职，还是先占副职，陈天南心里没底，打探了几次没有收获，很令陈天南烦恼。陈天南操心和烦恼的事还有几件，第一是学生安全问题，按上面说法，是一票否决的大问题；第二是学校账务问题，每年，陈天南都要面对债主过五关，两次是开学初，两次时放假时，最难过的是年关；第三是学校和周边居民的关系，这个关系时时和学校管理及学生安全纠缠在一起，叫人头疼。

正看着稿子等时间，外面进来一个人，还顺手把门关上了。陈天南警觉地抬头，来人原来是承包学校学生食堂的老板，赵鑫。

赵鑫掏出玉溪来，递给陈天南。陈天南不抽烟，而且在学校也力主戒烟，他摇手谢了。学校规定，老师在校内公众场所，除办公室外，抽烟者罚款一百元，学生检举的，则罚没款的一半奖励学生。这条规定在学校教代会上嘻嘻哈哈地全票通过了。

"校长，问一件事，这期开始，学生不做早操了，是吧？"

"是啊，开学前全校教职工大会上，说了这件事的。"

早操是去年时，陈天南采用的学校管理新政，校行政会上费了好大劲说通了大家，许正伦书记也支持这种军事化管理，这和陈天南一上任努力鼓吹的学校封闭式管理，是一脉相承的，严格的封闭式管理几乎是现在所有中小学的管理模式。许正伦对现在的学生，越来越不满意，认为他们懒惰，自私，贪玩，精神萎靡，放纵，比起以前来差多了，即使重点班也不如从前，军事化管理或许对此状况能有所改变，所以，他很支持这个新政。数学组对于这个情况曾经有过数据分析，认为是普九把什么人都拉进了学校，甚至强迫那些毫无愿望的孩子读很多书，考很多试，从比例上增加了中差生，尤其是差生，大大减弱了优生影响力，并且把负面影响辐射到了重点班。乡镇中学，尤其是经济尚可的乡镇，受到影响最大。包括许正伦在内的校行政领导，口头上批评这种观点是教育歧视，是和义务教育的本质精神相违背的，心里却常常对数学组的数据分析首肯。

有了许正伦的大力支持，陈天南不经教代会讨论，直接实施早操。但是，老师对早操反对声太强烈，尤其是班主任。全校有三个班主任随后申请辞职，实在是受不了天不亮地不亮就得起床监督学生早操。他们从白天清早干到晚上 10 点学生就寝，早上再起这么早，还叫人活不活。当然班主任是辞不掉的。过了一年，学校不得不在怨声载道中取消早操。

"那，这食堂咋做啊。早餐学生会少很多。"赵鑫急切地问。

"也少不了多少。还有早读呢。本期学生总数增加了两百，高中初中都增加了。"

"还是难做。教师食堂，是不是该提到五块了，现在，毛猪都卖八块，肉价该多少？教师食堂我一直是在亏着本的啊，你是知道的。"

"那不行。"陈天南想都没想就回绝了。

"两荤两素四个菜，一个汤，还要变着花色做菜，自助餐才四块一份，外面十块也吃不到啊。"

"你要拿到深圳去，这样的自助餐十五元也吃不到。外面怎么和教师食堂相比。小学，还有镇政府食堂，午餐才三块呢。"

"那是单位补贴着的。"

"没错啊。你也知道，每个单位的食堂，都是单位人员的一种福利。我们学校不能例外啊。材料上，你是绝对亏不了什么的。"

"还不亏？一个掌勺师傅，一个下手，两个工人一个月将近三千的工资，那铁定是我在亏本哎。每年承包费又是 18 万。真是做不下去了。教师不可以出去吃吗？"

赵鑫进来后，一直站着和陈天南说话，他目光直视，言语咄咄逼人。

"出去吃？每天三餐平均就算 25 元吧，一个月下来 750，加上其他一些吃的喝的，衣食住行，基本生活费怎么也超过 1000 元吧。刚出来的大学生本科教师，工资满打满算才 1400 多点，这恩格尔系数都百分之六七十了。还有人情往来，医疗文化，全加起来，教师还怎么活？"陈天南以问作答。

"啥叫恩格尔系数？你别和我嚼那些听不懂的话。反正我是做不下去了。"

陈天南心里冷冷一笑，在脸上流露出来却是缓和的微笑。他说："以前也有老师承包过食堂，没听这样说做不下去的。特别是国家对初中取消了住宿费，还对住校学生进行补助，住校生多了，比以前翻了倍。吃饭的人那么多，肯定做得下去。你要是不想做了，你给宋老板说，终止承包合同就是。和学校签订的合同，必须不折不扣执行，尤其不能影响学校正常秩序。那个责任，你负不起，我也负不起。你要为我想想，谁承包都一样。"

倘若宋静真的站在面前，陈天南是不会如此强硬地说话的。

陈天南任校长只一年，便以 BOT（Build-Operate-Transfer）模式，改建了学校破烂的学生宿舍和陈旧狭窄的学生食堂。食堂的合同内容是：由宋静全额独资修建学生食堂、小卖部，经营三十年后，不带任何条件交还学校。宋静是中校军需官，远在福建服役。第一年，宋静还由妻子经营了一年食堂，由老朋友掌勺协助。一年刚过，宋静觉得妻子实在不是管理这个料，累了一年下来收入几无所得，他又远在天边，只得承包给了别人。目前，赵鑫已是第三任承包人。

陈天南对宋静说过，近年来，学校教职工对食堂意见颇大，他很难做。因为学校一年下来几乎没有任何福利，是全县最穷的中学，一所堂堂的高完中，居然连许多小学中心校都比不了，而每个公立学校的食堂和宿舍，都应该由政府财政投资，其他任何学校，学生食堂都是学校主要福利来源。大家伙儿眼睁睁看着这股最大的肥水哗哗地只往外流，心里当然憋着气。陈天南和宋静谈过回购的事，当初宋静修建食堂和小卖部，共计花了 60 多万，学校可以 80 万回购，谈了几次不成，目前回购价都升到了 150 万了，宋静还是不答应，甚至干脆躲着不见陈天南，让家里人去接陈天南的电话。躲得不耐烦了，宋静干脆说：陈校长，你的心思我知道，我也不缺那点钱，主要是留下一个事业在那里，好帮助老家亲戚们混点生活。你也别打什么主意了，按照合同办事，三十年期满自然归还学校。

无论陈天南想什么法子，都不敢过于惹怒宋静，这宋中校也真如老师们议论的那样，钱多得使不完。说是出了 150 万的价，宋静真的答应了，陈天南还不知道哪里去凑齐数目呢。这事一直拖了下来。

校园内，四处的喇叭响起了，十点钟是开学典礼时间。陈天南必须出去了，他向赵鑫做了保证，一定加强对住校生的管理以及思想工作让更多的学生在校内用餐，同时，他又提醒赵鑫，食堂要做好饭菜，努力吸引学生用餐。

浴火 · YUHUO

赵鑫眼见讨不了什么好结果，只得悻悻地离开了校长室。

在班主任和政教处的组织下，开学典礼学生的集合速度和队形整齐两个方面，都令陈天南满意。政教主任章振刚以他一贯的大嗓门和严厉果决的语气，不停地对着无线话筒嚷嚷，指挥着列队。校团委书记和保卫科科长四处走动监督着。即使是新生班级，也按照班主任的指挥迅速排好了队，假期里对高中新生的军训真是没有白费，而初一新班，那些小孩子对于教师的敬畏和新环境的陌生感，都逼迫着他们规规矩矩听从指挥，不敢放肆。

陈天南讲完话，学生没有再回到班级，解散回家了，只有一些被班主任安排打扫卫生的还在四处忙碌着。陈天南和分管后勤总务的副校长周宇全去班级上看了看，一则看看教室的布置，卫生情况，也要看看公物的损坏情况和多了缺了。

走到鸿志楼三楼高三·二班教室前，他们遇见了班主任邱艳从教室出来。陈天南问邱艳道："文科班报名情况怎样？"

邱艳长着一张可爱的圆脸，甚至可以说是漂亮，丰满妩媚，她三十岁出头，做事勤恳，深得学校信任。陈天南一问，邱艳紧张了一下，说："有两个学生没来，听说到县中去了，我下午没课，马上去县城找他们回来报名？"

"又走了两个。嗨，你们怎么搞的，都高三了，还留不住学生。初三也走了十多个。真不像话。你下午走了，刚刚开学，班级怎么办？"

邱艳委屈地抿了抿嘴唇，轻声说道："班上我都安排好了。县里去的那两个学生也联系上了，叫回来应该没问题，他们的家长也要一起去。"

"早就该做好工作啊，家长一起去，学校又得出车费了。你这个班主任究竟是怎么当的？"

陈天南一直大声地呵斥，劈头盖脸地简直是在骂，周宇全也是个直性子，工作上也会骂人，但是不会这样严厉得叫人当场下不了台。他站在一边，不好帮邱艳说话，默默地站着。肯定是两个重要的优生走了，陈天南才会这样着急。眼看着邱艳的泪珠子不断在眼眶里打转了，周宇全不得不出来说句话了："午饭吃了就走吧，一定要把学生带回来，辛苦三年，就看最后的冲刺了。"

"一定会。"邱艳点着头，硬生生地忍住了泪。陈天南没理她，转身朝四楼校长办公室走去，邱艳如释重负，赶紧走掉。

看不见了邱艳，陈天南才嘟着嘴说："那两个学生都是文考能上二本的，走了，这个班还有啥戏唱。高二的时候，张思琴等几个女生也被县中挖了去，已经报名了，还是我亲自去，好说歹说，带回来的人，回来时单独叫了一辆的士，破费不少。都这么折腾，学校可受不了。"

陈天南只任教了一个班，高三·二班暨文科重点班的历史，对于邱艳班上情况当然比较了解。周宇全说其实这多半是计生办的错，谁叫他们一直叫喊"少生优生"，要不然优生哪会这么紧俏。陈天南不由得一笑。这周宇全人称"日藏教授"，是化紧张为轻松的搞笑能手。他叫周宇全先去吃午饭，午饭后，行政人员立即召开一个紧急会，强调一下各班的优生巩固问题，行政人员要分到各个年级去包班督阵检查，保住优生，这可是学校的命根子。

三　繁忙的男人

　　徐凌把教科书和标准教案本放在楼下自己公司的办公室里，打算吃过午饭，再下来备课。他家在农贸市场一个出口处，两个门面的三层楼房，新建不过十年。一间门面租给了别人做服装，一间自己改作了公司办公室，门前吊牌上写着"大丰竹木业有限责任公司"。二楼和三楼是住宅。楼顶设置了鱼池，花坛和葡萄架。镇上的居民建筑，凡是新建的，多是两三层，一半楼顶建成了楼顶花园，成为小镇一景。

　　徐凌在这里住了一年，便对新房的选址后悔了。早上，很多时候，徐凌还没有起床，便听见楼下放纵的毫无顾忌的叫喊声：老板，买面。声音里明显带着童稚的特点。那时，他想，这些贪玩的孩子，打起电玩来真是投入，连早饭都要游戏厅的老板代劳。后来，他才知道自己听错了，那是在叫"老板，买币"，原来是小孩游戏币输完了，在那里着急呢。这两句话听起来，就当地乡音而言，远远地听到，实在也相差无几。农贸市场里有四家游戏厅，因为这里四通八达，曲里拐弯的，人员来往又杂又多，孩子们容易逃掉，不怕家长的追捕。为此，有一次和璧江镇派出所所长欧达林喝酒时，徐凌半开玩笑抱怨了一句为什么不强制取缔游戏厅。

　　"想呢，也尽力了，没法子取缔，谁都要生活啊。不能逼得太紧，维稳呢，怕出乱子。"因为彼此是要好的老熟人，欧达林也回了一句老实话。

　　徐凌细数了一下，全镇除开网吧之外，共有电子游戏厅十二家，绝对排全县乡镇中第一。璧江镇作为全县除县城外最大最富裕的一个乡镇，确实有他与众不同的地方。

　　徐凌心里数着游戏厅数目的时候，脚步也走完了所有楼梯。

　　岳父陈洪凯和岳母都过来了，坐在客厅里看着一部武功高手手撕鬼子的抗日神剧。他们都是横店影视的忠实追随者。陈兰正在厨房里做午饭的最后一个菜，红烧肘子肉，这道菜是岳父的极爱。徐凌招呼了一句，连忙帮着摆弄餐桌。

儿子徐肃霜比徐凌早放学，在三楼书房里，跟着电脑学习英语。镇上中心小学没有开设英语课程，肃霜五年级时，徐凌模仿楚钰的做法，购买了一套《洪恩 gogo》儿童英语光碟，让徐肃霜凭着兴趣在电脑上自学。在教育孩子的方式上，徐凌仿照楚钰的地方还很多，因为他自己没有更多时间去探索有效的方式，又不肯轻信流行的方式，所以对楚钰敬服和模仿并重。他能够接纳一切在他看来是真理的东西，而完全罔顾虚荣。假如河上建有宽敞的大桥，徐凌是决不会还去摸着石头过河的，那种做法只能是虚伪欺骗，别有用心。唯一遗憾的是，有件事他做不到。孕妇的心情要绿草如茵，蓝天白云，要平和稳定，避免情绪的大起大落，避免悲伤，焦虑，烦躁，孤独。孕妇的内分泌素会影响到胎儿的发育，而避免不利因素会有利于孩子将来形成健全的人格。那么陪着孕妇在空气清新风景优美的田园或者山间散步是最好不过的了，但是徐凌偏偏没有足够的时间每天陪陈兰散步。

儿子出生时，徐凌起名叫徐骕骦，名字在岳父那里卡住了，岳父认为这两个字是生僻字，笔画多，难写难认，陈兰坚定地站在父亲一边，连徐凌的父亲也跟着反对。徐凌也觉得起名深刻得过火了，做了折中，改为肃霜，在长辈和个人之间达成了平衡。在后代身上，徐凌把幻想延伸了，他在璧江这个小镇上筹划着未来。

午饭时，陈兰说，后天，张大婶要来家里做保姆，家里已经半个月没有保姆了，她有些够呛，陈兰母亲没少过来帮忙，做饭洗衣。张大婶四十多岁，男人在浙江打工，儿子正在镇上读初中，住在学校里，张大婶从乡下到镇上来做工，也是为了照顾儿子。她手脚灵活，也诚实，信得过，是岳父的朋友介绍来的。徐凌稍觉意外，请保姆的事，事先陈兰并没有和他通口气，但是，既然经岳父关系，那确实可靠的。徐凌平静地嗯了一声算作同意。

吃过饭，岳父岳母回乡下的家去了。他们住在镇外不到两里的地方，距县级公路仅十来米，和大丰竹木业有限责任公司的工场相距百多米，事实上，工场正是陈洪凯家的自留地为主扩建而成的。陈兰提出要开车送父母回家，陈洪凯摇摇手："不了。正好顺便散散步，当锻炼身子骨。"

等岳父一走，徐凌也要下楼去，他惦记着下午新接班级初二·三班的课。陈兰说："别忙着走，有话给你说。"

"工厂有事？"

"不是，厂里上午我去过了，一切正常，陆经理收了一车竹子，下午过来结账。"说着，陈兰悄悄用手指，指指正看电视综艺节目的徐肃霜。

徐凌会意，坐下，把电视换到了中央十套，看《动物世界》。过了一会儿，徐肃霜上三楼他自己的卧室，去午休了。看看再没有动静，陈兰才坐到徐凌身边，顺手给徐凌泡好了一杯龙井放下。

"今天上街，遇见了肃霜的刘老师，他说，肃霜的数学一直考不了高分，九十多点吧，难得一次一百分，在班上只处于中游。到了六年级了，要你抽空帮肃霜补补数学。"

"小学毕业班，学校不是悄悄地组织补课了吗？从小三到小六都在补。"徐凌奇怪地问。

"是，但那是集体补课，人人有份，效果也没单独补好。刘老师的意思，是要你给自己儿子开小灶，天生的好条件啊。"

"小学生没有必要那么累。我看过肃霜的数学试卷，他不是不会，而是大意出错。补课没什么效果。随着他的年纪变大，这些坏毛病能够去掉很多的。肃霜还在跟着电脑自学英语，不要再给他加任务。过于劳累、太多的压力，会把感兴趣变成厌烦。"

"哼，看看别的老师家孩子父母怎么过问的。你究竟认真管过孩子多少，在你眼里，他就那么自觉？你没看到的地方多着呢。肃霜太自由了。"

"有钱人家的孩子，往往染上仗势欺人，胡乱花钱，好吃懒做，结党称霸这些恶习，我们的孩子，一点也没有，还要怎样呢？我和他有约，我是培养他自己管理自己。"

"才多大的孩子，有什么约，他能遵守吗？不拿两个眼睛盯着，行吗。就像玩电脑的事，不是我亲眼见到给你说，你还在相信肃霜很自觉控制着自己呢。"陈兰不满地反问。

陈兰的话，正戳着了徐凌的软处。徐凌买了一台戴尔笔记本给儿子，方便挪动，自己仍用台式机。偶然一天，陈兰发现，肃霜关在自己的卧室里，偷偷打了四五个小时的游戏，后来，徐凌改变了策略，自己用笔记本，肃霜只能用台机，这样，徐肃霜就只能在书房里用，躲不到哪儿去。他对徐肃霜说：你不会逼我在电脑上设置家长控制吧？他和肃霜讨论一阵后的约定是：徐肃霜每天最多只能玩半个小时的电脑游戏，而且游戏内容必须先经徐凌审核，不管是玩飞车，明朝时代，还是魔兽世界，检查通过了才能玩。

见徐凌不说话，陈兰觉得自己占理了，继续进攻道："你该和肃霜好好地谈谈，不要太简短，敷衍了事。最好就这个下午吧。我没时间，今晚还要请客呢，你也要去陪客。"

按陈兰的意思，是要自己像人民日报评论员文章那样来一次长篇大论。嗨，那些政客宏论，虚假，空洞，概念上模糊混乱，逻辑上漏洞百出，和他们的西洋祖宗一个样，用数学这部照妖镜一照原形毕现，徐凌是从心底里反对，嗤之以鼻的。空虚的说教难以让孩子接受，他记得一个男生公开说过，宁愿被鞭子抽打一顿，也不愿规规矩矩站上半天接受思想教育。这样口舌磨叽的教育，连最有价值的部分，都会被孩子如倒掉憎恶的污水一样一起拒绝，他才不管污水里还有一条美丽的热带鱼。

废话连篇，唠唠叨叨的教育，只会培养出废话连篇，唠唠叨叨的装腔作势之人。嗯，恰好和官场的形式主义符合，一脉相承。

陈兰不断地在耳边说着，徐凌却沉默着，思想开了小差，他想起了政教主任，高中英语教师章振刚，上午广播操后，还有十分钟左右的时间，章振刚，或者其他一个行政领导，总爱滔滔不绝说上一通，特别是章振刚那气势汹汹，斩钉截铁的讲话，通过一个个喇叭，时时在学校上空震荡。第四节课被占用十几二十分钟，是常有的事。教员们把这叫做揩头，私下议论时，认为章振刚可能患有强迫性综合征。楚钰则不客气地把这评为专制的病毒感染。楚钰说，学校行政时常滥用权力占用上课时间，一时脑壳一热，便随意占用了时间来训话，演练，搞卫生，或者搞其他政治任务（政治任务是上级滥用权力）。学校应该有严格的管理规章，谁也不能轻易违犯。滥用权力随心所欲是专制的体现，专制的阴影无处不在，但是若习惯了专制，对自由和规则反而不适应。

沉静了好久，徐凌终于憋出一句话。"在学校里做够了老师，回到家里还做教师，这个角色好单调好重复，真烦。哎！晚上要请客？"

一听这话，陈兰口气突然软了。"我知道，是公司拖累你了。要不然，县里，市里，科级，处级，还可能更高，一步步升上去，哪还憋屈在小乡镇上做个教师。可是，孩子的事，你绝不能松手，公司的事，少过问一点还说得过去。"

徐凌跟着心里一热。"说什么话。我们公司稳扎稳打发展到今天，小有成就，可不是比做一个县处级官员还叫人舒心。你不能给我任命一个厅级吗？"

陈兰不由得噗嗤一笑。"还有一件事，你得管管。你注意到没有，肃霜越来越爱顶撞我们了，不太把我们放在眼里。假期里，弄坏了同学的苹果三代手机，那是全班唯一的一部苹果手机，外公说了两句，还和外公顶起来，这哪行，对长辈应该孝顺啊。我骂了他一句，肃霜竟然几天不搭理我。"

"是吗，我还没有注意到呢。现在流行苹果四代了吧。手机的事，当时假期里你怎么不说。"

"多大一个事，外婆拿了两百块赔了人，我给外婆又不要。是肃霜叫不要对你说的。他也就只怕你。"

"我很和蔼很民主的啦，没人怕我。"徐凌笑了笑，停了一下又说，"不

浴火 · YUHUO

过，不要用孝顺两个字去压迫儿子，孝而不顺，独立主见，才是男孩子应该秉持的品质。有人说，所谓孝，其实就是孩子头上砍一刀，再埋进土里。"

"好了，不和你咬文嚼字。你究竟管不管。你要是忙，我另找人，请个家庭教师。"陈兰不耐烦起来。

"千万别请家教，恐怕适得其反。我晚上和肃霜谈谈。"

他们关于家庭和工厂的事又交流了一会儿，陈兰不停下，徐凌也走不掉。楼道上有了响动，少顷，上来了两个人，镇派出所所长欧达林，另一位，个子瘦小，徐凌也认识，只是不熟，应该是镇内一家竹签厂的合伙人，技术师，名字叫韦仲航，浙江人。

陈兰笑着起身迎接，特意叫两位客人不用麻烦去换鞋。介绍过后，陈兰泡茶时寻机避开两人，对徐凌耳语几句。徐凌说晚上再陪吧，下午有新接班级的课，他得准备准备。陈兰不满地嘀咕了一句"就你忙"。徐凌过来和两人寒暄几句说："那你们先谈谈，我去下面看看，顺便备备下午的课，晚上再陪两位。"

不一会儿，徐肃霜也下楼来了，拎着一双蓝色单排轮旱冰鞋，徐凌搂着儿子的肩膀走完楼道。婴儿时被父亲常常揉捏着小脚丫以促进感觉器官发育的徐肃霜，如今已是半大小子，徐凌感到他身体里正滋长着不愿被随意摆布的抵抗性的力量。徐凌寻思着，和儿子交流的方式也得改变一些了。根据自己对现代教育和心理学的理解，徐凌赞同德国教授迈尔斯的见解，现代父母应该教育孩子3大财富能力：正确运用金钱的能力、处理物质欲望的能力、了解匮乏与金钱极限的能力。这些能力背后最重要的思维，也就是为自己负责，自力解决问题。他目前需要帮助儿子处理欲望，感受延迟享受的满足。

在公司临街的办公室里，徐凌驾轻就熟，很快备完了第一节课。见去学校的时间还早，徐凌打开笔记本，上网搜索起苹果手机信息，一边又思考起新接任班级的情况。初步了解到，新接手的初二·三班，是全校纪律最差的一个班，几乎每期班级考评倒数第一。这期换了班主任，由历史教师、前校长刘华接任。

刘华还有三年退休，按照学校惯例，是少上课，半休闲的年龄段，等着退休。他临时蹚浑水，接下了全校著名的差班，是因为陈天南暗中口头上给了他一个承诺。刘华想在退休之前评上中教高级职称，退下去之后安享晚年。工作量是评职称最重要的项目，占分比例很大，尽管刘华以前成绩斐然，工龄和职称年龄都长，但是按照学校目前采用的职评标准，仍然有点玄，十年前老校长的名头这时不起半点作用。中级职称少，高级职称少之又少，一年难得有一个，人人趋之若鹜。若刘华当了一届班主任，多了半个工作量，得分涨了不少，即使还差一点的话，陈天南也好运作了。

面对这样一期换掉一个班主任的班级，徐凌难以想象出怎样的教学才是愉快而有效的，他感到烦恼。大学里，徐凌沉醉于数学的深邃优美、物理的奥妙无穷，那时，他相信一切皆是数，宇宙只不过是数学的外在表现。后来，见历了现实生活的林林总总，基于对社会所有缺失的不满和切肤痛心的感受，徐凌觉得，数学的逻辑和理性，可以改变一个民族混沌迷乱的素质，他想在中国文化传统中打入一个数学的楔子，像转基因植物那样进行彻底的优化。盛行不衰的传销和某个主义的说教洗脑有非常类似的地方，组织者收益，后来加入的和跟随者被骗受损，而且这个结局是注定的，绝对没有什么哄人的双赢，数学是能够杀灭这类病菌的抗生素。

喜欢改变什么总是教师的职业天性，我们通常把这种品性半带讽刺半含敬意的称之为"好为人师"。徐凌无疑是携带这种亢奋性基因的典型之人，对于目前的工作状态，徐凌比较满意，比盘算公司的投资和工厂的管理更有兴趣。他有一个明确的目标，并且沿着目标之路走着，探索着。但是，接受的这个新班级会打破一贯的秩序。

徐凌刚刚接任三·九班，全校目前唯一一个小尖班的数学时，绝大多数行政领导带着怀疑，只有教导主任蒲易莲对他说的：相信你，你就用你的理念去教。两年过去了，三·九班数学成绩和其他科成绩一样，都处于不温不火状态，只有班主任张予榕教的英语考试成绩优异，独树一帜。现在已经到了初三，是改变一下教学方式，着力于考试呢，还是按照既定目标走，等到下期复习时才改变方式呢？来自于学校和家长的压力迫使徐凌必须立即做出决定。

正想着，姚定强进来了。姚定强原是璧江镇中心小学校长，四年前因为学校集资自建房以及学校财务问题，和老师们的关系闹得很僵，当时的教育局局长下来视察，都会被老师们拉住请评一个公断。最终，迫于学校内部和县里的双重压力，才任校长三年的姚定强主动辞职了。姚定强精明善算，陈兰聘请他做了公司兼职会计，已经有七八年。一个小公司的财务并不复杂，聘请专业会计浪费资金，做账造表，多是为了应对税务和企业年检，姚定强也乐意挂一个职务每月领取三百元的津贴，明年已是说好的400了，说起来，这样被大丰公司倚重，真算脸上有点面子了。半辞半免摘下了校长的官帽后，姚定强凭着他会计师的牌子，索性大张旗鼓接下了五六家厂子的会计业务，其中多半是徐凌举荐的。

姚定强拿着账务簿进来，问陈兰在家吗，他有一个尚未确定的问题，三季度有几笔费用，他想让陈兰确定一下归属哪个科目才好。精明的姚定强在财务方面，比陈兰更有权威来决定，询问一下陈兰，徐凌清楚，背后之意是尊重东家、卸托责任而已。此时，陈兰正在楼上商议筹建竹签厂，姚定强上

浴火·YUHUO

去会有些不妥，徐凌便说陈兰可能正在睡午觉，公司的事，可以和他说，他也是数学系毕业的。

"当然啦，徐总也是老板啊，真正的幕后策划人，掌舵的。"姚定强满面是笑，坐下打开了账簿。

过了二十分钟，才把一切做完，要不是又进来了一个满身酒气的中年男人，姚定强还会结束得迟一点。那个中年男人接了徐凌递给他的一杯开水后，坐在一边的长条沙发上，嘴里叽哩咕噜着听不清楚的话。说起来，这人算是陈兰的远房舅舅，住在乡下，平时往来不多，却是认识的，就爱没事时往镇上跑，和几个朋友喝点小酒，然后醉醺醺回家。姚定强走了，徐凌忍着反感，又和这个中年男人纠缠了一阵子，应付着他说话，有他在旁边不停地唠叨，徐凌什么事也做不了。终于打发他走了，徐凌静下来，打算喝口茶，再去学校。

徐肃霜忽然从门口经过，拎着那双旱冰鞋要上楼去，这小家伙可能是什么东西忘记了，才又回家来，徐凌心中一动，叫住了徐肃霜。

谈了几句小学最后一期的学习问题，徐凌忽然话题一转："苹果四代马上要上市了。"

徐肃霜不明所以，静静地看着父亲，徐凌近处仔细打量，发现儿子唇边出现了淡淡的髭须，或者，更像是较浓的汗毛。

"如果你小升初考得理想的话，你就有选择的权利。"

"谢谢爸，还早着呢。"徐肃霜没有表现出过多的兴奋，淡淡地说。

"准确地说，有十个月的时间，那我们就约定了。损坏了同学的宝贝，应该跟爸爸说的。"

"妈给你说了？"徐肃霜嘟着嘴不满地问。

"一家人之间，不应该有秘密。这是你的错。还有，对外公缺少恭敬的态度，也是错误。谁的外公外婆？怎父子俩都一样称呼？可爱你了，你知道的。是不是我们的肃霜到了接二连三猛犯错误的时候。"

徐肃霜低头不语，徐凌觉得话已经说得差不多了。他和徐肃霜的对话，就像几何证明题一样，总是简要精炼，没有多余的废话，又是每句话都不可缺少，该说的都说到。许正伦书记每次听完徐凌的公开课，都要这样称赞一番。

他抚摸着徐肃霜的头，很温和地说："晚上，买点香蕉、苹果，给外公外婆送去。你要说是自己的零花钱买的啊。"说着，徐凌掏出一张百元钞，塞在儿子手里，继续道，"其实，你妈妈早就给我说过给你买 iphone，是我决定暂时不买的，你不要怪你妈。人应该成为器物的主人而不是被它所役使，贵重的东西，难免会时时挂念着它，照顾着它，生怕损坏了。即使有实力过奢侈生活，也要适可而止，过于张扬是堕落取亡之道。再过几年，我要向你推荐阅读梭罗的《瓦尔登湖》，这位塑造了美国人性格的美国之父，应该受到充分的尊敬。比尔·盖茨、沃伦·巴菲特，都可以看做是梭罗的忠实继承者，那些乔布斯的粉丝，倒更像是梭罗的不肖子孙。好了，上学去吧。"

送走了儿子，徐凌又坐了几分钟，陈兰和欧达林、韦仲航下楼来了，陈兰让徐凌陪二位坐坐，她去开车。他们的家庭座驾：两年前购置的黑色雅阁，租用了一百多米之外的小街上闲置的一间门市停放。陈兰又叫徐凌抽空给林业站李站长打个电话，而村里的谢支书和马村长，她顺道就去请了，今晚在"幺妹火锅"吃鱼。

直到众人上了车，消失不见，徐凌才拿起书本去学校。

陈兰责备自己对徐肃霜上心太少，徐凌认为真是天大的委屈。从陈兰怀上徐肃霜起，他就在筹划，每天的饮食搭配，维生素和其他补充，是他亲自动手。只要是晴天，而他又有空时，他都会陪着陈兰出去散步半个小时以上，让陈兰保持平和舒畅的心情。徐凌搜罗了莫扎特的所有钢琴曲卡带，让陈兰听。据美国科学家表示，胎儿在母体内多待一两周更好，但是这个技术连最高明的医生也控制不了，要不然，徐凌会不惜花大钱聘请专家组来制定一个延产的法子。

肃霜出生后，虽然主要是徐凌的母亲照料，但是大事规划，却都是徐凌做的。他用金钩蒸鲫鱼，剥下鱼肉，放进嘴里，一点点地牙齿咬过，直到确信没有半根鱼刺，才喂进徐肃霜嘴里。那时，徐肃霜五个月，一边喝牛奶，一边添加其他食物，虾仁蒸鱼是常做的菜。徐肃霜一岁以后，食谱里增添了鸡脑这个必备项，只要家里吃鸡，徐凌都给肃霜留着，当父亲的认为对孩子的大脑发育非常有益，应该一直吃到二十周岁。

徐凌在给婴儿期的徐肃霜喂食鸡脑髓时，徐凌的父亲表示了自己的疑惑，这位老者是以前的高中生，仅仅因为时代的巨变而意外错失了人生辉煌的机遇，因为他的家世是地主、小官僚，出身成分不好，但是这没能剥夺他聪慧的脑子和丰富的人生经验。他说："十年鸡头赛砒霜哦。"

徐凌挠挠额头，谨慎地回答："好像是民间流传的揣测之言，我从来没有看到过关于这句话的严实科学价值的论文，似乎和鹤顶红的传说有相当的联系，那应该是专指鸡冠说的吧。再者，哪有十年的鸡啊，现在长得最慢的土鸡也不过养一年罢了，肃霜没有吃鸡头，吃的只是鸡脑花儿。爸爸你放心，我不会让你孙子冒半点风险。"

陈兰三个月便给孩子断奶了，他们的竹木业厂刚刚起步，陈兰跑上跑下，以年轻母亲特有的勇气，克服了女性的柔弱和经验的欠缺，加上徐凌的鼎力帮助，竹木业工厂一点点发展起来。

浴火 · YUHUO

竹木业厂是岳父陈洪凯给的钱启动的。陈兰以前是镇里出名的美人，父亲又是乡镇企业，一家化肥厂的多年主要负责人，家境富裕，人脉很广，自然招来了众多人的追慕。徐凌读大三时，媒人上门了，双方父母比较满意，徐凌和陈兰见过两次面后，也双双坠入爱河，徐凌毕业后，没有到大城市工作，进了老家的中学。

陈洪凯有两个女儿，没有儿子，想把大女婿招赘入门，这是老两口心中愿望。陈兰在父亲的人生计划中，原本是考人才储备，再走点关系，进入事业单位工作，能做公务员更好。陈兰和徐凌结婚后，陈洪凯的想法变了，经营企业的兴趣占了上风，在小女儿考上一所专科学校离开璧江镇后，陈洪凯更把陈兰当作了养老的依靠。商量之后，他出全资，建起了竹木业厂，全程参与了起初的创业。说是赚钱后徐凌再还，其实心里也没有认真叫还的想法。不过，六年过后，徐凌还上了岳父的全部资金，陈洪凯坚决只收一半，另一半给了重庆结婚的小女儿买房。

最让徐凌劳累的，是徐肃霜半岁时候，那时候，徐凌的兄弟恰好也添了宝贝，母亲主要在那边照料，因为徐凌父母和他兄弟住在一起，兄弟在老街的老宅门面中开了一家以塑料制品为主的日杂门市。晚上，徐肃霜总要哭闹一番，抱起来走，他就不哭了，一躺下就闹，哄也不行，直到闹得累了睡了，已是半夜，徐凌这时才有机会陪着儿子一起睡，此时，陈兰早已进入梦乡，等着第二天的奔波。徐凌上午一上课，满眼血丝的样儿时时引起老师和学生的关注，他当然也不自在，除了苦笑也别无他法。那段时间，徐凌差点学流行的做法，到处张贴什么"天皇皇，地皇皇，我家有个夜哭郎，行人看此念一遍，一觉睡到大天亮"的传单。一个月后，岳母察觉了情况，才接手过去，彻底把徐凌小两口解放了。

随着肃霜的成长，徐凌也变化着享受欣喜和操劳。肃霜能够走路后，恰好邻居在修建新房，街上堆着河砂。在砂堆上爬，玩砂子，是肃霜最喜欢做的事。这时，旁边总有人说，砂子多脏啊，孩子会生病的。徐凌报以淡淡一笑，继续让肃霜玩，回去后仔细地替肃霜洗尽砂粒。陈兰耳边听见了别人告状，询问徐凌，徐凌说，要不，在家中弄一个砂堆，让肃霜玩行不？陈兰撇撇嘴，知道徐凌的心思了，不再争论。对于教育孩子的事，陈兰无限信任徐凌，暗地里帮着徐凌在自己父母面前解释了不少。

孩子刚刚学会走路的时候，危险接踵而至。在九个月时，肃霜在爷爷家里玩，那时，徐肃霜已经能够扶着墙，或大人的手臂，四处行走。忽然，爷爷听见了肃霜的哭声，却不见了孩子，急得跳起来，四下去找。循着哭声，终于在楼上木楼梯顶端看见了进退两难的徐肃霜。这小家伙，居然独自爬上了的老式木板楼梯，上去了，却下不来，张皇四顾，只有哭声求助。爷爷吓

浴火 · YUHUO

坏了，抱下徐肃霜后，几天才敢给徐凌说。木楼梯中间是空的，小家伙居然没有踩漏，安然无恙，过了好久好久，一家人都心有余悸。

刚会走路的孩子，免不了时时跌跟斗。起初，肃霜跌倒后，他会把小脑袋抬起来，两手贴在地上，不哭不闹，静静地等着徐凌抱他起来。徐凌站着没动，目不转睛注视着徐肃霜，他用微笑和关切的眼神，鼓励着肃霜自己站起来。除非必要，徐凌连言语都不使用。渐渐地，肃霜领会了父亲的心意，摔倒后，总是自个儿站了起来，甚至手擦破了皮也不哭。看在眼里，疼在心里，徐凌依然不去帮忙，只是平静地用鼓励的语气赞扬儿子。徐凌认为，并且在适当的场合表达过这样的看法：让孩子在挫折和微笑的伤害中长大，只要他的能力足够去应对困难，大人们都应当静观其变，不用代劳，但是关注、鼓励以及引导应对困难是必不可少的。监护者需要密切关注变化着的环境，不要让不期而至的巨大伤害超出了孩子的解决能力和承受力。

小学三年级时，徐肃霜的独立性开始显露出来了，徐凌给儿子讲了一个故事：老布什给小布什制定了早晨起床的时间，小布什若早晨赖床不起的话，老布什会一言不发，从井里打上一桶凉水，劈头盖脸浇在小布什头上，床铺马上变得湿淋淋的。然后，老布什转身走开，剩下一切由小布什自己去处理。老布什把这叫做苏格兰式教育。

后来呢？

后来，他们俩成了美国历史上著名的父子总统。徐凌回答。

不管什么事，徐凌都用不容质疑的态度和徐肃霜订了约。徐肃霜不反抗不争辩，一一同意了，也许，他是觉得这挺好玩的呢，或者说，自小养成了立约守约的习惯。

不过两年多过去了，徐肃霜一直没有享受过小布什的特种兵式待遇。倒是徐凌班上的学生，特别是男生，多少尝试过这类待遇的翻版。徐凌曾经接受过学校让他担任毕业班班主任的安排，顶下艰难的最后一年。这个班是全校著名的倒数第一名，纪律和卫生各方面综合考核，多半都是由这个班级扛杆杆赶鸭子。未担任班主任前的某个考核月，学生们兴奋地对数学老师徐凌说，这个月，他们班级可能会得到年级红旗班，因为前三周考核分数都处于前列呢。

年级红旗班，不是校级红旗班？那也行，你们要是得了红旗，我给你们买糖吃。徐凌撇撇嘴，根本不相信，当场就和学生，主要是班委几个带头的，打下了赌。那次，他输了，晚自习时，全班的学生嚼着徐凌买的阿尔卑斯棒棒糖，嗑着瓜子，剥着花生，度过了他们在校以来最快乐的一次数学晚自习课。班主任问他是怎么一回事，徐凌淡淡地说：一百多元，换来了全体学生的一次群情振奋，值。

浴火 · YUHUO

有了这诸多因素，当原班主任调离初三撇下班级的时候，学校自然把徐凌当成了班主任首选，那时，朱兴顺还只是教导主任，言语谦卑，终于说服徐凌接下重担。后来几乎满满的一年，这个班全体学生有幸尝试到了什么是特种兵待遇，徐凌请楚钰写了"克己复礼"四个大字贴在教室讲台墙上，作为严格教育的开始。

在该睡觉的时候睡觉，不该睡觉的时候坚决不睡觉，这是徐凌就任班主任后，和全体学生定下的第一条约定。他重复了布什父子的故事，并且规定上课打瞌睡要受到冷水冲头的惩罚，由学生自行到水龙头处浇透脑袋，春夏秋冬任何天气都是如此。"着凉了，生病了，赶紧给我说，我送你去医院，一切有我负责，但是不要都过了几天，因为别的事病了，又赖我哦。"徐凌一脸严肃，学生们却忍不住，暗地里感动得笑成一团。

笑归笑，每周总有一两个男生惨遭冷水淋头，女生基本没有受到过惩罚。冬季，也基本上没人受惩罚，学生们解释说，因为"夏日炎炎正好眠"嘛。

毕业时，这个班级一跃成为班级考核当期全校第二名。不过荣誉之下也有尴尬。政治老师米佳，在办公室里撅着嘴对他说了一件事，上课时，几个男生凑在一起摆龙门阵，还瞅着课桌下面啥东西。米佳走下去调查，男生齐刷刷抬头看着她，悄悄发笑，她心里知道不是啥好事，也猜想到男生们在干啥，不敢认真调查了，课后问徐凌是否知道是什么情况。徐凌答应调查后回答她。最终，有个处于中心位置的男生，红着脸承认了。徐凌隐晦地对米佳说，是有个男生在课堂上拿出男人那东西来玩。米佳脸上挂不住了，找到陈天南，要求换一个班，她实在忍受不了。陈天南宽慰她说，男生的冲动，到哪个班都可能遇到，三类班级可能会更多一些，况且，徐凌不是已经做出了严肃处理了吗，相信不会再发生类似的问题了。米佳才勉强继续任教下去，后来确实没再发生过类似的事。

借晚自习的机会，徐凌把女生安排到阶梯教室去跟着另外一个班看电影，全体男生则留在教室里面，垂聆教训。徐凌认为，实在的科学描述是比较好的方式，含蓄、隐晦的词语反而促使男孩子好奇地探究。他简单地施以说教，点明精满自溢的原理，又对这群发情的小动物介绍注意力转移法，比如紧张的学习，远大的志向和大运动量的体育活动，丰富的课外活动，都是削减荷尔蒙分泌旺盛的良方。不过要溢也就让它溢呗。徐凌强调，凡是焦躁时候，忍忍就过去了，要是实在熬不住，可以回到寝室，准备好手纸，躲进被窝里自行安慰。他威吓道，倘若再有敢任何公共场合玩手枪的，就得割了喂狗，叫他一辈子做太监算了。教室里笑成一锅粥，自那以后，再没人敢以身试法。

往事如电影一般飘过了徐凌到校路上的时间。站在学校电动伸缩门前，徐凌停住了，一个老师骑了电摩正要进门，看门人连忙把大门开得更宽一些。

大门隆隆的滚轮声音把徐凌的思绪唤回了眼前世界。他忽然心中一宽，难道还有比以前这个班级更难管理的吗。看看时间后，还有十分钟才上下午第一节课。他走向二楼新任班级教室，他站在教室门口，注视着每一个学生走进去。

璧江中学旧教学区有三幢大楼，呈凹字形排列。西边的叫厚德楼，是一幢实验室综合楼，图书室、保管室等都在这幢楼。中间一幢叫创新楼，是教学综合楼，底层是课容纳三百人的阶梯教室，初中三年级的全部教室在这幢楼内的三、四、五楼。东边那幢叫求知楼，修建得最早，建成于20世纪70年代。初二年级在求知楼的三、四楼，初一年级在一、二楼，二楼多余的两间教室，做了初一初二两个年级的办公室。

求知楼的楼道很窄，只有一米六余宽，光线也较暗。水泥楼梯的梯步被千万次的踩踏磨得光滑发亮。担心会有学生从上面冲下来，徐凌放慢了脚步。不时，有个别的学生打闹着，推搡着，从身边走过。当看清楚有一位老师在身边时，又不好意思，低低地彼此提醒了一句，收敛了一点。

三个女生从后面走来，跟着徐凌的步伐，不好意思超过他。徐凌不禁回头看了一眼。中间的那位个子较小，眼睛机灵有神的女生，忽然开口问他："你是徐老师吧？"

徐凌"嗯"了一声。那女生又说："我认识你，你到我家里来过。"

"你是哪个班的？"徐凌问。

"初二·三班。"

正是他要新接手的班级，伶俐的女生知道讨好新老师了。那个女生赶上来和徐凌齐平了，其余两位靠得很近，却不忙着赶到前头来，只跟着上楼。

"我爸在徐老师的厂里上班。"

徐凌不得不很注意这位多嘴多舌的女生。他问："你姓什么。"

"练，我叫练小芳。"

徐凌想起来了，厂里确实有个姓练的老工人，头脑和技术都不错，很受徐凌器重。联想到这个工人的家在黄荆，他忽然心里一动，问："你是初二·三班原班的，还是刚合并进来的？"

"上期还在黄荆中心校读，这期刚来。我们三个都是。"练小芳一看徐凌回头打量后面两位，立即介绍说："这个叫林薇薇，这个是严晓春。"

林薇薇和严晓春都对着徐凌拘谨地微笑。严晓春长得文静秀气，可能比练小芳略高一点。林薇薇个子最高，还未完全发育，身段苗条。只简单地看了一眼，徐凌便以数学老师的精确性估计林薇薇不低于 1.62 米，对于川内女孩子来说，是一个相当不错的高度。林薇薇有一张娟秀时尚的目字脸，小巧的嘴，唇廓线分明而性感，大眼睛像一汪清澈幽深的潭水，多看几眼，便禁不住会掉落潭中，被潭水淹没。她的眼睛对着徐凌闪过一道幽光，徐凌不由得多看了一眼。

徐凌甩甩头，说："快上去吧，要上课了。这节课是我的数学。"

三个女生赶紧加快步伐，一步跨越两级楼梯，噔噔噔冲了上去。

璧江镇以前是璧江区区公所所在，璧江区下辖一镇三乡，每个乡镇都有自己的小学和中学。撤区并乡后，原来两个乡和璧江镇组成了新的璧江镇，璧江中学在扩大，而原来乡属初中班继续保留，成为戴帽子初中。直到今年，县上加大义务教育力度，也是为即将到来的省督政检查作准备，黄荆中心校最后两个初中班并入璧江中学，也不再新招初中班级，至此，秀丽县所有非正式初中教学班才告终结。

靠着不锈钢栏杆，目送着一个个学生走进教室，徐凌心情很好。求知楼过道的水泥栏杆只有1.1米高，原来20世纪70年代的建筑安全标准低，学生现在的个子也几乎比以前高了近10厘米，县里不断督促，多次安全责任会议开过后，璧江中学筹资在水泥栏杆上加添了一道30多厘米高的不锈钢栏杆。

一个精蹦蹦的男生拍着篮球从过道里走来。他个子不高，却很健壮，白色短袖运动套装，短裤下面的小腿腓肠肌条条显露，透露出一股股力量。

徐凌一举手，叫住了他。

"不要拍着篮球走，拿着走。你没看见地上灰尘都起来了，声音也很吵。"

这个健壮的男生一愣，但是很快醒悟了，立即回答说："是，老师。"

他进了教室门，又回过头来问："老师，要给你班上的座次表吗？我马上画表。"

"你是？"徐凌犹豫了一下。

"他是班长，江小彬，老大。"教室里，一个响亮的声音回应道。高声嚷嚷的是坐在第二排的一个男生，体育委员万友杉，嘴唇微微凸出，下颌棱角分明，一看便是不好驯服的犟牛。

"晚上给我吧，恰好今晚有我的晚自习。"

四　忙碌的班主任

徐凌任教的另一个班级是初三·九班，全校目前唯一还存在的小尖班。根据义务教育不能实行区别对待的分层次教育原则，除了重点中学中的初中班级不在此例外，普通公立中学在初中阶段基本上取消了班级分层次教学。所以这将是最后一个小尖班。这天，早读还没结束，徐凌已经到了学校。三年级办公室在品字形结构位于正中的综合楼——求知楼，徐凌跨头两个年级，但算是三年级人员。偌大办公室只有徐凌一个人，他泡了茶，十多分钟的时间恰好够他喝过茶后去上第一节课。接了满满一杯水后，饮水机的保温绿灯变成了加热红灯。

初三·九班的学生唐松涛进来了，低声叫过"老师好"，拉开政治老师米佳的抽屉，拿出一袋牛奶粉，撕开袋子倒进黑釉咖啡杯。这一切他做得轻车熟路，就像打开家里的冰箱。他去接开水冲牛奶，徐凌说道："稍等等，水没开。一分钟就行。"

唐松涛听话地停下了，他低着头，转着手中的咖啡杯，文静得像一个腼腆的女孩子。唐松涛是班上学习委员，成绩很棒，每次考试总在年级前三名，倘若不是他已经担任了两个科代表，徐凌很想让他做数学科代表的。

冲好牛奶，唐松涛站到了米佳的办公桌前，吹着牛奶，小心地啜着。徐凌看见，笑笑说："这么个喝法，喝完了，早读也结束了。你该在家里喝了来，不要耽误早晨宝贵时间。"

唐松涛嘴唇动了动，没有出声，显得很不好意思，在徐凌注视之下，终于嗫嚅着说道，声音细得像蚊子飞："米老师说，初三了，营养要跟上。"

徐凌恍然大悟，原来，米佳一直在资助贫困生唐松涛，他早有所闻，那牛奶是米佳特意为唐松涛准备的，每天一杯。看着唐松涛窘迫的样儿，徐凌也不自在，他说："别急，心急喝不了热牛奶。"说完，起身出了办公室。

底层楼梯口，徐凌和米佳迎面相遇。米佳是政治老师，年岁三十七八，和徐凌相当，短发，戴着眼镜，身材瘦削，衣着入时而优雅，带着浓郁的书卷气，是一个看上去沉静娴雅的知性女性，唯一遗憾的是，米佳没有生育，但是和她在企业上班的丈夫，一直恩爱和睦。

"唐松涛在办公室呢。"徐凌说。

"哦，他找到牛奶没有，我忘了抽屉上锁没有。"

"不用急，他正喝着牛奶呢。每天都喝吧。"

"是啊。"说着话，两人都站定了，米佳举起了手里的面包袋，"他家里，母亲出走了，父亲靠蹬三轮搞搬运找几个钱，还有爷爷八十岁了，三人一起生活。多半是靠两个嫁到远方的姑妈资助，一家三口才活得下去。你是老璧江人，应该晓得。"

"有些我不知道，不过，我晓得的，可能好多人都不知道。"徐凌停顿了一下，继续说，"一个家电维修师傅一起喝春酒时说的。松涛家里，有一台姑妈送的 14 寸进口夏普彩电，20 世纪 80 年代产品，师傅修理时换了一个预选器，40 元。松涛的父亲当时没钱，欠着，过了一年，两年，还没还上，每次见了师傅，三轮车夫都满脸歉意含笑，承诺等手里只要缓过劲来就付账。师傅知道他家里情况，也不问，几乎都把这事忘了，欠他的账人多着呢。四年过了，车夫终于把账还清了。顺便提一下，他家是镇上的坐地产，不是农民迁进城的。我发现，镇里原住居民和新搬迁进城的农民，对待欠账的态度是有区别的，你别说我搞歧视啊。这句话是家电维修师傅说的原话，我引用的。那个时候，好多人连蜂窝煤的钱，都要故意欠着不付账，有的等到蜂窝煤厂关掉了，还赖掉了。维修都停业了，这位师傅也还有几十笔账还没收到。"

"哦，有这样诚信的人？"米佳带着疑问说。

"说这话的师傅，你认识。"

"谁？"

"楚钰啊。我最相信他，家里电器坏了，那些年都是找他。"

"我家也是。楚钰的话当然完全可信。"

"可是近年他不干了。"

"嗯。——我上去了，面包还在我这儿呢。"

"嗯，好的。以后还有这种慈善机会的话，给我通口气，别一个人把好事都独占了。"

米佳对他微微一笑，对于男人，公开场合她是难得这样温婉地微笑的。

这一天的三节数学课，徐凌感觉还不错，只对最后一节，第五节稍有不满，在小尖班，因为时间不够，他准备的一道中考题作为拓展内容还没来得及讲就下课了。第五节面临中午放学，走读学生要提前十分钟下课离开教室，在校门口行政值周、教师值周、班主任值周、两个专职保安、两个门卫，近十个人的监视和检查下，戴好走读学生证，或者捏着假条，排好队循序出校门。住校学生一周都在校内，禁止出校，偏偏不少住校生都爱溜出去，倘若

浴火·YUHUO

在外出了什么大事，那学校可真是承担全部责任，吃不了兜着走。这是陈天南和相关行政领导反复强调的学校管理重点。走读生先走，住校生不容易鱼目混珠溜出去，门口监督压力立即减小了很多。

因此，璧江中学采用了差时放学这个管理方式。"这不是璧江中学的新发明，外面好多学校都在做。"朱兴顺副校长这样解释过，"善学者，假人之长以补其短，故假人者遂有天下。"

朱兴顺在读硕士班，即将获得教育管理硕士学位，他和陈天南是全校学历最高的人，真的是满腹经纶，打起喜爱的大贰、麻将来，一套套的理论讲起来，像卖弄最时髦的教育理论一样令人叹服。稍显不足的是他的话还缺少楚钰那样的激情和感染力，怎么看都更像斤斤计较、迂腐固执的学究。语文组的才子们把学校的这个做法叫作"去尾"。"掐头去尾，中间捣乱"，语文组形象地总结出了八个字，掐头指的是集会时间过长导致上课时间被延迟耽误，中间捣乱指的是随时可能因为卫生等问题把学生叫出教室及时打扫。不过，三位校长似乎对暗中流传的民谣都不知情。

回到家中，新请的保姆张大婶还在做菜，徐凌依着儿子的辈分也叫她"张大婶"，他打过招呼，上楼进了书房。陈兰在书房里写写画画着。徐凌走到她身后，陈兰头也不抬，签字笔指着纸上的一行行文字说："我拟了一个计划，看看到了浙江后需要了解哪些方面，你帮我看看，还有补充的没有。"

徐凌本来是想和陈兰温存一番，然则陈兰专注于新近的建厂构思，冷落了徐凌，使他忽然浮现出一丝不快。他一边看着，一边说："去浙江一趟，主要核实一下，那边的原材料楠竹是不是真的比这边贵得多，生产线的设备质量、必有套件和价格，还有竹签销量市场、规格、价格。只要落实了这些，韦仲航合伙投资的真实意图便清楚了，我们也敢放心地合作。什么时候去？"

"后天的机票。家里、厂里的事，你要多照看一下。"

对新拟投资的项目——竹签厂，陈兰确实有些隐忧。大丰竹木业有限责任公司，主要产品有三类：折叠式竹沙发，各式艺术竹椅，以及压制竹菜板，每年产值在三百万左右。徐凌参与了经营的每一个细节，可以说是真正的最后决策者。有见识的人，总说徐凌在公司的经营管理中运用了优选统筹法，厂子才管得那么好。在大丰公司里，每道工序要几个人，哪些人最合适，一个人除了主要负责一道工序，还可以、愿意，承担另外哪些工作，徐凌都安排得井然有序，绝没有半个闲人。不同的工人是实行计时制，还是计件制，也安排得恰到好处，根据个性和特长，安排最适宜的工作，彼此进行削弱自我的团队合作，徐凌让每个个体发挥着最大效率。大丰公司总在每月五号发放上个月工资，从不拖欠。大丰公司还唯一地在本地实行了工龄津贴，很好地留住了老工人。逢年过节，也定会召集了全厂工人喝顿团圆酒，大家非常乐意在他厂子里干活，虽然干的活不少，背地里称他是最诚信的老板。

　　说起来，徐凌只是把从合理分派工人节约下来的工钱，用在了公司员工的福利上，并没有增加成本。陈兰是一个具体的执行者和监管者。十几年过来，陈兰对丈夫佩服得五体投地，同时也佩服父亲陈洪凯的眼光，看人一看一个准。最初，陈兰经人介绍的对象是农村信用社的信贷员，父亲是县联社的领导，小伙子又长得清秀腼腆，说话细声细气，陈兰的母亲很中意。巧的是，徐凌是信贷员的高中同学，腼腆的信贷员让暑假回家的徐凌陪着自己去相亲，他知道自己话少，内向，怕冷了场合。陪着陈洪凯喝茶聊天时，发生了一件陈兰不知道的事。

　　当时，围着八仙桌，三个男人聊着一些共同的话题，等着午饭。徐凌不抽烟，而陈洪凯和信贷员是抽烟的，陈洪凯烟瘾还比较大。上一支烟抽完相隔十来分钟，陈洪凯又从桌子上烟盒里抽出了一支。他把烟轻轻地在桌子上戳着，等待着什么，嘴里的话没有停下。打火机就在信贷员的面前，他没有注意到。徐凌看出来了，悄悄在桌下碰碰高中同学的腿，提示他。信贷员望着徐凌一脸茫然，徐凌不得已，努努嘴儿，看着打火机，递了个眼色。信贷员看见陈洪凯拿着烟晃动的手，终于明白了，拿起面前的打火机替陈洪凯点上了烟。

　　男方公开到女方家里相亲，事情都到这份上了，又有信贷员父亲和陈兰母亲的赞同，不出意外的话，婚姻是顺理成章的事。男方等着回话，家里最后征询陈洪凯的意见，陈洪凯不做正面回答，只吐出了一句：那姓徐的小伙子不错。陈兰本也没对信贷员有多大强烈的愿望，听父亲这么一说，心淡下来。陈兰母亲不明就里，也做不了主。女方久久没有回应，男方知趣，好事就此黄了。过了半年，徐凌寒假回了家。热心的媒人登门替徐凌和陈兰撮合，两家一说即合，事情成了今天的格局。

　　吃过午饭，陈兰去房间收拾一下外出要带的东西，徐凌半躺在客厅的沙发里，看着电视娱乐节目养一会儿神。这天是星期四，中午徐凌要守午休。到了午休时间，璧江中学把全体学生，住校生和走读生，统统赶进教室，趴在桌子上睡觉。冬天40分钟，夏天70分钟。不管初中高中，那群猴崽子可不是循规蹈矩唯命是从的乖乖儿，总是要叫、闹、跑，还有急不可耐的多情种子，选择了僻静地方，偷偷去约会了。几处楼顶的门总是被打坏，便是荷尔蒙过旺惹的祸。楚钰的女儿在市里读国重高中——市三中，楚钰说，三中也午休，但是那叫作静校，和璧江中学根本不一样，走读生回家，住校生回寝室，教室和运动场上严禁学生活动，全校静悄悄的。

　　"趴在桌子上睡觉，时间长了，肯定对孩子身体是有害的。我查过相关资料。"楚钰说。

第一年，师生中确实是怨声载道，背后汹涌；一年过去，师生们渐渐习惯了，平静了。家长，特别是走读生家长尤其拥护午休政策，像学校这样的称职大保姆，打着灯笼也难找，还是全免费的呢，他们不再为中午还要到处去找孩子回家睡觉休息，从游戏厅里揪着耳朵一个个逮回家那样操劳了，尤其是那些麻将老客举双手赞成。教室里午休这个"怪胎"，竟然顺利地长大了，一直坚持下来。

徐凌还没完全眯上眼呢，传来上楼梯的响声。一位女家长带着孩子上来，徐凌认识那个女孩，是新插班的学生邓阳，家长在外打工，初三了，送孩子回家冲击一年，以便参加本地中考，孩子母亲也专门回来陪读。

客套几句后，邓阳母亲对女儿说："你先去学校午休吧，我和徐老师再说几句。要好好听老师的话啊。"

确信女儿已经走远了，邓阳母亲摸出一个红包，双手递给徐凌说："徐老师辛苦，我的孩子回来，生疏得很，还望徐老师多多关照。"

徐凌忙用手掌立起来挡住，说："分内之事。这个我不能收。"

双方推来推去几个回合，邓阳母亲拗不过徐凌坚决的态度，停下不动了，尴尬地站着。徐凌看看时间快到了，上去和陈兰说句话，邓阳母亲见此也只得告辞，慢吞吞地走向楼梯口。徐凌回到客厅，正要喝口茶，看见了茶杯下面压着的红包。徐凌叫道："哎呀，怎么这样送礼啊，真是，真是。"

"什么事啊？这么激动。"

"刚来插班学生的家长，一个红包，两百块钱，我都推了，等我上去的时候，家长撂下溜了。"

"要是你又追着出去还给人家，那人家多没面子啊。气量小的，还会以为你不想照顾他孩子呢。每个老师都有吗？"

"那我怎么知道，未必一个个去问啊？语数外老师应该有，班主任不说了，又是英语老师。"

"那是人家一片心意，推过头了让别人下不了台，这年头，两百块算不得啥，别纠结了。教师节马上就到，你也该带着肃霜去拜望一下两个老师。总不能空着手去吧，语文老师，数学老师，都对肃霜可好了。"

"呵呵，今天，陈兰成我公关课老师了。"徐凌一笑，不再争辩。

陈兰兴致大发，情调盎然，坚持开车送徐凌去了学校。

二楼，三楼，徐凌一级级爬上去。他运动得比较少，走路和上下楼都是很好的锻炼方式。刚到三楼梯口，楚钰的声音响亮地传下来。初三·四班门口，站着几个男生，个子都不比楚钰低，却被训得一个个俯首帖耳。

"哇，钰哥发威了。这可少见啊。"徐凌笑着说。

"这群小子，就得严厉才行。"楚钰也笑着说，他挥手把刚站着挨训的学生赶进教室，接着说，"午休老师打来电话，说教室里差了五六个人。我赶来一查，都拿着扫帚铲子，装模作样打扫卫生混时间。"

徐凌不觉一笑，继续上了四楼，走向三·九班教室。

楚钰常对人说，他躲班主任职务就像躲瘟疫一样，生怕被派上了，不像有的人抢着上班主任。确实，楚钰物质和荣誉上几乎无欲无求，也就不在乎班主任那点方方面面都能带来的利益。语文教研组长沈连成称楚钰几乎是"跳出三界外，不在五行中"了，他自己则称"我们都是俗人，俗得实在，俗得真诚，俗得可耐。人类存在的标志就是俗。所有的崇高只是虚假的幻象"。

可是，楚钰怕什么，偏偏什么就降临了他头上。楚钰原来和徐凌同教初三·三班，这个班撤掉后，又同时调任初二·三班。楚钰还任着初三·四班，一个普通班的语文。开学之后，初三·四班班主任，数学老师吕萍，一纸借调令调到了县里会议中心做接待员领班。吕萍是璧江镇巨富的儿媳，她老公公被人称作山寨王。这个山寨王，开发了一个大项目——新农村建设示范项目，10000亩花椒基地。也有人私下说其实顶多也就是5000亩，10000亩是为了申报材料上有个动听的数字，各类统计或者申报项目的数据材料不都是这个样儿的吗。花椒基地的核心示范区，3000亩的花椒林，便在镇外五公里的山上，几大片坡都是花椒，结籽季节，满坡尽是花椒的清香。据说，以后到了盛产期，示范基地的花椒亩产量能达到1000斤以上。省林业厅领导下来视察，听过汇报后开玩笑说，这么多，这能麻倒半个四川。吕萍的丈夫，在县城里的镇政府司法所任职，刚从本地调去县城一年，儿子则刚刚上小学，有人说在县城上，有人说在成都上。

这节骨眼上，学校根本抽不过来人，经分管总务后勤的副校长周宇全左磨右磨，楚钰不得已接手初三·四班班主任。

楚钰和徐凌，算得上惺惺相惜的朋友，虽然平时两人相处时间不多。楚钰犹如生活在幻想世界的自由精灵，懒散随性，由着一时的激情行事，对于经济利益看得很轻。他兴趣广泛，充满浓厚的生活情趣，上山游玩时，竹林边上一朵蓝色山蝴蝶，也可以令他驻足观望。他常说一句话，只要你有足够的敏锐感觉，保持平静的心，自然界和生活中，将会处处有美，有愉悦的事物。除了年过四十还是著名的老中二外，他的生活在旁人看来，几乎是完美的。

一个不求取什么的人，比那种爱诘难爱挑漏眼有利必争的刺头还难应付，这也是陈天南对他犯怵不愿开罪他的重要原因。他上课有着火一样的热情，嗓音圆润带有磁性，普通话标准流利，一堂语文课，常常把中国语文上到爪哇国去了。在他的课堂上，文学，历史，时政，甚至经济，哲学，奥妙宇宙，家国情怀，无一不涉猎，天马行空，自由自在，讲台犹如草原，任他信马由缰，尽情挥洒，往往洋洋千言，却离题万里。学生都很喜欢他的课，像听评书一样。不过，每年的统考或中考，楚钰所教班级成绩次次都是中流徘徊。

深受学生喜爱，便是学校只能安排他做班主任的重要原因，虽然学校行政都知道他极不耐烦做这些保姆一样的啰唆事，喜欢我行我素，以前做班主任时常常弄出遥控的状态来，一众领导哭笑不得却拿他没法子。今年为这事，油嘴滑舌，鬼点子多，人称"烂肚皮"的周宇全，利用他和楚钰平时比较要好的老关系，终于让楚钰接受了。

处理完班上迟到学生的事，楚钰从三楼下来，正遇上郁含章拿着记录本上来。郁含章这周列入行政值周，正检查午休情况。

打过招呼，正要擦肩而过，郁含章突然说道："楚老师，下午放学后，班主任开会，你知道吗？"

"不知道啊，又开什么会？"

"具体内容不清楚，听说是通报全县校长电话会议内容，可能待会儿办公室会打电话通知班主任的。"稍顿，郁含章转了话题说，"你和报社、编辑比较熟悉，哪里发表文章好一点？"

"你说的是教育教学经验文章吧。"楚钰明白郁含章正在冲击高级职称。

"嗯。你不是在日报社做过特约记者吗，日报上有教育特刊，专门刊登教师专业文章。他们发表要求是什么？"

"哦，早没做了。内容吗，只要不太差就行，作者自己编辑，报社不审核修改，现在统一收每篇文章500元。文字一千左右。"

"这样的啊，市级文章也要500元？我经常收到全国各地约稿的教育期刊，多是省级，也有号称国家级的，一篇也才是五六百元。只是不知道那些期刊可不可靠。"郁含章迟疑着说。

"很多约稿的期刊也是可靠的，不会骗了钱了无音信。还有，要想获奖捞分，只要证书、不发表文章占用版面的，省级以上证书，一等奖一百左右，二等奖八十。无论什么样的论文，都能审核通过。"

"那相当于直接拿钱买了。"郁含章说。

"嗯，就是这个意思。"

正说着，楚钰的手机响了起来，周宇全打来电话，催促楚钰上交学生意外伤害保险和校讯通名单。楚钰答应着，告别郁含章下楼。

和楚钰说这番话之前，郁含章刚刚和陈天南交谈过。郁含章是教学督导组长，相当于教导处副主任级别，属于中层副职。鉴于新教师，包括五年以内的年轻教师，有不少人工作热情不高，懒散随意，其中不少人，成天做着发财梦或者跳槽梦，公务员梦，为了监督教师的教学工作，专门成立了教学督导处。但是全校唯一一个一年就跳槽成功的年轻老师，是县人大副主任的公子，到学校报到之后，就再没见到这位公子的踪影，然后被借调，不知安排到哪儿去了，五年来再没露过一次面，但是工资依旧每月打在工资卡上，直到去年，终于有了消息，经过考试成为正式公务员，年底又升了副科级。年轻教师相互调侃时，总爱酸溜溜地说一句话，"谁叫你没有一个好老爸！"

郁含章找陈天南谈话时，本来是想抱怨工作太累，看看学校能否减轻一下工作，他尤其抱怨学校又强行让他接收了学生吴冰冰，这是他竭力劝其转学已经有了效果的。在所有知晓吴冰冰底细的老师眼里，吴冰冰是有精神障碍的学生，他上课总是前前后后地找人说话，拿笔戳别人的脸，作业爱做不做，课堂上强令他遵守纪律，吴冰冰依然一副爱理不理的样子，逼急了，还会不干不净地辱骂老师。通知家长，家长赔笑，道歉，可是吴冰冰的品性一点也改不了，吴家只有这么一个孩子，从小当金宝卵一样看待，在家里一句重话都不敢说他。吴冰冰在小学期间，可是做过跳楼威胁老师的事。教导主任蒲易莲曾经教过他一期，背地里骂说吴冰冰是惯出来的精神病。

"到哪个学校都得转学，谁受得了啊，但是一期转一次学烦一个班主任不行吗？非得六期都让我管。我差点都跪着求他别来了。"郁含章说。

听完郁含章的抱怨，陈天南摇摇头："没办法啊，义务教育就近入学，家长一再下话请求接收，学校也推不了，没有经过精神病鉴定，谁敢拿个帽子压在学生的头上。勉为其难吧。"

郁含章是数学组四大高手之一，工作过细，干活卖力，上课时一口声音可以响彻全楼。这期，郁含章继续任初二·一班数学，班主任，教学督导组组长，二年级组长刚辞了，又新接了初三·七班，也是一个重点班的数学课。饶是善于把自己搞得很累，把学生也搞得很累的精悍之师郁含章，也有些吃不消了。郁含章教学成果很棒，连县里的省重高中准备开设初中班时，都特意来邀请郁含章去任教。陈天南挡住了，说等等再说。郁含章的妻子是镇上一家企业的工人，调到县城去，两地分居反而不好办，而且，县城高中里，强手如云，郁含章要评职称，业绩和工龄上未必争得过。陈天南向郁含章做出了承诺，他估计今年会有中学高级指标，而郁含章是学校骨干教师一定优先考虑。

人往高处走，水往低处流。教员是有区别的，城市，城镇和乡村，他们收入，观念，和行为，都不太一样。唯一的共同点是，他们都围着考试转，那是一根无处不在的指挥棒。在中国各地，单独就经济收入而言，城市高于县城，县城高于乡镇，而且差距不小，所谓的山村补贴比起城市教师多出的工资福利来微不足道，这一点上，法国教师绝对会摇头不解的，因为巴黎的教师会比乡村的老师收入少，理由是如果乡村老师要享受高层次的文化生活比如一场大型音乐会，还得千里迢迢赶到巴黎来，那这车费住宿费不是一笔开销吗，当然要收入高一点才公平。楚钰爱说成集权的体制总爱劫贫济富，依仗着权力胡来。出于多方面的考虑，郁含章却没有往县城里去，留了下来。陈天南也看准了，郁含章是一个干老实活的人，当然，他也不吝惜给予郁含章各种学校能够拿得出的荣誉，把郁含章树立为学校教学楷模。

郁含章果真办事认真，各个教室里都已看过了还不放心，他想起综合楼是没有教室的，但是，各班缺少的学生是不是在综合楼即厚德楼的某个角落里逗留呢？以前经常有这样的情况。郁含章来到了厚德楼。到了三楼的时候，他看到上面有人影晃了一下，好像上五楼去了。五楼是图书室和生物实验室，是最高一层。这个时候怎会有人，是老师吗？郁含章不放心，也上了五楼。

很安静，五楼的楼道上，过厅里阒无一人。再往上，是楼坪了，南北楼坪中间隔着一间屋子，联通公司曾经租用来设立基站，后来新建了基站塔，才放弃了，目前堆着一些杂物。郁含章犹豫了一下，还是沿着宽阔的楼梯走了上去。

南北楼坪都有门，也总是被学生打坏，北边的门半吊着，南边则门洞大开，连木门的影子都看不见了。郁含章拐向南边，通过门洞，野草，淤泥，以及散落于沼泽一样的楼坪上的木板，一览无余。靠近门的这边地势高一些，没有水。门内很干净，门外则是烟头满地。

郁含章的脚刚刚跨过门槛，听见响动，一男一女两个高中生马上分开了。

看到了男生嘴唇上怪异而细微的动作，女生脸没红，反倒变青了，郁含章心里清楚，两个青年正在这里打啵儿呢。

郁含章响亮的呵斥直把一对男女吓了一跳："都午休了，还到处乱跑！快回教室去！"

两人忙不迭逃走，几乎一路小跑下去了。郁含章禁不住一乐。

召开班主任紧急会议时候，郁含章迅速把本年级组班主任清理了一下，没有缺席的。但是，全校三十多个班主任中，差了两个，一个是本镇男老师，家住乡下，老婆刚生孩子，回去了，这好办，立即电话通知，马上回校。还有一个，是高三·一班暨文科宏志班班主任邱艳。

陈天南看看办公室主任叶永宁，叶永宁马上说："我通知年级组长时说得很清楚，这个临时紧急会议班主任必到，不准请假。"

高三年级组长马上接着说："邱艳接到了电话，她没说不能到会。"

有个小声的议论，陈天南听到了。那个声音说"邱艳好像回家了。"

邱艳的家在县城，老公裘小东在县林业局上班，听说还颇受重用。邱艳要是回去了，敢情不是明天周五的课都不上了吗，肯定又是和老师偷偷调了课，而学校三令五申不准老师私下调课的。

陈天南和身边的朱兴顺耳语几句，自己了出小会议室，到走道里。

邱艳接到电话，心里跳得厉害，知道实在是躲不过去了，才说出实情，她四岁的儿子明天要到市里医院检查，确定手指手术方案，为了有充足的时间，她才把课调了，加上周末，可以对付过去。如果学校不同意调课，那可算作是请假，她回校补假条。

　　邱艳的儿子长了六指，邱艳夫妻已经咨询过县里的熟人医生，医生说这种小手术，县里也能做，天气下凉了做，孩子康复期会好受一些。邱艳夫妻俩决定了还是到市里去做，才有了周四调课这一出，正好第一周高中第一周周末不补课，时间加起来比较充裕。她也不想请假，请了一天假，一期全勤没了，会扣掉好几百元，还要扣分，请第一次假就像失去珍贵的处女贞操一样，因为不愿请假而私下调课的事司空见惯。

　　陈天南听完，不由分说厉声说道："我不管你请不请假，我是要你马上来开会。亏我那样好好待你，你的职称还是我替你弄好的呢，怎么尽给我添麻烦。马上回校，否则后果自负。"

　　邱艳明白陈天南说的是真话，按年龄来说，邱艳是学校里评上中学一级教师年龄最小的，29岁评上，一般说来，只有中层干部才可能有这样的机会，市里分配到璧江中学的中高级职称名额远远不够，排队的人一长列。不仅璧江中学，除县里国重职业高中和省重普通高中以外，全县任何一所中小学都是粥少僧多。去年，陈天南找熟人特意为璧江中学从市里多要了一个中一名额，专门给了邱艳，他指望邱艳感恩戴德，为他分忧，添麻烦就更不该了。

　　丈夫裘小东正在身边，听邱艳转述了陈天南的话，立即冒火了，激动道："有恩怎么了？拜年送礼，我们从来没落人后，欠他什么。这不是仗势欺人吗。我们也是为了孩子的事，迫不得已才请的假。不要理他。"

　　邱艳眼睁睁看着裘小东，眼眶里又是泪花盈盈了。裘小东毕竟机关里面混的，冷静想想，气消了一点，他说："我说过嘛，花上三万，也要争取早点调到县里来，走考试那条路，毕竟走起来没有十成的把握。"

　　"现在，我还是璧江中学的老师啊，陈天南也有难处。忍忍。"

　　"好吧，你去吧，打的，40分钟能到中学，只怕那时候，会已经开过了。"

　　陈天南看重这次会议，当然有他自己的理由。上午，县教育局长莫文刚主持了全县中小学校长电话会议，会议主要精神是强调学生安全，消化入学矛盾，注意开学期间对学生的人文关怀，尤其不要触犯义务教育的法律原则。一则，莫文刚的朋友，送孩子到绵阳中学读书，检查假期作业时，孩子居然忘记带了。老师死活不肯给学生报名，要学生必须把作业交来检查之后才能报名入学，家长恳请先报名，回去立即把暑假作业带来学校。报名的班主任坚决不肯通融。家长没辙了，带着儿子回了家，想到还得开车带孩子去报名，一路上，连过路费都不简单，还不算劳累在内。家长窝着气，狠狠责备了儿子几句，连自己的小事情都记不住，将来长大了，怎么做大事。孩子本来也够难受的，平日里一向宠爱自己的父亲都埋怨，他真受不了，郁闷了一个下午，黄昏时候，从电梯公寓十一楼家中，一跃而下。这事迅速传遍了全县。二则，开学之初，有些学生由于实在令班主任头疼，报名时班主任不免左右设难，左推右挡，家长中强势的，纷纷电话告状到了县里，一天就有三四起。电话会议之后，莫文刚还专门给陈天南电话，说是璧江中学也有告状的，要他摆平。

有了这两个重要的原因，陈天南当然重视这次班主任临时会议。

邱艳赶到璧江中学时，班主任会议真的结束了。面的一直开到了高中部鸿志楼底楼大厅前。邱艳一下车，就撞上了陈天南。她忍羞向陈天南解释了几句。陈天南一见邱艳打车紧赶回来，火气已经消了，对身旁的办公室主任叶永宁说："今天会议来得急，不考勤了。以后通知要落到实处。"

晚上十点半过后，郁含章才完成寝室检查。初中晚自习是两节课，初三高中三节课，高三特殊要求上四节课。检查就寝情况的事，办事仔细的郁含章发现一些情况，他给邱艳打了电话，请她过来在班主任寝室检查记录登记本上签个名，根据记录，第一周邱艳还没有去检查过本班寝室。邱艳伤心了半天，正准备洗漱睡觉了，听完连忙赶到学生宿舍。在宿舍管理员卧室兼办公室那里，邱艳感激地签了名。

五　不宁静的周末

新保姆干事很卖力，陈兰去浙江考察的日子里，徐凌虽然很累，还对付得过去。除了教师节全校教师外出，到一百公里之外的苗寨景区召开了表彰会暨教师节庆祝会之外，徐凌到厂子里例行检视过，只要有空，就陪着徐肃霜，做家庭作业、游戏、自学、听音乐，他时刻掌握着徐肃霜在家里的动静，哪怕是一起去外公或者爷爷家里。父子俩在这小段时间里亲密了很多，徐凌感觉到，其实徐肃霜很想和自己亲近，从自己这里获得帮助。

徐凌带着徐肃霜分别去拜访了两位小学老师，当着徐凌的面，语文和数

浴火·YUHUO

学老师都是一个劲儿地夸徐肃霜。回家路上，徐凌揽着儿子的肩膀说："飘飘然了吧。当着我的面，都说你的好，我和老师背着你谈论时，可是把什么都说了的。人有长处，就有不足，可别太得意忘形。"

徐肃霜竟然红了脸，他打量一下街上的行人，低着头说："没有啊，我Hold得住。现在爬上去很高摔下来我都经受得起了。"

"很对。人就要胸襟开阔，对不同意见兼容并蓄。我还要告诉你，我不会按数学老师的要求做。我不打算另外聘请老师给你补课，我也不给你补。毕业班了，你看着办，我相信你。"

又到了周五。

徐凌夹在学生人流中出了学校。下着雨，徐凌举着伞慢慢地走着，他还在思考着教师节时收到的那条短信是谁发的，他估计是懒散厌学的初二·三班那些小崽子干的。初三·九班这样的小班，人人奋进，即使有怨言也不会冒失地给老师发这样的短信。每逢节日，总会收到许多祝福的短信，教师节，收到的短信则多为学生所发，多数没有留名。这条短信实在有点怪异，让徐凌过目难忘，内容是：天若有情天亦老，人学数学死得早。两岸猿声啼不住，互相谈论倾斜度。风萧萧兮易水寒，各种数学各种难。垂死病中惊坐起，学数学你伤不起。

这封匿名短信，除了表示对数学的畏难之外，还有可能表示对他过于严厉的不满。chicken guy！徐凌暗中冷笑。chicken guy 是徐肃霜跟着《洪恩gogo》自学英语时最先学会的一句俗语，徐凌也记得牢牢的。他保留了这条短信，不时翻出来，看看，并从心里嘲弄一通。在这韩寒式的调侃背后，藏着对数学的恐惧和无知的空虚。这无能而装酷，正是浅薄的时髦青年装饰自尊的手段，在玩世不恭的调侃背后，其实隐藏着自卑的挣扎，和虚张声势自我遮掩的怯弱。数学就是智者的王冠，强者总是知难而上，而不是退到一边唠叨。想着想着，徐凌的高傲劲就上来了。

"爸，下面有两个漂亮姐姐找你。她们上来了。"

徐肃霜刚走进客厅，便大声嚷着，他把书包扔进沙发，脚步轻灵上楼去了，他想趁午饭还有十多分钟时间，玩一会儿网络游戏。

徐凌听得一愣。这小子，学得油腔滑调了。可能是自己的幽默和自由表达的行为影响到了徐肃霜，在适宜的场合，徐肃霜便自然地暴露出来。哼哼，以身作则永远是教育最优先的手段。徐凌没吱声，继续在餐桌前转悠。厨房里，保姆开始炒菜，传出吱吱的声音。

真的有人上楼来了，脚步很轻很细，很谨慎，上来的是初二·三班两个女生。高个子的叫唐俊苓，成熟得像二十岁，班上的学习委员；稍矮一点，漂亮伶俐的是孙小茜，文娱委员还兼着语文科代表。

唐俊苓手里拿着一个扎着彩带的盒子，透过盒子一侧的透明塑料纸，看得见里面装着黑色咖啡盅。她捧着给徐凌，并道歉说教师节礼物迟到了，原因是直到周五，她才请到假可以出校。徐凌明白了唐俊苓的意思，这是她们两个送给老师的私礼，所以要亲自出校送到家里来，最大可能是不想让本班同学瞧见。徐凌想。

她们还带着数学书，问了一个关于二次根式的问题。徐凌提示她们从非负数角度去考虑，他承诺如果她们回去还是不能独立解决的话，周一上学再单独给她们讲解。

提示性的讲解很快，唐俊苓和孙小茜还意犹未尽。她们找了些其他的话题询问徐凌。一个清脆一个沉实的女孩子的声音，听起来真是有如美妙的和声。徐凌做事简明扼要、说话实在中肯，学生们比较爱和他接近。他不像班主任刘华，动不动就念一篇干巴巴的道德经，说起话来像牛皮糖，又绵又软韧劲还好，听得耳朵起老茧，唐俊苓她们最烦这个，又最怕这个。好不容易有了这样单独和徐凌对话、接近的机会，唐俊苓和孙小茜东拉西扯提着问题，真舍不得走。

张大婶把菜端上餐桌，弄得砰砰当当地响。徐凌提醒说，该去吃饭准备上课了，周五是不进行午休提前上课的。她们若愿意，可以和他共进午餐。两个女生立即惶恐起来，告辞了。

快到中秋了，又下着小雨，冷风吹在衣着单薄的身上，凉悠悠的。徐凌开着车去了一趟厂子，工人老练对他说，购买杉树的事联系好了，卖主是他们村的，他问徐凌什么时候去看货谈价，再决定办证砍伐。择日不如撞日，徐凌是一个讲究效率的人。他说："下午就去，等你下班了，我们一路去。你介绍的卖主，应该谈得成。"

想到初三小尖班还没有布置家庭作业，徐凌又开车去了一趟学校。他特意找出一套单元试卷，让小尖班学生回去完成，周末加码。至于初二·三班，徐凌叫来数学科代表，让他通知同学们，把练习册做到多少页。

至此，学校的事本周已告结束，徐凌可以专注于公司的事了。

被小尖班的学生缠着，在年级办公室里回答了几个问题，徐凌终于可以离开学校了。高中还在上最后一节课，明天也要补课，而初中生此时已经走得差不多了，稀稀拉拉地还有一些在校内。徐凌站在楼底过厅里，撑开伞，正要走出去。

"老师，你布置的家庭作业好多啊。"冒失的声音。

是练小芳，工人老练的三女儿，她和徐凌已经很熟了。旁边的是林薇薇。她们从楼上下来，厚德楼五楼是图书室，她们似乎从那里下来的。

"都放学了，还不回家？"徐凌问。

"一会儿还回不了啊，这么大的雨。"

雨其实不算大，但是，淋着雨只要走上一里路，都会淋得湿透的。徐凌正要下阶梯，忽然转过头说："我正要到你们村子去买杉木，要不，顺路送你们一程，车子就在操场边。"

练小芳和林薇薇似乎没有听懂徐凌的话，互相对望了一眼。练小芳问："老师说开车送我们？"

"不是专门送你们，我到你们村里买杉木，你的爸爸一路去的。顺便带你们。"徐凌等着，练小芳要是再有什么疑问，他就会直接说一声"那就算了"转身走人。

练小芳激动而夸张地叫道："太好了！谢谢老师。我们去拿点东西。"说完，不由徐凌作出回答，拉着林薇薇跑了。

徐凌很懊恼，看来，他还得等上一会儿。

坐在车子里，雨在轿车四周围成一道稀疏的雨幕，孤零零的轿车在空旷的操场上十分醒目。三个人影出现在雨雾中。徐凌后转身推开了车门，三个女孩一连串坐进了后排。

"你们三个真是形影不离啊。"

"黄荆中心校转到二·三班的，只有我们三个女同学，其他的读别的班级去了。"伶牙俐齿的练小芳解释说。

严晓春是半路被练小芳拉上的，最磨蹭却是林薇薇，她在翻找一件合适的衣服，怎么选也不中，其实她的衣服本来也不多。练小芳骂她哪来这么多穷讲究。林薇薇脸发烧了，却不好和练小芳斗嘴，嘟着小嘴，三人一道赶着上了车。

从凄清冷意的雨中，钻进了轿车受到保护的有限空间里，林薇薇觉得好温暖。这是她第一次坐轿车。车厢里散发出好闻的味道，不单是轿车里皮具等配置的气味，陈兰偶尔会在车里撒上一点香水，混合起车内的其他气味，让人感觉温馨。三个女生的提袋，一股脑儿塞到车后窗阶里。徐凌把车开到了家门前，停下后，他对她们说："你们等等，我去拿几把雨伞。"

公司办公室里，正有一个工人等徐凌，他是翻修厂房屋顶的师傅，来报工资和垫支材料费的账，徐凌不得不进了办公室，仔细核对账单，询问一些细节。

等了一会儿，练小芳摸索着学会了开车门，她和林薇薇下了车。在办公室，看见徐凌忙碌的样儿，练小芳说："老师，我们上去拿伞吧。"

"嗯好，张大婶在上面。"

练小芳和林薇薇拿着三把雨伞下楼后，徐凌也完事了。他关了公司办公室的玻璃门，铝合金门却没有拉下。练小芳和林薇薇走在前面，刚走到湿漉

浴火
YUHUO

瀌的水泥地面，林薇薇突然脚下一滑，她踩上了一小块香蕉皮。徐凌眼疾手快，一把拽住了林薇薇的手臂，在他有力的把持下，林薇薇只晃了一下，迅速站稳了。

林薇薇立即红了脸，心里怦怦直跳。

轿车转到厂子里，接上了练师傅，才往乡下开去。

车轮碾过尚未硬化的村级公路上的水坑，发出哗啦啦响亮的声音，传到轿车里却微弱得几乎听不见。林薇薇手指轻轻划着米黄色的轿车内衬。她有些晕眩，但是属于一种浑身暖融融的不愿意动弹的晕眩，迷糊中带着舒适慵倦。侧窗上因为有了弯曲的水流而模糊着，只看见车外的亮光，景色模糊一片。车开得不快，林薇薇也慢慢想着心事。都说春雨贵如油，如果是春天，雨后的时节恰是林薇薇害怕的。栽秧打谷的重活她干不了，地里的活还得做一些。春耕点玉米的时候，林薇薇不仅下过地，举过挖锄，还挑过肥料，她最怕的是挑大粪，挑运那些良好的天然肥料，是她竭力想逃避，又逃不了的苦差事。

她家刚修新房，还没完工，一楼一底的新房连清水房都还谈不上，钱早就用完了，还欠上一大笔账，父母都出去打工挣钱了。据他们商量时漏出的话，估计要一个三年四载才能够把修房欠的钱和装修还需要的钱挣够，至少在那个时候，他们才能回家。地里的活，主要由外公扛着，她不得不帮忙。

还未修新房子前，林薇薇的父亲不同意，说钱是肯定不够的，可以等上几年再修，至少等到小儿子初中毕业。林薇薇的母亲不答应，说山里住户的不说了，凡是住在平坝子里，哪个不修建新房，难道要等到家家都建完了，他们家才动手，真丢不起那份脸，趁年轻力壮，了了心事。想想也是，哪家哪户是攒够了钱才建房的呢，都是欠着拖着借着先建了再说。于是，动土了，又停工了，双双出去了，留下了一儿一女，由外公带着生活、读书。好在林薇薇外公也是本村人，相距仅仅一里多地，很方便。

林薇薇的父母，偶尔也会当着两个孩子的面为了经济问题争吵几句。林薇薇的小弟读小学后，有次被同学邀约，看见田里有小龙虾，便逃了一天的课去捉龙虾，卖到镇上夜宵店里。父母知道后，小家伙挨了一顿竹枝，母亲在语重心长又严形厉色教训小儿子后，坚决地说："做什么都可以，就是不要做农民。"

这句话，林薇薇捂着鼻子挑着粪担子时体会最深。在父母看来，却还有另外一层意思：农民是最低贱的职业，累也罢苦也罢，重要的是他们在地里田里辛苦劳累一年，所获还不足以充足地糊口，既然农业劳动收入如此低廉，被轻视就在情理之中。进入了21世纪，中国再也不是"士农工商"的唐宋明清，按照世俗一般认可的排位看法，应该是"士商工农"了，既然都是干体力活，何不出去城市里混呢，好歹是农民工，沾着半个工字，挣的钱多得多。

对于未来，林薇薇原没去想过什么，现在，她开始有所触动了。徐凌在三岔路口停了车，这里距离三个女生的家，都还有百十米距离。下了车，林薇薇才知道，原来徐老师的伞，是为她们准备的，她的鼻子顿时酸酸的。黑色轿车载着徐凌和工人练师傅，继续向山里驶去。林薇薇这时也知道了，她们村子有七个小组，是处于平坝和大山的交界。

学校里，陈天南从远处看见了三个女生钻进了徐凌的黑色雅阁。陈天南心中很不快。对于徐凌和楚钰，陈天南总是觉得如鲠在喉，那是对富有能力的男人天生嫉妒心在作怪。徐凌的骄人财富、沉稳幽默、干练操持，楚钰的才华横溢、放任不羁、风流蕴藉，不管是对于少女，还是少妇，具有很强的天然诱惑力，不用卖弄，自然散发出一股如兰如麝的蛊惑味道，绝不亚于他的职务权力。但是，这些风光的事，是发生在他的地盘上，别人的身上。目睹着这些事，陈天南灵气十足的眼睛里闪烁着精光。

周末放学，学校门口挤满了等待接人的面的、摩的。车主大声叫嚷着，学生，还有家长，各自大声呼唤着，校门口热闹而拥挤，这也是爱发生打架的时刻。受气的学生憋了一周的怨气，怒火，稍有引发的火星，便像泄漏的液化气罐砰地爆炸。出于安全考虑，放学时，通常会有巡逻人员在校门外四周巡视，以防发生意外冲突。陈天南站在校门内进出登记处的大伞下，作例行巡视，正好看见了操场上的黑色轿车。

高中还在上课，陈天南通知邱艳，课一结束，让她班上的学生张思琴到校长办公室来。

张思琴纳闷着，陈校长怎么会单独叫她到校长办公室去，该不是啥坏事吧，但是出于无限的信任和感激，尽管心里忐忑着，她一下课立即赶到了校长办公室。门开着，她叫了一声"报告"进去。

"别紧张！我是想问，培训老师在班上做的体育培训班宣传，你有什么想法？班上有报名了的人吗？"陈天南脸上洋溢着亲切的笑。

前两天，经过学校同意，外地体育培训班的老师来到高中做宣传，作出了惊人的承诺：参加特殊培训班的学生，2万元入籍，保证让好的学生体育达到2级运动员以上标准，高考可以加20分。

这本该去问班长的，问她这个学习委员属于格外关照了。张思琴想了想，手指不自觉地擦了下脸，说："好像有一个吧，同学们都说报名费太贵了。"

"有人带头就好了。报名费，要一分为二去看，效果好，就值。我们校的美术培训班，七千块，也不便宜，不是还是很多人参加了吗？有的中学只收几百块，但是学校内部老师培训，水平和见识都有限，难以保证参学的考生一定过关。体育格外还有高考加20分的保证呢。如果最后因为学生体考太差没有得到加分，还要退还一半学费，没有加分但是过关是绝对没有问题的。这就有了双重保险。"

"怎么保证一定过关，还能加 20 分呢？随便一个体质的考生都可以取得好成绩吗？"张思琴不解地问。

陈天南看看门口，声音小了很多："这就是机密了。办这个班的体育教练，本身就是专业考试的裁判评委。当然，培训时他不会出面。只要文考不是太差，他这里是不会出问题的。"

"哦，这样。我可以给同学们说吗？"

"不可以。这个秘密你知道就行了。我叫你来，还有另外的事，我校有一个优惠名额，只需要 5000 元报名费。这个名额，我留给你。你先带头报名，起个表率。"

张思琴感激得奇怪地笑起来，笑容既灿烂又害羞，她脸上发着烧，口里含糊其词答应着。

张思琴刚走，陈天南又电话通知初三·九班班主任张予榕到校长办公室。

张予榕三十来岁，小孩满两周岁后，接受了目前这个小尖班班主任，兼任英语，还任着另外一个普通班英语。小孩子交给婆婆后，张予榕成了人们口里的"拼命三郎"。小尖班所有的课余时间，几乎全被英语占用，夕会那三十分钟，基本上成了张予榕的背诵课和练习课。有时中午放学，欠了学习账的学生，还得在办公室里留下来，把当天未能背诵过关的内容全部了结才能回家。最终还是完不成任务的，张予榕自有她的办法惩罚，甚至有一两个男生在课堂上，当着其余四十九个学生的面，被迫手撑着讲桌，撅起屁股挨打，竹片的音响效果比竹枝更好，啪啪作响很有震慑力。弄得不少学生神经兮兮的，莫名紧张，常常在其他课堂上，也在偷偷记英语。结果是，除了张予榕任教的普通班英语总是本校年级同类班级第一外，小尖班英语在全县统考中更是独树一帜，优生指标远远超过按照入口成绩核定的优生人数，平均分总在全县前三名。家长赞不绝口，学校屡次表扬，只有同教一个班级的同事暗呼伤不起。

不过，当张予榕希望本班其他科任教师也利用课余时间给学生补补时，却受到了白眼。语文老师最为激动地说，要是学生们像孙悟空一样有分身术，她也许可以考虑那样做做。英语组的几个老大姐，背地里干脆撇着嘴评论，张予榕那点口语水平，音标都读不准，也只有死记硬背狠增考试分这一手。

一年级时，张予榕鼓动徐凌和她一起组办数英补习班，在周末和假期补课。中国所有的农村中学，数学和英语是首难，学生成绩都比较差。徐凌认为，英语差的原因是缺少语境、社会及个性心理需求弱，数学差是学生天赋、心理需求和毅力等方面原因造成的。小尖班相对来说要好点，但是这种印象

浴火
YUHUO

已经根深蒂固地印在社会评价上，所以家长们都赞同、支持张予榕的做法。

徐凌假期里勉强干了一期。小尖班参加周末校外补习的学生达到全班人数一半。到了二年级，县里通知下来了，初中一律取消校内补课，校外也要求学校加强监督，不准老师补课，原因是同年级两个重点班不甘落得太远，也在班级上集体补起了课，便有初三·七班个厌恶学习却恰恰胆大包天、鬼点子多的男生，直接给县教育局办公室打了投诉电话。事后，那个男生还自鸣得意地在楼道里和同学吹嘘。初三·七班是重点班中著名的乱班差班，班主任兼语文老师缪映有时被气急了，当众也要踢人。家长会时，缪映如实通报了本班情况。一个家长气愤得差点在公众场合给告密的男生一耳光，被人拦住后还不解恨愤愤骂道：你想别人都跟你一样垃圾啊，杂种！缪映庆幸告密男生家长找借口当天没有到校开会，否则家长之间又不定闹出什么矛盾来给他更大的麻烦。

这一来遮瞒不住了，教育局原来对补课还半睁半闭的眼不得不睁大了。虽然有的家长三番五次找到老师提出补课要求，但是补课最终还是停止了。张予榕心有不甘，也只得停步。相比较于初中，另外一个奇怪的现象是，全县小学毕业班依然故我地补课，县城更甚，从毕业班发展到了四、五年级，却没人捅出来，有人估计是捅了也压住了，还有知道内情的说是县城里小学老师多半是关系铁硬的，不少直接就是官太太，不太好动。补课的方式很简单，全体学生下午放学后，再留一节课，把应该回去做的家庭作业做完才走，老师当堂监督、检查，每生每期300元，语文数学两个老师大约一年能增加一半工资。教育局乐得一举两得，既让下面教师满意，也让县和市局领导对小学生考试成绩满意。

校长单独召见，只有秘密委以重任和有事警告这两个原因。张予榕虽然很自信，终究还是有些忐忑不安。有一次班上学生家长请吃饭时，偶然的机会，她和徐凌面对着眼前的湖光山色聊了一会儿，她趁机客气地请求徐凌大哥给她一些工作上的指导，而徐凌也不客气地转达了老师们对她的意见，希望她和本班科任教师处理好关系，不能只想到自己的成绩和荣誉。基于这些考虑，张予榕心里坦然不起来。

陈天南起身给张予榕接了杯开水，张予榕有些受宠若惊，不祥的感觉却更浓了。

"你们班上学生，没有全部加入校讯通。小尖班应该做得到的，一期才50元。"陈天南拉开了话题。

张予榕心里一宽，回答说："有的家里很穷，没有手机，比如唐松涛。没有加入的人很少，只有两三个。"

"下期，可能要交300元资料，校讯通包含在里面直接全校统一。"

学校每期要学生缴费 250 元，作为一期资料费，练习册试卷的费用出处来自此。这笔收费是不会给学生收据的，也不入学校账，进行账外支付。

张予榕立即问：“那唐松涛这样的咋办？”

“这样的人很少，可以由学校支付，作为奖学金形式的。给他私下说说就行了，别张扬。”陈天南和政治老师米佳关系很好，听她说过唐松涛的事，因此很快回答了张予榕。

张予榕喝了一口开水，如果没有别的事，她打算告辞了，她等着陈天南发话。

“你们班上每科都订了复习资料？”陈天南突然问。

张予榕被问个猝不及防，回答是不好，不是也不行，犹豫了好久，在陈天南目光的催促下，她不得不慌张地说：“有一份，不是全部学科，还没到。”

一下子说完了，张予榕心跳加速，等着回音。

陈天南一脸严肃，说：“大会小会上，说过多少次了，严禁老师自行为学生订资料。这是根高压线，碰不得。假期作业我都装不知道，课外资料坚决不能开口。”

张予榕好不容易咽下了一口堵在喉咙里的气。她解释说：“主要是，觉得县里统一订的资料不恰当，本班学生什么资料最适合，需要多少，任课教师更有发言权。而且，县里统一订的资料不打折，学生家长也有疑问。”

“啥疑问，那是教育局订的，家长有疑问就去教育局问，学校不管。一百多人的局子，县财政拨的一年下来只有十多万的经费，还怎么干工作。凡事也得替上面领导想想。局里要我严肃处理，你说咋办。关起门来，我们还是一家人吧。”

教育局可以订资料，任课老师反而不能订？教育局有三十个人就够了，整一百多人堆着干啥？机构臃肿，吃闲饭的多，还专门找下面的岔子。这又是谁告的密。一连串的问题，张予榕纵有万般愤怒，也不敢流露出来。她憋出一句来：“退了就是。”

听这句话，陈天南就知道张予榕是收了资料费还没交付，还来得及挽回，语气也随着缓和下来了。“学校这样看重你，你也要不让学校为难才是。”

张予榕刚从别的学校调进来，就担任了唯一一个小尖班的班主任，陈天南源于事实，话也说得诚恳。目前只有各科老师手里有一本样本供参考选择，学生的下周才到，一退货的话，10% 的订金变成了违约金。学生交的钱还在张予榕账上，也要悉数退还。张予榕又加了一句：“已经交了 10% 的订金。”

陈天南没有料到这个结果，想了好久，这次是他被张予榕半怨半委屈的目光所压迫，他终于想到了办法：“那你把学生缴的费和订单，全部转交给教育局，由教育局去订，资料还是要的，既然已经订了，也不好退。"他加重了"全部"这个词。

张予榕听明白了，补充了一句："我是按打折后收的费。"

"转交时，对教育局说清楚这个情况就行了，关键是我们学校不能例外。"

又解决了一个问题，陈天南放松地伸伸腰，看看时间，该吃晚饭了。如果周末不能回家，他是会去踢上一场足球的，保卫科科长冯明江，楚钰，有时还有比起足球更喜欢篮球的三年级组长李培峰，这些都是爱一起绿茵场上疯玩的伴，体育老师反而不怎么玩足球。教师人少时，也会找几个高中生凑数，通常都是踢半场，拿了几块砖摆在草地上相距不到两米远当球门。

明天，陈天南回不了县城的家。老婆汤丝雨原是镇上医院妇产科医生，陈天南主持学校菜园地自建房时，买了一套。过了两年，汤丝雨调到县城人民医院去了，在县城里又买了一套住房，还和人合伙投资了一间药品连锁店，请了人经营着。陈天南每周多是骑着摩托回去，这天却回不了家，他已经邀请了分管文教卫生的李伟副县长和教育局长莫文刚，明天到璧江镇一处农家乐钓鱼玩。

高三文科班的张思琴体训报了名，在她的带动下，原来只参加学校内部组织体训的，有近十个也报名了。一想到张思琴，陈天南便有些坐不住了，前些天体训时火辣辣的场面偶然会蹿出来刺激他，历史课上，他也喜欢被张思琴大眼睛盯着。他喝下了一口冷水，冷水进入肠胃，把正要燃起来的火浇灭了。回想了一下，今晚没有什么好看的足球赛转播，陈天南决定邀上朱兴顺、李培峰以及缪映等，今晚上打大贰，玩到半夜收工，那样就好入睡了。

六　冲突

陈天南最后决定，为避嫌疑和人多嘴杂，只自己一个人陪同李伟副县长和莫文刚局长，学校里另外三个校级干部，两个副校长和许正伦书记，一个都不叫。

他们去的地方其实不是农家乐，既没有工商局等授牌，连最简单的接待设施都没有，比如大堂啦，接待吧台啊，专业的厨房啊，牌室啦，它只是一户农家，新修的二层楼房，旁边有一处鱼塘。男主人在家照看鱼塘，他川菜手艺不错。女主人谢娜在镇上开着美发店，陈天南常去那里洗头，关系特好，更何况，谢娜是一个笑颜如花，白皙性感的少妇，颇善言谈。她手下几个雇请的妹子，长相都不错，尤其从外打工回来的表妹，高高的个子，俊秀时尚，还偏偏带着清纯味道，陈天南肯定她没有谈过男朋友。

留下一个人守店，谢娜带着两名年轻女子包括她那靓丽的表妹回家，帮助老公接待尊贵的客人。

腻烦了高档宴席，乡村野味有另外一番情趣。李伟副县长开着车，司机也没带，载着莫文刚局长到达。莫文刚不会开车，要不然也会开着局里的越野车来的。李伟很喜欢钓鱼，莫文刚则是陪太子攻书，陈天南根本就不喜欢钓鱼，他喜欢的是运动，打牌，以及漂亮女人。不过这并不影响三人各自的兴致，钓翁之意不在鱼，在乎山水之间也。

相隔四五米下了钓，这个农家鱼塘也真不小，大约十来亩，是拦截了一条溪沟蓄水而成，政府对这类小农水设施还补贴了的。鱼塘一个角落里满是荷叶，可惜是秋天，只看见很多冒出水面的枯黄的茎秆。隔着李伟，莫文刚问陈天南，教师节对教职工有什么福利发放。

对这事莫文刚比较上心，是因为曾经发生过一件事：一位工作三年多的年轻教师，对璧江中学福利很少愤愤不平，连教研组活动经费也分个一二三等，最高等的每次每期50元，最低等才30元。年终团年会前，照例在教师大会上公布学校账目，专职会计念到最后，无一不是品迭后负账十多二十万，最多一次有四十多万。这位年轻教师有一次被女朋友嘲笑小气之后，忧愤难耐，向市长信箱写了告状信，怀疑校领导贪污太多，导致学校福利奇少。这封电子举报信件自然转到了县里，又交给主管部门教育局调查处理。莫文刚哭笑不得，璧江中学的情况，他是知道的，政府投资滞后，学校超速发展，确实负债累累。

"每个老师发了100元的超市购物券。中考奖、高考奖、统考成绩奖，平均每人有五六百，不过，近三分之一的教师一分钱也得不到，尤其是初中。"陈天南如实汇报。

陈天南请李伟和莫文刚，怀着两个目的，一是想请县财政解决400套学生单人座椅，把还剩的长凳长桌全部换掉，为下一步做准备，在硬件设备上，由于新教学楼的启用，包括最难的学校生均建筑面积等各项指标，基本上可以达到学校创建市级示范高中要求；二是学校扩建后占用农村耕地作为运动场已有三年，一直是租用，每年租金两万多不说，学校也不敢过多地进行运动场建设，只有县政府征用后交给璧江中学，才可以彻底解决两个束缚，这事口头上已经提过，李伟向县委县政府汇报后，原则上同意璧江中学的提议。

目前，尽快促成报告提交县长工作会议讨论，并通过申请报告，便是陈天南心头一件大事。

听完陈天南的汇报，李伟说："全县的教育工作，要靠你们下面的各位校长做好工作，什么事情一旦捅到上面，多少都要费些心思。所以呢，下面的事，一定要自己摆平。"

说起由于校长不得力或者唱反调的事，李伟深有体会。他任副县长之前，曾任过教育局长，当时那个县里一把手的一个铁关系正在县里推广养老保险，找到李伟，想让全县教职工都购买一份养老保险。教师当中，自有精明会算的能人，发现按照 2% 的工资标准上交保险费，到退休时，获得的保险金，仅仅相当于存款的本息，便怂恿大家不买保险。但是县里却要硬性从工资里面直接扣除。某初级中学校的几个老师联名写了起诉书，到县法院指控教育局扣除工资做保险金、强迫教师入保的违法行为。法院自然不敢立案，然而精于法律的原告并不罢休，再次向法院申请立案，同时，写好了请愿状，联系县里各校老师们签名，声称倘若县里再不立案，则将群体上访。签字的老师很多，不少校长心中也对县里的做法反感，认为不当处太过明显，只是校长不便公开说出来，并且也知道老师的行动弹压不住，强行禁止本校教师签名的话，一不小心，弄出个集体罢课的结果来，自己先吃不了兜着走，大家都心照不宣睁只眼闭只眼。后来一统计，连签名的A4纸都用了十多张，全县有近千名教师签名响应。

这事越闹越大，县里一把手也虚了，指令保险公司停止了行为。在此之前，县里和教育局没少对原告老师施加压力，约"带头大哥"到县里单独谈话，那老师顶着不去，还拿出收到的带有威胁性的短信作证，声称自己缺少人身安全，除非是公安局派车护送，他才去。教育局要求学校对原告作出处理，迫使其就范放弃起诉，可那个校长不干了，他还有五年便退休，又是一个著名的倔强脾气。校长说，老师又没犯错误，怎么处理他，依据哪条？

由于校长的不配合，李伟弄得真有灰头土脸的感觉，幸好主管这事的副县长，和后台一把手知道他尽力了，没有责怪他。

有了这次经历，李伟对校长看得紧，要求得严，凡是不听话的，想方设法都要撤掉。他要在教育系统内做到了上下齐心，直到他调离升职。

鱼竿动了，陈天南没有看见，他专心地听着李伟的指示。李伟一边说，眼睛却没闲着，指着水面对陈天南说："咬钩了。"

陈天南一看真的在动，连忙起杆，很轻，凑近一看，饵没了，只有空空的一个鱼钩。

"起杆，早了迟了都不行。"李伟摇着头说。

陈天南不好意思笑笑。李伟又说道："管理工作，也要掌握好火候。学校管理，最重要的是对教师的管理，要统一思想，统一认识，要让教师都有这样的观念，视学校为家园，视学生为亲子，视家长为上帝。我不是经常在教育工作会议上强调这三条意识吗？"

李伟盯着陈天南看了一会儿，陈天南猛然一醒，连忙说："是是，这三条可以奠定教师的心理基础。我呢，打算把这三点观念做成大幅塑胶标语，贴在显眼的地方。"

李伟看着水面，微微颔首。陈天南拿着鱼竿绕过李伟身后，走到莫文刚那里去上饵。一边上饵一边对莫文刚说订资料的事已经摆平，

莫文刚听完处理的方法，点点头小声说："这样处理行。下面老师也要理解教育局经费不足的难处。"

说到教育经费，莫文刚心里有一本清晰的账。2000 年，行政管理费在国家财政支出中的比重，泰国 5.2%、印度 6.3%、加拿大 7.1%、俄罗斯 7.6%、美国 9.9%、中国 25.7%。再看看用于教育的支出比例，某年的数据是，中国3.8%、印度 19.7%、美国 21.5%、日本 23.3%。叫了多少年的 4% 的底线必须达到，十多年过去了，还有那么一点可怜的小数差距始终就达不到。GDP 本来就低的中西部，捉襟见肘的境遇更是可以想见。这些数据，国内任何一个地方的教育主管，即使不是耳熟能详，也是知道大概的。

"你们学校教师每期听课多少节？"莫文刚突然问。

"10 节，本教研组公开课是必听的，不管多少节。"

"10 节，少了少了。必须 15 节以上，教师要多多互相学习，不断进步，才能跟得上发展形势。形式上做够了，效果不一定达得到，但是连形势上都做不够，那肯定达不到效果。"

陈天南接受了莫文刚的指示。他回去经过李伟身边时，看见李伟已经钓上来一条将近一斤重的鲤鱼。他说："中午有个菜，黄辣丁二黄汤，都是二两三两重的黄辣丁。"

李伟吞了一口口水："真不赖。加点泡酸菜增鲜。"

莫文刚笑了，即使是笑，也显得稳重。"有了好菜，什么酒啊？"

"准备了三瓶红花郎。"

陈天南一边说，一边注意看李伟县长的表情。

李伟手一甩，"呼"的一声，鱼竿画了一条优美的弧线，远处，水面一点，绽开了涟漪，鱼饵沉入了水中。

谢娜的漂亮表妹送来了一个水果拼盘。陈天南想了想，让她放在李伟和莫文刚之间一个平坦的地方。三人专心的钓起鱼来。

钓鱼，喝酒，这些对副校长朱兴顺都没有太多的吸引力，最吸引他关注的，是李县长和莫局长都来了，陈天南陪着两位直接领导钓鱼了，喝酒了。

龚自容交际广，朋友多，这个消息早就传到了她耳朵里，朱兴顺立即知道了。没有他朱兴顺参与接待的份儿，他被陈天南排挤了，更直白地说，是抛弃了。朱兴顺认为自己捕捉到了飘散在空气中信息素的微弱气息。加上近来几个月的诸多不顺，他更加焦虑起来。

朱兴顺不是没有野心的人，只是机会一再错过。当初，朱兴顺做教导主任的时候，陈天南只是班主任，年龄比他小六七岁。几次调整过后，下属却正好压在了他顶上，按周宇全戏谑的说法，难道自己只有做校长之父（副）的命。传说陈天南背后有省里的人提携，好像是一位远房表叔。

陈天南周一召开了行政会议，分派了十月份的任务。创建市级示范学校工作正式启动。陈天南和总务主任廖运鸿，主要负责起草运动场征地报告。创示工作，分为硬件和软件，硬件由周宇全副校长负责，软件由朱兴顺负责，教导处和政教处协助朱兴顺。

朱兴顺拟了一个大致的提纲，软件资料主要包含学校开展的教育教学工作，细到教师的培训，集体备课，教研，工作成绩等各项。关于学生则有安全教育，德育教育，体育和艺术活动开展情况，社会实践活动开展情况等。已经做了工作的，要完善记录；没有做但有了计划的，要编造好记录；应该开展尚未有计划的，要立即补上计划并着手开展，并且在教职工和学生中统一口径。总之，一切按照创示要求的每一条细则去落实，以迎接县上初查，之后才敢放手让市里复查。

关于创建市级示范性高中的好处，陈天南这一期来是逢会必讲，不管是学生集会，还是教职工大会，只是所讲内容有所区别。一是学校高中收费可以从 280 元上升到 350 元，高中生住宿费可以从每期 120 元上升到 150 元，择校费在宣传有利的条件下也可水涨船高，上面对学校硬件投入会增加；教师方面，师生比例会增加，教师人数更多，高中级职称名额更多，教师外出培训机会更多。总之是好处不断。对此，人人心知肚明，无非就是要响应陈天南最后那句话，每位教师都要配合学校工作，不辞辛劳，接受各种临时性工作安排，为大家共同的利益和荣誉努力奋斗。

朱兴顺忙得头晕脑胀，这周又是他的行政值周。晚上，已经响过了初中部熄灯铃。他和三年级组长李培峰去检查就寝情况。学生公寓和学生食堂一样，都是 BOT 模式同一年修建的，是陈天南引以为自豪的工作成果。具体到细节，两者有些不同，投资宿舍的不是一个人，而是十多个股东，总计投资110 万，所有股东都不参与经营管理，只是每年年终时领取投资额 15% 的红利，不返本，时间 30 年，期满后无条件交还学校。

支付股东红利的来源，一是县财政每年下拨的宿舍补助款六万，五年后变成了四万，十年后没有了；二是学生住宿费，能够容纳千余人的宿舍，由于学校教师，特别是行政和班主任的共同努力，两千多人的学校，总能有九百多的住校生，除去日常修缮和水电费、聘请男女生寝室管理员费用之外，剩余款加上县上补助，恰能凑足。哪知人算不如天算，刚过两年，中央政策下来了，初中生住校一律不交住宿费，璧江中学立即少了一大笔收入，每年不得不从县里所拨义务教育保障经费中拿出一笔倒贴上，一到年关，债主的电话、出纳的目光，总令陈天南心烦。有的时候应付得过去，有的时候不能，只好恳请大股东宽限时日，打下欠条，来年再想办法。政教主任章振刚常常骂这是签订的《南京条约》，太不平等，股东啥都不管，只管年年拿走红利，委屈的是老师们，辛辛苦苦为别人挣钱。大股东不这么看，三十年之后连本金也没有了，他们的投资回报额，只相当于10%左右的年回报，而且，收益方式是合同上写好的，章振刚无论骂作什么条约，钱得照付。

为了保证宿舍入住率，当初，学校采取了两大举措，一是明确要求，凡是距离学校四里之外的学生，都应该住校；二是对班主任实行奖励，根据本班学生住校人数，每生给予5元班主任工作补助。这两条措施在国家免掉初中学生住校费后不得不撤销了。

朱兴顺对宿舍也有一肚子抱怨，他认为由于食堂和宿舍的牵累，每个教师当然也包括自己，一年有两千多元的福利被剥夺，相当于他一个月的薪水，收入不高成了他自觉比龚自容矮上一截的原因。校长把持了所有财务审批权，作为副校长，连"同意"两个字的权限和面子都不给，朱兴顺心里实在憋着气。但是，他不像章振刚那样火气大，憋不住喜欢公开嚷嚷，他闷在心里，最多有时嘟囔几句谁都听不懂的暗语。

学生宿舍一共五层楼，男女中间分开，从两边通道进出。李培峰手脚灵活，自告奋勇上四、五楼去查，高中学生晚自习结束得晚点，四处还有一些走动的人，这显然增加了检查的难度。朱兴顺拿着电筒，看见有人走动，便直射过去，白亮的光团中，那些人迅速溜走，消失在一间间寝室门内。

一边慢慢走着，朱兴顺的耳朵几乎要直立起来，留神听着男生寝室里面的响动。

他终于听出了情况，一间寝室里传出隐隐约约的说话声，还有微弱的亮光在门框上的窗口闪动。朱兴顺轻脚轻手走到门前，进一步确认，屋内似乎有打牌的迹象。

"开门！开门！"朱兴顺喊道，猛烈拍着门。

一阵忙乱，门没有开，朱兴顺威胁的话喊出来了："再不开门，全部到保卫科去！"

只要进了保卫科，详情一查，落个处分是跑不了的。门开了。屋内电灯关了，亮着几支蜡烛。

朱兴顺随手按下了门边的电灯开关，明晃晃的日光灯光立即铺满了小屋。每间寝室四张高低床，住八个人。靠里的下铺上，团坐着三个人。有人从上铺伸出头来看。

其实团坐着的三个人完全可以分散的，这样看起来，他们就不像是在集体活动了。朱兴顺看得出是这三人在玩牌，但是他没看见牌，他四下看看，说："不要把床上当作玩的地方，活动的地方会刺激大脑兴奋，影响睡觉。"

众人松了一口气，有人连声答应："是是，我们马上就休息，谢谢校长的教导。"

朱兴顺看过全屋之后，发现问题了："你们寝室怎么有九个人，哪个不是这间寝室的。"

刚才还坐在床上，站起来正要进里面卫生间的一个瘦高个学生站住了，三个人面面相觑，都不作答。

朱兴顺认出那个瘦高个的学生来了，那不是拿着篮球往墙上撞，被他训斥过的学生吗？朱兴顺还有一点印象，他不知道这个学生的名字。

"好啊，又是你。你哪个班的？把学生证拿出来看。"

孙茂林桀骜不驯昂起了头，似乎不屑一顾，朱兴顺忍不住了，连声追问了几遍。角落里，一个怯怯的声音飘了过来，也弄不清是从哪儿飘过来的。这个声音说："他是走读生。"

"哈！走读生，未经同意留宿，还伙起赌钱，你真是活得太嚣张了。"朱兴顺跨前一步，撩起席子，果然，扑克牌散乱地藏在下面，正面反面，红红黑黑。

"你得到办公室去。马上！"

孙茂林没动，恨恨的目光如饿狼在面对狮子放出幽绿的狠劲。

"聋了？到办公室去！"朱兴顺伸手去拉孙茂林，运动衫被拉长了，孙茂林还是没动。

朱兴顺简直气炸了，刚要再次用劲，孙茂林忽然一下子挣脱，弯腰，迅速地从床铺角落里拿出一截铁水管，举了起来。

"你敢干啥？"朱兴顺火头上，又跟进了一步，直逼孙茂林。

嘭！又一下，啪！声音很沉闷，两下都扎扎实实落在了朱兴顺头上。

朱兴顺一下晕了，愕然地捂着头，鲜血从他指缝间流出，沿着脸颊往下流。他脑子一阵晕眩，身子一软，像烂泥一样瘫了下去，幸好靠住了床边，没有全身倒地。

"啊！"

"哦！"

"要不得哦。"

"早就想对你不客气了。"最后一句是孙茂林从牙缝里挤出来的。

上铺的学生开始下床，下面的学生绕过孙茂林，要去扶朱兴顺。半掩的寝室门开了，李培峰检查完下楼来，听见这边的吵闹声，进来了。

明亮的灯光，窄小的寝室，孙茂林手中的铁管，软坐在地上的朱兴顺，一切不言自明。

"你干的好事！"李培峰冲过来了。

孙茂林又举起了铁管。不过他有些犹豫的疲软之态，像是申辩，更像是警告。

李培峰，三十出头，壮实灵活，篮球场上的中锋，刚烈如火，三年级组，也包括其他年级组的个别学生，挨过他揍的不在少数。他一出手，便抓住了铁管，再一拽，孙茂林连忙放手，要不然，恐怕手掌上都会蹭掉一层皮。

"咣啷"一声，铁管扔到了门边，李培峰很不规范的右直拳出去了，啪！孙茂林脸颊挨了一拳，火辣辣的。啪！又一个左摆拳和孙茂林脖子亲密接触。

孙茂林摇晃了两下，他有些头晕。有男生喊道："老师，有话好好说吧。"却没人敢出手阻拦。孙茂林顺势蹲下，坐在了地上，也扶着床边。

门外喧嚷起来，一大群学生围着门，闻讯赶来的寝室管理员，保安，好不容易才挤进来。保安带走了孙茂林。李培峰送朱兴顺去医院，沿路先后遇到几个老师加入了护送队。保卫科长冯明江也赶到了，和管理员一起，把围观的学生赶回了各自的寝室。

朱兴顺在镇上卫生院清洗了伤口，两处裂开口子缝了十八针，之后连夜送往县城里做进一步治疗。做完全面检查之后，医院要求住院一周观察治疗，不过，三天朱兴顺就出了院，头上包着纱布回到了学校，他惦记着自己工作那档子事。陈天南坚决不同意朱兴顺上班，朱兴顺只好待在家里，整整过了十天，才重新开始工作。

事后，从班主任缪映那里了解到，孙茂林是初三·七班的学生，原来在市里一所中学就读，那所学校不愿意再收留他，迫不得已回到家乡，降了一级，要不然，该读高一了。孙茂林父亲是璧江镇水站站长。出了这事，缪映对孙茂林劝其自动退学，学校可以开出转学证明。孙茂林父亲不乐意，想要坚持在本镇就读初中，因为义务教育的原则是就近入学，璧江中学不可推辞。缪映也心一横，说，只要孙茂林保证以后规规矩矩，并且获得本班所有任课老师的签名同意，就可以留校，否则即使学校或者政府出面要求他让孙茂林留在本班，他也不答应，除非学校立即免去他的班主任。男人十五岁到二十五岁，是最危险最残忍的阶段，中学老师都明白，他缪映的脑袋还想留着多吃几年饭呢。

孙茂林父亲知道这是给他门槛翻，随便哪个老师说一句"我想一下再决

浴火·YUHUO

定，你让别的老师先签"，这样推来推去不知何年何月能了。按理说，造成这样重的伤情，孙茂林又过了16岁，拘留几日留下一个永远也抹不去的案底，也是可以的，倘若璧江中学有人真的要计较的话。认真想过后，咬咬牙，老孙把儿子转学走了，其中再转学的艰难，求人的委屈，老孙一辈子都不想再遇一次。

朱兴顺刚进医院，老孙还支付了两千多元的医疗费，后来座谈不成，索性后续医疗费也不付了。剩下一万多块的账，医院也急了，哪里想到这种事情居然会有赖账的，找到学校，学校只得先行支付了，然后向老孙索要。老孙半笑半怒回答说：他儿子也挨了打，没人替他付医疗费呢；儿子半途转学，历尽艰难，对以后的人生影响甚大，他还没有要求学校精神赔偿呢。

出来一两个中间人过问了一下，老孙愤愤作答：学校太绝情。当初学校为了节省水费，自行挖井抽水，专门用作冲洗厕所打扫卫生用水。水站是向水利局支付了取水费的，拥有取水权，学校不能私自打井取水。水站出面过问，学校解释了一下，他也就过去了。现在学校不是哗啦啦的自取水，节省了好大一笔开支吗？干吗现在这样翻脸不认人。

中间人撮合不了，只得放弃。学校最终把老孙告上了法庭，不用说，老孙输了官司，但憋着劲就是不付钱，不执行判决。学校准备申请强制执行，陈天南事前征询莫文刚的意见。莫文刚说了一句：理，当然在学校一边，要执行，他的工资在那里，也跑不掉，可是，学校要和当地人怎样相处，你是知道的。你决定吧。

莫文刚模棱两可，陈天南心知肚明。为了学校的事，陈天南没少和当地居民产生摩擦。如果校领导是本地人，底气足，关系多，胆子大，但是会碍于老乡情面不好硬逼；如果是外地人，那底气足的就是对方了，他要拼命找碴，无事生非，寻隙滋事，也不是没可能。莫文刚和陈天南的顾虑，都指向了同一种结果。因为改校门，原有卖早餐小吃的生意彻底败了，陈天南被骂过；因为实行住校生封闭式管理，清除住宿校外和在外就餐的学生，影响了许多小生意人，被骂过；因为担心发生食品安全事故，严禁外带食品进入学校，被骂过；甚至禁止附近居民随便进入学校收旧书报和各类废纸，也被骂过。而且是大庭广众之下，指名道姓地被骂。

陈天南不是吃素的，对于威胁他要揍他的人，他的回答是"你死了白死，我死了还算因公牺牲"。至此，所有对他的威胁仅仅是停留在口头上，成了冬天空中飘浮的云，连冰雹粒都不曾落过半点。

但是，陈天南的顾虑始终留在心底。孙茂林的事，学校迟迟没有决定下来是否申请强制执行，直到过了时效期，也没有向法院递交申请书。

七　夜巡

朱兴顺头上缠着白色绷带，进了校长办公室。陈天南拒绝了朱兴顺恢复工作的要求，坚持让朱兴顺继续休息一周。他的高中数学课，暂时由李培峰代。这样繁重的工作，李培峰以前曾干过，在他加紧马力评中一职称那年，同时担任了三个班的数学课，还兼任年级组长、班主任，精力旺盛的李培峰似乎永远有使不完的劲，再桀骜健壮的学生在李培峰手下都过不了几招。副校长岗位的事，则分给了政教主任章振刚和教导主任蒲易莲分担。

政教主任章振刚也是一个精力充沛不知疲倦的人，爱一个人打篮球，说话斩钉截铁是他的最大特点，似乎是受到政教主任这个职务的影响，因为义正词严不容置疑言语铿锵地教育犯了错误的学生，是章振刚每天分内事。同时，在两操集会时间，大谈特谈学校违纪事件和安全工作等，成了章振刚的癖好。"掐头去尾，中间捣乱"，那掐头的事，主要就是章振刚干的，每次集会似乎有讲不完的话，上课了还在滔滔不绝。因此背后也有人把章振刚叫作"掐头专家"，或者"劳动模范"，他经常一个人不计报酬代了全校三四十个班级的半节课。

章振刚接到镇郊村民的举报，说是郊外暂时停用的砖厂，窑内有学生群宿，有村民亲眼见到三男三女群宿后，凌晨五点多才离开，早起的扫街工人还曾迎面碰上，附近某个学生似乎认得这些群宿的人中一两个人，可以肯定他们是璧江中学的学生。章振刚立即叫来知情的那位学生，那个学生吞吞吐吐地说好像有个男生是初三·四班的，姓名不清楚。

章振刚立即电话里对保卫科长冯明江和新任的初三·四班班主任楚钰说了此事，希望他们先做暗中调查，再妥善处理。保卫科属副校长周宇全分管，属于中层副职，相当于政教主任助理。冯明江答应得很爽快，约好楚钰，下午没课时先去砖窑了解情况，晚自习再询问知情学生。

一提到本班男生，楚钰立即想到走读生范建，这个母亲不知何处，老爸外出打工寄点钱回家过生活，跟着爷爷过日子的少年，爷爷时常几乎是哭着鼻子诉说管不了范建。这是最令楚钰头疼的一人。楚钰在电话里回答章振刚说："住校生上周和本周都没有请假的，指派的寝室组长也没反映有哪个外出不归，如果有初三·四班的，只能是走读生，而且，最大可能就是范建，这家伙，除了搞大女生肚子外，屁事不干。"

说到范建，章振刚也头疼，这是他最熟悉的学生，政教处常客，好在已到了初三，折腾不了多久了。

楚钰接受初三·四班班主任以来，一切都很顺利，范建除外。楚钰不是一个严厉的人，说话诙谐有趣，学生与其说是怕他，不如说是不忍心让他生气，同时又怕他挖苦人。楚钰若是刻薄起来，就像拿最细的吉他弦勒你脖子。

有点教龄的教师都知道，普九以前，学生尊师怕师不用打，但是可以随便打；而现在的90后，泥沙俱下，特别是在初中阶段，常常还欺师辱师，真的想打，但是轻易不敢打。楚钰的女儿就读国重高中，成绩非常好，是TT（特特班，也叫清北班，按常规每所学校文理科各只有一个班）班学生，因此人们问楚钰，是不是他也像那位著名的"中国狼爸"一样，"三天一顿打，孩子进清华"。楚钰便夸张地先呀呀再说道：只有这么一个宝贝，疼爱还来不及，舍得动手？教育目的不是强行要培养什么样式的接班人，强迫孩子按照成人计划的目标和要求行动，否则就给予惩罚。教育的实质是激发引导学生自我发展，要爱孩子并让他体会到爱，培养孩子的感恩之心。

确实如此，楚钰只用他的嘴打人，而且会很疼，爱和学生开玩笑，没大没小的，讥讽起人来叫你哭笑不得。一次休息时，学生请他讲故事，或者猜谜语，楚钰便说了一个脑筋急转弯：兔子和猪比赛跑，在公路你追我赶。突然，前面路中间出现了一棵大榕树。这是一棵近千年的大榕树，枝叶如盖，浓荫密布，像文物一样，所以即使修公路也要保护它，便留在路中间了。兔子一刹腿一转，绕过去了，猪直奔大树，撞得头破血流，晕头转向，哼哼着直哆嗦。你们说，这是为什么？

学生面面相觑，楚钰不给他们更多思考的时间，停了一停说道：那是因为猪不会急转弯。

静场。

十秒后，学生们哑然失笑，原来他们全被骂作猪了。一个学生不服气地说：这个故事我听过，也回答得上来，但是老师使诈，中间加了很多细节，比如对榕树的描写，分散了我们注意力。

"你说得不错，课堂上也是这样，一个疏忽就可能使原本简单的事情变得复杂，所以你们干事一定要全神贯注，全力以赴，玩耍、休息的时候则不要想着作业。"楚钰回答道。

"老师，怎样培养幽默的智商呢？"

"上网易，看跟帖，写跟帖，修高楼。"

学校清溪文学社组建已经多年，想请楚钰去做一次讲座，语文组长曾多次去讲课，但是楚钰推却了，他说他读的书并不多，大家都用异样的眼神对着他时，楚钰又补充道，他指的是中国现、当代文学作品。文学社的粉丝要求楚钰为他们推荐一些必读作品，进一步引导他们怎样更好地理解这些作品。楚钰说不清楚什么是必读作品，学生立即举出几个居于畅销书前几位青年大腕的书籍来，希望可以给他们分析一下这些作品。楚钰撇撇嘴，不予作答。在楚钰看来，并且公开表示过这种观点：郭敬明就是一颗虚浮的肥皂泡，装腔作势，除了干些剽窃尚未出名的作品、组织写手创作自己署名外，尤其喜欢蘸着月经的血，把苍白的嘴唇涂艳了诱惑轻浅的青年人。谁喜欢小四那些东西他不管，但是谁也不可以要求楚钰对此做文学评论。

孤傲狂狷，不给人面子，但是，楚钰的学生就是喜欢他。喜欢他知识渊博、信手拈来的自如；喜欢他共鸣丰富磁性十足的嗓音把文学的底蕴娓娓道来；喜欢他漂亮潇洒的行书，书写时犹如黑色兰博基尼在大道上飞驰；喜欢他担任篮球裁判时标准规范的手势和手舞足蹈的神态，恰如讲课忘乎所以时的挥洒奔放。

做了班主任，楚钰和学生的关系更加密切。夕会时，他不会长篇大论讲那些空洞的道理，必要的事情讲过后，他和他们一起玩。他们翻开语文课本，演出其中的话剧，楚钰会担当某个男性角色；他也走走象棋，讲解担子炮如何挡车、马炮联防如何防当头炮，并偶尔兴致高涨在一场实战演练中让掉一匹马后把某个小男孩杀得屁滚尿流；然而干得最多的是教唱歌。

数次输掉了棋局的男孩，一脸沮丧，甚至红着脸不肯抬头，要知道平时他也是让车马杀得同学屁滚尿流的英雄。楚钰连比带画对附近这群男生说：我像你们这么大时，每年都要被杨叔叔狠狠修理一次，因为杨叔叔西藏当兵，少校军官，一年才回家探一次亲。我做老师后，杨叔叔转业回家，每天几乎都要遇见他，但是我们基本不再下棋了，因为杨叔叔总是输。呵呵，希望，你们将来也对我客气一点。

男孩子们便把崇敬信服的目光聚焦在楚钰的脸上，楚钰解颐而笑。他很信卢梭的一句话，大意是这样：面对尚未成熟的学生，教师容易滋生虚伪的神气，总要在任何适当的时候显示自己的学识和聪明，在叫学生做什么事情的时候，总是装得好像让他们去做便一定比学生高明。教师显示聪明的时候，其实反而遏制了学生。不要挫伤年轻人的勇气和信心，相反，要不惜一切以提高青年的信心和勇气，使他们渴望同你并驾齐驱，相信能够变成同你匹敌的人。

唱歌和打篮球是学生时代最惬意的事。这些朦胧的少男少女们，唱光良的《童话》，唱周杰伦的《菊花台》，唱王菲的《传奇》，还唱夹生不熟的陈奕迅的《十年》，以及轻佻伤感的《同桌的你》。

浴火 · YUHUO

楚钰既然有那么好的嗓音，而且自修过声乐，又做了班主任有大量的相处时间，学生是不会放过机会鼓动的。楚钰不推辞，但是选曲的时候遇到了代沟和校园环境的难题，有的歌曲不想教，有的不方便教，比如那些颓废的和十分缠绵的。

　　老师是不是想教我们唱《让我们荡起双桨》？一个大胆的男生提问。

　　这支歌的旋律非常优美，但是我要你们忘记里面的歌词。楚钰回答。

　　Why？

　　"我问你亲爱的伙伴，谁给我们安排下幸福的生活。"但是，你们明白，人，是千差万别的，人的幸福也千差万别，没有人可以替别人安排幸福。思想是不能统一的，那样的结果只是万马齐暗，民族颓废，正如妄图统一安排物质生活的计划经济让百业凋敝，民不聊生一样。生物多样性保证了生物的正常进化，思想多元化才是创造力的肥沃土壤。一切都听从安排，那是没有独立精神的奴才。从春秋时期的所谓诸子百家开始，我看见中国文人唯独缺少一种东西，独立自由的思想，这便是赫拉克利特说过的一句话——"我宁愿得到一个因果性的解释，而不愿得到一个波斯王位。"我们，从古至今进学为啥？——"学会文武艺，货与帝王家。"从孔子商鞅屈原，到李白孟浩然范仲淹曾国藩，莫不如此。从商鞅开始的帝王术和愚民原则盛行两千多年，荼毒甚深。儒表法里，《商君书》被暗里奉为圭臬。现在，我要郑重地请你们步入现代文明。

　　不管怎样说，不教唱歌是过不了这关的，这是班主任弥杀各种异味的调和剂，是味精，以及镇静剂，也是轻易拉近师生距离的良好手段。男孩女孩的热情都很高。折中之后，楚钰便教学生们唱《飞天》、《高原红》、《天路》，甚至用听起来蛮像的日语唱谷村新司的《星》。

　　朱兴顺对楚钰历来的教学和管理颇有微词，学校也从来不安排楚钰教重点班。校内有不少人认为楚钰是夸夸其谈、华而不实、风流毕现，生就一张哄女人开心的巧嘴，缺少的恰是教师最需要的脚踏实地、任劳任怨、尊重现实、服从上级、牛马精神，与其说是爱憎分明，不如说是愤世嫉俗。别人说归说，楚钰自行其是，他认为个人是在独立地进行蒙特所利式快乐教育。在这方面走在最前面的上海，从幼儿园开始，很多学校追求这种蒙特梭利式教育，啥都不教，让小孩傻玩。换到中学，形式上和时间比例上有了不同，实质还是一样的。楚钰自认已经是读万卷书，行万里路，所以他自信地坚持着，甚至鼓励女儿放手花钱享受生活。他的女儿楚秋云一直是他施教的首席对象。

　　没有人会和楚钰当面争论，那属于自寻烦恼，楚钰也乐得自享孤独。第三节课下课后，两操时间，学校又开始进行逃生演练了，自从汶川大地震后，学校几乎每个月演练一次。

站在求知楼二层二年级组办公室外，楚钰端着茶杯，品着特意带到学校的上品龙井，观看学生回到教室后将进行的第二次逃生演练。他的办公室是三年级组，在对面综合楼即厚德楼，但是第四节课是他的初二·三班语文，他不知道演练什么时候结束，这节课还能不能上，他必须在这里等着。几个老师在办公室内讨论着奥运会开幕式以及鸟巢水立方。

逃生演练时，学校原来是要求班主任必须到场指挥。那时楚钰还没有担任班主任，但是喜欢和班主任们讨论一些工作问题。楚钰说，班主任必到是虚假的形式主义作祟，不是从学生真正的安全角度出发。试想想，哪次地震、火灾等突发灾害，是事先预料得到然后班主任跑到一定位置候着的呢？学生若养成了依赖班主任指引照看的习惯，而不是听信号、看情况，按照设计好的逃生路线沉着有序地行动，结果反而会在实际灾害发生时危险重重。

经过楚钰一分析，果然有勇敢的班主任在会上提了出来，身心俱疲的班妈妈们纷纷附和，学校便把这个要求搁置起来，不置可否，实际是默认了班主任可以不到场。但是班级在演练时若是混乱无序，事后挨训的一定是班主任。

呜呜的警报声响了起来，通过学校四处安置的喇叭，半个镇子都听得见。学生们从教室里涌了出来。突然，一个男生被后面的人踩住了脚跟，摔倒了，他想站起来，然而汹涌的人流犹如泰山压顶。离他最近的两个学生，大叫着求助，但是在四处澎湃的声音巨浪中湮没不闻，他们想撑住，但是巨大人流前进的力量推挤着，不容前面的人有半点迟缓。他们只得跨了过去。更多后面的人也不知情，朝前涌着，踩到了什么才知道原来脚下有人。

拼命挣扎着却怎么也爬不起来的男生，发出带着哭音的惊恐哀号。楚钰将茶盅往栏杆上一放，两步冲上去，口里大叫着"慢点，有人摔倒了"，一边用手撑着往前扑的学生身体，一边去拉地上的男生。人群前涌的力量太大，喜欢运动、身体健壮的楚钰一只手也顶不住。他半蹲着身体，侧身用肩膀扛住了最前面的人，接着奋力拉起了倒在地上文弱的男生。这个男生的脸色已经变青，脸颊上还有鞋印。

人流一下疏通了，脱险的男生惊魂甫定，他对着楚钰深深一鞠躬，然后随着人流下楼，奔赴操场。

演练完毕，学生们如厕过后进入教室，安定下来，可以上课时，楚钰看看时间，还有15分钟下课，一节课又被报废了。

中午时分，保卫科长冯明江骑着摩托车邀楚钰一起去砖窑看看。他们询问了几个附近的村民，加上窑内地上的诸多遗弃物，印证了一个事实。

两人和章振刚进行了交流后，章振刚决定在集会上说说，口头警告那些越轨的男女生，把这事摁下去就行。这种晦气的事，既不能抓现场，也不能清查具体参与的人，到时候处理不是不处理也不是，除非不巧当场撞见了不得不处理。涉及楚钰班上的，章振刚让楚钰自己找方式讲讲，不要太声张。

楚钰却有了自己的想法。他让冯明江把那个知情人叫到了保卫科。

被叫来的学生忐忑不安进了保卫科，楚钰和悦地说："别紧张，只是要你确认一下是不是，我们已经调查出参与者。"他拿出范建的学生证——这家伙老是弄掉学生证，这是刚刚办好，范建还没来取——给知情者看，并问他，"是不是这个。他是我班的。"

证据细节到了具体某人，知情者认为没办法含混其词了，犹豫了一会儿，他说："有这个人。其他的，我不认识，不知道哪些班的。"

楚钰心里一松，说这人叫范建，是政教处和保卫科都挂了号的著名人物，倒不在乎多这一件事，他要知情人写一份他所见的过程出来。

经楚钰一说，知情人没什么好担心的了，很快写完一份材料，签名走人。得到了书面证据，楚钰犹豫着，不知道是不是该实现他曾一时闪过的念头。

楚钰苦恼着，下午年级组会上，明显的闷闷不乐。正好这次年级组开会后，要集体就餐，欢快的气氛也没有引得楚钰活跃起来。楚钰抽烟，不太喝酒，坐在他旁边的徐凌喝酒颇行，却不抽烟。徐凌见楚钰不声不响一个劲地吃菜，便笑道："今天立功了，该敬钰哥一杯酒呢。"

老师们当面叫钰哥，学生们背地里也叫钰哥，也不知这辈分咋区分的，不过楚钰没当一回事，老师被学生叫做某哥的多着呢，只是没听说过叫姐的。

"不喝。"

"啥事不开心啊？"徐凌问。

"范建，嗨，又惹大祸了。"

"范建，是不是那个小学四年级开始打老师，一路打上来的小个儿？女老师都不敢做他的班主任了。"

"现在个子不算小了。打架还算是小事，目前这事太恶劣，怕对学生产生极坏的影响，败坏校风。"

"怕什么，钰哥雄起，我们一起在背后撑腰。"组长李培峰和徐凌干了一杯啤酒后说。

"钰哥其实是有办法的，只是不忍。我想说一句。慈不经商、善不带兵，你的烦恼来自于不忍心。一件大事、难事有很多步，无论你怎么咬着牙走了几步，只要有一步狠不下去，前功尽弃。但是，钰哥想过没有——"徐凌突然停住不说了。

楚钰若有所思，点点头，李培峰不知两人打的啥哑谜，端起啤酒杯，呶喝着，继续发他的点球去了。

这晚上是章振刚和高一年级组长，语文老师周若英巡逻。学校在中午、

浴火·YUHUO

晚上，这两次放学后，组织了校行政、保卫科、年级组长，分成两个人一组进行校外巡逻，全镇走一遭，监督走读生顺利回家，避免打架等恶性事故发生。监视屏幕上，大门内的学生越来越少，自行车和摩托车队也移动了，一会儿便走得干干净净。章振刚打亮了摩托车前灯，明晃晃的灯光照出一团光明来，周若英拎了一个手提电瓶灯，坐在摩托车后座。

摩托穿过全镇，绕到镇外，沿着公路又将回到学校。

"今天我们巡查仔细点，尤其是菜园地那边。要放假了，学生躁得慌。"章振刚说。

璧江中学在镇子边上有一块菜园地，有足球场大小，是20世纪60年代，政府分给中学的。那里临河，公路侧绕而过。璧江中学的教师自建房也在那里。璧江镇扩大后，开辟了更为宽敞笔直的街道和公路，这条路便更加僻静，尤其到了晚上。吸毒、贩毒的常在这里的黑暗角落里交易。河边，附近居民修了低低的拦河坝、水渠、洗衣台，便于洗衣，蔬菜地的围栏掩映着水泥小道，整洁的硬化地面上树影婆娑，晚上又成了良好的约会之处，这儿有一个好听的名字，叫洗衣潭。

周若英电瓶灯打开，一晃，射住了一个人影。

"站住。你还抽烟啊。"周若英叫着。灯光中升腾的烟雾很显眼。

"吱！"摩托车刹住了，回转，很快来到一个女生的面前。那个女生吓住了，手中的打火机立即灭了。她个子高高的，似乎应该是初三的学生。她立即申辩说没有抽烟，只是在玩打火机，打火机是一个男生给她的。

语无伦次的急迫中，女生说出给她打火机的男生在洗衣潭，说那里还有一些人，不知干啥，她害怕，没有等就走了。

有了意外收获，周若英放走了女生。"去洗衣潭。"章振刚话一落，摩托车冲了出去。

只行驶了百米多，章振刚开到了一条小巷前，正是通往洗衣潭的路。夜色中，传来噪乱的人声，还有"啪啪"响亮的声音，章振刚听出那是竹板子打在肉体上。打群架？

章振刚忙叫周若英下车，他一个人驾车灵活地冲入了巷子，拐了两道弯，灯光射向了一大群人。

"站住，站住。"章振刚叫喊着，然而人群很快分散，四下逃离。章振刚跳下摩托，他认出了三个人，但是只知道一个人的名字，于是喊道："范建，你站住，其他的人都站住。"

这下跑不掉了。范建似乎也不太在乎，他本来就是慢慢走的，不像那些惊慌四窜的人。还有一个人也站住了，周若英赶到，提着灯，照亮了两张学生脸。

浴火 · YUHUO

楚钰还没回家呢，在校门口，和周宇全说着话，遇见了慢慢开着摩托押解犯人似的章振刚。

"我们只是看热闹的，打人的跑了。"范建对楚钰分辩。

"正要给你电话呢，巧了碰上你。"章振刚对楚钰说，又对范建嚷道，"混账东西，十处打锣你九处在，到保卫科去，好好地把材料写下来。"

"写完了别走，等我来。二十分钟我过来。"楚钰沉着脸，直盯着范建。

保卫科门前，挂着牌子"璧江镇派出所驻璧江中学警务处"。这块牌子震慑了不少中学生。保卫科长冯明江进保卫科办公室后，最爱说的一句话是：本来你们的事是要交给派出所处理的，他们人少，忙不过来，学校也要保护本校的学生，所以就我们内部自己处理了。但实际上，冯明江处理事情的时候并不多，两个外聘的专职保安整天都在学校巡逻，各自负责半片区域，还有两位兼职保卫的老师协助。

楚钰去时，保卫科里只有范建一个人，办公桌上资料收拾得干干净净，楚钰明白已经讯问结束。范建等楚钰一开口发问，便委屈地把今晚的事申辩一通，坚称自己只是看热闹。

"没问你今晚的事。没事你去凑什么热闹，还不是老马不死旧性在。"楚钰没好气斥道。他拿出抽屉里早就准备好的先前知情学生写好的材料，手指遮住最后签名，让范建大略看了一遍。

范建看完，一言不发。楚钰冷冷地说："一开始，你是怎样保证的，应该还记得。班上别的家长知道了，也不会同意你再留下。你太危险了。"

和范建交谈了大约半个小时，范建才离开学校。这么晚了才回家，范建的爷爷没有来电话询问，楚钰也找不到范建家里的电话，原来留有一个手机号，早就停机了。他让范建叫爷爷第二天来学校，作为监护人交结一下。

范建的爷爷开始坚决不同意楚钰退学的说法，后来经保卫科长冯明江一旁晓以利害，老人不敢让孙子冒着拘留的危险，终于和学校商议妥当了。他忧心忡忡走出学校，不知道这个孙子还会做出啥让他寝食不安的事。

退学，实际结果就是这样。学校和范建明里暗里两个监护人商议的结果是：范建既不留级，也不转学，保留原有学籍，回家等毕业时间到，报个名考试，当然也是可以只报名不参加考试的，算是初中毕业，这辈子就算完成了国民基础教育了。

切除了巨大的毒瘤，楚钰可以不担心恶性肿瘤扩散、转移了，但是他没有完全放下心来，范建蹦活跳的，时时在学校附近溜达，楚钰不时还遇得上。果然，还没到一周，又出事了，两个女生和一个男生半夜用床单绞成线，从宿舍三楼滑下，翻墙出校。后来据说是其中一个和范建相见，而且两人打算私奔。

浴火·YUHUO

幸好发现得及时，女生被半途截住，外面的接应同伙却不知是谁，女生也抵死不说，家长和学校怕出意外，也不敢逼急了。女生被家长接回家，家长管教两天后，回到了学校。

男生家长送他回校时，班主任不想接手，刁难了一下。如果缺乏追求知识和自我实现的快乐，极容易被青春的激情所俘虏，而沉迷其中，堕落颓废。这个道理，班主任之间是经常交流并且都深有体会的。根据这几人平时的表现和学习成绩，任教他们的老师一致的意见是无可救药了，孔圣人也不是骂自己的学生宰予"朽木不可雕，粪墙不可圬"吗？班主任最怕惹下安全事故这个天大的麻烦，这是粘上就难以甩掉的牛皮糖。

家长受了气，孩子又在停学中，急得上火。四边的几个居民怂恿他找到陈天南闹一闹，但是陈天南推出了周宇全和他周旋。

经过有识之士的点拨，这位家长的责问学校的切入点是学校的矮墙和窗户，管理不善是学校之过，学生是可以教育好的。周宇全也不全面反击，只仅仅抓住对方的切入点——矮墙和窗户。

周宇全说："窗户是不可能安装铁栏杆的，那是为了防盗，但是在学校里，防谁的盗。一个学生可以从窗户里吊下去，还可以从过道窗子吊下去，这是防不了的。宿舍经过了上面的验收，安全，质量，各方面都是合格的，有错的话你可去告验收单位，告教育局。还有，那道墙也不矮，整整三米高，三楼都溜下来了，还在乎那点墙啊。要是围墙修高了，摔下来，断了手断了脚，你们恐怕又要找话说，怪那墙太高，要学校负责了。"

家长听得够呛，脸上红一阵青一阵，还不甘心。周宇全也有些火气上来了："你不要胡搅蛮缠，该去和班主任沟通的，好好去沟通，不要乱拿学校的建筑找借口。学校难道要修成监狱那样牢实，再加个铁丝网啊，那不是老鹰打饱嗝——你要是想改变呢，如你所愿重修也行，先做县长，下令所有学校照此修建，然后，再让县财政拨款。这辈子可能还做得到。你回去吧，赶紧回去把祖坟山修过，祖先保佑你发迹了，做县长市长了，再来指手画脚。"

家长终于气得说不出话来。周宇全转而客气地指点了一句，要他好好和班主任沟通，认错，保证，硬来是绝对没有好结果的。说完，也不再理他了，说了一句"还有事"，准备出去，家长只得离开副校长办公室。

周宇全是学校出名的号称精通日语藏语的双料博士，简称"日藏教授"。这个词语，可能只有四川重庆的人理解。周宇全肚子里有一本俗语大全词典，什么歇后语双关语任何场合使用的都一应俱全。开玩笑骂人，荤玩笑逗乐，大事在说笑中化解，是周宇全的专长，家长败得口不服却心服。

包括楚钰谁都以为范建该消停了。过了两天，女生寝室管理员急匆匆向保卫科报告，晚上熄灯后，有男生在墙外对着女生寝室大叫，直呼某几个女生的名字，还说些肮脏的词语，甚至有威胁某个老师的话，吓得女生一夜睡不着。她强调了"吓得"这个词语。

学生宿舍和大街之间有一条巷子，那是房主买好了地皮，手头紧还没有修建房屋，成了空地，三四年了一直这样，学校只得砌了一道墙。关于这道墙，发生了不少故事，起初学校也想把墙增高到五米，可是，学校扩建后，租用了农村田地改作运动场，那里出现了更长的一道墙，四处都是墙，简直是防不胜防。以前，有一段校墙是老城墙，晚清时候建的，还抵挡过长毛贼的攻城，五米多高，照样有男生翻墙出去，还曾经摔坏过腿，学校好不容易才脱了干系，只付了几百元慰问金。思来想去，这墙，陈天南决定不增高了。

冯明江请示过陈天南，向派出所报了案。

楚钰是临近中午放学才听说报案的，一时急了，找到冯明江要求学校暂时不报案，他下午到范建家里去。

"对罪恶的宽容，就是对善良的残忍。钰哥咋像女人样心慈哦。"冯明江半开玩笑半认真地嘟着嘴说。

"范建到今天，他那个成天打麻将赌钱，把老婆都赌跑了的老爹，才是责任最大的啊。良好的家庭情趣，是抵御不良侵害和堕落风气最好的最坚固的盾。每一个罪犯的背后，几乎都有家庭的影子。现在，范建的父亲出去了，是他爷爷照看，我想再给他一个机会。"

"学校只是报案，派出所也同意暂不要拘留，再有类似违法行为，即实行拘留。范建大概上网泡妞去了吧，你有机会找到他的。"

楚钰吃过午饭便往范建家里去，范建的爷爷却告诉他，范建进去了。

楚钰大吃一惊，渐渐地才问清原委，原来，上午有几个男子找到范建，不知为了啥事，想要教训他一顿，谁知范建身上有刀，五寸长的跳刀，拔了出来猛不丁刺伤了一个人。受伤的人进院了，范建也进了派出所。

"饭都是我送去吃的，晚上还去。"爷爷叹口气说。

"这小子活该，成天惹是生非，进去熄熄火也好。"范建的叔叔过来了，插了一句。范建的爷爷是跟着小儿子过生活，范建也住在叔叔家里。

"少说两句吧。"爷爷又叹了一口气，他的话里听不出沉重之感，反而隐隐地透露着一丝轻松解脱的意味。

"那晚上，我和你一起去。"楚钰交代了一句。

傍晚，楚钰买了一盒燃面，和范建爷爷一起去派出所探看了范建。范建并没有被关着，而是在拉着拖帕擦地，颧骨边青淤的一块不知是谁揍的。拖帕过后，派出所室内整个地下都显得很干净。等他做完了，吃上了楚钰送去的面条。幸好是燃面，还没有凝成一团，遗憾的只是因为燃面打包的，没法带来面汤。在值班警察眼光的注视下，楚钰接了一杯白开水，放到范建面前。

范建吃着吃着，流下几颗泪水，从鼻翼流到了嘴角，范建和着面条一起吞下了。

拘留出来后，范建到父亲打工的工地去了，那里好远好远，坐火车要两天多。范建正在长个子，抽条的样儿，建筑工地上的活儿干得了吗，楚钰担心地问了一句。范建的叔叔立即说："压压更结实。老师不要替他操心了。"

八　滋长的情苗

国庆节长假前两天，第一次月考。

陈天南当政后两年，璧江中学开始实行月考制，每月一次，仿照高三诊断性考试而来。月考由学校组织，统一时间实行，而以前由科任个人老师掌握灵活的单元测验则消亡了。比较起来，剔除原来期中期末必须进行的考试外，相当于每学期便多了两次统一组织的考试。朱兴顺对考试改革毫无顾忌调侃道：考考考，老师的法宝，外面都这么做，我们也能不落人后。

朱兴顺底下说，统一月考最初的目的，是为了医治懒人，据传，个别老师一期下来，竟然没有进行过一次笔试测验，都"发展素质"去了，班主任也抱怨某些科任老师不给力不配合，啥事也不管，不干，班上有问题，只往班主任那里一推了事。实行月考，校行政会上获得全票赞成。

既然是统一组织，当然还有一些规范的要求，比如必须在周日下午上交成绩单，因为周一上午升旗时，要对年级前十名同学进行表彰奖励。

月考都在周四周五两天进行。这样一来，周六和星期日老师必须加班加点改完试卷，也别过周末了。月考试卷都是自留地，各人负责各人的。新政刚刚颁布，便在校内引起轩然大波，不过当面既没人敢怒，更没人敢言。

实行了两次后，楚钰因到市里看望读高中的女儿，星期天才回来，下午五点多钟，年级组长李培峰打电话来，要求楚钰上交成绩册。试卷还在办公室抽屉里放着呢，楚钰交不了，没好气地说，明天再交。

李培峰向上交不了差，抱怨道：早知有事耽搁，就该叫上几个学生，答案一丢，该干啥去干啥，回来后办公桌上还不是好好地放着登记好了的成绩册。

让学生参与阅卷这种事，中学教师大多干过，特别是忙不过来的时候，楚钰也不例外，可是楚钰在电话里正色回道：语文题比较活，不比数学物理那样答案简明清晰标准，特别是作文题，依学生的能力根本掌握不了尺度，既然要搞排名奖励，那么成绩不可乱来，不能不慎重、公正。一顿话噎得李培峰差点没背过气。

李培峰向陈天南请示，陈天南指令，就是干到晚上十二点，也要在今天之内上交成绩册，否则按照教学事故处理。李培峰原话照搬，楚钰也来了脾气，立即顶回去说：只要学校拿得出教师必须在周末不休息去完成那些时间安排上极不合理工作的法理依据，他就干到晚上十二点，阅完试卷，若拿不出法理依据而逼着牯牛下儿，胡乱处罚，他肯定会提出行政复议甚至行政诉讼，到时候别怪丢了学校的面子。

我是法人代表，我的话就是法理，陈天南恼羞成了怒，心里想着，嘴上却只能说道：不按时完成依规处理。

楚钰不理睬了，晚上索性应了毕业了十多年的某班学生之邀请，喝酒唱歌去了。楚钰不善喝酒，一瓶两瓶啤酒也晕乎，不过晕乎了更好，在歌厅里面可就更加不会顾忌了，激情四溢，一直疯玩到半夜一点多才结束。

第二天，楚钰趁上午和中午时间空隙，把两个班的试卷自个儿改完了，下午上课时交了成绩册，自然，这次周一课间操升旗仪式集会时，没有对月考成绩进行公布表彰。李培峰何尝对此不抱怨，每次考完试他都忙得云里雾里、头晕脑胀，全天除吃饭睡觉外就是统计汇总各种资料表册。趁着这个机会，他对学校略略表达了自己的个人意见，李培峰说得很隐晦很委婉，不敢说出"脑壳热，出政策""屁股决定脑袋"那些教师们私下议论的难听的话来。

后来，璧江中学再也没有实行周日上交成绩册的政策了，表彰优秀学生也改到了周四进行，个别老师嚷着要为楚钰放鞭炮送匾。后来，因为缺钱，公开表彰奖励也取消了，不过，每次考试的统计排名更加详细，成绩排名项目达到了八个。

月考分两天完成，第一天比较紧，晚自习时间考数学，六点半开始。徐凌有监考，不到六点便去了学校。和往常一样，徐凌喜欢一边走一边想事，同时又不断地回应招呼自己的街坊邻居和熟人，不免有时闹些笑话出来。刚刚拐过街角，汪汪的叫声惊了徐凌一下，两只狗正在交媾，背靠背缠绵着，徐凌离它们太近，惊吓了正罗曼蒂克的狗儿。徐凌失笑一声，连忙走得远一点，他很好奇想回头看看，但是理性遏制着他的行动，终于没有回过头去。

退回去十多二十年，街上彼此串门、结队玩耍的狗也很多，偷情的自不在少数，时常便有骂骂咧咧的闲汉，拿了竹竿痛打，狗们便颠簸着惨叫着逃得远远的。现在情况有些不同，一是狗的品种太多，京巴犬松毛犬沙皮狗蝴蝶犬德国牧羊犬本地土狗，混作一团，而且不分种族不分阶级不带贵贱贫富的歧视，真正实现了世界大同，想爱就爱；二是人已变得宽容，看见了一笑而已，或羞涩地离得远一点，狗的世界实行无政府主义，警察和计生办都不干涉，开放的社会给狗儿们同样带来了莫大的幸福。

狗们是滥情的吗，应该不是吧。老虎，大熊猫，一年发情一次，省去了好多悲悲伤伤哭哭啼啼的烦恼。狗们好像一年只有两次发情，春季秋季各一次。猪们辛勤多了，二十多天就发情一次。峨眉山的猕猴呢，刚果森林的黑猩猩呢，还有，它们更加聪明的灵长类近亲呢？是不是文明开放必然意味着性的开放和宽容。

程朱理学萎缩了，禁欲主义的藩篱一旦被破坏，自然底蕴爆发出来的青芽就旺盛地生长不可遏制。从城市的商业活动开始，性冠上艺术之名而称之为性艺术节，情色诱惑贯穿分布于细枝末节，情欲自由主义冲击着三字经的教条，男女之贞德淹没在欲念的汹涌浪潮中。即使对学校而言，私下场合里，节制受到嘲笑，放纵暗受称许。

徐凌忽然臊得脸发热，怎么联想到这些上去了，理性跑到哪儿去了。似乎有人在招呼他，徐凌停住了脚步，张望着，这时，他已经走到了校门前。

已经进了校门的练小芳、林薇薇两人脸上都带着细微的尴尬，她们招呼徐老师却没有得到回应。察觉到徐凌在后面打量自己，练小芳回头做了一个鬼脸，林薇薇则咬着嘴唇只想走得更快一些，手臂紧贴着身体，她修长的身子使不自在的神态更加明显。徐凌眼光落在林薇薇身后，感到歉意，他想回应她们的招呼，可是她们已经离得远了。

张予榕迎面过来，示意他，他们在香樟树下站住，两个女孩子趁机走了。张予榕谈起初三·九班的家长要求补习的事，询问有没有家长对徐凌说过。

"有是有，但是我不准备补。"徐凌考虑后回答。

作为初三补习，国庆节之后才开课，已经晚了，张予榕订购资料的事被学校约谈，她不想再节外生枝，所以隐忍了一个月。初三另外两个重点班，也都看着小班行事，暂时按兵不动。听见徐凌的回答，张予榕再次试探的勇气都没有了，但是她不甘心，补习对她而言，是一件非常重要的事。

"我打听过，其他学校毕业班基本上都补。别人补，你不补，起点就已经落后了。每年统考都没达到优生指标，我只是担心这个年级毕业时又要砸锅。"张予榕小心地看着徐凌的神色，同时担又心别人走过来听见他们交谈。

因为月考的原因，球场上原来热闹的活动，都被清场了，连爱在学校球场上打球的非学校那群人，也被告知暂时停止运动，徐凌和张予榕站在大门内过道边，自然有些显眼。他往边上靠靠，只差一点就碰上人行道上的石磨椅。他想，张予榕是最会挤时间抢时间的人，一个女人勤奋得像工蜂，强悍得骨头里面榨得出水来。徐凌想，要是张予榕的英语时间都不够要靠补习的话，那其他的人简直就是吃低保的主儿了。

张予榕跟着挪了两步，等着徐凌说话。由于她动员工作做得好，补习英语的学生比数学还多，每期每人200元，补课费比公开补课的高中教师还高。孩子的奶粉钱不能节省，定好明年到县城订房，不然这房价涨得令人心悬悬的，可是最低20%的首付都还差一半，老公在跑面的，购车的钱就是婆家全部出的，再不好意思去要了，况且婆家也拿不出来了。更重要的是，通过补习可以保证有充足的时间、充分的把握，以便和县城里那几个集中了全县最好成绩学生的班级较量，若中考时单科进入了全县前三名，县级骨干教师到手，必将牢牢奠定一生的事业基础，职称评分也会高很多。通过前两年的奋斗，张予榕名气已经渐渐的大了，她决不能功亏一篑。

"估计八班和七班都会补习的，我问问郁含章看。"徐凌说。

"各班补各班的，地方太小，又不能搞三人转。"

"啥是三人转？只听说过二人转。"徐凌不解地问。

张予榕仔细看着徐凌，他脸上一副正经的模样，不像是明知故问。张予榕的大学男同学中，有一个涿州人，常在QQ聊天当中对她叫苦。涿州距离天安门只50公里，同学自称是"北京的生活河北的工资"。这位同学不仅是一个标准的"月光族"，一旦遇到要多花一点钱的事，常常还得借钱度日。这位男同学做过一对一的家教，干了一个月便放弃了，高考前累得像牛，进大学后玩得像猴，连骨头都骨质疏松了，哪还有半点勤奋劲儿。到了工作的第三个年头，他有了女朋友，窘境更迫，只得求救，同校的大姐姐们实在看不下去，帮着他联系好了课外补习班，玩的就是三人转，即甲校学生到乙校老师那里补，乙校学生到丙校老师那里补，丙校学生到甲校老师那里补，老师之间互相介绍学生，动员自己学生的总人数可到别班提成。上面有时接到投诉，下来一查，所有老师都没有在校内学生中补课，也没有结对交换补课，最后自然不了了之。其实，教育局纪检官员心知肚明，他们也体谅下面一线老师的拮据生活，便都睁一只眼闭一只眼，混得过去就行了，哪会去仔细挑鼻子挑眼的检查。这位河北同学经过一番挣扎，补课能挣到每月四五千，是工资的两倍多，终于摆脱了困境，可以自豪地说"我是北京人了"。

"就是三个，或者以上的学校之间，互相交换补。"张予榕一时之间难以细细解释这个情节，便吞吞吐吐说，"一个学校之间，做不了的。"

徐凌立即明白了，笑笑说："我公司新引进了项目，我怕忙不过来。开了课如果不停耽搁，反而不如不开。我的意思是说，九班想要补习数学的，我跟郁含章联系，加入七班。七班参加补习的人应该是最少的，八班有李培峰坐镇，人数不会少。这样一来，九班不会因数学拖了后腿。"

"哦，你还是赞同补。"

"嗯，没错，从考试来说应该这样。但是我个人不补。"

李培峰是八班班主任，学生除了畏惧外还得给面子，来的人不会少，郁含章新接七班数学，七班又是一直比较差的班级，和同类的八班也不在一个水平。关于补习人数，徐凌的分析完全正确。张予榕听徐凌把三个班的情况说得如此周详，明白徐凌是认真考虑过的，而且他这种做法也两面兼顾。她点着头，结束了和徐凌的商榷。

距离考试还有半个多小时，初三年级办公室里只有徐凌一个人。他拿出资料，划定国庆长假的假期作业。一声响亮的"报告"之后，进来了两个男生。

两位男生都是初三·九班学生，成绩中等，但是很努力，课后爱提问题。他们请教的是练习册上一道难题，圆和三角形结合的证明题。徐凌仔细地进行了讲解，完后又提纲挈领的把三个步骤要点提了出来，两个学生一边听一边点头。

"徐老师，放假要布置多少作业？"临走前，一个学生问道。

"肯定会比较多，大概每天要花一个小时在数学上，这个量对你们来说，比较合适。毕业班级要做大量的试题强化训练，你们要注意效率。比如刚才的题，是比较难的题。要多做，但是不必每道都写出全部的详细过程，写出几个大步骤概要，而且尽量用符号表示，不用文字。这样的话，可以节约三分之一的时间，却能达到同样的效果。总之要注意学习的效率。"

"班主任会不会说我们偷懒，要罚我们。"

"嗨，你个笨蛋，徐老师都这样说了，数学这科不算偷懒。这叫学习效率。"另外一个学生马上反驳。

"不仅是同意，还鼓励支持。"徐凌带着笑意说。铃声响了，学生连忙跑出办公室。

这晚，徐凌监考的是初二·一班数学。二年级的重点班，郁含章任班主任。因为是月考，比不得期末考试重要，为了让老师们可以轮换休息，所以只有一个人监考。璧江中学考试有个奇怪的规定，不管学校组织的什么级别考试，每个学生必须全场考试时间结束后才能出考室，提前交卷的话，学生作为早退，班级会被扣掉考核分。

"强制那些贪玩好耍的学生坐满时间做题。在考室里干坐着难受，总得找点事干，不做试卷干啥呢？"朱兴顺这样解释，这个主意是他和陈天南外出观摩学习后移植回来的经验。只有少数老师认为这个做法是一厢情愿的自我安慰，但是大多数老师的认可，因此得到了很好的实行。

教室里很安静，徐凌有点想睡觉的感觉，毕竟这是重点班，又是一向要求严格、精细的郁含章做班主任，每个学生都在认真地答卷，不需要严密监视。徐凌真想干点什么，两个小时虚度了太可惜，可是，按照监考要求，偏偏除了瞪着眼发愣之外，啥也不能干。那滋味，和站立在重要机关门前的岗哨差不多，是最难熬的煎熬。

有情况了，倒数第二排靠窗一个男生，秀气的尖嘴猴腮样儿，他的背顶着后边的课桌，不断地回头，轻声说着什么，还拿起笔比画着。徐凌不禁紧紧盯上了他，但是那个男生视而不见。后边的男生用笔戳了一下他的肩膀，提醒他，他便故意大声嚷道："戳什么戳，痛哎。"

徐凌走到了他面前，他继续对着后面自言自语，尽管后面的人不敢理睬他，勾着头装作认真看试卷。徐凌瞧了一眼试卷，叫嚷的学生叫吴冰。

吴冰依然无视站在他面前的徐凌，嘴里嘀咕着听不明白的话。他顽固的不消停激怒了徐凌，徐凌声音不大但是充满威严地说："你出去。到教室外边去。"

徐凌一边说着，一边去拿吴冰的试卷，他想叫吴冰出去警告一番，直到认错后才允许他重新考试。

紧邻的女同学连忙闪开身体，漏出一大段空隙来。吴冰以为徐凌要没收试卷，双手按住了试卷，抬头看着徐凌，一脸挑衅的表情。

徐凌非常气愤，捏住了吴冰的手臂："你可以不考试了，到保卫科去。"说着，他轻轻一带，满以为吴冰就会站起来，并且出考室。

谁知吴冰坐着没动，他的嘴变得更尖了，嘴唇动着，听不清楚说的啥。

徐凌手上加了劲，吴冰抱住了课桌，他的单人课桌被带动，嘭嘭响了几下，邻座的课桌也差点翻倒，那位女同学已经起身，退到后边去了。

吴冰抗不住徐凌的力道，尽管还紧紧抓着课桌，但是被拉得起了身，课桌摩擦地面发出刺耳的响声，徐凌这时听清楚了，吴冰在咒爹骂娘。

徐凌胸中有股忍不住的热气冲上了头顶。松开手，一个耳光甩过去，清亮的"啪"的一声，这团火气随之蹦出了身体，这种感觉叫作发泄，叫作痛快。

徐凌用了好几秒钟完成这个想象，胸膛里的怒火依然澎湃着，烧得他脸发烫。他再加了点劲，一定要把吴冰拽出来。

两张课桌都歪了，即将倒下。教室里忽然四下发出几个声音。

"老师，他有病。"

"徐老师，叫郁老师来，他只听郁老师的。"

这些个声音重复了几次，徐凌停下了，手还攥着吴冰的手臂，他问："他真的有病？"

"真的有病，只有郁老师叫得住他。"异口同声地，教室里大约有七八个同学回答。

徐凌一下子找到了台阶下，略略松口气，放了手，他的身体依旧像一堵墙矗立在吴冰面前。徐凌拿出手机开了机，拨打了郁含章的电话。

郁含章答应马上过来。徐凌叫其他考生不要受影响，继续考试。吴冰似站非站，歪斜着身体，邻座的女同学把课桌拉开了坐下。过了四五分钟，郁含章赶到了。

徐凌心里很不平静，但是努力冷静地和郁含章交流了几句。郁含章摇摇头，一脸的无奈，压着声音说："吴馆子的少爷，就是这个样儿，一逼急了他就要发病，没办法。我通知了他家长，来了的话，就把他领回去。你也别管他，只要他在教室里没有影响考试。"

徐凌发出一声冷笑。郁含章走到了吴冰跟前，和他说话，警告他几句，最严厉的一句是"不守纪律，就不要考试了，回家去"。

吴冰脸上发出可怕的青色来，鼻息粗重，仿佛受了天大的委屈而难以压制。他终于坐下了，郁含章刚一转身，吴冰把试卷揉成一团，用力在课桌上摩擦着。

郁含章装作不见，离开了教室，到别处巡考去了，他是初二年级年级组长。郁含章的背影刚刚不见，教室里又响起哗啦啦一阵声音。全教室的人都被惊动，但是没人说话。吴冰把自己课桌里的书本全部拂到了地上，白花花的一大片。

有的学生偷偷看着徐凌笑，徐凌面无表情，只在心里发出丝丝冷笑，他等着吴冰家长到学校来领吴冰走。吴馆子这人徐凌是认识的，早前也到那家小馆子里吃过饭，近两年没去了，那里距离学校不超过 500 米，最多十分钟就走到了。

时间慢慢地过去，大约一个小时了，吴冰的家长始终没有来，吴冰也没再有剧烈的动作，呆呆地坐在座位上生闷气，一大张六页的数学试卷揉得皱皱的，好几处破裂，又被松针落地一样的笔迹胡乱画了多处。

月考数学试卷题量一般一个半小时，但是学校给足两个小时。多余的时间对于难以静坐的孩子是一个考验，随着时间推移，考室里喁喁低语声多了起来。

徐凌坐在讲台上，居高临下，这时，他被一个女生的动作吸引了。她长着略呈方形的脸，清秀而清纯，黑色长发，腮边两绺黑发贴着脸垂下，越往下越细，身着单肩半露的黑色 T 恤衫。显然，她已经完成了全部考题并且做过了检查。她噘起上唇，搁了一支粉色中性笔在鼻和唇之间，两手架成桥状支颐，像一头可爱的小白猪。一会儿，她对这个姿势厌倦了。她改变了脸相，下唇和下巴之间挤出沟来，一张中空带有几何图形的塑料直尺夹在下边，轻轻摇晃着。她像气功修炼者，眼观鼻鼻观心，专心致志享受着怪相卖萌的乐趣。

徐凌不禁莞尔一笑。有的学生沿着徐凌的视线看去，也偷偷地笑。

直到考试的结束，吴冰的家长也没到校，不过，徐凌也没做多想，他这次月考监考已经结束，该换老师了。

第二天上午，徐凌到学校阅卷，初三·九班的成绩他不用看也知道大概，他所担心的是新接的初二·三班，从课堂反应来看，这个班级多数学生没啥兴趣学数学。说到阅卷，徐凌曾经对单元试卷实行一种独特的方式，收起来的试卷还没看就发下去，徐凌一边评讲试题，学生一边听讲一边批改着随机抽到的别人的试卷，每个详细的步骤，学生都听得专专心心的，才能正确给分。加分完毕后，徐凌只需抽查几张，看看阅卷情况。

上午改了三十多张，徐凌看着成绩，很不满意。中午饭过后，他打算牺牲午休时间，把初二·三班全部阅完。

办公事门口，徐凌撞见了初二·三班学习委员唐俊苓和文娱委员孙小茜，她们正从办公室里出来，里面再无他人。

"徐老师，中午不休息啊？数学试卷改完没有？"唐俊苓率先问道。

"一半多了，争取中午把三班改完。"

唐俊苓和孙小茜等着，尾随徐凌进了办公室。徐凌拿出一大叠试卷，她俩在试卷堆里翻找，徐凌也记不得她俩的试卷有没有改，说道："别弄乱了啊。还有一堂，你们不去休息备考啊？"

"没有什么好复习的啦。"

正说着话，又进来一个人，静静的脚步，直到临近了徐凌才发觉。林薇薇进来了。徐凌和她一对眼，林薇薇便粲然一笑，这一瞬间，徐凌忽然感到刺眼的明艳，仿佛直视了夏天黄昏时的太阳。

三个女生看着徐凌改完了一张试卷。徐凌把已经阅过的试卷放到一边，让唐俊苓和孙小茜登记成绩，刚刚改完的试卷则让林薇薇统计分数。

"谁最高啊？"林薇薇问。

她的嘴唇轮廓线分明，十分好看，徐凌偏头一瞧之后，说："你最高。"

林薇薇身体不自在地扭了一下，她当然清楚徐凌在开玩笑，她说："怎么可能呢，个头还差不多。"

林薇薇的反应速度和回话机巧既令徐凌惊讶，又愉快。唐俊苓也搭上话了，言语中含着不满，她慢慢地说："个头也不是你最高吧。"

确实，唐俊苓比林薇薇略微高出一点，也就是一厘米多点吧，不走到近处肩并肩的，难以比较得出来，可是女生就是这么细心爱计较。徐凌突然醒悟了，唐俊苓和孙小茜是原班生，林薇薇是黄荆中心校转入的，两派还没有融合。但是，唐俊苓为什么爱针对着林薇薇呢？

思绪有些杂乱，改错了一道题，随后徐凌又发现了，递给林薇薇的试卷又拿了回来。

林薇薇一时没事干了，另一边的唐俊苓眼睛盯着林薇薇，问："怎么有个 58 分，有个 59 分的，都没有打及格。"

"是啊，是我要求的。"徐凌说。

"语文楚老师，还有英语老师，这样的分数都给及格的，老师开开恩吧。"唐俊苓央求道。

"数学讲究准确，59 和 60 分就是不一样。"徐凌板着脸。

唐俊苓做个鬼脸，孙小茜突然插话道："哎，徐老师，楚老师空闲的时候，都教过我们唱歌哎，你也教教我们。"

徐凌停下了，与其说是看唐俊苓和孙小茜如何调皮，不如说是看门口又进来了的学生。

翟琼英瘦高个，颧骨较高，脸颊却瘦削，对比更加突出，她也是初二·三班的，刚才徐凌和几个女生说笑情景被她看在眼里，在徐凌的注视下，她走着细碎的步子，挺不自在的。徐凌估摸翟琼英也是来看试卷的。谁知翟琼英走到他跟前，伸出手来，递给他一张折好的纸条。

"老师，我给你提个意见。你抽空看看。"

徐凌甚感诧异，翟琼英几乎咬着手指，看徐凌没有问她的话，她环绕着看了在场的全部人，转身慢慢地出了办公室。

徐凌忍不住，打开了纸条。上面写着：徐老师，希望你对所有同学一视同仁，不要只对漂亮女生好。

徐凌吃了一惊，立即反应过来了，收拢了纸条。哪知眼尖的唐俊苓拍着手说："我看见了，我知道写的什么。"

徐凌努力镇静，面无表情地说："你呀，就是喜欢关注别人的事，把这份劲头放在学习上，才对得起学习委员这个称号。"

唐俊苓和孙小茜互相做着怪脸，林薇薇不知情，好奇却又沉默着看着她俩。

又进来一个人，这次是初二·三班班长江小彬。

"徐老师，最后那道题做不起，我就是那道没做。"江小彬边说边走，眼睛早把办公室里的人看个遍。

今天怎么啦，初二·三班的人一个接一个地来，几乎数学能够及格的全来了。徐凌看过上期的成绩，知道初二·三班 90% 的人都恐惧数学。根据课堂表现看，新进班级的六七个同学当中，林薇薇是上课最认真的。

"评讲时认真听就是了。"徐凌专注地阅卷了。

江小彬站在办公桌对面，眼睛在逡巡，游移不定，林薇薇躲避着他的目光，尽量往徐凌的试卷上看。一个偶然的机会，徐凌察觉了江小彬的异样。他不禁侧过头迅速瞟了林薇薇一眼，正好瞧见她轻咬嘴唇略带紧张和羞涩的样儿。徐凌赶紧正襟危坐。

她和赵薇一样有双线条清晰优美的大眼睛，但是徐凌看出了其中细微的区别，赵薇是明亮的，林薇薇则是幽深的，看不清楚她在想什么，也许她头脑里空荡荡的啥也没想，但在楚钰看来，那迷人的姿态含着清静的幽雅。或者正是由于这个因素，林薇薇没有那些漂亮时尚的少女身上那类肤浅和浮躁，虽然她其实是一个十足的美人胚子。楚钰被这个想法吸引得不由自主地联想到很远，很深。几张试卷竟然费了好多时间才完成。

唐俊苓抢过了剩下的几张卷子，林薇薇便没事可干了。徐凌突然想起一件事，黄荆中心校还办有初中班时，由于学校条件差，很多分组实验做不了，往往学生集中到镇上璧江中学来做，但是实考成绩经常比璧江中学还好，联想到片区统一阅卷时，他阅到的黄荆中心校的数学试卷，连续七八张答案雷同，本校老师们都怀疑黄荆中心校作假，这个虚假的结果却经常被学校用作比较的对象，来洗刷璧江中学的老师。

"你们黄荆中心校，平时是怎么做实验的。"徐凌问林薇薇。

"我不知道啊，以前没做过分组实验。"林薇薇摇摇头说。

"老师，你的'宝马'借给我开一次，行不？"江小彬在对面突然插话了。

徐凌已经明白江小彬的心思了，这家伙在暗恋林薇薇，但是还没挑明呢，他嫉妒徐凌和林薇薇那么亲密，总想打岔。可能林薇薇她们坐自己车回家的事，都在班上传开了。唐俊苓则是不愿意被新进的外来者抢去风头，她们想要老师最关心最在乎的是她们而不是别人。嗯，有爱情和友谊的地方，也就有纠纷、敌意、和仇恨，两者如影相随。

"把驾照和油钱放在桌上，就可以给你开。还有，雅阁是日系车，宝马是德系车，两个家族不一样。"徐凌话里带讥。

直到临近考试时间，所有的学生才离开办公室。似乎只要林薇薇不走，谁都不愿意先走。旧教学区走道都在外侧，徐凌猜测他们是看到自己进了二楼办公室，才一一跟来的。分析了这次月考成绩，和直觉的非常相同，及格的就是这几个人，林薇薇考了70分，最好的是数学课代表81分，林薇薇的成绩已经很不错了。外校进来的及格的学生，除林薇薇之外，只有严晓春一个，62分，但是根据平时课堂的表现，徐凌怀疑严晓春应了那句顺口溜说的：考试考得好，全靠眼睛瞟。林薇薇和严晓春恰好同桌，初二年级除了重点班外，还全部使用着老式双人课桌，考试的时候也没办法离开一点。

徐凌决定抽空分头找这几位个别谈谈话，了解和鼓励他们。要是他们也稳不住，那初二·三班的数学真的完了。真要都变成生活委员万友杉，那个睡足了觉，叫醒后还伸着懒腰打着呵欠满不在乎对同学说"懒要懒到底，政府照顾你"的懒虫，班主任刘华恐怕连哭的心思都有了，教书几十年就没有丢过这样的脸，还曾经做过校长呢。

待初二考完最后一科，徐凌抓住时机去了初三·九班，布置了长假作业。出来时，楼道尽头楼梯口，初三·七班教室门前，遇见了一个遥望天空抽搭着鼻子的女学生。

徐凌站住了，问："怎么了，谁欺负你了。"

被这一问，那女生哭得更加厉害，抽咽着说："作业，好多哦。"

"这也要哭，丢脸哎，十分钟抄一张卷子，好快的嘛。"教室门内，一个男生靠着门框说。

十分钟抄一张试卷？真是肆无忌惮、恬不知耻，徐凌狠狠地瞪着那个发话的男生。那孩子有了怯意，不做声了，悄悄地溜进教室。

徐凌掉头问："多少作业啊？"

"单是郁老师的数学，就是两章单元试卷，两套统考试卷，一二年级各一套。"另一个女生一边摸着哭泣女生的手臂安慰她，一边回答。

才换的郁含章加劲了？徐凌电光火石在脑子里默算了一下。真的很多，倘若其他老师也不放松，唉，从前没这么辛苦过，难怪女生要哭了。

徐凌突然猛醒了，这个时候他可不能滥施同情。他毫不犹豫地说，语气轻松："也没啥啊，可能你们平时宽松惯了，初三一下子紧张起来不适应。机会，只属于那些有所准备的人，你要想成功，就得学会对自己残忍。"

那个哭着的女生已经收了泪，她低了一下头表示敬礼，接着说了一句"谢谢老师"。徐凌笑笑，迈开了愉快的步伐下楼，黑色雅阁还在操场上等着他呢，他希望能遇上江小彬，并且主动载他一程，让他长点见识，开阔眼界，转移注意力。

九　小尖班的聪明鬼们

国庆节长假后上课第一天，徐凌来到学校，准备备课。他打开抽屉，略微翻翻，大吃一惊，所有的黑色中性笔和红色圆珠笔都不见了，书本、资料和教案纸却一丝未动。

"这谁干的呀，都偷干净了。"徐凌环顾一下办公室，不知问谁。

"才晓得啊。凡是抽屉没有上锁的，都被洗劫一空了。"初三·七班班主任，语文老师缪映接上道，"张老师的电脑小音箱，于老师的袋泡茶，还有胡老师的马蹄形磁铁，都不翼而飞了。"

徐凌一巴掌拍在办公桌上。他说："以前经常有学生翻进办公室，偷单元试卷和练习册答案，现在进步了，敢于劫财了。"

楚钰夹了教材和教案，正要去教室，闻言留了步，回应一句："年少无德，劫色劫财，现今敢干的人多了去，尤其是有一些男生，学习成绩不来，恶行倒是接连不断。全社会大堕落，谁要是只会把学生当花朵，背后中了十箭还不明白谁拉的弓。注意自我保护啊，各位。"

"说得好听，你警惕性高，你的《读者》合刊也不是早没有了？"米茜和楚钰最是要好，抢白他道。

"那是，那是，我是单纯的老男孩，我不吃亏谁吃亏。"说完，楚钰径直出了办公室，不管身后有多少笑声。

"可能是放假时，勤杂工没有及时锁上底层的卷帘门，有人溜上来偷的，这么久，监控录像也抹掉了，除了认命还怎样。郁含章还收到了一条短信，给我转发过来的，你说我怎么查，应该是三·七班人发的，对新老师逼得太紧表示不满。"说着，缪映把手机拿出来，调出了短信放在桌上。

两个老师好奇地俯过身子瞧着，等几个老师看过后，徐凌也拿过手机看看。"君子坦荡荡，小人写作业。商女不知亡国恨，一天到晚写作业。举头望明月，低头写作业。洛阳亲友如相问，就说我在写作业。少壮不努力，老大写作业。垂死病中惊坐起，今天还没写作业。众里寻他千百度，蓦然回首，那人却在写作业。"

"古典名句集锦，难为这些小才子了。"看完，徐凌呵呵一笑。

七天长假，徐凌反而觉得比上课还累，新建的竹签厂投产了，新厂就在大丰公司原有的场地里，陈兰有充足的理由将大丰公司的要事一股脑儿交给徐凌。这块场地很大，28亩，算上实际测量中走的过场和没列入的地角，三十亩不止。竹签厂新厂只设置了一条生产线，厂房蓝色钢瓦作顶，料场也使用原来的，储料足够用，另外修建了简易的烘房和成品车间。总计投资50万，徐凌20万，派出所所长欧达林15万，浙江老板韦仲航以机械设备折资15万入股，没有投入现金。工厂场地暂时算作租用。陈兰租金要得比较低，韦仲航对此十分满意。这期间，对于徐凌做事雷厉风行的效率和精准的筹划，韦仲航更是大为赞赏。

陈兰很高兴听到韦仲航的称赞，所以叫徐凌做起了实质上的总经理，陈兰自己更愿意修好和儿子徐肃霜的关系，花了好多时间去陪家里老人和肃霜。她甚至陪着徐肃霜上网，母子俩一个在书房，一个在卧室，不时用 QQ 聊上几句。陈兰声称她正在做着很重要的事，就是寻找训练孩子右脑发育的最佳具体办法。陈兰去了一趟浙江，不仅购置好设备，联系了下家，还看到大街上有一幅巨型广告，"教育成长家长辅导班"开班，陈兰心想太凑巧了，这机会不容错过，于是参加了三天的短期培训，交了 800 元的学费，走时还带回来三本书。

陈兰对徐凌讲，训练右脑的方法主要有三种：仰望星空；不避免左撇子，进行左势运动；听觉、视觉，和语言的、强烈而具有一定时间长度的综合刺激。徐凌听完，不置可否，拍拍陈兰的脸颊表示赞赏。这个亲昵的举动大大鼓舞了陈兰。

"其实还有一种非常好的方法，练钢琴或者小提琴，双手协调配合，训练大脑促进发育。只是，农村难以做到，城市里好得多。那不仅是所用不菲的问题，更主要是缺少相当资质的老师。古希腊有个哲学家说过，幸福生活的前提就是生活在一个大城市里。"徐凌补充道。

"我没说错吧，明年肃霜读初中时，我们就到县城去住，要么妈妈过去照顾肃霜，要么我去。你和韦仲航欧达林演好铿锵三人行。只有你忙不过来的时候，我才出手。"

之后的一个月内，陈兰真的做了两件事情，一是花 1600 元买了一台天文望远镜安置在楼顶看星星看月亮，二是花 30 多万在县城订下了一套 206 平方米一跃二的联排别墅式住宅，明年年底交房，因为是一次全额现款，房产商优惠了一万，还免费赠送五通，陈兰开心得走路都像在跳。

陈兰，欧达林，韦仲航，三人的股东组合，说起来其实是一种缘分。韦仲航原来和璧江镇上两兄弟三人合伙开了一家竹签厂，干了一年多，兄弟俩认为已经把韦老板的技术老底掏得差不多了，开始变了脸色，想赶走韦仲航自己单独干。虽然没有公开说出来撕破脸，但是韦仲航心知肚明。那厂子在新开发的新区边，街道宽敞，居民房在不断修建中，因为住户稀疏地址空旷，大晴天，竹签厂常把竹签堆放在街道上暴晒，节约一点烘房煤炭费。陈兰常常经过那里，遇上韦仲航时也顺便聊几句。一次，韦仲航叹口气透露了即将回家乡的消息，陈兰是个有心人，盘问清楚后，便有了合作的想法，谁知欧达林的想法更早，只是缺少一个资金雄厚和熟悉市场的主要人物，有当地赫赫有名的大丰公司加盟，很多问题都迎刃而解。三人一拍即合，竹签厂诞生了。

创建之初，每个股东都是管理者。欧达林主要负责社协调社会关系，各种证照都是他去办；韦仲航主要负责生产管理，技术指导；其余的如资金和财务采购等事便由陈兰操持。如今，陈兰又把重任分出一半给徐凌。徐凌去厂子里的时间比陈兰还多，特别是关键技术，仅仅让生产经理学会是不够的，自己必须掌握好。大概是练师傅回家后说了什么话，练小芳假期中特意来参观了新厂房新设备，正好徐凌那时在厂。徐凌没有看到林薇薇和练小芳同路，觉得有些奇怪。

备备课，胡思乱想了一阵子，过了一节课。第三节课，徐凌有初三·九班的数学。四十分钟的课徐凌讲授了三十分钟，布置作业后，开会收缴数学练习册。两个数学科代表，一男一女，在教室里走动着收检练习册。徐凌问道："布置的长假作业是不是都做完了，没做完的请起立。"

徐凌相信没有人敢于公然作假的，只问了一句后就当过去了。

谁知这次不一样了，竟然有个女生站了起来。看起来挺伶俐的一个女生，叫许燕玲，她的父亲是璧江小学的副校长，和徐凌关系相当不错。

意想不到。徐凌问："假期别光顾着玩啊，还差多少。"

许燕玲没有回答，徐凌不得已再次问了一遍，全班的注意力都被吸引过来的。看来没有好的交代，还真蒙不过这群机灵鬼。徐凌有些烦起来。

许燕玲依然没有说话，也没有什么行动。徐凌示意邻座的同学把许燕玲的练习册交上来。他打开一看，有些傻眼，再仔细复核之后，没错，练习册上布置的作业，许燕玲一道没做。

"能给我一个理由吗？"极冷极冷的声音。

徐凌期待着许燕玲有一个说得过去的解释，按照平时的要求，这样的处罚是很重的，何况他实在不愿意看到朋友的女儿如此颓废荒唐。

许燕玲继续沉默，但是几滴眼泪偷偷地流下来了。

徐凌慢慢地数落着："说做不起肯定不是理由，一道都做不起是理由吗？有些同学至少还会抄来应个景，可是你连抄写都懒得抄。累了？还是有其他想法？你自己负责吧，回去给你的父亲解释。"

众目睽睽之下，徐凌决定杀一儆百，他强忍着不让自己心软。他拿出手机，开机后，当着全体学生的面，给许燕玲的父亲打了电话。

许燕玲父亲，忙碌的副校长也不敢相信。他说假期结束时他还问过许燕玲是否完成布置的作业，差一点的话就赶紧补上。徐凌回答说他也不敢相信，居然小尖班学生会这样做，但是事实摆在面前。

"这样吧，我让许燕玲立即回家，你们父女谈谈，什么原因以后告诉我。"徐凌找到台阶让俩人一起下，他补充了一句，"家里有你监督，我相信你。真没想到会出这样的事。"

"学校有你监督，我也相信你，谁会想到呢。"许燕玲父亲着急得慌，连忙同意让许燕玲马上回家，上午他在校暂时没大事，处理好这事再说，下午一定给徐凌答复。

近五十双眼睛的注视下，许燕玲拖着脚步，一脸沮丧和畏怯出了教室。

中午，恰好是徐凌守午休。小尖班另外一位学生家长，彭宇飞的母亲找到学校来了，她在校门口遇见徐凌，一边往教室走着一边交谈。

彭宇飞父亲在无锡工地上包活干，远隔着几千公里，母亲带着儿子在家。夫妻俩对儿子期望很大，但是彭宇飞的成绩只在中游，为此这位俊俏的母亲没少往张予榕和徐凌家里跑。徐凌本想给她推荐一对一的教师，假期里恶补上去，凭彭宇飞的成绩，若是跟着大班补习，也不会有多大变化，彭宇飞连最基础的东西都还不是掌握得牢，上课总爱走神，看窗外的小鸟或者前后左右与人讲话，但是了解到彭宇飞家里并不十分富裕后，徐凌推荐的话没有说出口。徐凌坚决拒绝了彭宇飞母亲给的红包，但是依然没能阻止拜年时这个辛勤俊俏的女人带来的一堆东西，有本地乌骨鸡一只，土鸡蛋一篮，干笋片一包，都是自己地里出产的，鸡是自己喂的。徐凌对此真是颇生了些感慨，不时地鼓励彭宇飞，要报答母亲的恩情。

彭宇飞的母亲到学校来，是想告诉儿子，放学后别回家，直接到外婆家里去，舅舅回来了，想看看这个外甥小帅哥。徐凌不明白地问："彭宇飞不是走读生吗？他中午没有回去吃饭？"

"没有，所以来说一声，免得走了冤枉路。"彭宇飞的家距离学校大概三里路，往日骑自行车回家。

两人已经到了初三·九班教室门口。徐凌进去，叫彭宇飞出来，妈妈找他，有学生回答说，彭宇飞还没来。

"没来。"徐凌的目光射到了彭宇飞的座位上，真的空着。

家没回，学校也没人，这事蹊跷了，初三·九班敢迟到的人可没几个，上午刚刚处理过许燕玲，竟然又有人犯事。徐凌看看教室，许燕玲也没到校，另外还有两个男生没到。他有些纳闷，心里很不快。

"彭宇飞中午也没回家。你们谁知道他到哪儿去了？到底干啥？"徐凌问道。

沉静了一会儿，忽然有男声打破了沉寂："哪家办席请客，去找找，彭宇飞多半就在那儿。"

便有声音反驳道："都一点多了钟了，你没吃过酒席啊，谁家请客这么迟？"

"你才没吃过酒席呢。客人多，坐到二排三排才吃上，不就是这个时候了吗？"

反驳的声音没了，徐凌的怀疑却上来了，彭宇飞的母亲既然找到了学校，赶了人情赴宴会记不得？他摇摇头："你们说的没用，彭宇飞妈妈都找到学校来了。"

窃窃的笑，没人答话，徐凌问："你们笑什么？"

"哪家请客，他都去，不管赶没赶人情。桌上一坐，谁认得谁，更何况是一个孩子，主人家绝对不去清点的。还省得回家浪费时间。"

原来有这档子事，徐凌的烦恼被这一逗笑消了大半。

徐凌出了教室，对彭宇飞母亲说了几句。

"哪能让老师去找。要不，等彭宇飞到校了，你给他传个话就行了。"

"最多十分钟我就回来。没事的话，你可以先回去。"徐凌坚持着，他给隔壁班级守午休的老师打个招呼，让他帮看着，在校门处借了体育老师的电摩，徐凌绕着全镇搜索开了。

但凡红白喜事等需要大肆摆酒席的主家，要么办在酒店里，要么办在家门口，都是热热闹闹颇为壮观的一大场面，镇子不大，应该很好找。能置办大规模酒席的饭店有五家，到处静悄悄的，转遍全镇，没看到一家办事的，又不能出镇到乡村去找。徐凌失望地回了学校，心里阴云更浓了。

彭宇飞的母亲已经走了。往日里，小尖班的学生除了有几个安静地看书，其余的都趴在桌子上老老实实地睡觉。今天这么一搅腾，个个似乎都有些兴奋好像等待着什么大事发生，三三两两的摆起小龙门阵来。

徐凌有点生气，表情威严地在教室里睃巡着，打算找出一两个出格的来惩罚一下。

他的眼睛定格在周鲁豪的身上。这是一个被宠着的男孩，班上的文学才子，据说小学曾获得过不少作文奖，现在更不差，和班上一位专用手写长篇小说但是从不发表的女生并称为文学双星。周鲁豪父母离异，母亲是一个有钱的商户，在外面做生意，物质上对于儿子的满足远远超出同龄人，自恃儿子聪明，因为周鲁豪进入中学后成绩不太理想，曾经在学校对着校领导大肆挖苦几个老师，弄得朱兴顺在旁听不过去，也反讽了好长一句"初中和小学是两个概念，在小学一个中等生拼命死学也能取得非常好的成绩；小学好不等于初中好；不满意的话，到处都是好学校，另请高就"。另请高就，周鲁豪的母亲是绝对不敢的，倒不是因为花钱的原因，在老家还有外婆照管着，在外周鲁豪就不知怎样乱飞了。朱兴顺的反击使得周鲁豪的母亲收敛了许多。

看见徐凌盯上了自己，周鲁豪咧嘴笑笑，徐凌没有被他的微笑感动，依旧注视着他。周鲁豪心知不妙，忽然继续绽开着笑容问徐凌："老师不是说过数学学习可以提高 IQ 吗？什么时候替我们测测智商。"

几个学生立即应和着。瞬间被转移了话题，徐凌忽然生气不下去了，暗自一笑。他说："这个测试我是不会做的。网络上有各种版本的套题，你们自己去搜索。不要太迷信测试结果，所有的 IQ 测试题型都有很大局限性。反复地做 IQ 测试题，你会发现智商在提高。"

"这么奇怪啊？"

"因为测试者获得了知识经验，同时提高了做题速度和正确性，当然提高到一定程度就不再有变化了。还有，智力有多种成分，智商包括三个方面主要的成分，或者叫——维度，其中一个就是反省智力，它包括自我监视和自我管理。"

"自我监视和自我管理不是属于情商的吗？"一个男生问。

"在我看来，属于智商，有种心理学理论上把它归为智商。有句话叫作'流水不腐户枢不蠹'，刀越磨越快，经常动脑筋的人，对于提高智商大有益处。你们玩的许多游戏，其实也具有益智作用，比如最常见的空当接龙。"

"这个游戏我玩过，有的牌解不开。"一个胖胖的男生接嘴道。

"不对，每次空当接龙都肯定解开。你可以尝试后悔的方式，重新调换牌。至于蜘蛛纸牌更是这样。你翻出什么牌，本来就是一个概率问题，可以用撤销的方式重复试验，直到找到最有效果的翻牌。我们的智力的光无法照亮黑洞的最深处，尤其关于掷骰子这类概率的结果无法掌握，因此要用尝试来弥补。不要害怕失败，不要拒绝尝试，尝试就是悔招，但这一点也不丢脸。"

午休结束的长号声响起来了，要不然，还会有很多问题继续钻出来纠缠徐凌。

徐凌穿过品字形三幢大楼之间的花坛，从旗台边穿过宽阔的操场走向校门。他看见了三个慌张跑过的身影，其中正好有彭宇飞。徐凌大声叫住了三人，喝令他们过来。

徐凌微笑着看着三人，那是爆发之前的和蔼，彭宇飞三人心神不宁地等着，孰料徐凌却说："三个旷午休，班上扣分一大把，看你们班主任怎样收拾你们。"

"我们没被抓住，没有登记扣分。"彭宇飞立即机灵地解释。

看着徐凌不信任的样儿，另外一个男生补充说："真的，老师。我们在校门口藏着，等铃声响后，大门打开，操场上人多了的时候，一下子就全部跑了进来，看门老头抓不住我们。"

这倒可能是真的。休息时有老师进出，大门打开了一米多，两个看门的老头都在六十以上，保安倒是年轻一些，一般都在监控室看电视呢，或者在学校内转悠。看见了跑进来的学生，光嚷嚷是没有用的，他们会很快就混进熙熙攘攘的人流中了，除非死死拉住他，这真应了孙子兵法上的那句"乱而取之"。

徐凌又问："这个张老师会去查的，我只想知道，中午你们到哪里去了？"

三个人彼此看看，谁都不回答。

"订立攻守同盟？哼，那好，我就如实跟张老师说，旷午休的事，你们自己去解释吧。谁屁股开花，那是自找的。"

"不要啊，徐老师。"

"我们说——好吧。"

"嗯，说吧。"徐凌一脸的平静，大局在握。

"彭宇飞，捉到了一条乌梢蛇。我们中午，炖蛇肉了。"个子最高的吴喜为说。

"这个时候，都中秋了，有蛇？"徐凌不相信。

"有啊，老师！有两斤左右的一条大乌梢蛇。"彭宇飞俊秀的脸上顿时眉飞色舞起来，"用火锅料来炖，好香。在吴喜为家里吃的。"

"家长知道吗？"

"吴喜为家里没人，只有他爷爷。"彭宇飞急着抢答，语句错误也不知道。

"好吧，你们先去上课，这事没完，我调查清楚了，再做决定。"

三个学生千恩万谢，大幅度弯腰敬过礼，嘻嘻哈哈跑向了教室。

第二天，许燕玲依然没有来上课，徐凌想打电话问个究竟，又怕老朋友多心，忍着，课间操的时候，许燕玲才找到徐凌，向他诚恳地认了错。徐凌拍拍她的脑袋，说："认识到错误就好了，这次错得真的有点离谱。时间急了你完不成，下周补完作业后再给我检查。"

许燕玲默默点着头，她乖巧秀气，却像霜打蔫了的菜叶，一副可怜兮兮模样。徐凌猜想可能受到了他父亲严厉责骂甚至挨了打，他心疼地用柔软得像棉花一样的声音说："在学校，有问题找老师，在家里，可以问你爸爸。你身边时时刻刻都有能够帮助你的人，要对自己有信心，也要有决心和勇气。"许校长以前在徐凌面前说过，他虽然任教小学，初中数学也可以辅导人的，这也是徐凌一向对许燕玲放心的原因之一。

许燕玲眼睛里转动着泪花，再次向徐凌躬身道谢，才离开办公室。

第三天上午，许燕玲还是没来上课，徐凌实在纳闷，他是相信许校长不会处理不好这种常见事的，初二初三的学生尤其是女生经常遇到心理问题，璧江中学有一个心理咨询室，有经过专业培训的老师兼职做着，虽然不一定会有效果，试试总不会错的，他打算给许校长推荐一下。实在不好意思再打许校长的电话，他给初三·九班全体学生说："你们看见许燕玲到校来，叫她到办公室来。"

"老师，许燕玲在学校。"

"许燕玲到初二·一班去了。"

初二·一班，郁含章的重点班？许燕玲降级了，怎不说一声。为什么降级呢，难道真的觉得许燕玲跟不上进度了？这个许校长，唉，也许是不好意思和自己面谈吧，悄悄地降了级也不吭一声。徐凌有些自责，同时对许校长又有些抱怨起来，都是要好的老朋友了，事先也不和他通口气，交流一下，这分明是对自己不满啊。他觉得，他和许校长之间，肯定有一个做得过火了，或者处置不当，不知道会对许燕玲会产生多大影响。为这事，徐凌内心里闷闷不乐了好几天。

十　大局

一般说来，35 岁以前，变动职业机会比较大，之后便越来越小，公务员考试报名限定便是这个年龄。教育局规定，申请调动进县城学校的年龄只到 40 岁，要超龄调动除非有特殊贡献者，而且逢调必考。郁含章刚过四十，因为名声远播，也迎来了一次机会。县城的省重点普通高中秀丽中学，秀丽县教育界的老大，因为新招初中班级以作为高中的预备力量，四处招兵买马，曾对郁含章抛出了橄榄枝，但是陈天南从本校利益出发，挽留了郁含章。当然，还有另外的原因，最重要的就是，郁含章的妻子是镇上电力公司的长期临时工，调到县城去的话，就得另找工作，另立新家，丢下久已习惯的工作新职业又不知是否干得顺手，妻子深有顾虑，郁含章在县城也没有购房，一来二去便留下了。

申评职称的通知醒目地写在中学校内三处通知栏上，教员们的生活中投下了一块石头，激起波澜。这样的事每年一次，令凡是还没迈过门槛的人揪着心。通知说，今年的本校高级职称指标已经下达，总计两个名额，符合条件且有意申聘的老师必须在两日内上交申请书。

两个高级名额，这是历年来最多的一次，中级职称名额稍后一段时间才下达。好奇的老师开始打听确切的情况来：传言文件上不是有三个名额吗？谁敢私吞了一个？

过了两天，真相浮出水面：有一个名额是专门预留给英语组长刘朝东的。

刘朝东有个远房家门在本市的某县做县长，刘朝东升职资格硬件条件满足后，特意跑去拜访了这位乐意对乡亲故友帮忙的县长。果然如他的愿，这个高级名额是刘县长托关系例外要来的，并不占据学校名额，因此谁也争不去。个别精明的老师分析了一句实在话：今年似乎没占据名额，但是占据了以后的名额，高级职称是按照教师比例划拨的，下一次肯定少了。不过，以后的事，谁去管呢？今朝的事还操心不过来。

校园内平静了，剩下的两个高级名额，有八张申请表递了上去。办公室主任叶永宁一视同仁收下放好，等着职评小组开会打分决定。

要说校内职称打分排名，物理教师、支部书记许正伦绝对是第一，但是偏偏就没有许正伦的申请表。每当高级名额到来，许正伦却一次又一次滑过了。首届教师节的全国优秀教师，全校唯一享受国家津贴每月100元的一个人，却似乎永远都与中学高级教师无缘了。

说起来，许正伦不评高级职称的原因很简单，他没有高等教育文凭，就是一个最起码最简单的在职函授专科也没有。他知青出身，该学东西的时候正上山下乡，后来经推荐做代课老师，到师范进修后成为正式教师，一直只有一张中等师范的文凭，以前全心全意教书，现在看不进去书参加考试了，一谈到大段大段地背书就头疼。陈天南悄悄劝他想办法弄一张专科文凭，在外面报一个什么成人专科学校，考试时候掺掺水，或者请人代考，很容易把文凭混过手的。许正伦听着一边挥手一边摇头："不要不要，假的东西，我做不来。评不了就算了。"这个固执的全国模范教师，算起来还是陈天南的老师，眼看着只有带着中级职称退休了。

接着算下来，刘华似乎应该进入前三甲。刘华曾经是校长，和他一起递交了申请表的老师，个别还是他的学生呢。再过两年，刘华一退休，那名额又还给学校了，似乎没有谁抱有多大的反对意见。

能进入前三甲的，陈天南几乎当然不让，考核加分项目，每一项他都是满满的，除了在职年龄最短以外，什么骨干教师、年终考评优秀加分、工作量、论文发表、文凭加分，等等等等，样样排名第一，这就是领导的好处，处处挂帅，样样全能，随便一两项就可以弥补他唯一的弱项——教龄偏短。

还有谁能进入前三甲呢？感兴趣的人纷纷猜想，但是即使进入了前三甲，也争不到那两个名额，一想到有陈天南和刘华在前面占着位置，交了申请表的老师无不认为这次是陪太子攻书。

郁含章在校长办公室里和陈天南磨了很久，不停地抱怨，工作太多，头绪太多，学生也不听话，目的无非一个，请辞督导组长。确实，郁含章勉为其难接受了学校工作安排，一个人抵得上两个教员工作量，这还是他听从陈天南的挽留放弃了调动到县城中学的机会而获得的待遇。督导组的成员们每

浴火 · YUHUO

天要走完学校每间教室，检查教员们上课的各方面情况，一天一次随机抽查。陈天南非常过意不去，当即承诺，本年度的高级职称，一定有郁含章份儿的，至于督导组长的活儿，郁含章非得好好干下去不可，直到有合适的人为止，班主任就不谈了，怎么也推不掉。

刘华是不会让步的，思虑再三，陈天南自己放弃了。上报高级职称名单校内公示了，那三人是：刘华，刘朝东，郁含章。

递交了申请的老师，有的认为自己和郁含章比，得分不见得会拉下，比如语文组的张老师，在职年龄就比郁含章多整整十年，公布名额后，他立即找到陈天南要求说个清楚，最好是把各人评分情况公示。陈天南心里烦，面对着老教师，火气又不能随便发出来，便青着脸说："我都没上呢，你急啥？莫非你打分还打得过我。都老同志了，要以大局为重。"

张老师碰了一鼻子灰，却无话可说。评分表到底还是在行政办公室内部贴出来了，刘朝东未参评直接进入，按排名计，第一陈天南第二刘华第三郁含章。这里面的含义，完全就是光头上的虱子——明摆着的，陈天南把自己的名额给了郁含章，至此谁也无话可说了。

朱跃军老师工作才四年，自然和这段时间搅得大家心不安的高级职称评定没有半点关系，即使随后将进行的中级职称评定，也和他八竿子打不着。这是他工作的第五个年头，他的婚期定在了元旦，但是之前，他要完成一件改变他自己命运的事。

陈天南常在大会上鼓励青年教师，"有为者有位"，这句话也是他常用来回答那些抱怨自己得不到重用的教员的口头禅。职称评定一则名额有限，二则按部就班急也不成，三则对生活未有彻底的实质变化，年轻的教师，特别是刚从大学毕业的大学生，更热衷于考试调动学校和考取公务员上。许正伦常常无可奈何地叹说"人往高处走，水往低处流"，谁也阻挡不了。从地位和经济上比较，似乎把公务员看成高出教师半截是世道公论，哪怕加上教师有近三个月的假期这样的优厚待遇也不能扯平。璧江中学有不少考取公务员后步步高升成功的先例在激励着这些不甘心生活就此平淡下去的青年们。近来六七年中，璧江中学公招考试出去的有七八位，其中的江老师现在做了某镇武装部长，陈老师做了县司法局副局长。县里各局乃至各县县长书记，由教师出身的也不在少数。从统计数据来看，教师报考公务员被成功录取的，其比例绝对在各类人员之首，教师生就善于考试。

朱跃军工作以来，教过很多科目，有时候是数学、语文，又任教过微机，甚至还教过体育，同事们几乎忘记了他是什么专业，学校哪里缺人就派任他到哪里，显然没看重他，他也不当一回事。不过，有一项专业，朱跃军绝对是优秀的，那就是公招考试。他的婚期订在元旦，不过之前他有一样改变命运的大事要做，那就是参加公考。

朱跃军参加过两次公招考试，都是在县里参加的。据说笔试一次第一名一次第二名，但是最后还是在讲台上待着，传说的原因是朱跃军看不上考上的那些单位，也有另外的版本，说是面试时打下来了。众说纷纭，但是有一点是统一的，朱跃军是公认的考试高手、专家，公招考试前，青年教师纷纷向朱老师取经求教。

朱跃军也不保守，他总结出来的公务员考试心得有三点：笔试的科目关键是多作练习，行测侧重于时间分配，公共知识侧重常识积累。今年，朱跃军心气更大，撇去县里的单位，报了市里的公招名额。还有十来天就要公考了，平日里难得抱着书看的年轻人，此时纷纷钻入了卧室成宅男宅女，教学上免不了有些涣散，教学督导组和班主任都有了意见，纷纷反映到了陈天南那里。

陈天南召集校级干部开会，讨论这个现象以及学校其他即将到来的重要工作。许正伦感叹着现在的教师可比不得他们刚工作那些年，敬业的太少，都这山望着那山高，心安定不下来。说来说去，许正伦也拿不出个好办法来。朱兴顺伤好复原上班后，情绪比以前不稳定许多，喝点酒后看见不顺眼的学生尤其爱训斥。按纪律规定公务员和教师中午不准喝酒，可是上面来了人，陪客的由不得你喝不喝，不喝尽兴还不行。朱兴顺因此情绪起伏不定的时候多。

许正伦感叹过后，朱兴顺接上道，他的嘴比较小，有点葛优的模样，说起话来像是含着委屈，他说："班主任既然难以管理科任教师，他们没有行政权，学校也忙不过来，要不，下期还是实行二级二轮聘任制，给年级组长和班主任放权。"

"行啊，重新恢复二级二轮聘任制。"许正伦是看见有路可走就要试试的，自个儿在管理上拿不出什么主见来。

周宇全不表态，平时候，他可是话最多的一个人，荤段子可以一个接一个不停歇，要不然怎号称"双料博士"、"日藏教授"呢。陈天南思考着，不时轻轻地摇摇头。

二级二轮聘任制曾经是璧江中学的特色创举，在全县学校中唯一施行过，获得了县教育局和县政府的肯定，并曾经准备在全县学校推广。具体方法是：获得在璧江中学任教资格是一级聘任，接下来，把老师按照学科和年级配置，分配到各个年级去，由班级和老师之间进行双向选择，要想具体担任某个班级某科教学，先由教师提出申请，班主任和年级组长，主要是班主任，签字同意后，学校才认定聘用，登记在案。倘若某个老师一个班也不聘任，那算落聘，落聘老师由学校安排打杂的活儿，那这个脸就丢大了。连续两年不被聘任，就退回县就业局另觅工作，当时教育局还不敢直接解雇。这样的目的很简单，迫使科任教师努力配合班主任和年级组工作，要是总是拖三拉四，班主任都嫌弃你了，不给你签字聘任了，那就危险了。

谁知第一年施行二级二轮聘任制，就遇上了麻烦，音乐教师阚英给陈天南出了一个大大的难题。她只申请了一个班的音乐，每周两节课。这不算落聘，但是年级丢下了那么多音乐课没人上，学校还得安排教师去上，咋办呢。那时候，达不到最低基本工作量每周15节的，学校的任何奖金和课时津贴都得不到，当然钱也不多，阚英还看不起呢，不要又咋的。

按照聘任规则，阚英不算违反，说她不求上进，她也懒得理睬。年级组很无奈，把矛盾上交，陈天南没辙，叫阚英到办公室谈谈，想说服她再聘。

阚英结婚不久，老公在外地，正有离婚的趋向，阚英烦着呢，任凭陈天南怎么说，就是不买账，陈天南刚刚露出一句警告的话来，阚英跳起来把办公桌上的茶杯砸了，叫嚷道：你厉害你就把我退回教育局去重新分配。

陈天南话是这么说的，真要叫他退回去教育局分来的老师，教育局那关通不过，也从来没有这样的先例（某个校长口头威胁威胁是有过的），还结下了天大的梁子。他沉着脸，叫阚英立即出去，他不想和不讲道理的老师胡搅蛮缠。

这期学校便这样憋屈下来了。背地里有嘴尖的女老师传谣说，陈天南之所以不敢对阚英动粗，是因为欠着阚英的情债。流言传了一阵子，后来渐渐平静下来。一次踢足球时，陈天南是前锋，楚钰是对方后卫，两队的队员贴在了一起，看着足球在陈天南那队门前滚来滚去，他们离得远，没事交谈起来，陈天南便无可奈何说了聘任的事，楚钰给他打气，说：你是资方代表，法人，应该有决定聘任的最终权力啊。可以在聘任制上加上一条，假如某位老师因故达不到最低工作量，则由学校酌情安排工作，并且教师不得以任何理由拒绝，否则视为拒聘。

第二年，陈天南果然在二级二轮聘任制中实行了这条规则，聘任制施行顺畅起来，但是阚英这年过后就调走了。音乐教师都是个顶个的漂亮，阚英身材绝妙，脸蛋也过得去，唱歌绝对的好，有着陈思思一般清凉甜润的嗓子，阚英在大学里主攻的也是民族声乐，工作后曾在市里一次声乐比赛中，轻松获得头名。有人感叹说，阚英最大的遗憾，就是在成长过程中，CCTV还没有星光大道这个栏目，否则拿个月冠军，甚至年度总冠军，也不是啥难事。阚英终于还是没有浪费自己的才华，调到县城秀丽职高去后，如鱼得水。因为县职高是国重，创建国重那年，学生有三千人，教职工有两百多人，没过几年，县职高学生人数掉到了不到两千人，但是老师没有减少。许多人闲着没事干，有事干的活也不多，像接纳安置藏族学生这些差事，也都由县职高承包了。课余，阚英组建了一家婚庆队伍，自个儿兼做主持和歌手，课外收入颇丰。陈天南给她介绍过两组客人后，她还专门请陈天南吃了一顿饭，周宇全和她现时的职高校长作陪。阚英的目标是尽快开上路虎，五年之后她果然实现了自己的愿望。

二级二轮聘任制第三年出问题了。一般说来，某个老师分到年级去后，是应聘重点班，还是普通班，学校和老师自己心里是有底的，担任学校重点班教学的老师，都是学校默认敬业心强经验丰富的勤恳老师。这期第一次教师大会刚刚结束，张老师拿到申请表后立即找到他的干亲家，重点班班主任罗老师，罗老师当然不好推却，签字同意了张老师担任她班的英语。本该担任该班英语教学的余老师不乐意了，找到学校，学校不敢推翻定下来的聘任原则，另外再一想，两个重点班分给两个老师教，也许形成竞争，对成绩提高有好处呢，于是说服余老师另外接了一个普通班。

余老师教那些努力上进的好学生习惯了，一旦遇上普通班混日子的学生，简直不知道如何处理才好。他这个班教得好好的，已经过了两年，要毕业了却突然被换了班，本来心里就有气，余老师口里当然没好话，普通班的学生也不买账，当面顶撞、甚至起哄，啥事都干得出来。才过半期，余老师忍受不下去了，提出了换班的申请。半期换老师，从来没有这个先例，学校劝说着，用纪律压着，要余老师顶下去。

孰料重点班那边也同时出事了，半期成绩出现了大滑坡。学生一时不能完全适应新的老师，而张老师比较起来，经验确实也欠缺一些，学校领导还认为张老师下的功夫还不够，总之，英语成绩就是这样下来了。

半期考试后开家长会，分班开会之前是年级大会，不少家长会上开始发威了，抱怨或者公开指责学校用人不当，突然到了初三，干吗要换老师，是不是校长拿了什么礼，吃人手软拿人手短，才这样安排工作。总之什么难听的话都跑出来。学校费了好大的劲，又是安抚又是找老师谈话，才勉强维持住局面，撑到了期末。

第二期，学校仍旧不敢换老师，因为两位老师似乎都适应了新的环境，情况变得好一点了。但是家长不买这个账，因为最终期末考试，比起前期来还是所下滑，重点班有几个学生转学走了，居然是在最后一期转学，某个怒火冲天的家长指着陈天南的鼻子骂了一顿后，丢下了一句"惹不起我们还躲得起"，然后不由分说把孩子转学了。事后，朱兴顺帮着分析说，个别学生成绩下滑的原因是很多的，但是家长不管这么多，一味地归结于换老师的缘故，毕竟学校给了家长口实，家长认定了，再怎么辩解也没用。

因为实行二级二轮聘任制导致的类似情况还有不少，经过几次聘任，教员们逐渐摸透了其中的一些规则，学会了怎么应对，而且三年下来，也没有一个教师因为落聘去做勤杂工的。班主任也在苦诉关系难处，不好得罪人，都在抱怨学校只晓得把烫手的粑粑往班主任手里扔。好处未见多少，弊端倒不断出现，三年过后，二级二轮聘任制寿终正寝了。

有了教训，陈天南怎么会重拾旧案，而且是一个不成功的旧案。几次摇头后，朱兴顺的提议已经在他心里彻底否定了。

"人往高处走，水往低处流。报考公务员学校是支持的，考试之前的教学松懈也只是一时现象，加强督查就行了，行政值周和督导组一天之内要多跑几次看看。给督导组打打气。现在，最重要的不是这个，是另外几个问题。"

说着，陈天南停下了，惹得另外三个人目不转睛地等待着，看陈天南将要说出什么来。

"城乡环境综合治理开始了，每个单位都要全面规划整治，搞好清洁卫生和整体形象。学校是全镇最大的单位，精神文明单位，检查时首当其冲，县上开会已经作出了要求，要把这次综合治理提升到政治任务的高度，不折不扣完成。省委书记亲自提出口号，制定出清楚的措施、标准，又亲自督查。嗨，又是要出一笔钱，我们中学初步估算了一下，需要整治的地方多着呢。像教师宿舍楼要重新刷墙；旧教学楼没有贴瓷砖的，重新粉刷一遍；瓷砖掉了的，重新贴。厕所，花坛，文化墙，都要装饰一新，清洁卫生更是重中之重。现在学校债务缠身，哪里找钱哦。"

"县财政不拨点钱来啊？"朱兴顺问。

"检查获得好评的话，可能有几万，可是要拿出十多万来搞整治。大学校还好一些，小的学校像村小啊什么的，一动就是几万，先自己垫着，全年的保障经费都还不够这个数呢。"陈天南满脸愁容。

这事是陈天南担心的事，其他人没这么愁，朱兴顺甚至还有些幸灾乐祸的想法，当初学生食堂 BOT 招标的时候，朱兴顺也动过心思，行动过，但是没有竞争过宋静中校，后来据一些私下秘密传开的消息，宋静送了八万才搞定的，朱兴顺和龚自容总结失败的原因时，其中一条是，还得怪自己小气了一点。

"让老师找项目拉赞助，没人响应吗？"许正伦突然冒失地抖出一句。

陈天南摇摇头，苦笑一声。大会上，陈天南多次提出，鼓励老师替学校拉赞助，找项目，凡是到位的款项，"我和你对半分！"陈天南如是说。两三年过去了，没有人拉来一笔赞助。由于有人议论奖励太高，现在大会上公开提出的建功老师的分配比例，已经降到了20%，似乎更没人理睬了。

校级行政会在沉闷的气氛中散了会。等到别人都走了，周宇全在陈天南耳边小声说了一句："实在不得已，还是向老师借资渡过难关吧。"

"你说的，我不是没想过。以前校办厂也这样做过，但是学校现在就是一分的月息也背不起。再要少，谁肯借钱出来啊？"

"徐老师一个人肯借就够了。"

"徐凌？嗯，到时候再说吧，借资还是要走公开的渠道，不要给老师们找话说，反正利息低了他们是不会借的，走走过场才好。你找时间先给徐凌探探口气。"

第二天，周宇全还真的就借资给徐凌谈了谈。徐凌略一思索，回答说倘若学校真的玩不转了，可以按照信用社贷款利息出借10万至20万。这个利率，比银行贷款稍高，但是比民间信贷低得多，周宇全代表学校接受了。

在初二•三班的教学要是也像做生意管理工厂一样顺畅，徐凌不知道该有多开心。但是，初二•三班除了烦心，还是烦心。

这是一节数学课，从上课开始，教室里嗡嗡嗡嗡蜜蜂飞舞的声音就没有间断过。"组复新巩布"，课堂教学的五个基本步骤，滑稽的教育者把它形象称作"祖父心口痛"，徐凌进行完第二个步骤便不耐烦起来。他停下来，语重心长地交代一句："请安静。学好数学是每个人必经之路，特别是初中的数学，不需要你们做数学家，但是初中数学是一个人最基本的能力，缺少了数学的逻辑和理性，你们会被传销欺骗，被邪教洗脑，结果就像一句俗语说的，被人卖了还帮着数钱。"

教室里安静下来，学生们不知道徐凌为什么对传销那么痛恨，他们已经多次在课堂上听到徐凌把传销当作罪恶进行批判和嘲笑了。徐凌有一段经历，除陈兰外，他没有再向第二个人讲过。那时，大丰公司还没有成立，还是一个起步后刚站住脚的竹器厂，徐凌夫妇正为推销产品而卖力地四处奔跑。一天，徐凌接到了刘昌林的电话，邀请他到武汉去，刘昌林替他联系上了几个可靠的老板，有愿望经销他厂子里的产品。说起来，这个刘昌林算是半个亲戚，比徐凌晚一辈，转弯抹角的侄儿，徐凌教书时，刘昌林也在这学校读书，虽然没有亲自教他，可是能算作亦师亦长。上一年刘昌林刚刚做家电生意时，徐凌还借给他两万做周转资金。徐凌对刘昌林的话深信不疑，因为武汉本来就是长江上的著名火炉，凉性的竹器很有市场的，那时徐肃霜小着呢，陈兰不敢离家，便让徐凌请了假跑一趟武汉。为了那次请假一周，徐凌软磨硬缠终于遂了愿。兴致勃勃到了武汉，傻眼了，哪有什么经销的老板等他啊，汉口一条小街上就住了四五千人，蹲在那里搞传销，据说当时全国有三十多万人聚集武汉做着传销发财梦。徐凌在这里遇见了十多位家乡的熟人。

明白真相后，徐凌没有骂人，刘昌林过意不去，问徐凌是要留下来和他们一起发展事业，还是回家，如果留下来，凭徐凌的能力，有机会做传销团讲师，不冒风险拿干工资，每月五千块，但是加入传销集体的那3800元入门费是少不了的，先要取得资格。每月五千，是徐凌当时半年的工资了，徐凌冷笑一声，对在场一同吃饭的同乡人说：我今晚就走，你们谁要回去的，可以同路。

在座的没人回答，最后，一个国营厂秘书，在老家当地小有名气的文人开口说，他们有事业，不急着回去。这位老先生的儿子也来了武汉的。再看看那些人的彼此关系，徐凌明白了，走上传销这条路，可以同事相骗，朋友相骗，亲戚相骗，师生相骗，兄弟相骗，直至父子相骗。徐凌叹了口气，不再言语。刘昌林见留不住徐凌，赶紧送徐凌到火车站，抢着替他买了火车票，又拎上一袋苹果，算是赎罪。一路上，火车车厢里挤满了返乡的传销客，连站立都找不到一个固定、宽敞的位置，快到重庆，徐凌才挤到一个座位坐下。

自此，只要有机会，徐凌便把传销痛批。楚钰曾经批评过把小说当历史的民族明显是缺少数学品质，徐凌接着分析下去认为，在这种先天不足的传统中或者思维定式中，传销也容易流行。他从更多的渠道去了解传销，发现传销有个最重要的过程叫作洗脑，而传销必须针对个体想轻松发财的梦想去诱惑才能成事。美国高中教师罗恩·琼斯利用教室环境做过试验，发现洗脑并不复杂，只要做到这四条：1. 一个相对封闭的环境，方便排除不同的意见；2. 一片亲人的情谊，增加归属感；3. 全天候无所不在的灌输，强调纪律性；4. 对受施对象的恐吓，营造神圣强大的感觉。第二条在政治中应用也可以转换成阶级的情谊，或者组织的情谊，梦想的目标则更加多种多样。

慑于徐凌的怒气，教室里安静了一段时间，徐凌上课的第三个步骤讲授新课，也到了尾声。

第三排，两个女生偷偷地交头接耳，徐凌讲课声音一停，她们的声音也立即停下来。徐凌早就听见了。后两排三个男生趴在桌上，面前数学书竖立起来遮住了脸，或许是在睡觉，但一叫他们就醒了而且会信誓旦旦说绝对没有睡觉，悄无声息地走下去揭穿他们，那也不行，旁边的同学会在桌子下面用脚把他们踢醒，总之就是难以抓到确凿的证据。三排四排似乎有一男一女在笔聊，不太确定。徐凌边观察着初二·三班教室里情况一边讲着课，心里忧烦得紧。

徐凌突然停住，目光定住了说着悄悄话的两个女生，她们一时没刹住车，分外清晰响亮地又说了几句才察觉住口。徐凌过了半晌，终于狠狠蹦出一句话来："两个女的加起来，等于一千只鸭子。"

等到本节新课内容讲完，徐凌发现还有十分钟时间，可能是心情焦躁，讲得粗糙了些。他让学生拿出练习册，讲起了一道有学生提问过的课后提升练习题。他做了分析后板书了全部过程。最后，徐凌开始再次总结本题的审题破题分析解决的全过程。这时，他发现已经很少有人在专注地听讲了，那

浴火 · YUHUO

个曾经给他提过意见要求"对漂亮与不漂亮的女生一视同仁"的瘦高个子翟琼英，一直埋头写着什么。

"你在写什么？"徐凌问，他怀疑翟琼英是在抄写流行歌曲歌词或者笔聊什么的，才会如此专注。

翟琼英被身边的同学伸肘捅捅腰才知徐凌是问自己。"抄笔记，这道题我还没抄完。"

这是一道已经批改过的作业题，徐凌就是发现多数人没做或者乱抄一通才专门讲析的，目的是想训练学生怎样分析问题。他带着疑问，走下讲台，来到翟琼英跟前，拿起练习册看。翟琼英写字很慢，属于思维较慢非常认真的那类人，字体近似于仿宋体，工整悦目。

徐凌点点头，回到讲台，他说道："抄写笔记很有效，但是有两种方式，一种是一字不漏完全抄写，适合于基础不牢的同学或者某部分知识遗忘较多掌握不好的情况，抄写相当于进行了全面的复习。而假如这部分知识点已经掌握得很好了，还有另外一种笔记方式，只需要整理记录思维导图，不要全部抄写。好处是既提高了效率，节省时间，还对思维能力进行了很好的训练。"

"老师，思维导图是什么东西？"

"思维导图又叫心智图，是表达发射性思维的有效的图形思维工具，它简单又极其有效。应用在习题笔记上，就是把几个关键处提出来，用箭头连接，还可以用彩色笔或某种符号做出图形提示。它能让你既能快速记好笔记，又有时间跟着老师的讲解进度进行思考。思维导图除了帮助你成为笔记高手外，还可以让你高效处理错题集，快速记住英语单词，提高阅读速度，抓住答题重点，等等。具体做法，以后晚自习再给你们仔细讲解。"

下课了，徐凌恰好连堂，他没有离开教室，一个个学生叫嚷着从他旁边跳出教室去。第二排，两个女生拿着一个洋娃娃玩，看见徐凌目光被吸引过来了，洋娃娃举了起来，摇晃几下。一个女生问："徐老师，漂亮吗？"

"很漂亮。"徐凌由衷地说，洋娃娃的服装尤其引起了徐凌的注意，他补充了一句，"服装搭配得很好。"

"这些服装，都是林薇薇亲手做的。寝室里还有很多。"练小芳听见了他们的对话，也走到前头插话说。

"啊，真没想到。"徐凌的头转动了，眼睛搜索着。

林薇薇个子比较高，坐在倒数第二排，听见前面的人聊得开心，也走到前面来，距离讲台仅仅一张桌子，哪知道正在议论她呢。徐凌几句称赞，林薇薇脸上几乎挂不住，微笑着，扭捏着，顺口问起徐老师厂子里的事来，她都是听练小芳说的。

浴火·YUHUO

正聊得带劲，江小彬拿着书也走到前面来了，他比画着，想问一道书上的题。

哎，这小子，又怕别人抢了他的梦中情人，打岔来了。徐凌心里又叹又笑，脸上也有点不耐烦的表情，他说："下节课马上就要讲到这个知识。"

江小彬并不离开，又问起徐凌怎样才能学好数学等问题来，反正就不想看到林薇薇专注地看着徐凌那副含情脉脉的样儿。

师生几个正说得热烈，突然跑进来一个男生，对着徐凌大声喊道："老师，外面有五百只鸭子找你。"

徐凌一愣，随即明白了，同时，他也瞟见了教室外面陈兰的身影。他向报告的学生走近了一步。这个学生看见徐凌沉着的样儿，摸不清虚实，便向他嬉笑着。

意想不到，徐凌抬起手，指关节迅速在他头上敲了一下。等他还在发愣的时候，徐凌出了教室。

学生一脸难堪，缓缓走到自己座位上，一言不发。旁边的男生摸着他的头，取笑道："傻了吧，肯定敲傻了。"

随即，取笑的学生又模仿着成年男人的浑厚嗓音说，"道德，需要用耳光来维持。"边说边滑稽地摇晃着头。

四下里都是笑声。挨了敲打的男生突然站来，叫嚷道："笑什么笑个屁啊。你们没有挨过打？"

话一说完，几个男生便扭着身子玩成一团，嘻嘻哈哈闹起来。

教室外，陈兰正对徐凌抱怨："手机关机，办公室人也不见，只好找到教室里来。你下课后是不是马上就回去处理一下，有些事你经手的，更熟悉一些。我先去厂里把烘房叫人改一下。"

厂子里有了急事，徐凌一时里学校也脱不了身，只得说课完就去，两方都得大局为重。他让陈兰把车子留下，他回去时能够快一点。

十一　干净的理想

连续两周不断的大扫除，城乡环境综合治理这个压倒一切的政治任务，横扫了璧江中学一切工作的重要性。封疆大吏的理想是从乡镇到城市，到处都要干干净净，借卫生入手，改变脏乱差，改变人们陋习，促进文明进步。省委书记一声令下，重头戏先行，全省谁也不敢去捋虎须。

每逢上面检查团来镇上或学校检查，彻底打扫卫生成为一项必须及时完成的头等任务。不管是县里，市里，或省里的检查团，级别越高，兴师动众的规模也就越大。要是胡锦涛主席圣躬亲临，估计每个人屁股上都得喷上古龙香水。上课时，突然有学生被叫出去打扫公地卫生，即使没有政治运动，也是几乎每天都发生的事儿。卫生值周老师在校行政的强力干预下，不敢拖延和敷衍，一旦检查中发现某个角落丢着一张糖纸，一个烟头，务必要通知班主任，班主任害怕扣掉班上的考评分，一旦接到电话通知，恼怒着，多半会立即叫出几个学生来打扫。说来奇怪的是，被指派打扫卫生的学生，多是欣喜多于抱怨。他们又可以轻松地逃过一节课了，距离毕业又近了一步。上课，尤其是上一个严厉老师的课，再加上是困难的或者不喜欢的诸如数学英语之类的飞机课，其煎熬犹如炼狱，借口这样那样的任务逃离一下，真是乐莫大焉。高中初中皆然。

校园卫生是学校的第一面子，璧江中学校长们有这样代代延续下来的传统观念。有一次，副县长兼公安局长从镇里路过，兴趣一来，到了学校走一圈，当时全校正是上午第三节课，广播里通知一响，各教室门口蚂蚁出洞一般熙熙攘攘起来，干了一节课的临时大扫除。副县长兼公安局长只在校长办公室和学校荣誉展览室待了二十多分钟，丢下几句赞誉便走了，原来他是到镇上派出所检查工作，顺便过来问问学校和派出所搞警民联建，普法宣传那些事的，基本上每年派出所所长要到学校做一次专题普法讲座。类似的事屡见不鲜。有人稍稍露出不满，陈天南便玩笑似的嘟起嘴，带着无可奈何意味道："哎，面子最重要。"

"掐头去尾，中间捣乱。"中间捣乱指的就是这个情形，上课随时会被打断，打扫卫生是中间捣乱最常见的原因之一。要是上级领导专门来检查，那就不是某几个学生牺牲掉一节课，而是全校学生牺牲掉一两节课。那个时候，校园里一派繁忙热闹的场面，白天忙过，湿漉漉的地面直到晚自习时还没能完全干。楚钰曾经嘲笑过学校就像马戏团，猴子们颠来跳去都是为了取悦看客。

但是，喜欢劳动的学生真不在少数，至少和上课比较，他们觉得身体运动更有趣更轻松。那些上课了很久还故意拖着扫帚、垃圾铲在校内四处走动的，便是例子。很多时候，科任老师委实弄不清楚是班主任分派的任务呢，还是学生自发的劳动，一般只好听之任之了。重点班的学生中，自发劳动的情况却很少发生，不过也有几个类似于考试时答卷写上"我本是蠢材，我父逼我来，白卷交上去，鹅蛋滚出来"的老油子，做了自发劳动的常客。班主

浴火 · YUHUO

任呢，通常也是很乐意满足这些"自甘堕落者"的心愿，委派劳动的机会是别人的几倍，不过班主任常常使用启发式的提问"谁愿意去打扫工地"，来圆满解决这个问题，以免落得歧视差生的坏名。

镇上来了一辆洒水车，老居民生平第一次在镇上街道看到这种现代化清洁机械，他们得意地议论着，带着自豪。全镇街道每天喷上两次水，弄得像下雨似的湿漉漉的，不过倒是显得整洁。看来基层官员没有谁敢有半点懈怠。根据检查验收程序，县里即将初查，半期考试刚过，璧江中学对校容校貌来了次全面洗礼。

三幢大楼呈凹字形的包围中，有一块四方的绿地，十字形通道把绿地均匀地分割成了四块，绿地四围20厘米高的白瓷砖栏，绿地里有高大的玉兰树、槟榔树，还有花，有草。四座射灯暗藏于绿草间。通道中央呈巨大的圆形，设有一个梅花状喷泉池，假山、小树、喷泉，颇有古典园林特色。这池子是某镇政府赠送璧江中学的礼物，当时那个镇的书记镇长都是璧江中学的毕业生，寻个机会对母校做了回报。打扫卫生的人，有的嫌水龙头远了，有时大楼过厅前的一个水龙头又不够用，因此喷泉池常常成了洗手处或者打水处。全校大扫除一来，这里人流穿梭，通道里也满是积水，积水的深浅成了检查团级别的某种象征。

璧江中学每个教师分到了一块地盘，牵头负责全面的卫生，除开必须出钱请专业工人干的活外，这些工作全部由老师带领着学生完成。劳动时间是两个下午。徐凌和年轻的孟老师分到了综合实验楼"厚德楼"楼顶。

午休结束，开始搞卫生，徐凌不见了孟老师，他也知道孟老师很不可靠，学校分配时一老一少的搭配，就是担心缺少责任心的青年人把事搞砸了。他打了电话，接不通。徐凌给初二·三班的劳动委员吩咐了，叫班上凡是没有打扫卫生任务的学生，尽量多的到厚德楼楼顶来，带上工具。

徐凌一口气爬上五楼楼顶，竟然有些气喘，想是锻炼得少了，酒肉把身上渐渐堆起脂肪来，呈现出发福迹象。厚德楼楼顶从楼梯间分为南北两面。北面楼顶关着水，深过脚背，黑色防漏沥青抹遍了楼顶，一道小门关着，不用去管。南面楼顶开着大门，大门早被打坏拆除，门洞大开。

徐凌一看楼顶的架势，有些发愣。楼门口地上满是纸张、烟盒、烟头外，地势稍高这方还好，稍往南面出水口那边，都被水淹着，水中有泥土，长满了青草，成了一片沼泽地，许多木板、灯架、线材等废弃杂物，浸泡在沼泽里，墙角胡乱堆放着同样的杂物。

徐凌给副校长周宇全电话，询问厚德楼楼顶是不是只需要把表面垃圾清除就可以了。周宇全很清楚地答复要全部清除，包括泥淖和积水。徐凌直陈说，那学生干不了这活，活儿又脏又臭又重，十来个学生两天下午都没法弄干净，若是雇请专业清洁工人的话，两个人两天的报酬都没人干，那至少得四百元。

两人电话里商议了一阵子，最后确定由学校出100元补助，还是由老师带领着学生干，免得其他处处跟着效仿要钱，学校财政吃不住。徐凌勉为其难答应试试，下楼时半路截住了一个学生让他去叫人。

没过一会儿，呼啦啦涌上来一群人，都是初二·三班的，拖着竹扫帚、塑料扫帚、垃圾铲、铁铲。竟然还有三个女生，林薇薇和练小芳，以及另外一个。徐凌问道："你们上来干啥？"

"不是老师叫没任务的都上来吗？"练小芳反问。林薇薇有些尴尬地站着，另外一个女同学拿着铁铲戳着墙根。

"这活儿你们干不了，女同学都下去。"

三个女生互望一眼，没有说话，下楼去了。

估计练小芳等人已经走远，徐凌对十来个男生讲了任务、要求和奖励。他说："钱不多，够你们去皇家量贩歌厅白天唱四个小时，不带酒水。"有的学生暗中笑了，徐老师对歌厅真了解。

个子最高的，家里和徐凌有交往的一个男生崔向成率先问道："是不是真的给100元。"

"错不了，学校不给的话，我给。"徐凌给学生们吃了定心丸。崔向成是徐凌的崇拜者，他高声叫了一声，男生们便跟着他往沼泽里试探着走去。

他们要干的第一件事，是把全部木板等杂物运下去，扔进垃圾池。从楼梯一层层转下去，每个人只能一次扛一块木板，甚至一块较重的木板还得两人抬，还可能弄得全身污水。刚刚把一块两米多长的木板搬到门口，徐凌叫停了，他想到了一个办法，直接从五楼楼顶扔到操场边，再运到垃圾池。

主意打定，徐凌叫了两个个子稍小的男生跟着自己下去，其余的，在楼顶往下扔木板线材。他反复强调："先别慌，等我在下面叫可以了才开始，千万千万注意安全！"又叫崔向成做组长，指挥劳动，特别是负责楼顶的工作安全。反复叮嘱完毕，他才下楼。

尼龙绳在大楼底侧和操场之间围起了一个半圆。两个学生站在两边，叫住来往的人，徐凌坐镇中间指挥。他拍了两下巴掌，仰头大声叫着，示意可以往下扔东西了。

"啪！"非常响亮的声音把整个操场里的人都惊动了，接着，一件又一件杂物从天而降，不断地发出刺耳的响声。一个体育老师从旁边经过，徐凌问他要哨子，体育老师叫了一个学生跟着去拿。这样一来，徐凌可以吹响哨子，提醒那些稍不注意走得靠近了一些的人，提防砸在地上的杂物弹起来伤人。

陈天南在校内巡视着，听见响动，也过来了，看见这幅情景，不便反对，嘱咐一定要注意安全。

第二天上午照常上课，下午又开始全校劳动。依然还是那群十多个男生按照徐凌的安排，带着家伙来了，还另外多了三四个。徐凌叫住了多余的人，让他们回班上，也许刘华班主任有事分派呢。他既不愿意影响班上的卫生工作安排，也不想半路多出几个可以享受劳动报酬的人，那样对昨天已经干过了活的人不公平。才来的人心里不乐意，但是徐凌理由充足无法反驳。

"徐老师，多几个人没关系，就让他们干吧。"崔向成说道。

徐凌心中一动。初二·三班班上很涣散，班集体缺少凝聚力，班长江小彬好像沉迷于恋爱的臆想中，连成绩也下降得厉害，数学到了只有五十多分的地步；学习委员和文娱委员小团体一派，只专注于自个儿的学习中；其他几个班委懒懒散散，得过且过。数学科代表是个啥不管，除了收缴作业本之外几乎看不到有何表现。反而体育委员崔向成在部分学生中有号召力，这些奔来的学生多数和崔向成要好，而崔向成的体育，一向又和江小彬平起平坐，是班上最突出的。崔向成学习上其实很有潜力，只因母亲出去打工父亲在家照管，对他缺少要求和约束力，培养得当的话，将来作为体育生读大学是很有希望的。

徐凌决定给崔向成做领袖的机会，把他树成榜样和组织者。他大声地说："嗨，你们都听见了，崔向成的提议可以吗？"

十来个男生互相望望，齐声说："行！"

"好的，那就一起干，学校发给每位老师的辛劳补助100元，我的也资助你们。现在，这里就交给崔向成和你们了。"徐凌说。

"哦——耶——"故意拉长了的欢呼声。

这天的劳动任务是把楼坪上的泥土杂草垃圾，全部清理干净。昨天，已经挖了许多条水沟，积水基本上排出去了。学生们群策群力，想出了一个好办法，他们找来结实的长绳，和多只塑料编织袋，泥土杂草装进袋里，从楼顶吊下去，下面的人接着，再抬到垃圾池倒掉。铲泥的，装袋的，搬运的，放袋子的，接袋子的，抬泥土，各处多少人都分配得恰到好处。

劳动中，出现了新发明，为了往下吊口袋时摩擦小一点速度快一点，楼坪围墙上垫了一根外表光滑的竹棒，口袋借着自身重量带动绳子擦着竹棒下滑。

这些数学考试上总打败仗懒懒散散的家伙，现在却个个成了发明家、工程师、辛勤的劳动者，徐凌开心地看着这群欢快的劳动者干了一会儿，才放心离开。

打扫了一遍又一遍，各片区分管校领导初查时，仍旧不免发现一些漏洞，被声严色厉教训几句，沉不住气的老师怨言出来了。周宇全正色道："这算什么呢？还有更仔细的。去年中央领导下来，全县的主要干道，小石头子子都叫人捡干净了，护栏冲洗得摸不到灰尘，只差用吸尘器把道路吸一遍了，宣传部还有人建议路边的竹叶也用洒水车冲洗一下，因为那几天刚好下过雨，提案才被县委否决了。"轰轰烈烈的城乡综合治理运动，延续了一周多，直到省检查组来过后，方冷却下来。至此，全县所有吃财政饭的人才松了一口气。

省里来的人并不多，只二十多人，除了县城和抽到的两个乡镇重点详查外，其余地方多是坐在车里沿镇子浏览一遍，也就十来分钟吧，连饭都不在乡镇上吃，全部回到下榻的宾馆，个别乡镇敲锣打鼓的队伍追着撵着，还没看到检查组，检查组已经从别处打道回府了。县里安排了本县最好的旅游五星级宾馆来接待。各镇各单位花了多少钱来装扮不清楚，这笔账委实不好算。全县凡是人烟聚集的地方，确实漂亮整洁了，至于一个月之后这幅景象又咋变，是不是依然保持原样，整洁漂亮，大家心里都清楚。骨子里的垃圾，也许一千年都还清除不了。不过，这事过后，许多校长出外学习考察时，顺便注意了各地的卫生情况，尤其是当地的乡镇卫生，回来后都感喟说："有变化，不一样。书记干事没白干。"这话直到过了五年才没人提起，因为各处又脏了。

唯一清楚的账是，财政局长苦笑着向县长县委书记汇报，接待费一共花了一百多万。县长没说话，书记撇撇嘴："我们县的财政收入早就上亿了吧，花点钱没事，只要省里高兴。领导到我们县上来，一看，哎，这么干净，这么美丽，下面的人真是响应号召，忠诚勤恳，做得很好啊，一高兴啊，啥项目都容易了，啥钱都拨下来了。"

璧江中学任务完成，徐凌落实了自个儿的承诺，把庆功会上奖给每位教师的100元如数给了参加劳动的学生，班主任奖励是200，中层及校级干部是400。再加上自己补助100元，这群小子欢天喜地笑哈哈拿着200元钱，真的去歌城玩了一个尽兴。自此，崔向成在这群小子的心目中隐然成了小领袖，威望甚至高过班长江小彬，上数学课也成了最下苦功夫的男同学。

这天下午，徐凌没有课，但是早早到了学校。下午第三节是教研组安排的集中听课，他想到还有一大堆刚交上来的数学练习册放在办公桌上，要赶紧改完，再发下去，便提前来了。晚上呢，竹签厂要接待一个峨眉山市来的新客户，洽谈订购香烛签的事儿。股东、派出所所长欧达林到市里参加禁毒培训去了，另外一个股东浙江老板韦仲航，只会埋头干技术活不善言谈，再加上韦仲航四川话说得不流利，陈兰一定要徐凌出席陪客。竹菜板的销量日渐下滑幅度很大，加上近来经销商反映竹菜板容易爆箍散架，陈兰焦心的事多着呢，怕没了好情绪。

徐凌拿起红笔画了画，这支笔还行，笔迹很清晰，不像黑色中性笔，三支中至少有一支不出墨水，能出墨水的两支也很难保证能写多久，现在基本上没有使用钢笔了。这种劣质中性笔，肯定是廉价购买的，徐凌替学校算了一笔账，黑笔中，把拿出来就是坏的和用了一半便作废的加起来，达到了一半左右，比较直接购买优质的签字笔来，可能花费得更多。他不知道总务主任是怎么算这笔账的，说不定又是校长指定在哪儿进的货，副校长周宇全分管后勤总务，但是花钱的事上反而决定不了。这令徐凌想起一个笑话来：

上面的督学到学校检查工作，校长、总务主任、教导主任陪同。督学进了教室，巡视一遍后，笑眯眯指着讲桌上的地球仪问，同学们知道这个地球仪怎么是倾斜的吗？没有学生回答。督学有些生气，把目光投向了前排的一个男同学。这个男同学站起来战战兢兢说，不关我的事，我不知道，地球仪拿进教室就是歪的了。就是就是，其余同学一致说话帮着证明。督学的脸色很难看了，望着校长。校长连忙说，采购的事，由总务主任负责。督学一脸铁青，看都不看总务主任一眼。总务主任只得硬着头皮说，上级领导要理解啊，学校经费紧张，教学用具多半买的地摊货。

自个儿心里笑过，徐凌心中的烦闷也就消散了。徐凌改了几本初二·三班的练习册，感觉潦草应付的多，他毫不怀疑有一半以上的学生都是照抄别人的，这从一致的解题细节和错误上完全可以推断出来，就连初三·九班这样的小尖班，也不排除抄袭作业现象。

办公室只有徐凌一个人，却有了另外的响声。两个女生悄悄地进来了。徐凌转过头一看，是练小芳和林薇薇，问道："你们没上课啊？"

"体育课。我的练习册忘记交了。"练小芳说，露出忐忑的微笑。

放好练习册，练小芳又嬉笑着说："崔向成他们都得到奖金去唱歌了，徐老师什么时候也招待我们一次？"

徐凌被练小芳的伶牙俐齿打岔逗乐了，表面上却默不作声。练小芳把练习册放到桌上，拉拉林薇薇的衣角，转身就走。还没走到办公室门口，徐凌突然喊道："林薇薇留下，我有话给你说。"

练小芳狡黠地对着林薇薇挤挤眼，自个儿先走了。林薇薇小步回到了徐凌办公桌边。徐凌指指挨着的另一张办公桌前的椅子，示意她坐下。林薇薇摇摇头，害羞地笑笑，依然站着。

"你这段时间上课老爱走神，作业也没有认真去做，抄的多吧？字还写得这么潦草。"

林薇薇上齿轻轻咬住下唇，持续了一会儿，没有回答。

徐凌抬头一看，露出一丝笑意说："怕我！"

"谁都怕你。"

"除了怕我，还怕谁？楚老师？"徐凌故意问。

林薇薇没有立即回答，在徐凌的等待中，终于说："楚老师很幽默，爱讲故事，讲笑话，一点也没架子。"

"那自然不是怕，是喜欢了。那么，你们当然还怕班主任，刘老师。"

林薇薇撇撇嘴："才不呢。"

"你呢，有时候表现得还可以，有时候，怎么说呢，放任，自暴自弃，总之不是什么好词语。情绪波动很大，也严重影响了学习。看看作业就知道，书本上的作业，不比练习册上的，都是简单必做的基础题，你是能够独立完成的。干吗要去抄别人的？"

初二·三班学习委员唐俊苓有一次对徐凌说，林薇薇在小六时交过男朋友，徐凌提醒她别乱说坏话，不要听见风就是雨。唐俊苓不服气地分辩说，才不是乱说呢，这个男的就在本校读初三，比林薇薇高一级，是他自己炫耀对本班同学说出来的，后来流传开了，他们还牵着手去赶场，挺亲密的。相好了两三个月，被家长发现了才告吹。徐凌听得明白，那就是小孩子过家家而已。

徐凌本是想提醒林薇薇注意这方面的事，但是说不出口。但他的责备意味，林薇薇听出来了。她有点激动，小声地说："以后不会了。"

"其实，我个人觉得，如果有了一个远大的、明确的目标，坚定不移地朝着目标走，就不会游移不定了，小的情绪波动、外界环境影响，都能克制。"

看见林薇薇很入神地望着自己，徐凌来了劲，不由自主地说："还在给洋娃娃设计衣服吗？现在该是设计冬装了吧？"

"哪里啊。"林薇薇委屈地叫道。

"我的意思是，替洋娃娃做服装并不是错误啊，也不是不务正业。精心地设计，制作，再给洋娃娃穿上，一边欣赏，还能够获得同学的称赞，那份满足感和成就感，确实很愉快的。如果你非常喜欢做这事，那或许还是一个人生的方向呢，比如，将来做服装设计师。"

"我能行啊？"

"只要努力，你当然行！"

"我做服装设计师？哼，谁会要我？"

"我要你行吗？只要你真的有本事，我可以开一个服装公司，从设计到生产再到销售，一条龙。我聘请你！如果你本事再大一点，还可以创建自己的服装品牌。"徐凌认真地说。

林薇薇往办公室窗外看了看，小声地说："职高也有服装班。"

"那不行，那层次还不够。服装设计并不仅仅是技术，还是艺术，是文化，是人生的全面升华。至少，得专科毕业，读职业技术学院，重点本科学校里也有服装设计的。这才是目标，你的目标，如果你确实很喜欢的话。怎么，害怕啦？"

抿着嘴，腼腆地笑，脚尖在地上蹭着，目光则落在脚上。林薇薇没有回答。

她的嘴唇轮廓线十分清晰，红润鲜艳，像是怒放的两片花瓣，配上美好的目字脸型，比例恰到好处且挺直的鼻子，以及清秀的眉毛，宛如一幅精心设计的仕女图。徐凌激灵了一下，像有股寒气突然刺入脑子，清醒了。

"如果你害怕啦，觉得目标太大，想都不敢想去想的话，那当我没说一样。"徐凌故意冷冷地说，坐正了，不再去看林薇薇。

"有你在，我就不怕。"林薇薇忽然说，并且直视徐凌。

"好啊，那我们约定了。到时候，你别把公司弄得破产就行。我要你负责任的。"徐凌一本正经地说，说到最后自己也忍不住发笑。

办公室突然静了下来。徐凌和林薇薇都不知接下来说什么好。

下课铃响后，首先从课堂回到办公室的是楚钰。他把教鞭放在桌上，"哗啦"一声响，然后拍着衣袖上的粉笔灰。从不压堂，这一点楚钰和徐凌完全一样，即使偶然地还有些内容没有讲完，也会交代两三句立即下课。守约和尊重，徐凌很清晰地列出了两条绝不压堂的理由。

"下午有课？"徐凌问。

"不是，代了一节课，班主任代课总是首当其冲。"

看着斜对面办公桌上的教鞭，徐凌勾动了心思。那是一根一尺五长、大拇指宽的楠竹片，光滑坚韧又有弹性，非常适合打板子，初中部教员最喜欢这样的惩戒工具，高中部则一般用不上了。个别教员会引用美国中学惩罚规定的各种细节讲给学生听，专拣肉厚的地方啪啪几下是全世界基本通用的方式。初二·三班这些懒惰的颓废的猴崽子们，该付出疼痛的代价了。

"你还用吗？借我用用。"

楚钰诧异地问："这板子可能不够扎实，指指黑板还可以。你是要当戒尺吗？"

他说："我当然知道鼓励教育更好，不过，戒尺教育有时候也是必需的，因材施教吧。这才是最重要的教育原理。玉不琢不成器，二·三班的更需要鞭策而不是鼓励。"

"这正是中美教育的一个显著区别。"楚钰拿起竹片递了过去，笑着说，"三天一顿打，孩子进北大。前段日子，中国狼爸不是在网络上炒得火爆吗，出的书也赚了不少。祝你成功。"

浴火·YUHUO

徐凌露出了一丝笑，有点尴尬，他明白楚钰不是在讽刺他，但是他仍旧不自在，他把竹片放进了抽屉，为了防止被盗走，放进了唯一有锁的那个抽屉。突然，一个玫瑰色的感叹号跳进了他的脑子，林薇薇的身影。徐凌没有看见过林薇薇穿过玫瑰色的衣服啊，怎么会有这个奇怪的符号在脑子里串号了呢。被这个感叹号一撞，他的意志立即软了下来，他暗中对自己说：什么戒尺啊，绝不用！绝不用！

十二　冬季运动会

按照惯例，璧山中学在十一月里，举行一年一度的冬季田径运动会。

每个教员职工都分派有任务，这次徐凌的职责是终点计时裁判。

上午举行班级体操比赛，徐凌早晨八点多时候参加了队伍游行，回家后便没有在学校出现。下午有 100 米和 400 米预赛，两点半钟，徐凌准时来到了运动场。

璧江中学运动场在新修的高中部教学大楼的西边，两者之间建有两条绿色植物隔离带。靠近高中部是半人高的冬青灌木，靠近运动场则是两三米高的小叶榕，中间一条两米多宽的人行道，暗红色方砖铺就。早在高中部大楼还在筹划中时，已经启用的运动场就开始绿化隔离带的营造，如今正是绿色葱茏的时候。

400 米环形跑道包着标准足球场，跑道上填了黑色煤渣，刚刚填好铺平时还如沙滩，如今已经浑然一体了。高中部对面是一座长宽约 12 米大致呈正方形的主席台。3 米高的围墙从三面把运动场包围住，南北两方已经完全被居民房挡住，西边，还只有零星的居民房，土地都是按照镇上规划卖完了的，但是购买者一时因为钱还凑不够，未能及时把房宅修起来，翻过围墙穿过空旷的荒地，便是宽阔的新街道。

运动场是如此的开阔，以致璧江中学两千多人集中一起的时候，也只占据了一个角落。如今，运动场享受着一年一次的盛典。主席台左右两侧不锈钢支架上，功率巨大的铁壳音箱播放着进行曲。如果比赛正在进行，则关掉了进行曲，不时传出学生播音员清脆的鼓劲加油声，和某个班级送去播音处指定鼓励表彰某位运动员的专稿声。

浴火·YUHUO

运动场口子处，食堂承包老板赵鑫正带着四个雇员忙得紧，三架货三轮上摆满了各类速食食品和饮料。这是食堂附属小卖部的特权，外面做小生意的任何时候严禁入校，不过，趁运动会当口，他们在校门外摆起了小摊，主要卖一些油炸食品，如炸洋芋油煎糍粑之类，而这是食堂老板没有经营的项目。运动场出口和校门之间，隔着一段操场，陆续来往的人连成一条变化着的断续线段，像蚂蚁群出搬运食物时，在蚂蚁窝和食物之间形成的那条线路一样。

跑道内侧草坪上，按照年级顺序，各班安放了桌凳，那也是运动员的大本营。花花绿绿的标语牌和气球在鼎沸的欢叫声中错杂招摇。徐凌穿过杂乱的场子，来到了100米预赛终点处。

半路上，徐凌遇上了初二·三班班主任刘华，这个接近退休的老校长，脸上挂着暧昧的微笑，盯着徐凌胸前挂着的电子跑表。他内心既有终于在退休之前评上高级教师职称的满足，又有被初二·三班搅得无所适从的烦恼。他告诉徐凌，上午体操比赛，初二·三班已经获得了年级第一名全校第三。而接下来的各项比赛，各年级组独立进行比较，班级有拿到比赛总分第一的可能。

徐凌客气恭贺了一句，刘华含糊说了几句，离开了。莫非刘华还有什么暗示，要裁判组关照的意思？田径赛是不可能有什么裁判关照的，不像足球篮球。刘华既然没有明说，徐凌也就念头一闪便过去了。他和刘华尽管同教一班，却没有什么来往和密切交流，而且他心里对刘华有些不得劲的看法。这班学生翟琼英到办公室请教问题时，偷偷对徐凌抱怨了班主任骂他们做笔记使用思维导图是偷懒。刘华还强调说，勤奋的教师应该教导勤奋的学生一字不漏地抄写老师笔记，认真温习领会，不要想着走捷径，也不要怕重复，因为重复是学习之母，详细认真必不可少，某些教师是在误人子弟。

偷懒，误人子弟，徐凌想自己也居然被贴上了这个标签。当时，听完翟琼英的讨好似的诉苦，他在心里边冷笑了一声。

如果初二·三班获得体育比赛总分年级第一的话，学校是不是会改变对刘华班级管理不得力的一些看法呢？那时刘华会不会心情好一点？他摇摇头，抬起了秒表，100米开外的发令员已经举起三角红旗，口哨"呖呖"地吹响了。

100米预赛按照年级组顺序从低到高依次进行，进行到了初二年级组了。停顿的间隙里，徐凌赶紧去主席台拿了一瓶矿泉水，润润喉。

蓦然，徐凌眼前一亮，第二跑道那个运动员，不是林薇薇吗？很快，林薇薇的身形越来越近，也越来越清晰。她没有穿运动服，徐凌也不记得她曾经有过自己的运动服，一套全校统一形式的校服除外。

林薇薇穿着一件黄色衬衣，具有修身效果的衬衫紧紧地贴着身体，荷叶领被风吹得有一片贴上了腮边。她显然不是短跑的老手，动作比较僵硬，摆臂幅度很小，两臂几乎是夹着身体在跑，像是在保护自己，又像是满心的害羞。她努力昂着头，为了用力而挺着胸脯，胸前清晰地突起很高，线条紊乱的衬衣被顶出了一条优美的弧线。一刹那间，徐凌看到了一个趋于成熟并且充满诱惑的女人，是的，女人。

林薇薇看起来确实有些害羞，昂着头眼睛却盯着地面。她想要改变一下挺着胸脯的样子，但是奋力奔跑使她掌握不了隐藏的良好方法，她当然注视到了跑道两侧，特别是终点处那些灼人的眼光。至少在她看来，那些目光确实是灼人的，大胆的，而且绝大多数是冲着她来的。众目睽睽的注视令她发窘，要命的是，徐凌就是裁判员，掐着跑表目不转睛盯着她呢。

"嘭嘭嘭"，"呼呼"，运动员一个个冲过了终点，林薇薇是小组第二名。裁判组长登记成绩的时候，徐凌特意看了看林薇薇的成绩，她所在小组不强，要进入决赛，有点悬。

进行初二男子组100米预赛时，女子组成绩已经统计完毕，林薇薇排名第十，决赛没戏。徐凌感到遗憾，他很想再看她跑一次，他觉得，如果加以标准化训练，以林薇薇的身体条件，进入前五都没问题，那些进入决赛的女孩子都不太行。

广场音箱里传来播音员为运动员鼓劲的声音，撼动着人心，每个具有实力的运动员，都被专门提到了名字，赋予了满满的希望。写稿的人是各班班长或者学习委员。徐凌听见了江小彬的名字。

初二·三班班长江小彬参加了100米和跳远。刘华一直觉得遗憾，凭江小彬力量型选手的实力，再拿个400米，铅球之类的名次不在话下，但是学校为了鼓励更多学生参与，限制每个学生只能申报两个比赛项目。班上另一个最具实力的是崔向成，报了跳高和1500米两项，崔向成是最令徐凌欣慰的初二·三班学生，这小子好像突然开悟了，猛攻数学，还在校外请了家庭教师恶补。他的父母和徐凌算是老熟人了，碰面时言语中透露出希望崔向成将来能考上艺体本科的念头。

崇拜是最好的动力，崔向成恰好是徐凌的崇拜者。

徐凌当然想看到这两个人的比赛。江小彬以超出一个身位的优势获得了小组第一，根据记录成绩来看，决赛进入前三轻而易举。

江小彬来到了徐凌跟前，他穿着背心短裤，小腿上的腓肠肌一绺一绺的，浑身散发出青春的汗气。徐凌对他做了一个"OK"的手势，江小彬却问道："老师我是不是第一？"

"还有一个组呢。"说完，徐凌抬起秒表看看，起点发令处已经举起红旗了。

"那，我们班上，林薇薇进入决赛没有？"

徐凌皱了一下眉头，江小彬这家伙追求人赤裸裸的毫不掩饰。他望着起跑点，生怕耳朵错听了发令枪，他冷冷地回答了一句："那我不知道，你自己去检录处看决赛名单。"

江小彬当然听出了徐凌的冷淡，木着脸离开了。徐凌察觉到了那张脸之下隐藏着的嫉恨，他才不在乎一个毛孩子的嫉恨呢。"砰！"几乎在发令枪打响的同时，徐凌迅即按下了秒表。

在广播里鼓励本班同学的稿子是学习委员唐俊苓和文娱委员孙小茜合作写的，作为班委一员，她们都尽职尽责。刘华来到大本营，询问本班进入决赛的情况，唐俊苓立即跑到终点处去问徐凌。这些事本应该去问检录处，刚刚徐凌还处理过班长江小彬的提问呢，但是徐凌明白唐俊苓想和老师亲近，不放过这样的机会，而且她对老师有明显的依赖和信任感。徐凌只知道一个大概情况，依旧认真地回答。

成绩远远没有预料中的好。唐俊苓嘀咕了一句。徐凌安慰她说："你的个子这么高，怎么也没去参加个项目，为班集体拿点荣誉。"

"我体育不好啊。"

唐俊苓去年冬季运动会参加了 1500 米比赛，结果跑到一半几乎丧尽了力气，再跑不动了，虽然和前面的领跑者相差不远，也只得半路退出。她很尴尬，很害怕，再也不敢参加比赛了。

"你个高，腿长，又偏瘦，正适合长跑，1500 米只有一次决赛，进入前八名应该有希望的，那就会拿分了。重在参与，也不一定要体育成绩多好啊。你看，林薇薇不也参加 100 米了吗？"

"她啊，她有动力呗，怎么不卖力表演一下，该的。"唐俊苓撇了撇嘴讥讽道。

"什么动力啊？莫名其妙！"徐凌望着唐俊苓想，是不是薄嘴唇的女子都这样尖刻啊？

"林薇薇的男朋友来看她了。这是不是巨大动力？"

"又在胡嚼什么！"

"还送了她一部 MP4 作生日礼物呢。我可没有乱说。老师你总是偏心，太轻信人。"唐俊苓恼恨地说着，离开了。

这是一个温暖的冬日，可是徐凌被一大块乌云阴暗了心情。

"冬日的阳光洒满草地，运动场上人声鼎沸。"徐肃霜不知怎么咏出了这两句诗，这是中学生作文上的一段话，在范文选读上他看见过。对于中学生活他早就跃跃欲试了，而母亲陈兰也提前为他买了一些初中课外读物，有

浴火·YUHUO

兴趣英语、作文范例之类。下午刚放学，徐肃霜背着书包还没回家，先蹦跶着跳到了璧江中学。运气还好，比赛还没结束。看门老头认识他，放了他进校门，徐肃霜顺便在校门处买了一块裹着面粉的油炸土豆块吃着。

"你来看比赛啊。"徐肃霜转过头，看见练小芳正笑眯眯扭头望着他，她和同学严小春站在泡沫箱子前，隔着校门栅栏选择着食物。

"比赛有什么好看的，又不是NBA。"徐肃霜故意装出见多识广的样儿。

"那你是来看林阿姨的喽。"

"看林阿姨？"徐肃霜不解地问。

练小芳吐出舌头做个鬼脸，嬉笑着拉上严晓春跑开了。她们是朝教室方向跑去的，半路上被学生会巡逻护校队拦住，赶向了运动场。

徐肃霜在运动场边东瞅西望的时候，徐凌先看见了他。当一个比赛小组冲到终点时，徐肃霜随着看见了终点裁判徐凌。他挪着步子，来到徐凌身边。徐凌给他一个微笑，摸了摸徐肃霜的脑袋，并给他自己拿过来还没开封的矿泉水。旁边一个老师叫道："哟，肃霜都长成大人了。今天机会好啊，好好物色一个对象，叫你老子慢慢培养吧。"

徐凌正色道："大庭广众，别逗小孩子了。学坏了你负责哦。"

徐肃霜对那个开玩笑的老师挤挤眼。

还有两个小组100米短跑就结束了，这天的赛程也告结束，徐凌对徐肃霜说："再过十分钟，我们一起回家。"

"嗯。"徐肃霜突然问，"爸爸，谁是林阿姨啊？"

"什么林阿姨？"徐凌被问得一愣。

"练姐姐说的。"

徐凌心中咯噔一下，沉着脸说："这小子又在胡说八道。不要去相信别人的胡言乱语，对任何一件事情都要加以自己独立的判断。"

说完，起点处的红旗举起来了，哨子也呖呖吹着。

徐肃霜一直等着比赛完，和徐凌并肩走在一起回家。运动场上人流穿梭，学生们收拾着东西离开。巧的是，林薇薇迎面过来了，笑着问："老师，运动会后周末要布置家庭作业吗？不要了吧。浑身都疼呢。"

"你还对学习上心啊？你玩去吧。"徐凌不冷不热，答非所问。

猛被呛了一句后，林薇薇呆住了，�’起了嘴。"我做错什么了？"她不满地嘀咕着。徐凌不再理睬她，带着徐肃霜径直走出了运动场。

唐俊苓说的事一直压在徐凌的心头。他不知道练小芳为何要对徐肃霜那样说，更不知道唐俊苓的举报是否属实。如果属实的话，那江小彬岂会懵懂不知，岂能放心比赛。江小彬可是获得了本年级组100米和跳远两个第一名，还一本正经向徐凌报喜，那压制不住的得意都明白地写在脸上呢。由此看来，

浴火 · YUHUO

唐俊苓只是表面上胡乱揣测罢了。

终于到了最后一天，下午把重头戏接力赛和教师年级组拔河赛搞完，全部赛程便结束了。

还在校门外，徐凌便被围拥在校门内通道一边吵吵嚷嚷的一群人吸引住了。细看之下，被围在中心的竟然是政教主任章振刚，他性子急烈，在教员看来是行政人员中最正直不阿的一个人。而围住他理论的是高一·二班的一群学生，其中有两个是学生会干部。争辩的声音很大，徐凌很快听明白了，原来有人举报高一·二班邀请了在外校就读的高三体育专长生来参加本班比赛，而且获得了一个项目的第一名。章振刚接到举报，已作调查，正要向总裁判说明情况，取消该名学生成绩。

高一·二班不干了，围住了章振刚，目的当然是要章振刚不要向裁判处提出取消成绩，只要再过一两个小时，比赛一结束，总成绩统计完毕，奖状一发，谁知道内幕都无所谓了。

章振刚可不答应，高一·二班学生也不善罢甘休，七嘴八舌理直气壮地举出哪些班级让原班已经没有读书了的代跑，哪些班级有人换个名字偷偷参加三项比赛的事例来，他们要求一视同仁，要求公平对待，不能选择性执法。叽叽喳喳的声音毫无顾忌和约束，在操场的任何一个角落都听得见。

有几个老师慢慢地走过去，并不加入争论。章振刚尽管语气严厉，那群学生愣是仗着人多势众，又打着为了班集体荣誉的伟大旗帜，丝毫不肯退缩，但是有了旁边几个老师的观战，火势弱了一些。这些家伙，平日里若是一个人被章振刚叫到政教处办公室去训话时，那是大气都不敢出的。徐凌没有看到高一·二班班主任在场，但是他相信班主任肯定是幕后主持人，是一股强大的支持力量。他也走近了，分开了挡在面前的一男一女两个学生，沉着地说：

"在学校内，你们这样围攻政教主任算什么？一切按照比赛规程来办。要举报别的班作假，那你们也按照举报程序走就行。半天时间，还来得及调查，迟了，一切都成定局了。"

这话掷地有声，像一发重型炮弹，把那些啪啪啪啪的机关枪全部炸哑了。

章振刚被解了围，大大松了口气，临走，还严厉地丢下一句："这次，我就不处分人了。在学校内，必须得遵守学校的规矩。"

高一·二班群体显然还是不服气，但是只发出低低的含混不清的议论声，没有人敢公开出头面对面大声发声了。几位老师相视一笑，交谈着并肩朝运动场走去。

"徐凌，走得那么快啊！"楚钰从身后叫道。

几个人都停下了，少顿，除了徐凌外，其他几位老师继续往运动场走。

浴火·YUHUO

楚钰赶上了徐凌，问："明天有空没有，去冬游啊。"

"你们班级吗？"楚钰这期担任了初三·四班班主任，所以徐凌这样问。

"不是，是高二·五班？"

"高二·五班谁的班主任啊？高中不是周末都要补课吗？"徐凌有些纳闷，而且楚钰怎么帮人请客呢。

"孟菲苏啊。运动会大家都累了，学校提前放月假。"

高中不分重点普通班周六周日都要补课，一个月只放一次假有两天，称为月假。听到孟菲苏的名字，徐凌心领神会了，肯定是孟菲苏邀请了楚钰参加冬游野炊的。鉴于出校组织活动易出危险，现在一般初中班都不搞春游冬游之类的外出活动，免得祸从天降。不管高初中，凡是准备搞外出活动的班级，务必要求所有科任老师参与活动监督管理，班主任还要制订详细安全计划，呈交学校行政批准，才予以放行。班主任实在怕麻烦，尽管学生每年都在恳求，每年出去搞野外活动的少之又少。孟菲苏算是一个例外，孟菲苏的胆大来自于几个方面。

语文老师孟菲苏，有王菲一样下颌棱角分明的脸，不是圆润妩媚那种柔美类型，但是职场女性的坚毅秀气之味十足，更有学生在QQ印象上把她称作最美丽的老师。只要是气温适宜，孟菲苏紧身的服装都要彰显傲人的胸部，还有仿佛迎风摇摆的紧凑小臀。那纤细有致的腰肢凹凸分明的身段，正常的男人一见面首先是吞下一口口水然后目不转睛盯着身子看。

孟老师的教龄并不长。她刚从大学毕业，经过考试进入璧江中学做教师时，还和大学里好上的男朋友保持着联系。可那男朋友是湖北武汉人，回去后没有工作，而是跟着父母经商。教师工作调动是非常令人头疼的事，不知咋的，孟菲苏就是不看好未来。心有所思，难免言语中便流露出来，其实即使孟菲苏没有流露出来，身边觊觎着想挖墙脚的大有人在。

体育老师曹爽是最为胆大的一个人。曹爽瘦高个，小脸，模样按照流行的审美观点可以说比较帅气，家庭条件也好。曹爽的父亲曾告诫过他，女教师是最抢手的结婚对象，别错过了，老家伙在说这话时并非专有所指，而是泛泛而谈，可是曹爽听进心里去了。璧江中学语文组和数学组教师（含女教师）曾经聚在一起专题讨论过这个议题：女教师是中产阶级男人最中意的结婚对象，她们职业稳定，可以拥有丰富的假期旅游，有良好的教养和耐心品性，知情达意，容易沟通，对子女的基因遗传和养育教育，都有莫大的天生优势。

孟菲苏比他大半岁，各方面都令人心动，曹爽展开了攻势。本校的老师当然是同盟，明里暗里竭力撮合，要好的几个哥们更是不遗余力。楚钰作为军师，提出了近水楼台先得月的具体攻伐手段。暴力赶走原男友，献殷勤讨好芳邻。孟菲苏摇摆着，终于扛不住连天的攻势，举手做了俘虏。曹爽结婚后不到一年，继续发挥他全力以赴的勇气，加上县人大里舅舅的帮忙，竟然考上了公务员，这纯粹毁了普通参考者的三观，因为艺体老师文考是天生的短板。三年之后，曹爽做了某个镇的副镇长，小日子过得甜滋滋的，对楚钰说不得是敬重有加。

有人预料放言，明年，孟菲苏定会调动到县里或者市里去了。高二·五班很可能是孟菲苏在璧江中学任教的最后一个班级。孟菲苏胆子也比其他老师雷，组织了学生冬游。

学生有意，老师难拒，吉日良辰，天公作美，就像王勃写的"四美具，二难并"，难得的冬日野炊终告成行。徐凌也有点向往，但他没有正面回答，看了看天说："明天倒极有可能是个好天气。"

"那就去散散心啊。郑永桂也要去，到时候你开车带她吧，正好缺司机。"

"郑老师不是教初中的吗？"徐凌有些诧异。

"她要去家访，学生住址就在野炊地点外边一点。还能坐得下的话，我也坐你的车去吧。"

徐凌一时猜不透楚钰打的什么算盘。有一点内情他不知道，郑永桂其实算是孟菲苏的半个媒人，那张嘴没少给曹爽说好话，孟菲苏当然会邀请郑永桂参加她班级的校外活动。他想想说："好吧，今晚我才可以确定，十点以前给你电话回复。"

第二天，真的是一个好天气，仿佛春天已经到来。徐凌像要上第一节课那样早早起了床。陈兰不太乐意徐凌在周末还要参加学校活动，提醒道："明天是你爸生日呢。"

"忘不了，明天晚上到大哥家去吃饭，我和肃霜去买礼品。"

陈兰到底还是让徐凌开车把自己送到厂里才准许他离开。这天，厂子里要开烘房，韦仲航正在调刀具，忙得鬓角微微发汗，看见徐凌和陈兰，便用浙江味的普通话嚷道："今天要忙呢，烘房装库。欧达林几天不见了。"

欧达林到省上参加禁毒培训去了，回来后可能不在璧江镇任所长，而是调到县禁毒大队去。竹签厂只有一条生产线，顾客所要的品种规格不一，因此常常需要调整刀具，那是特殊的技术活，除韦仲航外没人搞得了。韦仲航凡忙不过来的时候就要骂人，好在他是浙江人说浙江话，能够让雇工们听得懂的川话词语几乎只有两个，"屁话多"和"求事不干"。欧达林也被骂过。

徐凌看看陈兰，陈兰说："没事，老韦，今天我全天在这里督阵。"

竹签厂厂子里的生产管理，几乎全靠韦仲航一人，本地跑关系主要是欧达林，有时也是陈兰，陈兰主要负责销售客户和账务，到厂子，多数只是看看沙发椅和竹菜板那边的情况。这也难怪，竹签厂仅仅是他们生产业务的三分之一。

韦仲航在竹签厂则是全力以赴，常常一大早就起来在场子转悠，干这干那。徐凌有次开玩笑说让他悠着点，别一天把两天的事干了。韦仲航立即着急地说，不干咋行，只有你们四川人才悠闲，好吃懒做，好逸恶劳，整天在麻将馆里打牌，那麻将馆比饭馆面馆还多得多，麻将也能吃了顶得住饿吗？徐凌悄悄数了一遍，可不是，场头场尾，街头巷尾，村上路口，茶馆都兼着牌馆，这样全镇不下于一百家，这是一个全镇人口三万多、城镇人口才四千多的小镇啊。四川人好打麻将，浙江老板竟然把好逸恶劳、好吃懒做的坏名声安上了，徐凌想辩解，但是真不知从何辩起。

"今天要辛苦老韦了。欧达林肯定来不了，来了他也做不了什么，旁边站着还碍手碍脚。"徐凌歉意地笑着说，他寻思着，这竹签厂的管理应该改变一下形式，目前，三个股东，干的活大概是 6：3：1，这个落到欧达林的头上，只是多了一双眼睛在旁边监督而已。股东应该只拿利润，韦仲航还应该拿一份管理薪水才对。

工人们抬着抱着竹屑竹片过来，准备生火，烘房里用的燃料就是这些边角料和残屑。徐凌忽然心中一动，热火灰烤红薯，那滋味香喷喷的诱人。

"我去弄点红苕来，下午一起吃烤红苕。"徐凌说。

"徐老板想得周到啊，柴火灰焖红苕，再好不过了。"身边一位女人说。

徐凌开着车去学校接历史老师郑永桂和高二·五班另一位科任老师，都是约好的。楚钰已经骑着摩托车和另两位科任教师以及班主任孟菲苏先行一步了。目的地距离学校十多里远，学生有的骑车，多数走路。

郑永桂目前任职初二·二班主任，兼任历史，丈夫在路政上班，不时也到璧江中学来打篮球，街道上有帮人是中学球场的常客，她丈夫算其中一员。她有一张圆润的脸，看起来很和气，脸上常常挂着笑，舒展开阔的下巴，有的男人很喜欢这种性感。可她是学生最怕的老师之一，严厉起来足以叫人发抖。她也是老师们最不喜共事的老师，尤其是语数外三大科老师心里犯怵，和她教同一个班，课外时间几乎全被她把持，据说她的历史课每节课作业量都相当于做一份单元试卷，完不成的话，自有严厉的手段在等着你。陈天南器重她，学校也总是迁就她，她的课既不是上午第一节，那起得太早，也不是上午最后一节，学生都心不在焉想着放学呢，也不是下午第一节，中午她还要午休呢，没睡够起来昏沉沉的，所以都是安排的上午二、三、四节课。有一次排错了，她缠着朱兴顺调课，朱兴顺拗不过只好调了，被调课的老师当然不干了，抢先进了教室上课，郑永桂当即哭着去找陈天南诉苦。陈天南做了一番那位老师的工作，最终还是调过了。徐凌却极少和她说话。

按照郑永桂的提示，徐凌在路口停了车。往前走就进山了，前面一里多的溪沟边，是野炊目的地。同车的老师告别后先走了，徐凌陪着郑永桂去家访。那户家距离路口仅两三百米，屋后靠山，屋前面是水田。受访家庭的女生叫涂燕，是一个娇小秀气的可人儿，成熟的眼神中遮不住稚嫩。旁边一直跟着一个比她高得多但沉稳寡言的初三女生，那初三女生在有经验的男人看来，流露出一丝风尘味。显然这两人非常要好，简直形影不离。

涂燕对郑永桂说，外公到地里去了，很快就回家。高个女生生了柴火，涂燕解释说煮冬豆给老师吃，冬天的嫩黄豆加盐煮熟，味道可是特棒。郑永桂让她们顺便烤几个红薯。

镜子一样的冬水田几乎要和院坝齐平了。徐凌拿起竹笤帚扫了一顿，竹叶枯枝什么的一股脑儿扫到水田里去了，郑永桂抬了竹椅、板凳出来放在敞坝里。厨房里，火苗毕剥毕剥燃着，郑永桂叫出涂燕，询问了她家庭一些情况。涂燕父母都在广东一家警报器厂上班，都是熟工了，工资待遇不错，一般连春节都不回家的，这个春节涂燕可能要到广东去过年。

郑永桂让徐凌陪着，四下里走走，等着涂燕的外公回来。大约半个小时吧，冬豆煮好了，盛在笤箕里端了出来，烤红薯也排在了板凳上。这冬黄豆其实还是青豆，鲜绿鲜绿的，清香扑鼻，烤红薯洋溢着浓浓的香气。那红薯正是最适宜烤熟的黄皮黄心红薯，煮来吃的话，红皮白心的吃起来粉粉的味道更佳。晒着暖暖的阳光，就着美味，两人着实享受了一阵子。吃了两条红薯，涂燕的外公还没回来。郑永桂问话了。涂燕站起来四下瞭望，然后说句"来了"。

郑永桂也站起身，看见远远地一个微小的身影。她对涂燕说："你们把这里收拾一下，我去接你的外公。"

她示意徐凌跟她走，徐凌有些不解，但还是跟上了。徐凌认为郑永桂的工作一直做得细致到位，她一向是个兢兢业业的老师，勤奋无比，可以说全身心扑在教育上，但是今天却有些神秘。徐凌跟着郑永桂，看看她到底要做什么。

他们在一块空地前遇上了涂燕外公。三人站在机耕道上。郑永桂和涂燕外公聊上了，居然没有去家里的想法。涂燕的外公个子非常瘦小，像个俾格曼人，只及徐凌的肩膀，皱巴巴的蓝色中山装，一边裤脚挽起了一截，脚上穿着绿色解放鞋。他说话的时候，一直固定望着一个方向，并不和人对视。

听了一会儿，徐凌知道了大概的意思，郑永桂察觉涂燕时常和校外一些不三不四的男青年来往，因此要求家庭干预，尤其是周末放学回家后，必须严格限制外出。

"我也提过，不准外出。唉，我又不敢骂她，她赌气啥事都会干出来。"

涂燕的外公显得有些无可奈何，"大人都出去了，我只是帮她妈看屋。我儿子还叫我回去呢。这半年了，涂燕的妈连生活费都没寄回来，只给了涂燕零用钱。"

"没钱你也得管啊，你是唯一的监护人。"郑永桂激励着外公。

"我哪管得住啊。她妈把她也带出去就好了，小的儿子不是带在身边了吗？老师教育过她后，上次回家没出去。天黑的时候，两个男的，骑了个电摩托来，先来的有涂燕的女同学，我不知道名字，我也不敢过问，只让他们吃了夜饭就回去。我睡得早，也不知那两个人走没有。半夜三更，听见另间屋子里有不小的声音，一个女的呻吟道'遭不住了，遭不住了'，听不清楚是哪个的声音。我不敢起来干涉啊，他们肯定咒死我了。一大早两个男的起身走了，我看见的。那晚，四个人睡一间屋，里面只有一张床。"

外公平静地叙述着，郑永桂和徐凌也平静地倾听着，徐凌没有插话，心里却翻着波澜。

"我真的管不了，这红苕收完，我就打算回家去。"

"那不行，你这段时间还得管下去。要是刚到初三就大着肚子，可能连是哪个的种都不清楚，那你也没法和涂燕妈妈交代啊。我刚才打了电话，上班，没接。我再去和涂燕交涉一下。反正我要尽到最大努力。"

外公含糊地回应着，等郑永桂和徐凌往家走，他又回头往地里干活去了。农活确实很奇怪，仿佛一年四季怎么干也干不完，只要你肯去干的话。

徐凌不愿意再听下去，他想到野炊点去，那里洋溢着青春的纯洁和欢乐，他还可以纵情欣赏孟菲苏的撩人姿态。可郑永桂别着嘴问是不是她老了没人陪了，徐凌只得回答她"老什么，味道正好"。他们是同龄人。徐凌经常和村干部、工人打交道，说到开荤玩笑，其实绝不亚于副校长周宇全，沉思和远志压抑了他，要不然，徐凌可能会是周宇全和楚钰的合体。

趁着郑永桂和涂燕交流并警告她的当儿，徐凌和那位看起来更具女人味道的初三女生打听了附近有没有粉厂，他要去买一大袋红薯回去烤，招待厂子里那三十多位工人，笼络人心。企业体现关怀，则员工表现忠诚，徐凌想，他至少得购买四五十斤上好的黄皮黄心红薯。

说话期间，徐凌忍不住偷偷打量这个就像刚吃的青豆一样颇具诱惑的初三女生，到最后徐凌还是不能确定，是不是眼前的这位吟叫"受不了啦"。而对于这句敏感的话，徐凌老是觉得像几根刺栽在了心里头。

十三　社会迷潭

星期天，徐凌想睡个懒觉，陈兰坐在梳妆台前，不断地把那把牛角梳扔在台上，"啪啦，啪啦"响。

这响声刺激很大，徐凌翻了几次身，有些烦躁。陈兰出去了。徐凌睁眼看了一下梳妆台，台上摆满了大大小小的盒子、瓶子。近年来，陈兰改用了安利套装化妆品，过去的还保留了一些，对比着用，因此梳妆台的面积有些承受不了。

陈兰在本镇熟人的劝导介绍下，成了县城里"安利新生活会所"的 VIP会员，不时从会所带回来一袋一袋东西。徐凌不全了解，但是知道价格都比较贵，一瓶蛋白粉三百多，一瓶钙片一百七。徐凌在药店里咨询过，同样数量的普通国产钙片，只要四十多元，就是宣传得很厉害的"盖中盖"，也远没有安利产品贵。陈兰不以为然，说在镇上做个普通美容，一年也得四五千，这是安利啊，优质当然高价，不仅有化妆品，还有各种保健食品，连国家体操队都专门采用安利保健品，还是直销才能享受到这个价格。

按照这句话的意思，安利产品本来还应该更昂贵的，徐凌冷笑了。梳妆台上两瓶最高大的，徐凌看过，蓝色的是水密码美容液，浅蓝色的是润肤保湿纯露。还有诸多白色瓶子、粉红色瓶子、银色真空金属盒，种类繁多得叫人记不住。徐凌喜欢梭罗的话，生活不需要太多虚假的奢侈品，他坚信，一个人若爱上并追求奢侈品的话，那他的自主生命也被蚀空一半，成为虚无和浮华的奴隶。

不多久，陈兰又进屋了，可能她出去洗过了脸，往脸上抹了爽肤水后，不停地啪啪啪拍打。停下，徐凌以为完了，谁知又啪啪啪响起来。

"你有完没完？不会到楼顶去拍吗？"

陈兰没想到徐凌会烦躁生气，愕然一下，随即说道："还睡啊？张嫂蒸好了包子，正煮醪糟蛋呢。你不是说要带着肃霜去卖生日礼物吗？"

说归说，陈兰还是出去了，真的跑到楼顶花园，面对着人多高的金桂啪啪啪拍起脸来。

快四十的女人了，陈兰的脸上却光滑白皙，如剥了皮的熟鸡蛋。明眼人当然看出那是美容去皮的功效。过了三十岁后，陈兰花在美容保养上的工夫越来越多。这个年轻时四乡有名的漂亮女人，在别人看来，依然保持着风姿，徐凌却不时对着她烦躁，无论陈兰做什么，在徐凌眼里都有装腔作势的味道。以前吸引他的地方，如今感觉太平淡了，一有不满，便产生无事生非的冲动。

陈兰出去之后，徐凌睡不着了，慢腾腾地起床。

为什么会心烦呢，徐凌自己也弄不清楚。都说夫妻有七年之痒，但是他们都已经过了两个七年还多。穿好衣服，徐凌先去客厅看看，张嫂连忙告诉他，醪糟蛋都已经下锅了。徐凌上了二楼，叫徐肃霜起床，然后寻找陈兰，四处不见，猜想她应该到楼顶去了。

徐凌怀着歉疚，悄悄走到了陈兰背后，那时陈兰正望着楼下街道上看什么。他的手搭上了陈兰的肩膀。陈兰回头对他说："这个周末，我要到市里去领奖，你陪我去。"

"领啥奖？"

"金牌会员奖，年终评比的，全市有五名。"

徐凌先是吃惊，然后沉思，最后又烦躁起来。他说："那是你们女人的聚会，我去干啥。女人们自己攀比就够了，干吗还拉上别人。我周末有全县'教师考学'考试。"

"怎么只是女人的事，安利产品是全方位的，将来你也可以用。老人也有适用的，我还有个全家计划。你那学校的会有多重要，还不是和以前一样，抄抄交上去就行。当我不清楚啊。"

陈兰没在机关单位上过班，但是政府机关里面的故事听过很多，学校里的事，徐凌也和陈兰讲过。有一次，镇干部和老师一起在中学参加县里组织的政治考试，镇计生办女主任和他挨着坐，没少强要照顾，最后干脆拉了答卷过去方便地抄写，起初徐凌想婉拒，她撒了一个娇，徐凌没辙了，只得忐忑地干坐着等她抄完，所幸监考干部眼睛望着天花板，游移着，时不时还去趟厕所。几天后，县里宣传部有熟人问徐凌，怎么璧江镇有两个叫徐凌的。徐凌立即懵了，随即明白过来，敢情那计生干部把姓名也原封不动地抄上了。徐凌只得回答说他不知情，但是看笔迹应该不是同一个人的，所以，他不用为另一个人的行为负责。他悄悄问那个熟人，怎么这种答卷还要批改啊，做得煞有介事的。熟人回答说，不是要批改考卷，就算是过场，总得登记一个名字吧，那些不参考的人，不识相，不会帮着上面装，自然要给一点颜色看看。

陈兰啥都知道，徐凌只好强辩道："那我总得去报个到，考卷上写个名字啊。"

陈兰转过身来，盯住他："你不想陪我去？"

看陈兰的样儿，似乎凭女人的敏感捕捉到了什么，故意使难、侦探。徐凌突然想起自己上楼顶花园的目的了，也知道陈兰不会错过这种荣耀长脸的事。他克制着，努力挤出了微笑："怎么那样说。我去应付一下，九点开考，我九点半走。颁奖会来得及吗？"

陈兰松了一口气，说："来得及。十点开始的会，一个小时能到市里。到时我先给安利公司说清楚，迟到一会儿，但不会错过颁奖。"

早餐时，徐凌给徐肃霜下达了这天的任务，除了给爷爷选订生日蛋糕外，今晚到伯伯家做客，还应该带点礼物，全部由徐肃霜做主选择。给伯父礼物的原则是既不要太昂贵，以免接受的人不安，又不能太随意，要体现出赠礼者的心意，认真挑选。

起初，徐肃霜不乐意和徐凌一起去街上逛，他声称还有很多作业没做。徐凌丝毫不给他逃避的机会，徐肃霜是个机灵的人，一见躲不掉，便想法让上街买礼物变成一件开心的事。他想要一双球鞋，白色耐克，现在的穿着有点小。小镇上没有耐克专卖店，徐肃霜不清楚其他鞋店里是不是正宗货，徐凌说若检查不是原装正品的话，就买国产安踏。徐肃霜答应了他。

他们先去订蛋糕，徐凌记得镇上有家上海周记连锁蛋糕店，便径直奔往那儿。徐肃霜大大咧咧喊住老板，他要订一份八层蛋糕。徐凌给了徐肃霜自主权，但是没有料到开口就订八层的，这小子花钱做面子倒是挺在行挺大方的，徐凌没有出声反对。

店老板，一个不到三十的女人，却说道："没有八层蛋糕。"

"以前不是做过吗？"徐肃霜失望地问，显然，他看到别人用过八层蛋糕，场面颇为壮观。

"唔，以前是有，现在，没做了，小地方，没人订。"

徐凌起了疑心，他突然发现这个女人似乎不是以前的那个店主，以前是个男的，而这个女人从来没有见过，莫非店子转了，新店主做不了八层蛋糕，拿订的人少做借口？

"你们是周记连锁吗，那技术应该很高的，我记得以前是个男的。"徐凌没有直接揭破，转个话问。

"唔，是上海周记，店子转给我们了。现在只有单层的，最大的128元，给你优惠，120。"

徐凌确信女店主撒谎了，店子确实转让了，但是只转让了店面和设备，连锁授权没有转让，新店主手艺也还不过关，做不了八层，只是那门楣上挂着的大幅招牌没有撤换，叫人误以为还是上海周记连锁店。

这里不能做的话，别处肯定也做不了。徐凌十分清楚璧江镇的消费情况，缺少需求，蛋糕店当然不会去学习这门高等技术，也不会准备模具。他拍板

浴火 · YUHUO

了，拿出一张 100 元和一张 50 元的让店主找补。

女店主把 22 元零钱放在柜台上，说："补你钱，我马上给你开票。"

徐凌看看找补的钱，没有说话，瞟了徐肃霜一眼。

徐肃霜正在开小差，徐凌的注视让他收回了注意力。他拨开柜台上的钱看看，问道："不是优惠，120 元吗？你补的多少？"

"哦，是是，我正找零钱呢。"店主支吾着。徐肃霜正要说话，徐凌立即岔开道："记住，下午五点钟我们来取。"

"记住了，一定不会错。"店主边说边把开的票据和加补的钱放在了柜台上。

离开蛋糕店，徐凌和儿子融入了赶集的人流，尽管壁江镇面积比以前扩大了三四倍，逢场赶集时，主要街道依然是摩肩接踵，尤其是连接老城和新城区的富民街特别拥挤，徐凌的家恰好在富民街中段。根据徐凌确立的礼物原则，徐肃霜一边走一边看一边想，拟出了几种购买计划，水果他打算买桂圆、冬枣、贡梨和苹果。冬季里水果品种较少，徐凌认为徐肃霜选择得很恰当，给了儿子称许的微笑，补充了一句"奶奶喜欢吃香蕉"。

除了门面店，小摊销售外，还有小贩推着小车，挑着箩筐四处贩卖水果。徐凌告诉徐肃霜一个经验，那些活动的小贩，同样的水果和品质，价钱都要比门面上便宜，其他小商品也有类似规律，不过要小心一些，不要买到劣质货。

徐凌本意是向徐肃霜传授生活经验，徐肃霜却把它当作是父亲的一种暗示，他的骄傲之心被挑逗起来了，他偏要去流动小贩买显示自己的判断力。在街道中间一副箩筐前，徐肃霜站住了，徐凌走了两步，回转身看着徐肃霜。

箩筐上放着小簸箕，里面盛着冬枣、苹果、金橘。卖水果的女人穿着赭红色羽绒服，眼神灵动，看起来十分精明老道。5.5 元一斤，徐凌让称三斤。商贩往秤盘里装满了，提起杆秤来，移动秤砣，秤杆还上翘着没平呢，商贩停下了，瞟了一眼花星，说："多了几两。"

"没关系。"

"十九块。"商贩脱口而出，又往秤盘里添了几个冬枣，"整二十块。"

商贩不等徐凌表态，立即拿出塑胶口袋装好冬枣，这一连串的动作娴熟麻利，徐肃霜看得入神。

父子俩在人流中穿梭。徐肃霜说："卖东西的算得好快啊。"

"一个哪怕小学也没毕业的小商贩，加减乘除的算术，往往能赶上最聪明的数学老师。这就是熟能生巧。"停了一下，见肃霜听得认真，趁此机会，徐凌摸着徐肃霜的头边走边说，"要达到熟能生巧，也很简单，要有耐心，不断地重复。如果要点小聪明，啥也不认真干，最终只是学而无成。"

徐肃霜听得认真，问道："那算错了没有，二十元该多少斤？"

"待会儿，我们可以证实一下。"

依然拥挤不堪，十字街口一个男子推着脚蹬三轮车兜售糕点。徐凌在那里买了几斤适合老年人食用的桃片糕。电子秤两面显示着红色数字，商贩按键输入单价，电子秤立即显示了重量和售价。

接过糕点袋后，徐凌顺便把冬枣袋放入盘中，对肃霜说："看见重量了吗？算算。"

商贩想要帮忙，请他说出单价好输入计算。徐凌微笑着摇摇头，婉谢了。商贩便明白这位父亲是要考量儿子。

"十八块五毛二，对吧。"徐肃霜仰头看着徐凌。

徐凌微微一怔，他还没算呢，他郑重地在电子秤输入单价，徐肃霜算得分毫不差。

他谢过商贩，拎起两个口袋离开了。

徐肃霜没有想到到父亲会带着他回到了卖水果女人那里。虽然街上人来人往，正是赶场繁闹时分，水果小贩一挑担子依旧横亘在街道中央，璧江镇老街不过五六米宽，那水果箩筐真有一夫当关万夫绕道的气势。那女人蹲在箩筐前整理着，她认出了徐凌是刚才买过水果的，便有些紧张。

"你称的是多少？"说着，徐凌同时把冬枣提袋递了过去。

女贩子接过来，重新过秤，默算一下，默默地抓了一把冬枣装进提袋，少顿，又添进去几颗，然后，很不自在地递过口袋，低着眉头，怯怯地盯着徐凌。

徐凌没有出声，徐肃霜已经明白发生了什么事，刚要说话，被徐凌摇头示意阻止了。徐凌面色凝重，接过口袋，带着徐肃霜离开小贩，汇入赶集的人流中。

"她是个骗子，为什么要骗我们，好想把她的秤掰断了。"徐肃霜恨恨地说，侧头望望徐凌。

徐凌惊讶地看着徐肃霜，他四下一望，并没有来往行人注意到他们的说话。徐肃霜在父亲的注视下，仿佛受到鼓励，接着说："廖伯伯就是这样做的，秤杆啪的一下断成两截，真解气。"

徐肃霜口称的廖伯伯在璧江镇颇有名，开过妓院，做过城管，去年因为心肌梗塞去世了，才五十出头，是个著名的狠角色，他那家璧江镇最后一家妓院，当然名头上叫歌舞厅的，也结束了，从此璧江镇再没有倚座卖笑的女郎。徐凌可不想徐肃霜受到廖伯伯的影响。

他分给徐肃霜给一个口袋让他拎着，说："别什么都跟大人学。人首先要自己正直诚实且具有同情心，你没看到卖水果的多么难堪吗，这足以叫她

浴火·YUHUO

牢牢铭记。以后，再要骗人的时候，难堪的记忆就会跳出来折磨她，警醒她。这已经够了！"

"那为什么这么多骗子啊，都不诚实。"

"现在这个社会病了，病得不轻，处处都长得畸形。所以要寻找到有效的好药方，对症下药。但我们自己首先要做一个正直、诚实，并且勇敢的人。"

陈兰比徐凌父子俩回家得更迟，那时，徐肃霜已经到书房里做作业去了。徐凌特许他今天可以一个人占用书房，在做完家庭作业后玩两个小时的网游。

陈兰今天特意穿了青灰色长款整貂大衣，看来是不准备去厂子里了。她拍着胸口，大口呼着气，夸张地说："吓死我了，吓死我了。这些农民真恼火。"

"咋啦？"

"左边烟头，右边背篼，一不小心，大衣不是挂坏了就是烧个洞。赶个场也这么提心吊胆，你说，乡场上的农民是不是叫人气恼？走个路也没公德心。"

"呵呵，谁叫你穿着貂皮大衣去赶场呢？显摆啊。"徐凌微笑说。

"哪个规定上街不能穿貂皮大衣。"陈兰没好气地顶回来。徐凌知道陈兰还在为不肯陪她去市里生着气，但是他此刻实在提不起兴趣答应她，而且他认为，只要答应下来就必须去。他可不想为了哄她，最后却弄得失信。

"你当然可以，可是也得宽容一下农民朋友，许多习惯，是从小的生活环境养成的，就像基因一样固定了。你想想，农村的田野那么宽广，又没什么人，干什么事情都自由惯了，对别人没啥妨碍。包括大声嚷嚷啊，随地吐痰，乱扔东西也是同样道理，宽阔的田野里说话不大声谁听得清楚啊，再说田地里乡村路上也没有垃圾桶，随地扔了吐了也不碍事。"徐凌说。

"算你说得对，我也是农村长大的。"

"今天抽时间把公司账务清理一下，下午早点过去。都是兄弟姊妹的聚聚，别怠慢了。"

"我知道。爸妈也要去，到时候你开车去接吧。"

徐凌对岳父陈洪凯保持着特殊的敬意，他立即答应了。下午才四点多，他就开着雅阁到了岳父乡下家中。他先去厂子里转转，管理竹沙发生产的经理告诉他，射钉枪不好使了，徐凌便让他克服一下，这周之内去市里买把新的射钉枪。

似乎是为了印证经理的话，车间里，一个工人非常清晰地叫了一声"哎哟"，站在车间门口的两人便被这声吸引过去了。那个叫唤的工人蹲着，正把左手食指放在口里吮吸着。徐凌和经理一走过去，工人便难为情地，脸上露出抑制着痛苦的表情。

"手受伤了？"

"嗯，钉子穿进去了。"工人看着手指说。

徐凌吓了一跳："那赶紧去上药。还要打破伤风针。"

"多大一回事。钉子是新的。"工人轻轻咬着手指，皱了一下眉头之后，他往旁边呸地吐了唾沫，细小的铁钉便带着血沫吐在了满是木屑的水泥地上。徐凌弯下腰仔细看了看，食指上冒出血珠来，遮住了细小的伤口。

"那也得上药。家里有云南白药创可贴，消毒酒精，你跟我去处理一下。"

"不用了，这点小事。"

"你别给我说小事啊。上车吧。"徐凌严厉地呵斥道。

到陈洪凯的家才三四百米啊，走着去也就几分钟。那个工人想再要客气，立即被徐凌一连串的骂打哑了。他受了训斥，却满足地笑着，钻进了轿车。

徐凌很想把周日这天安排得紧凑一点，他的日子只能这样紧巴巴地过，随便浪费一个小时便会惴惴不安。生命其实很简单，就是一个小时一个小时堆积起来的有限财产，而且用了一笔就绝对少了一笔，用什么方法都追不回来。效率是徐凌最在意的。他打算，下午去学校把初三·九班第五册最后一章试卷带回家里，改出来，明天上课好评讲，然后，他要开始上第六册的新课了。

每年四月，初三诊断考试，也就相当于毕业考试，六月中考，整个第六期只有一个来月上新课时间，第五期必须预上六册新课很多，才能在教育局规定的考试之前完成新课。下周就开始上新课，可是第六册的教材，师生谁都没有呢？徐凌和其他老师一样，早在上个月就叫学生四处借教材，一般是向上届初中毕业生借，高一的学生因此立即骄傲了一阵子。并非每个借书的学生都如愿，徐凌统计了一下，截止到本周末，还有三分之一的学生没有借到书，这还是小尖班的优秀生，普通班的那些爱读不读的，特别是男生们，借到书的比例三分之一还不到。

徐凌不管了，他也没法帮助谁，他下了死命令，凡是下周上课时没有第六册书的同学，将会受到惩罚，他们必须把每节课的教材内容抄写一遍，直到借到书为止。

这个惩罚方法，初三·九班班主任张予榕同样施用。学生们害怕了，有胆大的男生当面抱怨道：这要叫我们跳火坑啊。那个爱提问的女生数学科代表，干脆在课堂上发出疑问：学校为什么不这期就把六册书发了啊？

教育局没让订，新华书店没有书，拿啥发？徐凌不答反问。

那就没有解决的办法了？男生趁机问到底。

"有啊。教育主管部门和新华书店、印刷厂联系好，五册时便可以把六册书发下来，可是，那样就会在第五期收取下期教科书费，提前收费似乎会有家长或者社会责难。上面不去做，下面谁也没辙。另一种方法是，编写教材的，把五六册编为一本书，全一册，这样名正言顺就把第六册书发下来了。你们也不用到处借书了。不过，要想开点，风水轮流转，每届毕业班都这样，不单是你们运气差。下期新书到手，又成了废物了，别扔！你们等着借给下一届的初三吧，兴许还能换几个钱买袋阿尔卑斯。"

徐凌最后一段话才让这群聪明鬼们开心地笑了一会儿。

试卷必须改，最好不耽搁今晚到兄长家里为父亲做寿。徐凌悄悄下楼，车停在楼下，他尽量不惊动陈兰，不打算开车去，反正走路去学校也就十分钟，拿回试卷后，躲在书房里，陈兰一般不会进来唠叨的。陈兰一向是不喜欢徐凌在周末里把学校工作带回来家里做的。

可是，徐凌刚走到客厅门口，陈兰叫住了：

"街上遇到刘老师了。肃霜刚考完试，你检查一下，签个名，还有，辅导一下肃霜完成家庭作业。镇上没人办奥数班，要不也不劳烦你了。"

徐凌的脚便定格在门口，听完陈兰的话，又拖着回来。徐肃霜忐忑着随着父亲进了书房。

徐凌逐一检查了徐肃霜试卷上错误的地方，发现多半是粗心大意导致丢分的，再看看练习册，那后面的提高练习老师都要求完成，徐肃霜真不客气，都做了。徐凌一边检查着，一边为儿子的聪颖自豪，只是徐肃霜写的字十分潦草，徐凌看起来很费劲。书房里有两台电脑，一台台机一台笔记本。台机还没关机，徐肃霜趁机玩了十分钟的"反恐精英"。徐凌一发话，徐肃霜一激灵，立即走过来，垂聆教训。

"你的错误来自于粗心，或者说，浮躁。每道题做完检查一遍，做完试卷，再总体检查一遍。做的时候也不要着急，审题完后不要提笔就做，可以多审一遍题。看你写的字，不改掉浮躁的毛病，你可难以得到高分哦。"

徐肃霜右手挠着左边的腮，静静地听着。

"嗯，这样吧。用练字来改一下你浮躁的毛病。哲学家康德开始也不能长时间集中注意力，他便强力训练自己，点上蜡烛，盯着，强迫一直看着蜡烛燃烧完，有时候一看就是两个小时。他的训练大见成效了。——你知道康德吗？"

徐肃霜茫然地摇摇头："不知道。"

徐凌不觉哑然失笑。

"我们有习字课，专门写字的。"

"我见过，就是小字本上把每天的生字写上五遍，十遍。那样的训练没效果。"

徐肃霜木然的表情中带着沉默的抵触。徐凌接着说："我去买本钢笔字帖。你用纸蒙在字帖上，一笔一画跟着写。每天写一张纸，慢点写，不要抢速度。"

"蒙着写，那，累死了。"徐肃霜终于喊了出来。

"毕业班，累就累一点吧，也不是什么了不起的累。等你毕业考试一结束，立即给你买苹果4。"

"不管考得咋样？"

"考得很好的话，还另有奖励。"

"奖励什么？"徐肃霜眼睛瞪大了。

"价值和 iPhone4 相当。"

徐肃霜兴头十足，看那遮掩不住的兴头就知道他已经铆足劲要争这个面子。

早早去乡下接了岳父岳母上街来，一家人赶往寿星那儿。徐肃霜炫耀似的带着兄弟姊妹们去取回了蛋糕。生日宴也没外人，只徐凌姊妹三家人加上徐肃霜外公外婆，只在家里办了两桌，连饭店里包席都没有。晚饭后，四五个孩子热闹地围着蛋糕，你叫我嚷的。徐凌的母亲把徐凌叫到一边，徐凌不明所以，跟着母亲进了两老的卧室。

"现在，听说计划生育政策放宽了。你有考虑没有？"

徐凌没想到母亲问的是这个问题。他摇头。母亲又说："该考虑了。肃霜马上就要到外面读书了。身边没个孩子真冷清。女人过了四十，生育是很危险的。你要马上斟酌，把这事办了。又不是养不起。"

徐凌不置可否，含糊地"嗯"了一声。母亲便当做是徐凌同意了，她知道儿子的办法多本事大，剩下的事根本不用她操心。她高兴地出去，还拉住儿媳妇往她耳边悄悄说了几句，满含深意地笑着。

徐凌没敢让儿子玩得太久，几个小孩子凑在一起总是疯玩儿忘记时间的。中央一套还没有播晚间新闻的时候，徐凌一家三口离开了。徐凌喜欢大房间，主卧室除开大床、立柜和梳妆台外，还有甩呼啦圈的空间。陈兰脱下整貂大衣，换上了粉白府绸睡衣，在梳妆台前整理了一会儿，走到床前时，徐凌正靠着床上软靠背，盯着她看，顶上的壁灯明亮地印着陈兰白皙光亮的前额。

高档化妆品对肌肤和容貌的改变真是巨大，徐凌甚至认为妻子的脸比刚结婚时还要细腻白皙富有光泽，只是比那时少了一些青春的红润，但是，仔细看去，眼角、眼睑，那些细小的皱纹在笑着的时候，依然遮掩不了皮肤的沧桑和衰老。

陈兰和衣靠近了他的身体，他的手便往胸前匍匐过去。那里比较低平，

浴火·YUHUO

不能很快地激起徐凌的欲望，但是陈兰用手挡住了。

"给你说两件事。"

"什么事？还两件？"徐凌多少有些扫兴。

"规划中的高速铁路可能要经过我们县城，县里房价涨得快。我有个打算，买个十套八套的放在那里，赶上这班来钱的车。"

徐凌沉思着，暂时没有回答。

"咋啦，给个话。"

"我在算呢。"

"你又在鼓捣你的金融学了，别忘了，楚钰给的那次机会多可惜。"陈兰语带讥讽。只要提到房产投资，徐凌就会成竹在胸地否认会有多大的回报。根据他的计算，凡是疯长的房价，里面都是巨大的泡沫，一投进去，说不定一年两年就会崩盘，血本难归。即使有点利润，也会远低于他看中的项目利润率。他只想稳妥地投资。海南那些年，过山车似的房价逼得多少人跳海、人间蒸发，本镇财政所所长也是在那次海南房地产地震中因为挪用了巨额资金还不上被玩死的。陈兰投资房产的建议一次次否决了，现在她有意提出楚钰的事故意刺激下徐凌。

那是两年多的事了，那年，楚钰在市日报社做特约记者，为教育特刊采访报道本市名师，这是报社谋划的一个宣传案。市里著名房地产企业天瑞公司参与了合作。凡是经报道成为名师的老师，根据最后获奖三个等级，分别可以获得 300—450 元/平方米的优惠，而同期销售的即使全额付现金也才优惠 200 元/平方米，那时市里房价均价 1850 元/平方米。全市上了日报教育特刊报道的教育教学名师总计 100 位。报社策划者原意是借用和鼓动当地企业的助学热情，要求至少拉到赞助 5000 元的采访报道才给刊出。后来特约记者们不干了，报社也怕传出去名声不好，不管是否拉到赞助，写好了的采访稿都逐一刊登见报。也是从那年后，日报取消了教育特刊，只在某个角落不定期预留了版面给教育部门。

楚钰当时报道了四个老师，手里便有四张写上了教师姓名的贵宾优惠券，但是三位老师都没有在市里购房的欲望，他们全在乡镇上任教，只有邻县一个县城里的老师，取走了优惠券，到天瑞公司开盘的在建小区逛了逛，最后因为不满意公摊面积偏多，也没有订下来。楚钰曾经发布消息询问过本校老师有没有买房愿望，天瑞公司同意转让，只要拥有者老师携带身份证亲自到场写下转让书，同时支付天瑞公司 1000 元办理转让手续费。时间很紧只有三四天，最后，楚钰手里那三张优惠券还是作废了。那时手里正好有闲钱的徐凌犹豫一下最终放弃。

陈兰很有耐心，侧着身子一直看着徐凌，领口半敞，弄得徐凌心儿痒痒

浴火·YUHUO

的，恨不得立即抱入怀里狠狠地亲热。

"有时间，先到县城几个新开盘小区看看，我再打听一下，全盘分析后再动手。"徐凌沉稳地说。

市里唾手可得却最终报废了优惠券的三套房，已涨到 3800 元／平方米。两年半的时间，50 万可以变成 120 万甚至更多的，那可是徐凌当老师直干到退休才能挣到的薪水啊，徐凌也觉得机会难得，哪怕赚的不是良心钱，你不买，买的人多的是，房价也掉不下来，大批的人等着炒房呢，只要有机会。

"时间不等人啊，你什么时候有空。"

"你放心，暑假之前，县城房价铁定涨不了多少。高速铁路车站的事，也只在据说的规划中，早着呢，得慢慢来，这事我很清楚。"听徐凌这么一说，这事锤定了。

沉默了一会儿，徐凌问："不是有两件事吗？"

"嗯。妈给你说了吗？"

徐凌知道陈兰想说的是生孩子的事。他假装茫然地望着陈兰，故意想看她的笑话，其实他心里也是非常想要一个孩子的，最好是像楚钰女儿楚秋云那样聪明懂事的女孩儿，别提每天有多舒心了。

"就是，嗯，就是，她老人家还想要个孙子。"

听完陈兰吞吞吐吐的话，徐凌却笑不出来。这是一个严肃的话题，他忽然烦躁起来，此时此刻，他没有耐心去和陈兰讨论这个问题。"可以生吗？"徐凌望着对面白墙上挂着的油画，淡淡地问。

那幅画是安格尔《泉》的复制品，加了精美的洛可可风格相框，所有竹器厂，甚至本地所有厂子的百十个老板中，只有他徐凌才会在卧室墙上挂上一幅《泉》的复制油画。别人如果也有装饰画之类的话，至多就是范冰冰的妖艳剧照。那些说话大句财大气粗的老板，除了极少数高中外，多数是初中，还没毕业，小学生不在少数。平时里，他是不会和那些老板有多少交往的，喝酒应酬谈生意除外。

可是，这些有钱的老板都有一个共同点，都有两个以上的孩子。比徐凌大三四岁的一家笋子厂老板，还有四个孩子呢，看见这个老板，徐凌就嫉恨、叹息一次。后来，徐凌才知道，那四个孩子中，有一个是替他尚在乡下的大舅子领养的，那大舅子才是有四个孩子，大的三个是女孩，最小一个是男孩。

比较穷的人也至少会有两个孩子。有一类人最受约束，那就是公务员、事业单位的人、国企职工和教师这些人，除了罚款外，他们多半会丢掉工作。可是徐凌认为，这些人在教育抚养子女方面，明显地更具优势，他们是中产阶级，是社会的中坚力量，他们的后代也最有可能成为中产阶级，当人口结构成为纺锤形即中产阶级站大多数的时候，社会就会处于稳定的状态，社会富裕公平，道德规范清晰有力。所以，计划生育实行不好的话，恰好限制了中国中产阶级的发展壮大。到底怎么了，动物进化优胜劣汰在这里刚好颠倒了。据说巨富怪杰陈光标提的议案要国家立法，没有小学毕业的人不能生育。

哈哈，这老哥，真逗，真有个性。徐凌冷笑。

"为什么不可以呢？你在想什么？心不在焉的。"陈兰的手臂从他脖子下插了进去，温柔地捏着他肩头。

"现在，暂时还不急吧。"

"不急？还要等到什么时候？女人的生育年龄是有限的，我怕再过些日子，都生不出来了。也不是要太多，二胎就够了。"

"要维持总人口不增不减，每个家庭应该平均生育2.2或者2.3胎，考虑到灾难、战争、疾病对于人口增减的影响。我们学校这个毕业班有九个班，是建校以来最多的一个年级，以后越来越少了，最多六个，听说明年初一可能只招五个班。人口正在减少，从各方面看，国家放开二胎也许是时候了。"

"对啊。你看，我那些初中、小学的同学们，国家政策约束得了吗，哪个不是两个三个孩子的？管的就是你们这类人。罚款我们也不要赖，一分不少的缴，凭什么我们不能生。"

"单位上的人不一样啊。"

"啥不一样的，我去找亲家想法弄准生证，万一影响到工作的话，可以想办法，也，可以不要工作了！"陈兰的干亲家张虎燕是计生办主任。

徐凌有些吃惊："啊，你真铁了心了。以前，你可总是担心影响我工作的。"

"以前是以前，现在是现在，哪能比呢。揣着明白装糊涂。"一阵娇嗔的轻斥。

"至少，等我这届教毕业了。竹签厂也刚上路，还要发展，要忙的事还很多。半年时间，不会长吧，老婆还青春着呢。"受到感染，徐凌抚摸着陈兰脸颊温柔地说。

陈兰"嗯"了一声，把头贴上了徐凌的胸膛。

周一早晨，徐凌带着愉快轻松的心情走进校门，然而校门仿佛是心情内外两重天的分界线，轻佻的笑声和粗鲁的骂声在校内四处可闻，总令他想起唐俊苓对林薇薇的告密，徐凌恨不得对着每张胀满得意和满足笑意的女生的脸，严厉地训斥几声，看着她们唯唯诺诺的服从神态，徐凌才会驱走闷积在心头的不快。天气也阴冷着，助长了心里的阴郁。他尤其不想走进初二·三班教室。

第三节课是他的课，学校已经改成大课间活动，第三节通常都有些忙乱，迟到的通常是两种人，上厕所赶紧跑回教室的，和打扫工地卫生拖延了几分

浴火 YUHUO

钟的。这些人一个个带着冷风跑过教室门，更加令徐凌抑郁烦乱。

最后一个进教室的是林薇薇，慌里慌张提着垃圾铲，一不留神碰在课桌边上，"哐"的一声，徐凌也暗中皱了一下眉。

开始讲课了。如果林薇薇低着头，害怕看他，有时和他对上了眼，愧疚和胆怯地退缩，敛眉，仿佛是忏悔自己的过错，徐凌或许会原谅她，然后平淡地抹去她的痕迹，再不让林薇薇在他生活中划上一道轻微的划痕。但是，林薇薇比往常还要认真地看着黑板，当他对着全体同学提问时，她嘴唇翕动着，虽然听不清楚什么话，却明显看得出是在回答徐凌的提问。哎，少年真是缺少廉耻之心，也不反省，什么事都满不在乎。

忍着厌恶感觉，努力不让不良情绪从表情和言语上流露出来，徐凌上完了初二·三班的课。接着初三·九班的课让他愉快了许多。每个学生都借到了六册教材，徐凌顺利地开始上新课。这期才从初三·八班转过来、戴着眼镜的漂亮女生苏季娟，还抿着嘴，炫耀地举着她借来的六册数学，问徐凌是不是这本。那是一本崭新的书，隔得很远，徐凌甚至都似乎闻到了印刷墨香。

中午，徐凌闷在三年级办公室赶着改试卷，还有十多张就要完成，他的速度也越来越快，剩下的总分、抄录成绩，他打算找几个同学帮着完成。

办公室响起了轻轻的脚步声，然后，在斜对面的办公桌上响动很小地弄起书本来。徐凌忙碌着，头也没抬，但是眼角的余光瞟见了，是一个高挑的女生身影。

两三秒后，徐凌突然冷水一激了脑袋似的，抬起头来盯住了，那人原来是林薇薇。

"你，来三年级办公室做什么？"

"半路上，遇见了楚老师，他叫我把练习册拿到教室，发下去。"

"那么多，那么重一摞练习册，你抱得起吗？"徐凌脱口而出，然而立即后悔了，他实在不该这样去关心一个女生的。他立即低着头，看着试卷，仿佛没说过话。

林薇薇眼睛里流露出一丝异样光来，瞬即消失了。她整理好练习册，吃力地抱起来，练习册上端几乎顶着了她的下颌。此时，林薇薇才懊悔没有叫一个同学来帮忙。

徐凌终于忍不住："你放下，过来一下。"

林薇薇停住了，带着怯意看着徐凌，一会儿，才把练习册放回办公桌，小步挪着走近了。

徐凌惶惑着，不知道该说什么好，虽然他心里很明确要问林薇薇什么问题。他不停眨着眼，像课堂上突然遇到一个爱钻研艰深难题的学生提问一道从未见过的高难几何证明题，迅速思考着，而且承受着面对面的压力。徐凌有个脾气，面对这样的尴尬境遇地，他不会像数学老师通常做的那样，采用轻描淡写的太极手段化解，说句"下节课给你解答，需要添设一条甚至两条辅助线"。他总是不肯退缩地一定要当堂解答出来，哪怕是不够完美的解答。优秀的学生常常会有一种不合理的要求，认为优秀的老师就是神，应该无所不能从来不会被难倒。

徐凌突然无所畏惧了，他问："你近来上课有些不专心啊。"

"哪有啊，比以前，简直好多了。"

徐凌不理睬林薇薇的申辩，继续道："我的感觉是这样，同学们的私下反映也是这样的。你分心了。你男朋友常来看你吗？"

林薇薇嘴和眼顿时放大，着急地说："哪有啊？谁说的？"

看样儿，林薇薇不像是在撒谎，但是唐俊苓也不会故意中伤她啊，还说得有证有据的，男子是去年本校毕业的高中生，赠送的生日礼物 MP4 可不会遁土了，明摆着的呢。一旦说出证人唐俊苓的名字，有可能使林薇薇原形毕露，不得不如实交代，但是，他是绝对不可以那样做的。

徐凌转念又想，说不定，是哪个追求者怀着骚动的心思，不遗余力地讨好，而林薇薇只当作是抱有好感的彼此要好的男性朋友，这样一想，便释然了。

"你刚过的生日？"

"十多天了？"

"哦，十五岁？"

"嗯。"

"朱丽叶就是在你这个年龄恋爱的。"他一根手指擦擦下颌，说道，"我是提醒你，你这段危险的多情的年龄。"

"罗密欧，朱丽叶？那么小？"林薇薇满脸的不信。

"专家考证的一致结果，绝对没错。"

"我又没有的事。"

"要是有呢？"徐凌忽然进逼问。

"有？只要你查实，我就去跳楼，创新楼楼顶。"

创新楼，学校最高的楼，五层呢。徐凌眼前突然出现一个画面：一块红色丝巾在楼顶天空飘舞着，缓缓落下。

看见徐凌沉默了，以为他不相信，林薇薇补充道："我发誓，一定会那样做。"

她说话的力量仿佛是从骨子里迸发出来的，徐凌不得不相信。他心里一热，就像血栓病人经过丹参注射液吊点滴后，血液在血管里奔流那种畅快和暖融融。徐凌父亲在生日时，向他描述过那种亲身感受。

徐凌柔和地说道："我相信你了，快把练习册拿到教室去吧。分两次抱或者让科代表跑一趟。我不想看见你这样受累。"

"嗯。"林薇薇发出一个羞涩而含蓄的笑。

剩下的十多张试卷在徐凌手中一挥而就。喇叭里午休的小号声响起时，徐凌赶在教室门陆续到教室里来的片刻离开了办公室。

放下包袱的心情轻松而和融，容易满足别人的要求，这周的某一天晚上，陈兰有意无意地提起让徐凌开车陪她到市里参加"安利"金牌会员年度表彰大会时，徐凌竟然答应了。陈兰清楚，徐凌是不太喜欢那些奢靡浪费的生活的，他能做到不去干涉就不错了，而现在却能参与。她非常满意自己又开始恢复了对丈夫的影响力。接下来一件一件的事情，陈兰怀着信心要达到目的，至少，在家庭事业和事务中，她要和徐凌平分秋色。

周六那天，徐凌按时来到学校，本镇所有小学老师也集中在中学参考。这次考试叫作"教师通识性知识考试"，考试内容以前苏联教育家苏霍姆林斯基所著《给教师的100个建议》一书为主。这本书教师人手一册，上半年摊派下来的，书费个人自理。教育局声明凡是教师必须购买这本书，这是政治任务。政治任务是一个吓人的词语，不管你噘嘴也好腹诽也好最后都得照章执行。书是人手一册，阅读的却几乎没有，最勤奋的数学老师郁含章认真地看了几页，算是读者中的佼佼者，不过另外一本怀特海的《教育的目的》，有好些老师读完了的，包括读书最挑剔的楚钰。

由于各中学校长已经先行在县里参加过考试，这次考试便当监考员，教学片区之内校长互换监考。监考员一边分发试卷，一边应对着老师们浅浅的玩笑话。徐凌一看形势大好，只要不吵闹，考场和茶馆也差不多。教育局下来一个巡视员，开始时到各间考室巡视了一遍之后，便坐在校长办公室喝茶，聊天，没人陪时便上网。大部分教师带了书来，一边看题一边翻书查阅，没带书的不甘等待，拿出手机耗费流量上网搜索。他们又做到了分工合作，轮流抄袭。徐凌思忖，这样的话，最多半个小时可告结束，不用找人代考。

陈兰等得不耐烦，打了两次电话，徐凌终于结束了。打扮一新的陈兰穿上了貂皮大衣，徐凌主动地打开车门迎接贵妇上车。赶到市里，才十一点，陈兰对徐凌开车技术非常满意，她自忖开不了这么好，似乎她的丈夫不管做什么都是最优秀的。带着骄傲和满足，他们在宾馆会场接受了安利本市总部的热情接待。

这次表彰会的规格可高了，除金牌会员外，每个县区选了业绩最佳的两名营销代表参会接受表彰，这些卖力的营销代表先把自己家变成了安利的仓库，然后搜罗一切人脉资源推销安利直销产品。西南片区总裁，瑞典裔美国人斯密森也从成都特意来参会，表彰会后还有午餐，五个金牌VIP会员悉数参加，总经理赵兰，市场策划部经理刘勋作陪，另外还邀请了市工商局刘科长，市工商局副处级调研员张星火，人们都叫他张处长，据说是他有个调研课题就是安利模式在中国的市场开发前景。

宴会还没有开始，徐凌家里来了电话，说武汉来了两个客户，到璧江镇寻找货源，转悠到大丰公司来了，他们要的货中，正好有竹菜板。大丰公司竹菜板生产线已经停产，还积压着七八千块正寻找销路呢。陈兰一点都不敢怠慢，立即要回去，徐凌让她留下自己赶回去处理。陈兰不同意，说徐凌还要到市里批发市场去买一大堆材料带回公司，到时她可干不了这些力气活，她要徐凌留下参加午宴，反正他也要待上一阵子的。其实，陈兰心中有个隐秘的原因没说，她不喜欢瑞典裔美国人斯密森，这位手上毛茸茸的高个儿，拉着她的手行亲吻礼的时候，可着实吓了她一跳，差点没有瞬间抽回手来。斯密森浅棕色的眼睛同样令她觉察出色眯眯的意味，使她感觉是在火塘边离得很近地烤着。

陈兰把雅阁车开走了，理由是徐凌肯定会喝酒，她不放心他开车。

徐凌喝酒确实是把好手，一半是商场上应酬练出来的酒量。另外四个金牌会员都是女人，经理赵兰陪着喝红酒。刘勋归入了男人酒阵营，他竭力要在斯密森面前表现一下，喝起酒来便殊少节制，男人这边敬完一巡，女人那边也要走上一圈，红酒也要看着女人喝下去一手指高才肯罢休，夹杂着动听的奉承话，惹得几个浸在幸福生活中喜欢被奉承的女人嘻嘻哈哈笑个不断，兴致盎然。

谈话的另一条主线是斯密森和张星火的对谈，斯密森讲普通话，而且讲得和加拿大人大山一样流利。赵兰巧言带笑，见缝插针，刘勋也不时恰到好处的恭维。刘科长相对比较沉闷，他虽然有实权，却比张处长低半级，而且不时弄出几个专业高深的营销理论术语，不是刘科长擅长的，斯密森和张星火却是信手拈来，聊得甚欢。

更为沉闷的是徐凌，他和谁都不认识，介绍完毕，大家也只当他是金牌会员陈兰的丈夫，其他的一无所知，不免有些冷落。徐凌虽然心里不快，却对斯密森和张星火的谈话感兴趣，偶尔插上一句。斯密森越谈越来劲，说到纽崔莱蛋白质粉和中国体操队的亲密渊源时，徐凌认为这些夸夸其谈实在吹过头了，几次想插嘴，却又忍住了。

在座男士每人都敬过一轮，斯密森有了酒意，入乡随俗，斯密森作为主人理所当然先饮为敬。这些金牌会员女人，个个都是在优裕的日子里浸着花香过的，她们成熟，丰饶，散发着浓厚的芬芳气息，撩人心魄，在酒促的殷红里倍增妖艳。斯密森看得有些迷乱。

"我优雅而高贵的女士们，倘若你们能够加入安利事业，成为营销主力，而不仅仅是尊贵的顾客，我将倍感荣幸。期待着你们到来。诸位女士是否有兴趣呢？"

静场时，斯密森忽然对着左侧的仕女阵营说出这番话来。经理赵兰反应机敏，带头鼓起掌来，刘勋紧跟附和，女人们打着哈哈，互相推搡着，都要别个率先出来，自己好退缩到一边。这些生活优裕的女人们，倒不在乎赚那几个钱。冷落了半天的刘科长趁机笑着建议抓阄，谁运气好谁跟着斯密森跑路。

徐凌忽然在心里冷笑不已，显然斯密森洗脑还洗得不够，这些幸福的女人们还没被感动，没被强大的巫师祭灵一般的气场推动着，迷迷糊糊跟着导师走。徐凌在被他的远房侄子以开拓竹器新市场为名诱骗到武汉去时，故意进过传销课堂，领略过那煽动人心的场面。那群略有几个积余钱币的人，聚集在狭窄的空间里，被宏大的钱程紧紧地吸引着，脸上醒醉一样泛着红光，不时爆发出整齐的掌声，喊声，像军队出师之前的宣誓，群情振奋。青蛙在产卵季节，聚在水洼一角齐声鼓噪，也和这相类似。这样天天躁动不已的教室，在武汉汉口的巷道里有几十间，前后三十多万人来往武汉，暑假里的火车时时爆满，本地市民临时修建许多房子以供出租，财源滚滚。那是多么令人难以忘怀的壮观景象啊。真是"天下熙熙皆为利来，天下攘攘皆为利往"。狂热的发财梦烧毁了所有理性，恍然醒悟时却已钱囊空空，孑然一身，悲屈地回到故乡，继续着梦和痛。

这一股股大部队转战中国大地，时起时伏，现在据说北上吉林之后，掉头南下，杀向了广西钦州，前赴后继的入伍兵不知已经换过多少茬了。在徐凌看来，传销不是普通的欺骗，是十倍的罪恶。徐凌比较清晰地判断出自己喝了半斤左右的白酒，只到酒量的一半，因此，他认为自己是清醒而理智的，他说道："直销的市场需要这么多人去做吗？人人都会发财吗？动员所有人都参加，都会赚钱，不是搞成传销了吗？"

这话突然惊呆了四座。刘勋反应最快，反驳说："徐总乱作比喻。安利直销模式是工商总局批准的，怎么和传销比？"

"以远远超越所有当地商品的价格，销售非本地产品，再冠以先进的直销模式，上课劝导，出卖信誉，来拉拢顾客。难道和传销不是很相近的吗？我知道传销最先使用的就是直销摇摆机形式。购买了一台价格昂贵，价值无几的摇摆机，便可入会，再去发展下线会员。我知道博傻理论——greater fool theory，和传销类似，就是指在资本市场中如股票、期货市场，人们之所以完全不管某个东西的真实价值而愿意花高价购买，是因为他们预期会有一个更大的笨蛋会花更高的价格从他们那儿把它买走。在这个世界上，傻不可怕，可怕的是做最后一个傻瓜。"

浴火 · YUHUO

"徐，你的话不对。安利模式有的人说是传销，其实应该是国际上说的直销，和中国疯狂的非法传销完全不同。传销和直销源于同一个英文单词——Direct selling。因此可能你误会了。说到安利在中国的境遇，我可以跟你说一个安利上海退货事件的例子。这可能会帮助你更了解安利营销模式，可以吗？"斯密森问。

大家都拿眼看徐凌，徐凌镇静地说："可以啊，但说无妨。"

"按我们美国安利规定，产品实行'无因全款退货'，不管任何原因，如果顾客在使用后感到不满意，哪怕一瓶沐浴露用得一滴不剩，只要瓶还在，就可以到安利退得全款。是的，退全款！传销会退款给你吗？在美国，退货率微乎其微，因为，安利的产品是优质的，值得信赖。你再看看上海人怎么做，他们回家把刚买的安利洗碗液、洗衣液倒出一半，留下用，然后再用半空的、甚至全空的瓶子拿去要求全额退款。就是在上海，刚刚开业不久的安利公司，每天清早，门口排起了长长队伍，都是来退款的。

真的是安利产品质量不好吗，或者和中国老百姓质量要求不一样，导致大量的退货退款？大家都知道，当然不是。因为承诺在先，安利顶着每天的巨大亏损，忠实履行退货承诺。对对，承诺了的，我们就要做到，市场经济的第一重要原则就是遵守规则。一方面，产品销售量剧增；可另一方面，拿着空瓶子前来退货的顾客也越来越多，最后竟然达到每天退款高达100万元，利润分毫没有，还得倒贴30万元产品，我们安利终于吃不消了。之后，安利公司迅速对中国的制度进行修改：产品用完一半，只能退款一半；全部用完，则不予退款！是啊，安利（中国）改变了公司制度，转变了原先安利（美国）的营销模式，领教了'中国特色'，安利也变灵活了，但是规则还是必须遵守的。"

随着，斯密森明显地激动起来，眼眶微微发红，不过在灯光下很难觉察："如果有什么偏差的话，那不是安利的错，而水土不服。一个民族如果缺少自由和正直的心智，那么阴谋和欺骗遍地横行。偷盗成风，欺骗为荣，一切聪明算计皆为自己获取利益，犯规成了常态，一个大国败坏的道德会波及感染到全世界。处在这样的国度，在此，安利真是不得不改变，因为水土变异啊。"

宴会厅突然安静了，一会儿，徐凌正色道："最后这话，你必须向我们，道歉。"

"我说错了什么吗？"斯密森反问。

斯密森说错了什么呢，徐凌心里明了斯密森肯定说错话了，但是猛然之间，他却不知怎样争辩。当面的言语辩论难免失之肤浅。徐凌又不能像楚钰那样，先来一阵疾风暴雨般的排比铺陈，罗列出一大堆声调铿锵的词汇，气势如虹，只要气势，不需逻辑，把对手打击得晕头转向，接下来甚至不用辩论就获得胜利。徐凌不是楚钰，他做不到，这时候他便有些后悔读的数学系了，语言表达强化训练太少。

但是徐凌依然坚定地重复一次："斯密森先生必须向我们道歉。我们！"

斯密森已经意识到了自己确实说了一些不该说的话，伤害了民族感情，种族歧视在美利坚合众国历来是大忌，居然酒精上头一下子全忘了。难怪自己两个手下都在面面相觑，不好搭话，他愣住了，想着怎么下台。反而是刘科长站出来打圆场："徐总，别扯远了，谈点实际的。你敬酒那一轮，几位女士还没敬到呢。可别瞧不起半边天哦。"

"是啊，喝酒喝酒，来，这杯，我先敬徐总，徐总人大面大，自然不会不敬我们女士的。"赵兰端起红酒斟得浅浅的高脚玻璃杯，对着徐凌面带微笑，殷勤相劝。

徐凌想想，不觉哑然失笑。他不是期望着往民族基因里增添数学气质和契约精神吗，为什么听见外国人的真话，反而一定要争这个面子呢？他也端起了同样形状但小得多的白酒杯。斯密森见机赶紧插嘴道："好好，我来作陪，向徐总个人道歉。干了。"

"当当"几声过后，三杯酒各入肚子，宴会厅恢复了谐和的气氛。

酒宴结束，斯密森诱导金牌会员加入营销阵营的阳谋也没有得逞，那些大手大脚消费的女人才不稀罕这几个钱呢。徐凌则已酒意朦胧。他去西区批发市场买好了射钉枪、活页等材料，打包好一个大纸箱，叫了出租车带到客运站，市里有直达璧江镇的班车。

上了客车，女售票员亲切地和徐凌打招呼，请他坐二排位置。一个十岁左右的男孩弯着腿放到座椅上，挡住说：我要一个人坐一排。女售票员没好气嘲笑他：你一个人买了两个位置，你就一个人坐。

徐凌轻蔑地在心里一笑，冷冷说："这东西，出三张票的钱，也不卖第二个位置给他。"

说完，徐凌坐到了第三排去。

不久又上来一个男人，那个男孩依然如故，屈腿而坐，男人不耐烦了，脸上恶狠狠的表情，推了那男孩一掌。男孩一声不吭，乖乖地坐到了里面，让出了靠过道的座位。

客车开动了，前排的车窗打开了一半，"大雪"时节，冷空气呼呼地冲进车厢。徐凌站起身，看看男孩的手放在安全的地方。他按住窗把手，砰地一下关上了车窗。男孩惊讶地回头看徐凌。大约司机对这一切都看在了眼里，开着车回头骂道："你好大一个屁股，要坐两个位置。这么冷，开着窗干啥？关好！"

那语气，却是对熟人的语气，严而不厉。男孩受了连续一通斥责，也不吭声了，自个儿不服气地开开关关几次车窗，终于还是关上了。

车载液晶电视屏幕上，周杰伦偏着头含混不清地念起《青花瓷》，徐凌酒意朦胧，想睡却睡不着，对司机请求道："师傅，换首歌吧，柔缓一点的，别放这个周杰伦。"

"周杰伦那一副挨打相，看到心里就烦。对，换别的歌。"

徐凌后排立即有个年龄比他稍大点的男人坚决地附和。

司机讪笑着说："我也没装这些歌啊，儿子下载进去的，马上就换。"

还没睡着呢，手机铃声响起来，一个陌生号码。

"是徐老师吗？这周的家庭作业是哪些啊？"

居然是林薇薇打来的。

"你的手机？"

"不是，我没手机，借同学的。三年级的。"

的确，徐凌从未看过林薇薇使用过手机，现在，初中生三分之一，高中生一半，都有手机，再过两年，这个比例还会扩大。

"你怎么会忘记的？"语气有些严厉而冷。

"我，记在书页上的，昨天放学时，不知怎么的，江小彬把我的书装到他书包里了，好像是这样，回家我才想起。"

哼，这个江小彬，故意装错的吧。徐凌回忆一下，给林薇薇说了布置的家庭作业。林薇薇，她的声音和身影，总给徐凌一种异样、亲切的感觉，令他不得不认真地关心她的细节。只要她不是怠惰的，无所事事地混到毕业，而是勤奋地创造着未来，像她为布娃娃设计时装一样，徐凌便感到欣慰。听她说话的这几分钟，是徐凌这天最愉快的时刻。

十四　危险处处

还有十分钟下课，徐凌今天的课便全结束了。所有的数学老师都认为，下午第三节上数学课，效果很差，大部分学生没法子较长时间集中注意力关注一个完整的解题过程。今天年级组实在安排不过来，郁含章请徐凌多多包涵，安排他代了最后这节课。

效果差没关系，只要教室里有老师守着，不出事就行。学校总是这样安慰代课老师说。不过这节课上得着实揪心，初二·三班前体育科代表万江许是中午睡足了，上课时精力旺旺无处宣泄，脑袋瓜贴在课桌上，左一看，右一瞧，找着人说话，逗笑着，有时干脆伸手隔着邻座把另外一个男生拧一把，被拧得疼极的男生便发出压制着的沉闷的哼声。

冬季运动会后，爆发出上进力量体育成绩也不赖的崔向成，被班主任刘华委任为新的体育科代表，被免职的万江更有了凡事看不顺眼的拗劲。这家伙脂肪不少，肌肉厚实，颇有些蛮力。听说有一次，万江在物理课上捣蛋，老师叫他起立，他不肯，比较瘦小的物理老师便走过去想拉他起来，没料到他发脾气猛力一挣，物理老师差点摔个跟斗。这事报到班主任刘华那里，刘华狠狠批评了一顿后，要他向物理老师道歉，万江不吭声了，两眼玩世不恭地一直看窗外。刘华气得没法子，当面道歉的事不了了之。

徐凌寻了一个机会，用到因式分解解决问题的时候，顺便抽到万江起来背诵一下平方差公式。

万江瞪着眼，碰着徐凌更加坚定的目光时，便耷拉下眼皮，扭头看着窗外天空。冬季的天空里灰蒙蒙的，啥也没有。

"这是最简单的知识点，也是非常重要的知识点。我说过最严要求的，必须牢牢记住。牢记到什么程度？你们七十八十岁时，躺在病床上奄奄一息，老师来看望你，想知道你神智是不是清醒，随口问你一句平方差公式，你都要立即答得出来。"

徐凌开了一个冷玩笑。这种冷玩笑，学生们已经听过多次，教室里只传过一阵轻微的"哧哧"笑声。

"不知道！"万江生硬地说。

教室里顿时静下来。

"再给你一个机会。你肯定在书上找得到。"徐凌冷静地说，他觉得今天自己好镇定。

"不知道，我不认识字。"万江恼恨徐凌伤了他的面子，明显是故意对他找碴的嘛。

"那好，没有什么可说的了，你下课自己到书里找平方差公式，抄写一百遍，明天上课之前，先给我检查再上课。"

"为什么记不住就要罚？"万江鼻翼都硬了起来，抬着下巴问。

"作为一个学生，学习就是你的职业，记住平方差公式犹如记住你的名字一样，简单而必要。你不学习，当然要受惩罚。"

"数学太难了，我不想学。为什么不学习就得受惩罚？"

"这个问题，你得去问教育局。你们不学，或者学不好，为什么要进行

浴火 · YUHUO

考试排名，惩罚老师。你们知不知道单科全县后三名，教育局要对老师单独诫勉谈话，好像这是任课老师的罪过。如果教育局不因你们成绩差惩罚老师，那么老师也犯不着因为成绩很差还不愿意学习而惩罚你们。"

万江找不到徐凌话中的逻辑错误，他没法再问了，但是眼睛放低看着面前的课桌后，蹦出了一句："我不抄。"

"必须抄，一百遍，听清楚了。如果明天之内没有交给我检查，我会通知你父亲来校带你回家，或者到校来陪你读书，直到你完成一百遍后，才能上数学课。"

徐凌两眼死死盯住万江，始终没有挪开一点。万江受不了这种逼视，低着头，丁字步改成了不知什么步形，嘴里也不知哼唧什么。徐凌转为和缓地说："现在，你可以坐下了。"

万江以极其缓慢的速度坐下。徐凌面向全体学生说道："我知道，也要你们知道，高深的数学百分之九十九的人用不上的，中国中学的数学确实不够简单，以致至少一半的人连基本的及格线也达不到。比较而言，可能，美国中学数学教学目标要求更合理。你们越是畏难，反正达不到目标，便干脆放弃。我不要求你们都把数学学好，人类不需要那么多数学家，物理学家，艰深的数学只是极少数极少数天才和极有兴趣的宅男宅女乐此不疲的游戏。在美国，那些尖端的不安分分子，完全吃不饱，饿得慌，学校可以提供另外的 AP 课程，那才难呢，高中数学最高级的课程学到了 BC 微积分。话说回来，虽然我们中学普及性的目标难度偏高，但你们也不要因此畏缩放弃，你们要尽量地学习一点基本的中学数学，考试吧，要完全凭自己的本事拿到，决不有半点抄袭。这就是我的目标。这恰是你们达得到的。顺便多说一句，倘若中学数学一直拿到 50% 的分数，考上大学不在话下，特别是可以考虑读文科或者艺体，数学难度小一些。我对你们的要求，你们不用费多大力就达得到，因此，不要用困难来搪塞我。"

坏了心情，徐凌这节课讲得很少，早早地布置了作业，在教室里巡走着。他的目光时常不自觉地扫过某个敏感的地方。林薇薇自从对他发过誓后，他的课堂上，或者当着他的面，对江小彬都不搭理什么了，哪怕这个数学成绩比他好的班长常常扭过身子朝着后两排和她讨论数学题。

教室里忽然躁动起来，靠窗的一排学生纷纷站立起来，扭头往下看。

徐凌心里一震，全班都像万江那样胡闹的话，他扛起来可有些吃力，但是徐凌立即猜想到学生是被楼下的什么事物吸引住了。他走到最外一排课桌前，头越过窗框往下看。

楼底，一群人紧张地忙碌着。保卫科长冯明江带着两个保卫，两个体育老师，抬着体育课用的软垫往墙根放，墙根处的条形花坛使他们很费周折才能拼凑安放好四张软垫。校长陈天南，以及几个校行政，仰头望着，一边说一边比画，有的在打手机，个个表情焦急凝重。

求知楼整幢大楼都躁动起来，每间教室传出杂乱的声音，底楼一年级的学生甚至有人从后门跑出教室，但是立即被赶来的政教主任章振刚和值周教师赶了进去，章振刚大声喊叫着要任课老师维持好本课堂纪律，不得出差错。他的吼声仿佛震得楼在震颤，但是他现在可没有使用无线话筒，巨量声音发自于他的胸腔而不是校园里几个金属壳音箱。

"有人要跳楼。"一个比较明确的信息终于传开来。从救护人员忙碌的地段看应该是教学楼最外端的教室，徐凌立即想到了初二·一班，郁含章的班级。出事班级的学生接连出来，集中在走廊里，果然是初二·一班的。

"吴冰。吴冰。"又有确凿的信息悄然传开来，徐凌猛然觉得这个名字好熟悉，那不正是监考时故意与他冲撞的那个学生吴冰吗。

终于挨到了下课。准备跳楼的和预防跳楼的依然对峙着，没有半点缓和迹象。吴冰的家长赶到了，可是他们不敢上楼进教室，仰着头说了一阵子也不见效果。初二·一班教室里空无一人，只要有人进了教室，稍稍接近，吴冰便作势欲跳。他吊在窗台外，手抓着窗框，窄窄的水泥窗台只能容得下他半个屁股，他若是一放手，整个人务必坠落下来。

三楼，不高，正下方还有两层叠起来的体操软垫，但是跳下来随便哪里磕一下崴一下，都是天大的麻烦。要是头朝下撞上花坛边缘，便是生死难卜。谁能确定吴冰往哪里跳呢？

以楼上吊着的吴冰为中心，焦虑的人围成了一个半圆，家长，班主任，校长，轮番地仰着头和吴冰交流，说着温婉动听的话，但是吴冰无动于衷，抱着窗框，状如老僧入定。

徐凌慢慢地知道了缘由。初二·一班最后一节课是历史。历史老师不幸流产了，请了两周假休息，甘校长代课。甘校长是一个将近六十的老人，从前做过小学校长，进了璧江中学后，任历史老师兼总务主任，临近退休便卸了教职，做图书管理员，但是人们还是叫他甘校长。偏偏他是个勤恳的人，闲不下来，又兼做校园花草工，干些修剪树木的活儿，那是他任校长和总务主任时，遗留下来的劳动习惯。学校一时抽不出来老师代课，便想到了这位甘愿奉献的老先生。

偏偏吴冰昨天就没有完成作业。甘校长在课堂上点名批评了吴冰，要他放学后补做完作业再回家。吴冰不干了，甘主任絮絮叨叨着和他讲理时，吴冰当堂冒出一句"老子就是不做"。

甘校长这下心里火了，表面上仍然是有条有理慢吞吞地质问。"哎，真不像话，你怎么可以胡言乱语，你老子还没我大呢。"

甘校长说着，走下讲台，要进一步和吴冰交涉。吴冰怕吃亏，立即跳起来，离开座位。甘校长再次走近吴冰，他是个温吞水老头儿，动作也慢，吴冰干脆绕着课桌跑，甘校长总是差他一大截。所到之处，同学们避让不跌。单人课桌轰隆隆——砰，倒了三四张。

甘校长无计可施，说："好，你这样浑，我把你交给政教处，交给保卫科。"话音刚落，吴冰爬上了窗台，推开窗子吊在了大楼外边，作势欲跳。教室里顿时发出一阵惊叫。

甘校长后来很懊悔，不停地诉说："我不知道他有病啊，真的不知道。同学们说了，我才知道，只有班主任的话，他才肯听。还说小学就已经跳过一次了。我临时代课，哪知道这些啊。知道的话，绝对不去沾惹他的。"

校长陈天南没说什么，他时时紧密注视着三楼窗外的动静。

镇政府和派出所接到电话后，刘镇长和一名警察也赶到学校，察看了现场，无计可施。刘镇长只得嘱咐陈天南小心行事，务保吴冰平安，叮嘱完后离开了。

篮球场靠近这幢教学楼的一端，严禁打球，以免干扰了现场，其他几个场地，嘭嘭的声音和球员互相叫喊又像往日一样喧闹。

已经过了两个小时。吃过饭的学生陆续进入教室，只有初二·一班禁止入内。吴冰有时候很长时间都一动不动，勾着头，仿佛睡着了。

吴冰的母亲不停地走动，顿着脚问："怎么办，好长时间了。"

"时间长了，手脚都要发麻，一个疏忽便有危险。天又快黑了。"保卫科长冯明江说，他和陈天南是两个唯一一直没有离开过现场半步的学校人员，另外两个是吴冰父母。郁含章吃过晚饭来了。吴冰母亲苦着脸望着他："郁老师，吴冰是最听你的话。你帮帮他啊。"

"我去试试吧。"郁含章请求道。

陈天南想想，没有别的法子，他也等得焦烦了。又不跳，又不下来，一有动静就要跳的样儿，真受不了这提心吊胆的折磨。他终于决定冒险一试。

"你一个人上去，务必细心一点。"

围在体操垫子周围的人立刻紧张起来。冯明江在考虑，如果往他这边跳，倘若接不住的话，他要不要拿身体做肉垫子。

楼道口站着一个值周教师，他也是刚刚吃晚饭来替换值岗老师的，守在这里阻止任何人进入初二·一班教室。他目送郁含章进了教室。

郁含章伫立门口，大声说道："你又是怎么了，都说要听话要听话，怎么又把我的话抛到脑后去了。甘校长代你们班的课，不知道具体情况嘛，有啥事，你该给我说啊。你想想，你要不给我说，能给谁说呢。"

吴冰从窗子横杠上冒出头来，神情萎靡，嘟着嘴，他本就瘦削的脸更具有了猴子相。

"别动，注意，你头上有颗断了的钉子。千万别碰上了。"

吴冰仰起头去找钉子。

"哎，不是那边，方向弄错了，小心一点。"郁含章脚下无声地挪动。他也专注地盯着那颗"钉子"，手指晃着，做出令人难以理解的手势。

吴冰没找到头上的钉子，他扭过脸往右边看，视线和郁含章方向成了90度角。

看见出现了视线死角，郁含章立即蹿过去，他每天坚持快速散步的锻炼起了不少作用。小腿撞上了凳子，疼得他一龇牙。他一下子抓住了吴冰的手臂，嘴里还没停："你看你，钉子都没看见，太不小心了，划伤了咋办？你干啥要让老师这样操心啊？"

郁含章往里拉他，终于够得住抱住了吴冰的腰，吴冰稍作反抗，便停下了。他的下巴抵着了郁含章的头，他看见郁含章的头顶呈现出沙漠迹象，几根长发弯曲着，却遮不住焦黄的头皮。一股熟悉的体味冲进了吴冰鼻子，他立即软了。

郁含章一边往里面用力带住吴冰一边说："饭菜都凉了，你妈还等着你吃饭呢。下来啊。"

这时，预伏在门外的保卫科两个老师已经冲进来，分从左右拦住了吴冰。吴冰不再抵抗，半推半就被三个人拉进了教室。

徐凌来到学校上晚自习时，跳楼闹剧已经收场，四下里还有残余的议论。他听见保安和门卫在香樟树下浅声说："吴冰不敢跳的，要跳早就跳了。"

一个苍老的声音，显然是已经六十一岁的门卫，他因超龄而一直不能和学校签订临时聘用合同，但是囿于关系特殊而一直被聘用着，这个声音说："吴冰爬上去了，不好意思下来，太丢面子。一闹，拖了这长时间，大家跟着受累。"

"是啊，啥精神病哦，清醒得很，都是大人惯坏的。"

"吴馆子三十多岁才得这一个儿子，而且只有一个，不惯才怪呢。"

徐凌突然发现，这个看似文化不多的老人，却有如此精辟的见解。

他突然想到应该给林薇薇订下一些规矩，近几天她对他说话当众时都似乎很随意，缺少对老师那种应有的恭敬，她应该更多一点少女的矜持，和学生的恭谨。

雅阁车沿着狭窄的山道慢行，村村通工程几乎把每个村组都用水泥公路贯通了。这天，徐凌开车去一个山村办点事回家。这条山道和璧江镇隔着一道叫走马岭的山梁。

下午的阳光把物体拉出长长的影子来，楚钰和妻子秦淑芳也听见了身后的汽车声音，他刚往路边靠，那车却停下了。

"回家啊？要不要坐车走？"徐凌头探出车窗问。

"啊，谢了。散步呢，翻山梁子过去。"

"那好，你俩浪漫吧，我先走了。"

山村道改成水泥道，反而窄了一些，徐凌开得比较慢，思维也散漫着。教员们的传言中，楚钰是有情人的，他是把生活每个细节都变化成享受过程的乐观派，又像是看破红尘的逍遥派，细腻优雅，看淡名利。柳永那样的婉约派男人是古代的模范，楚钰便是现代的典型，女人总是容易被他美好情绪所感染，不知不觉掉入彩雾缭绕的陷阱中。政教主任章振刚当众开玩笑时，不止一次称赞楚钰是极品男人。

但奇怪的是，这些传言，或者叫事实，并不影响秦淑芳经常和楚钰一起在乡间长途散步，漫山遍野地闲逛，大秀恩爱，如同一对白颈鸳鸯，这人所共见的亲密在镇上总被人提起，羡慕。毋庸讳言，她是他的第一忠实Fans，仅从秦淑芳的名字上，便可以看出这是一个贤惠温柔的古典女性。多么令人嫉妒的男人！现世的标杆。

徐凌心里燥热起来，窗外的景象竟然有些恍惚。"干啥呀？开车呢。"徐凌自个儿骂了一句，并且狠狠地在腿上捶了一下，生疼生疼，车外视野立即清晰。

"徐凌真行，又办了一个竹签厂，生意红红红火火的。现在，从来不找我们贷款。"雅阁车转过弯看不见了，秦淑芳由衷赞道。

"他很有野心。但他处于彷徨之中。"

"彷徨？"

"我和徐凌同教过几个班级，很了解他。在以学习为业，荣誉为荣的学生眼里，徐凌是一个睿智、幽默、公正、开明，特别沉稳，同时又满怀爱心的老师；在好逸恶劳、无所事事只想混日子的学生眼里，他却严厉而专制，学生与其说是敬他，不如说是怕他。"楚钰娓娓谈道。全校教员心目中，楚钰和徐凌是最与众不同的两个教师，人们简单地归纳为有才和有财，楚钰心下却这样评价：他想改变世界，而我更愿意享受生活，所以我轻浅快乐，而徐凌如负重担，心事重重。

"嗯，后面这话啥意思？"

"嗯，说深了你也不理解。"楚钰岔开了话，指着前面一百多米处说，"小路是那儿吧，分路上去？"

"是吧，应该没错。"

转弯上了走马岭山腰小道。上了山梁后，璧江镇便在眼底下，一条水泥小山路弯折而下。但是楚钰却沿着山梁往上走，渐渐地，水泥小道也变成了

浴火·YUHUO

土质小路，绿色在向小路中央漫延，侵近。

"不直接回家？"秦淑芳发出疑问，楚钰显然是要穿过林子，这里走的人很少，她甚至怀疑能否走出去。

"从这里过去，我到一个学生家里家访。"好天气，秦淑芳难得的休假，楚钰不想早早回去。

秦淑芳不反对楚钰带着她散步时走任何一条路。她甚至更喜欢走那些僻静而环境清幽的小路。在这样的情境中，楚钰偶尔会唱起《林中的小路》，用他既有中音的浑厚，又有高音的甜美的嗓子唱，他通过改变发声位置达到不同的效果。山野大地做舞台，树林做幕布，楚钰只为她一个人唱，秦淑芳会听得如醉如痴。女儿读高中离开了家，她的爱便更加肆无忌惮，她会亲昵地称他"我的费玉清"，迷蒙的眼睛中发出异样的光彩，偶尔会忍不住突然在楚钰脸上印上一个吻。这首歌是她和楚钰经人介绍认识后，听到他唱的第一首歌，那也是她的初恋，而且她希望此生只有这样一次恋爱，永远永远，和他厮守到老。那时候，楚钰还是一个十足的穷小子，小学教师，爱穿一件背后起皱的灰棕色亚麻西服。有些女人就是这样的幸福人生，因简单而幸福，因忠纯而更幸福。

沾沾草的尖勾不时勾住衣裤，把自己微小的条形身体挂了上去，巴茅草和蕨类植物遮掩着荒废的小路。进入苦竹和杉树混交林后，情形有所改变。随后，苦竹占据了全部面积，枯黄的竹叶铺满林地，依稀看得出小路的痕迹。

"顺便在农户地边找点大茴香，烧鲫鱼味道特别哦。"楚钰观察着环境一边说，他有个作家的习惯，看到一个新鲜的景象，便要在心里用文字仔细描写出来，而且一个情景绝不会和另一个情景混淆，就像福楼拜指导莫泊桑所做的那样。他把这称作练笔和积累素材。

"今晚不是说烤猪排吗，排骨都码料腌上了。"

"没说今天吃鱼啊，留着明天后天用，食不厌精脍不厌细嘛，好的材料准备下没错。其实，很久没有吃二黄汤了，微酸微辣加上芹菜的香味，和嫩滑的鲤鱼真是绝配。"

两人谈着烹调，避开蜘蛛网和竹枝，小心地从苦竹林穿过。楚钰边走边发表者高论："梭罗说，'大部分的奢侈品，大部分的所谓的生活舒适，非但没有必要，而且对人类进步大有妨碍。所以关于奢侈和舒适，最明智的人生活得甚至比穷人更简单和朴素。'我是比较反对这句话的，尤其是后半部分，就是关于生活舒适的评判。我这样认为，人类进步本质之一，就是不断追求生活的舒适和更加舒适。纵观人类史便会发现，关于舒适的衡量，是在不断地变化和提高当中的。我记得在童年时期 20 世纪 70 年代，每天饭量的标准是三三二，发育中的少年，又缺少动物性食物，二三两怎么够？若是逢

浴火·YUHUO

年过节，素米饭能够一顿吃个尽饱，那便是非常的舒服满足了，添上几块香喷喷的腊肉便是进了天堂。现在呢，竭力寻求怎么吃得好。"

以楚钰的年龄，他和大量饿死人的1960年还沾不上边，但是20世纪70年代初的饥饿日子，他也是和七亿人一起熬过来的，全国大多数人每天总是饥肠辘辘等待着下一次开饭时间。成年人有种癖好，就是把苦难的经历当作荣耀来炫耀。

"咦？不对劲。"楚钰忽然站住了，仔细看着林地。

"什么不对？"

"你看，这像不像一张床？"楚钰指着地下说。

这块地苦竹较为稀疏，平缓敞亮，大量苦竹叶被人搜罗在一起，还有一些细竹枝混合着铺在地上，厚实平整。床，这个定义太形象了，秦淑芳不由得点头。

"这里肯定是男女生幽会的地方。还有露指手套，这可是小女生冬天最爱用的。"楚钰的话引导着秦淑芳的目光，她看见，除露指手套外，四处还扔着印刷精美的纸巾、食品塑料包装袋、牛皮纸瓜子袋。

"我们再看看。"楚钰竹林里四下搜寻，最终找到了四处类似的竹叶床。

"真不愧是老师的好学生啊。"秦淑芳忽然语含讥讽道。

楚钰当然听出深含的意思来，他心里尴尬脸上却装作啥事没有，说："得给学校说一声，可能除我之外，没有哪个老师到过这里。好多人来过这里呢，很危险。"

楚钰心里惦念着这事，打算在学校认真向章振刚说说这事，他天生一副热心肠，可不认为这是多管闲事。校党支部书记许正伦即将退休，章振刚上个月刚被镇党支部任命为校党支部副书记，还兼任着政教主任，他和章振刚也比较要好。

午休刚刚开始。楚钰带了一本《华夏散文》月刊到教室去，守午休时看看，那上面有一篇他最新发表的游记。初三·四班是普通班，不像小尖班重点班那样，午休时有多半的学生在抓紧时间做作业，或讨论问题，教室里便难免有一些响动。这班的学生通常都趴在桌子上，似睡非睡，偶尔轻轻蹦出一句话来，立即消失，也有着实睡着了的，醒来后半边脸微微地浮肿，睡眼惺忪，发丝凌乱。因为没睡好，这些人下午两节课几乎都是迷迷糊糊过的。但是，普通班倘若没有值守教师，那动静远远比重点班讨论问题大得多，嬉笑嘲骂啥都有，几乎像个热闹的茶馆。

那便是最令老师烦心的事。楚钰是颇得学生敬重喜爱的班主任，这种情况要好得多，教室里不用打招呼便安静下来。

今天情况变了，老是有人悄声嘀咕着，靠近走道边的人不时贴着窗子往外张望。楚钰感觉外边肯定有啥事。初三·四班离楼梯口最近，又是创新楼的三楼，上面两层都是初三年级教室，所以在整个年级组中最能预先觉察到外面的动静。

楚钰终于忍耐不住，放下月刊，站起来，严厉地问："你们在看啥呢，外面有什么稀奇古怪的事？"

"老师，求婚呢。"

"汤星星捧着一大束花，要求婚哦。"

楚钰脸色一变，不由得呵斥道："不许胡说。"

楚钰出了教室，走廊里空无一人，走廊护栏很高，几乎齐胸，看不到大楼底下场景。他往前走了几步，绕过墙角往楼道里看，差点和一个男子撞上。

楚钰定睛一看，对方个头已是成年人，但帅气稚嫩的脸，戴着墨镜，颇有"至上励合"的派头，还真的是汤星星。汤星星刚才躲进了拐角，以为楚钰回教室去了，刚探出头来，却被楚钰迎头撞见，再也躲不掉，立即摘掉了墨镜。

汤星星二年级时从外地转来进初三·四班，二年级未完又辍学了，谁也不知道跑到哪里去了，家长都在外面，从来没有参加过学校家长会，楚钰也从来没见过家长。

看见汤星星手里捧着一大束装饰整齐的鲜花，外面罩着玻璃纸，楚钰生气地问："你要干啥？"

汤星星有些紧张，低着头，拿眼角瞟着楚钰，回答说："肖婷婷的生日，我来送生日蛋糕给她。"

"肖婷婷？"楚钰不认识这个女生，问道。

"就是初三·二班的肖婷婷。今天，我想，带她走。"

初三·二班恰好在初三·四班隔壁，因为初三·三班撤掉了。楚钰有些发窘，好像就目前而言，不管是汤星星还是肖婷婷，他都管不着。楚钰又看见楼梯口站上来一个四十来岁男子，提着一盒白色大蛋糕，默默地等候着，看样儿可能是汤星星父亲。那这双方父母都同意了的事，他更不能多嘴了。

"别惹事，闹出什么大动静。"楚钰板着脸，叮咛了一句，汤星星恭敬地应诺，然后，楚钰进了初三·四班教室。

"老师，汤星星说，现在他网络的名气可大了，他做网络主播，歌唱得好，在网上有一批粉丝，明年还要去迷笛音乐节上遛白菜，他说那叫行为艺术。他叫我们上网去搜索。名人噢！"教室里，学生们七嘴八舌争相表白。

楚钰费了一些劲儿才把教室安静下来。汤星星从窗外经过了两次。每次都引起教室内的躁动。汤星星终于离开很久了。楚钰走到门口，恰好初三·二班午休监守老师叶老师也到了门口向楼梯口张望，楼梯口已经没人了。楚钰看着叶老师，会心一笑，叶老师脸上很快飘过笑意，淡然而轻蔑，令人不易觉察。

叶老师说："汤星星是你们班的？他想进教室，找肖婷婷说句话。我没让他进。"

终于熬到午休平静结束，汤星星已经不见了踪影。楚钰回家经过校门时，副校长周宇全做行政值周，还坐在门卫室前一张竹椅上守校门呢，两个老师和他聊着天。楚钰便停下，一本正经地说："有时间坐在这里闲聊，怎么不去做证婚人啊？陈校都做了好几次证婚人了，你也学学。"

"谁结婚啊？"旁边心急的老师忙着问。

"还没结呢，是求婚。初三·四班男生向初三·三班女生求婚，准备今天就把她带走的。"

"你的娃儿归你管，别找错了老子。"周宇全也是一本正经回答。

说到开玩笑，楚钰和周宇全副校长是全校最出名的两位，一雅一俗，一个享誉浪漫诗人，一个号称日藏教授。关于"日藏"这个土语，任何词典上都查不到，不过楚钰在语文组教研会上有过阐释，何为日藏，那就是怪诞不经又富有机趣，内涵丰富耐人寻味。

"汤星星初二刚完就没读了，不归我管，我做不成烧火老者。"楚钰接着周宇全的话说，"没有学生证，还拎着大包小包的生日蛋糕、鲜花篮，校门口是怎么放他进去的？"

"以为是给哪个老师做生的呢？这位帅锅自己说的，咋好阻拦。"周宇全解释说。老门卫走到门卫室口，也说了同样的话。

"只说是做生送蛋糕，哪个晓得他这么大胆，是给女生的。"旁边有人补充了一句。

"我在守午休，看见了出来本想训两句赶他走，几米开外站着他的家长，面子上不好太难看，只有提醒他两句不要过分，谁知他又跑到三·四班教室，要求叶老师允许他进去，请那个肖婷婷出来。"

"值班老师没答应吧？"周宇全忙问。

"哪里是他的家长哦。这个男生打面的来的，到了校门口还没付车费，司机怕他跑了不见，跟着进去的。"老门卫抢话道，他怕担个看门不负责任的名，仔细解说，以此证明他细节都在掌握之中。

一句话说得众人各个暗笑不已。楚钰联想到了另外一件事，问周宇全："你看见章振刚没有，给他说件事。"

周宇全望着楚钰身后笑而不言。楚钰话音刚落，章振刚就在后面回答道："找我啥事？请客啊？喝酒不要太高档哈，青岛啤酒就可以了。"

"啤酒白酒都可以，我随意你干杯。不准说你不行哦，男人不兴说这话。"楚钰接上章振刚的话尾。等着章振刚走近了，楚钰把自己在走马岭苦竹林中看到的景象描述了一番。

"噢，你这个情况反映得及时，反映得及时。"章振刚连声说道。他是个容易崇拜身边强人的人，陈天南，楚钰，徐凌，还包括篮球打得好的高个儿体育老师费平，只要某方面优秀，便成他的偶像，语文教研组长沈连成尖刻地描述为"这样一根筋头脑简单的才适合做书记"。

章振刚继续说道："学校一定重视这个现象，避免重大事故发生。一不留神，你就成了老公公，还要当爷爷了。"

话到最后成了玩笑，旁边几位老师会心地默笑。章振刚上课后给保卫科长冯明江打电话，冯明江答应晚自习前来和章振刚细谈。

"不行，这事拖不得。"章振刚把楚钰的发现简略说了一下，接着阐述了事情的危害性和严重性。他和冯明江电话里约好，今天下午放学后，他和冯明江，一起亲自到走马岭去看看，来回不过一个小时，这样故意张扬高调行动，有意让学生知道学校已经重视走马岭并且作了巡查，目的是起到警示作用。他在明天学校集会上再含蓄地提提这件事，表明学校已经发现了走马岭这个远离学校的幽会地点，警醒学生不得再去此地发展感情，

冯明江答应了。五点半吃晚饭，去了走马岭，还来得及回来上晚自习。

冯明江是学校高中物理教师，兼职政教处副主任、保卫科长。三十岁以下的教师中，冯明江二十九岁，算得上陈天南最看重的人之一。他和陈天南一样，是足球场上的骁将和爱好者，他们的友谊也多是由此发展起来的。陈天南体力充沛，敢冲敢撞；冯明江更为灵巧，盘带出色，脚法精准。冯明江爱穿紧身牛仔裤，陈天南则爱穿引人注目的白色或粉色裤子，都那么透着一股骚动的情绪。

不过，势头很旺的冯明江在支部书记许正伦那里碰了一个钉子。陈天南和政教主任章振刚做介绍人，冯明江向校党支部递交了入党申请书，许正伦打了回来。陈天南去问究竟，许正伦满脸愤慨地说，社会上都在议论说"最成功的老师就是把学生教到床上"，冯明江其他方面不错，但是他是绝不会通过申请的，原因只有一个。陈天南心里明亮：高二时，冯明江和一个女生产生了感情，到高三时，渐渐地包不住了，冯明江向陈天南坦白，陈天南见改变不了事实，索性做了介绍人。女生家父母也乐意，反正女儿的终生就包给这老师去操心了。女生努力考上了三本，出了稳妥的考虑，报了本地一所专科学校，三年毕业，仍旧是陈天南帮忙，通过招考和跑关系，在邻近的乡镇当了一名正式编制的小学教师，路程也不远。冯明江结婚时，陈天南做了证婚人，许正伦赶了人情却不赴宴，借口是冯明江家住偏远山村，偏偏要把婚宴办在老家，图个热闹，太远他去不了。尽管陈天南解释冯明江一开始就

是奔着婚姻这个人生大主题去的，谁规定单身男教师不能恋上自己心仪的女生呢。许正伦心里还是疙瘩去不了，入党这事许正伦毫不通商量，只有搁下了。不过陈天南私下给了冯明江吃了一颗定心丸，说许正伦很快退休了，到时候多半是章振刚上支部书记，或者自己兼任，一切水到渠成，现在不必着急。

冯明江和陈天南同时报名驾校，区别在于，冯明江已经上路多日，不久将要进行路考，而陈天南只过了科一理论考试，太忙，只在练车场转悠过半个下午，科二也只是开了个场。陈天南和冯明江相比之下明显落后了，这使得他非常不不满，他在公开场合埋汰保卫科长："你哪来这么多时间学车哦，别是保卫工作都没管，有事就推别人了吧。敢跑在我前面，我路考时你帮我代考。"

冯明江倍觉冤枉，他学车科二都是周末去的，总不能周末学生待在家里也要他管管安全吧。一个科三吊吊甩甩一个月了还没能去考试。校园内多数事件，都是他亲自处理的，转给两位兼职教师的事并不很多，两名专职保卫负责调查材料，他做最后处理决定并报送政教处。政教处然后几乎百分之百的依照冯科长或者兼职保卫教师的处理意见对学生作出各等级的处分。

冯明江跟着委屈地噘着嘴："我只差没有在保卫科打地铺了。说是0.6个工作量，比我上三个班的高中物理还累得多。"

今天下午，冯明江便要处理高一·一班和初三·六班男生群殴事件，争取晚饭前处理完毕，才好和章振刚一同巡查走马岭。这起事件的起因简单而常见：初三·一男生借了高一·一班男生篮球，他们原在一起玩，高中学生因有急事走时留下了篮球。第二天，初三这位男生又在球场时玩时，恰好高一·一班另一个男生找篮球玩，知道这个球是同班同学的，便要初中男生归还。初中男生玩得正起劲，哪舍得放下。高中学生见初中生居然不买账，狠狠地骂了几句。初中生气不过，不玩了，将篮球砸还高中生。高中生丢了面子，走近了推了初中生几下。初中生身边正有两三位本班同学，一拥而上，围住高中生。高中生好汉不吃眼前亏，丢下两句找场子话拿着篮球走了。

晚自习第一节下课后，高中生找人给初中生带话来，要他到高中部去办交涉。初中生也是一个胆大的主儿，况且他心仪的女生就在高一·二班，正是表演单刀赴会英雄气概的好时机，便怀揣了双截棍上脱链的一节独身前往。

高一·一班教室外，室内灯光透出来把绿化树墙一带照得影影绰绰。迎接初中生的是四个高一·一班学生，和他有轻微过节的那位也在场，四周经过的人，初中生不知道他们是不是同伙，他似乎看见了有女生的影子，这使他心跳加快。

刚交涉几句，初中生就被推搡了几下。他忍不住了，双截棍藏在胸前，他得拉开卫衣拉链。他细小的动作被一个高中生察觉，叫了一声"有家伙，关灯。"

几个高中生一拥而上。初中生瞬即被推倒，他的个子虽然不小，毕竟还是单薄了些，对付不了几个人。高一·一班的室内日光灯响应地全部熄掉了，其他班级的灯光转不了弯照射过来，大楼的这个拐角一片黑暗，仅微光看得见人影。噼里啪啦一阵揍打声，夹着初中生的叫唤。

上课铃响了，殴打立即停止，高一·一班教室里灯也亮了。一群高中生离开后，初中生久久没有站起来。尽管用手护住了头，脸上仍旧是青一块紫一块。

当晚，保卫科便接了这件案子，受伤者母亲闻讯赶来学校，连夜带着儿子到县里医院全面检查，所幸除了皮外伤和轻微脑震荡外，初中生并无大碍。

一周以后，初中生回到学校上课了，保卫科也调查得差不多了，接下来便是民事赔偿问题。总计医药费，检查费，车费，受害者监护人还提出了误工费，共计3800多元。

调查结果，居然有七个高中生参与殴打，他们一一写了经过材料并且签名承认。民事赔偿的也比较简单，除了为首者承担一半费用外。其余六人均摊。肇事者一致要求不通知家里，各人把赔偿金交到学校就行。

冯明江同意了学生要求，缴款的事进行得很顺利，和冯明江开学初曾经遇到过的一件事相比，确实这次太顺利了，甚至不用叫家长到校处理。那一次，冯明江调解伤害事件后的民事赔偿，所有家长都到了，他从上午十点钟，一直坐到下午五点钟，只在中午时分去教师食堂吃了二十分钟饭。弹簧刀戳伤人的主犯监护人——六十岁奶奶不甘心多出钱，又怕打工在外的儿子儿媳埋怨，非要拖上学校也出一份钱赔偿，胡言乱语夹缠不清，令人头疼不已。高度紧张对阵后，冯明江疲惫不堪，甚至一度放言吓唬：学校如调解不了，让所有家长到派出所去调解，倘若派出所在调解不好，只有走法院诉讼一条路了，法院判决具有强制性，学校没权力判定谁赔多少。

闹到最后，女人的老伴也看不下去，在旁边不满地说了女人几句，加上冯明江声言撂挑子，每位家长也担心弄到派出所去解决，对学生会有影响，明里暗里一致反对，终于说服这个女人，达成赔偿协议。等调解结束，冯明江走出保卫科时，像是踩在棉花上，浑身软软的不得力。

这一次比较顺利。肇事学生一一交来赔偿金，冯明江一边登记，一边写材料，报送政教处并提出具体处分意见，七位高中生分别给予警告和记过处分。一个高大健壮的男生舒明，凑近仔细地看了正写着的材料。冯明江挥手叫他出去，处分结果在全校集会上会公布的。

"赔了钱，还要处分啊。"

"那是跑不了的，最低警告处分。"

"口头警告不行吗，我们都认错，赔偿了？"舒明低声问。

"按理说，给个严重警告处分都够格。"口头警告不记入档案，也不用毕业时申请撤销处分，严重警告处分就复杂了。冯明江沉着脸，舒明不敢再央求，沉闷着离开了。

冯明江半个小时后才把材料全部准备好，看看时间才四点，可以休息一下，或者上网看看巴塞罗那这周的录像，他特崇拜梅西，吃过晚饭后再和章振刚一起去走马岭巡查。他用口哨吹了几声冠军杯主题曲。

如意算盘正打着呢，来了电话，一个尖尖的女声，高一·一班班主任姜华着急地一连高声发问，保卫科处理意见报送政教处没有。

"正要送呢。"

"那别忙。舒明说，他没有参与打架。你看是不是重新……"姜华委婉地恳求道。

冯明江纳闷了，多人互相举证，舒明自己写经过材料后又签名承认，连赔偿金都交了，怎么又没参与打架。他把疑问给姜华说了。

"他就是说他没动手，舒明从来不对我撒谎的。他还说，他没有想到会给处分，他以为参与的人多了，学校会放过一马，法不责众嘛。舒明已经受过一次处分，再有一次，毕业时一次撤销不完，要延期拿到毕业证。"

冯明江只得叫姜华让舒明再次来保卫科。

舒明比冯明江还要高半个头，此时却像太监李莲英面对皇帝那样恭谨。舒明提出了当时他在教室里和一个男同学看手机小说的证据，前面一排还有女同学可以作证。舒明专门点了同班女同学王嘉怡名字。冯明江略作思考，给姜华电话叫王嘉怡到保卫科办公室。

王嘉怡是个非常清秀非常清纯的女生，个子娇小一点，脸型类似于章子怡但比章子怡漂亮，看那样儿都不忍心怀疑她。据姜华临时介绍，这女孩是班上的典范，文娱委员，成绩也颇好，诚实听话，二本基本在握。冯明江认为，班主任姜华这样介绍，是为了增加王嘉怡说话的分量。

询问过后，冯明江又叫王嘉怡带话，叫和舒明一起看手机小说的男同学过来。

冯明江分别让两个男生出门去并关上门，留下一个人回答问题。他询问了几个相同的问题：1. 用的什么手机，大致外观。2. 小说名字。3. 看到小说的具体章节，说出故事情节就行。4. 前排坐着几个女同学，姓名。

两个男生回答得清晰快速，几乎完全一样。冯明江有些相信了。"好吧，我再做深入调查后决定。你们回去也要反省一下。"

折腾过一阵子，冯明江又开始感到脚软腰疼了。

浴火·YUHUO

匆忙在教师食堂用过晚饭，冯明江主动给章振刚打电话，下午放学到晚自习这段时间，是违纪事件高发期。章振刚乐呵呵地在校门口等候冯明江。他们只花了一刻钟，便走到了走马岭山脚下，找个最近的农户问了问路，便爬起山来。水泥小路变成了泥石小路后，两人便认真地四下观察，终于看到了楚钰描述的谈情说爱佳地。

一会儿，两人又回到了山下，章振刚忽然说："从右边分路回学校，我们去看看'回水沱'河滩，那儿学生也爱去。"

冯明江明白章振刚用意，依言而行。

回水沱在镇郊，河那边是走马岭山麓，河这边是大块平整的玉米地，水流缓慢，水比较深，夏天来不少人来这里游泳，冬季里没有玉米秆的遮挡，视野开阔。

冯明江走在前面，他的视力也很好。忽然，他紧张地说："前面有人打架，快走。"说完奔跑起来，章振刚也听到了杂乱的叫喊声，女生的尖利声音，其中一个男生声嘶力竭，带着哭腔，震撼着耳膜，老远就听得见。

一个瘦高的男生，十六七岁模样，手中挥舞着一把弹簧刀，四处追逐人，他后面一个娇俏的女生哭喊着，跟着跑，还不断拉他衣袖。情绪激动加上女生的牵绊，对方又在拼命地躲，持刀的男生谁也追不上。许多人四下逃散，但又不跑远，只是躲避刀锋，还不断地回头奚落几句。

章振刚厉声吼道："干啥！要杀人啊！放下刀子。"

持刀男生一愣之后，没有停下又要追人，章振刚再次吼叫。更加靠近的冯明江也叫道："再不住手，后果很严重的。"

持刀男生见追不到人，恨恨地踢了脚边黄荆条灌木丛几脚。女生脸上有一条血痕，见持刀男生停下，离着几步远也站住了，也不靠近，纠结痛苦地流着泪。

"其他人站住，都看清楚了，跑得了吗。"章振刚对正要悄悄溜走的那些人说。许多人闻言停住了脚，离得远的两三个抱着侥幸撒开脚丫，瞬间跑得不见了。

冯明江认出持刀的男生是初二年级的黄培生，上个月因为和初三的人打架进过保卫科，还留有一些印象。他和章振刚一起，带着六七个人，回校连夜调查处理。

人多、事大，谁也隐瞒不了，事件很快查出真相。黄培生和同是初二的女生吴蔚谈恋爱，引起初三另一些爱慕者不满，相约在回水沱做个了结。争吵中出现了推搡，黄培生拿出暗中携带的弹簧刀挥舞，限制对方近身，哪知一不留神，却划着了吴蔚的脸。眼看女朋友破了相，黄培生别提多激愤，只想杀个人泄恨。

"真的和黄培生谈恋爱？什么时候开始的？家长知道吗？"冯明江一连串的问。

"没有的事，我们只是彼此要好，经常一起玩而已。"吴蔚一口否认。她的脸颊上有一道两厘米长浅浅的紫色结痂伤痕，没有伤到真皮，应该能够复原，说破相有些严重。

这事还真不敢断定，心里的喜欢不像婚姻那样有个确认的契约证明——结婚证。

冯明江放过了吴蔚，给初三几个男生口头警告，黄培生记大过处分，如果此事发生在校内，黄培生将会顶格处分到留校察看，再严重的话，只有报送教育局和移交派出所了。高中生则没有这些，学校直接开除。

第二天，冯明江还在校内转悠的时候，舒明的父亲找到了学校，辗转多处终于把冯明江堵住了。

他对冯明江强调，舒明真的没有动手，强出头的原因，学校都清楚了，他要求保卫科放过舒明。这时，舒明父亲脸上露出一点吝啬的笑意，仿佛平时候他是不笑的，所以一旦必须微笑的时候那么矜持而不自在。

高一·一班群殴初三学生的事，冯明江正烦着呢，因为在舒明之后，又有两个参与的学生跑来说自己没动手，原因和舒明一样。冯明江先把这些作伪证的学生骂了一通，然后说等调查清楚后再答复。现在，连家长都跑来学校申明了，可见决心之大。

冯明江冷静地对舒明父亲说："舒明我已经再次做了调查，偏向于他没有参与殴打这个结论，但是还要更全面的证据。不过，有一点责任是免不了的。作伪证，在法律上讲，就是妨碍司法公正。赔偿金按照人数，已经分摊下去并且都交清了，又要重新调查分配，你说这事多麻烦？别的家长要是不服气，那就更有话说了。"

"赔的钱可以不要了，只要学校不给舒明处分。"舒明父亲的笑容终于明显起来。

黄培生的事悄悄处理，没在全校集会上提到一丝半点，但还是传开了。黄培生的班主任袁继芬气炸了肺。这期刚开学天气还热的时候，黄培生就因为下河洗澡被警告处分过，同时扣掉了班级分数一分，这次一个记大过，要扣掉班级两分。等级分以 0.1 作为基数，差个一分两分就落下好多名次，甚至会弄个垫底出来。优秀班主任就别提了，想都别想，班主任等级分为三级，看来她这个班主任到期末评比，又得吃最低一等，津贴先不说，这荣誉，都被这小子败坏得一塌糊涂，还可能影响职称评定。不知内情者还以为是班主任无能呢，要知道，她袁继芬可是一位励精图强的班主任。她让黄培生家长把儿子领回去好好教育，改好了再送学校，反正她是管不了啦。

夕会过后是晚自习，徐凌上楼时，遇见了几个下来的班主任。暮色笼罩了大楼，楼梯里昏暗的白炽灯不足以照亮每个角落。徐凌慢慢往上走。

"徐老师。"有个女的声音在叫，徐凌回头，看见楼梯口对面，袁继芬对他轻轻地摇着手，他走了过去。

"你送我到校门口。"袁继芬小声说。

"啊，有事吗？"徐凌诧异地问。

"楼梯口藏着两个学生，带着刀。"

"谁？"

"黄培生啊，你应该听说了。"

徐凌恰好没有听说。他很少在学校多作逗留，校内信息没有那么及时得到。

"他们肯定敢动手的。你送我出校门就行。"袁继芬小声央求。

"好，你等一下。我进教室交代几句。"

徐凌让纪律委员清查未进教室的学生，又让班长暂时管一下班上纪律，他有急事耽搁五分钟。他话音刚落，一个男生立即说道："只有林薇薇没到。"

教室里响起窃笑声，许多双眼睛似乎都在注视徐凌的反应。徐凌察觉了一些异样，鼻子轻哼一声："不管谁没到，记下来就是。"

楼道的黑暗角落里果然有身影晃动。徐凌故意大声地和袁继芬说话，意在提醒暗藏的人不要跳出来，袁继芬有人陪同呢。经过底楼最黑暗处时，袁继芬几乎拉着徐凌的衣襟。

穿过操场到了门口，这里门卫和保安常驻，灯火通明而且安装着摄像头。袁继芬松了一口气，站在电动伸缩门外接连道谢。徐凌知道黄培生要到晚自习结束才能出校回家，或者家长早点来接回家，袁老师此时回家是安全的。

校门外目送袁继芬走远，徐凌正要回教室，一个刻意压低变了样的声音叫道："老师，徐老师。"

这个声音好熟悉，徐凌循声过去，暗角里，站着林薇薇，提着一个帆布包。

"怎么这个时候才来？"徐凌轻轻责问道。

"回家去替弟弟拿衣服了，这周冷得快。"

徐凌怔怔地望着那个窈窕而渐显凹凸的身影，萌生出一种感动。

"老师你带我进去。迟到了班上要遭扣分。"林薇薇难为情地恳求道。

那准得挨班主任许华的骂。徐凌"嗯"了一声算是答应。林薇薇跟在他身后进了校门。徐凌对门卫说："这个学生替我出去拿东西。"

门卫仅仅看了林薇薇一眼，没再说啥。老远可听见初二·三班教室里杂

浴火·YUHUO

乱的说笑声。徐凌一进教室，噪声一下子微弱了，变成窃窃私语，仿佛一下关上了一道厚重的门，把声音立即隔绝了。好奇的眼光伴着竭力压低的话音，齐刷刷投向了后面进来的林薇薇。

"是不是到走马岭去了？"练小芳坐前排，微微侧着身子，手掌弯着挡在嘴前，既做遮挡物，又让声音定向传播。

这时，林薇薇正在放帆布包。她没有明白练小芳的话，大睁着眼睛，一脸迷惑。

"和谁约会啊？"练小芳用气声大胆地再次问，同时眼睛满含深意地瞟着讲台上的徐凌，阴阴地笑。

林薇薇终于醒悟过来，"走马岭"这两天在校内是个暗中使用的热词，明白之后，她的脸禁不住有些发烫。

林薇薇嘟起嘴，翻找着数学练习册，把帆布包用脚推进去一点后，两眼盯着书，再不理睬练小芳。

徐凌开始选择着练习册上的题讲解。林薇薇一边写着，一边任由思想开小差。她有个朦胧的憧憬，如果她请求徐老师开车送她回家拿衣服，徐凌会乐呵呵地如她所愿。这个模糊的想法围绕着她的脑子，林薇薇便如怀里揣着电热取暖器一样，热乎乎地很舒服。她真想试一试。翻着宽大的数学练习册，就像翻着一本琼瑶言情小说。

十五 山村寿宴

前两日连续下雨，出门时徐凌还担心，这天去摩云岭，一路泥泞会把雅阁车溅得满身泥污。摩云岭是璧江镇最偏远，海拔最高的村子，那里盛产楠竹。一条年久失修的山道通向山里。徐凌进山是参加摩云岭村十二组组长乔老大爷的七十寿宴。这乔老大爷当了二十多年村民组长，寿宴之后，再也不干了。徐凌没少到这个村买楠竹，乔老大爷可是个敦厚诚实的老组长、老关系了。

轿车走完水泥公路开始爬山时，徐凌感觉自己的猜测错了。从前，山间公路比较窄，两车错车都十分困难，黄泥夹着石子，几乎是把石子包在了里面。雨后，个别地段，深深的车辙成了积水沟。现在呢，山道还是原来的山道，但厚厚的稀泥浆堆到了山道两侧，像一道矮墙，路面露出了干地，不少地方还新铺上了碎石，显然，谁开着铲车做了这等好事。

路上不时遇上去祝寿的人，有哪些认识的，打个招呼，徐凌便带上车，到了乔老大爷家时，捡了满满一车人。

乔大爷家在浓密的竹林中，他兄弟房子和他连在一起，都是在老宅基地新修的，公路在门前绕了一个弯。路的两头扎起了彩门，红色横幅上写了"福如东海，寿比南山"硕大黄字。七八辆轿车停在这个弯道上。院坝高出公路几乎整整一层楼，巨大的充气彩虹罩住进家门的大路。此时，已是锣鼓喧天，人声鼎沸，民间小艺团正在表演猴子爬杆，百兽拜寿。

两家人连在一起的敞坝足有两百多平方米，除中央表演场地外，都安放好了圆桌，长板凳，一个角落整理成半个厨房，蒸笼冒着热气。堂屋门前，赶人情的排了一大截，收礼的几个忙得不亦乐乎。徐凌见人多，便退到院坝一角，坐下等一会儿。

"嗨，徐老师也来了。"

徐凌循声一看，楚钰坐在最外面的圆桌旁，那里挨着齐人腰的院墙，可以居高临下观风望景，石墙下是公路。徐凌走过去，笑着说："忘了楚老师在这边中心校教过书。你一个人来的吗？"

"是啊，摩托车可以慢慢上来。乔志良是我小学的学生呢。"

乔志良是乔老太爷的儿子，老太爷还有三个女儿。徐凌知道，乔志良经营着两台挖掘机，县城里也买了房子，是本村的名人，交际广泛，前来祝贺的朋友当然多多。

乔志良瞥见徐凌来了，过来打招呼，递烟接待，他的老婆李雪莹也跟了过来。徐凌打趣道："你小学老师也来了，不容易，可得好好陪楚老师喝酒哦，我们劝不动他喝酒。"

"楚老师平时不喝酒，但是这次无论如何要沾点酒，晚上我陪老师。"乔志良憨笑着。

"哇，看来，你对老师很了解哦。"

"那可不是。徐老师是最要记住的。"乔志良诚恳地说。

"徐老板不晓得，这楚老师和志良可是不同一般师生。"乔志良妻子李雪莹接上话，那样儿显得和楚钰很亲切很随便，"楚老师在乡中心校教书时，五年级下期，楚老师让志良读一篇课文。志良有两个字老不认识，'蟋蟀'。楚老师火了，拿了教鞭，在志良手板心啪啪打了几下，说听的什么课，这篇课文都讲了两堂课了，还不认识蟋蟀，每天路上不都看见的吗。"

乔志良难为情地笑着，楚钰也有些不自在。李雪莹又满不在乎接着话说，"那次过后，志良就没读书了，小学都没毕业。要不记得那顿打，志良还懵懂着呢，不晓得发奋努力。记得前年挖挖机在山上，出故障了，请人来修，下大雨了，又怕塌方挖挖机翻到深沟里去，志良硬是冒着大雨守了半夜。"

"怕苦怕累哪能有成就。现在志良有出息了嘛，远近闻名的大老板，给老父亲祝个寿，这么多人来捧场，办得这么热闹。"楚钰立即接上夸赞自己的学生。

"还是老师教育得好啊，小时候不争气。哎，文化还是低了一点。李雪莹都是那时的高中生，认不到的字找她。"乔志良面色立即好转。

二十年前的高中生，那年代确实也不错了，看来这乔志良对老婆可是抱着恭敬的态度。徐凌突然问道："公路是你修整的吧。原来好烂的路。"

"哦，是。我去石厂借了铲车，拖了几车碎石。乡亲们好啊，只说一声，大家都来了，免费出工，修整，铺碎石。"

修路时，附近能够出工的村民都来了，跟在运石车后面铺石子，一边议论一边咋舌。铲车一个小时 600 元，这么大动干戈加上碎石费，单单为了来拜寿的人来时路好走，花了就近万。这样也好，走这条公路的村民都跟着沾光了，出点人工算什么。其实，乔志良没有花钱租铲车，他借了朋友的，恰好那天朋友的铲车也是闲着，他只加了柴油，不过，乔志良欠下了一个人情，以后多半还得用挖掘机的工时偿还。

"修桥补路，善莫大焉，就得志良这样的民间富人多出头，虽说是为了自家的事，但也是普众受益，只需号召一声，现在不就搞成了吗？村村通工程搞得火热，你们村里没写报告啊，路面硬化上面是有指标的。"徐凌由衷赞道。

"报告送上去了两年多了，村民个人集资款去年就全部缴齐了，上头还没批下来。"

"上头不急，他们又不走这路。可能几爷子还没商量好咋样分红。"楚钰嘴角一丝冷笑，尖刻地说。

乔志良憨实的笑容又出现了，这一点徐凌觉得和老组长很像，乔志良先是在广东东莞开饭馆，积累资本后才回家经营挖掘机的，精明和大胆，又是老组长所缺少的。乔志良说："不到十公里乡村公路，哪有多大的分红啊。我做工程的清楚。多半还是其他原因耽搁下来了的。"

一拨拨的客人到来，乔志良和李雪莹都忙着招呼去了。等着登记礼金的依旧人多，徐凌想再等一会儿。徐肃霜即将读初中，楚钰的女儿楚秋云明年高考了，楚秋云在所有知情者心里都是一个学霸典范。徐凌想听听楚钰的建议。

"明年楚秋云高考，志向哪里啊。北大的门已经开了，就看进不进。"

"北大？"楚钰露出奇怪的笑意，迅速地摇了摇头，"不去凑那个热闹。"

"楚秋云读的是特特尖班,在那六中,全市只有四十个人能进去呢。应该有不小概率的。"六中是全市最有名的国重高中,徐凌自然而然问道。

"概率是有的,但是没有必要为教育的不公平费那么大个劲。教育的不公平也表现在各地招生名额的差异上。清华北大是全国人的大学,不是地方性大学,可是当权者弄成了自个儿的自留地。有这样的数据,北京本地人就读北大清华的比例是200:1,可是我们市,每年能上几个,多的时候三四个,少的年份甚至剃光头。我们市每年也有三四万高中生吧,万分之一的比例。每年分到四川的清北名额不过百十个,多数还被成都绵阳抢去了。四川人和北京人就读清北的比例大概是1:100。只要是北京人,你就有多一百倍的机会读最好的大学,高官显宦的后代,户口在北京的肯定最多,那是权贵们的盛筵啊。明星富豪也纷纷向北京聚集。上海人对交大复旦的掌握也大概如此。"

"据我所知,清华的起源是美国用庚子赔款建立起的美国大学预科班,因为庚子赔款是由各省分摊的,所以在全国招生的名额当时也按照这个比例,一直沿用至今,不好更改。北大等学校也参考了这个招生比例。"徐凌说。

"你信这个?不可思议。"楚钰激动起来,话音也不觉提高了,"如果说清华头十年采用这个比例招生,无可厚非;一百年之后还是这个不变的比例,那纯粹是欺人之谈,是权力集团滥用历史原因做幌子。现在的清华大学,利用的是国家资源,国家财政,而不是地方资源。再说了,清华还可以找这个借口,庚子赔款的比例与北大何干呢?"

徐凌点点头,缓缓说道:"要说到公平招生,在仍然实行分省考试的前提下,首先要以各省人口作为基数,参考各省的教育指数,比如国民平均受教育年限,和经济发展指数,比如人均GDP,再照顾大学所在地,比如北京提高比例招生,然后归纳成一个公式,分配名额,那才是最公平的。如果不按此分配比例,那么试卷统一,也能反映各地教育水平,从而走向公平分配。没有数学,就没有公平。数学是达到公平的唯一路径。"停顿的瞬间,徐凌突然转了话题,问:

"秋云读的理科?"

"是啊。史哲是文不聪的渊薮。据我看来,北大哲学系的北大科学传播中心更像是反科学中心,贻害社会。反科学的人文阵营以文史哲文人为主。还有,像北大这样的大学,真的是最好的吗,据我所知,国际论文被引用数这些指标,浙江大学经常超过北大,而各项指标综合指数,浙大也多数时候排在第二超过北大。北大已经沦落了,尽管享受着各种最优待遇,收揽着各地状元。我的一个同学现在中山大学任教,我比较相信他给出的数据和评价。

武书连综合排行榜也可作参考。"

"秋云将来会出国留学吗?"

"那可说不定,凭她自己发展。国个人资产超过一亿元的企业主中,27%已经移民,47%在考虑移民。有专家表示,富人热衷于移民,是想寻求更优秀的教育资源、更安全的投资环境和更高的生活品质,超过八成人最直接的移民原因是子女教育。虽然现实情境是这样,我还是那句话,由秋云自我发展。一般说来,我们不要为别人安排生活,我们只是凡人,不是上帝,凡是要伪装成上帝替别人安排幸福生活的,即便他怀着高尚目的,那也是蠢货,同时是自大狂,是妄人。"

徐凌转了话题:"一般说来大家喜欢说穷养小子富养女。你对秋云的疼爱真是看得人嫉妒哦。也难怪,那样的女儿,谁不巴心巴肝地爱呢。"

"这个嘛,女儿是爸爸前世的小情人。"楚钰得意地说。

徐凌受此话一激,不由得眉毛一挑,瞬即恢复。他不动声色追问起来:"哦——那,两者是一致的呢,还是泾渭分明的呢,还是边界模糊的呢?"

"我只负责描写,不负责分析。深刻睿严的研究是哲学家的事。"楚钰耸耸肩,做出一副英国绅士那样无可奉告的姿态。他拒绝做深刻的哲学家,他什么都是一学就通,浅尝辄止,目标变幻不定,只适合蘸着清浅浮华的文学颜料把生活涂抹得像夏天的晚霞。用他自己的话说是吃不了康德的苦,那个矮小身体包藏着巨大能量的哲学家,能够点着蜡烛一动不动盯上两个小时直到熄灭,巨大的成就只会来自于长期的寂寞坚持,楚钰是做不了康德的。要他加入高考阵营苦熬苦读的话,那是要像入地狱般不知能否活过来,他喜欢平和宽松的日子,讨厌竞争,讨厌钩心斗角锱铢必较。幸好楚钰所在的时代和他身处贫困家庭急于找个工作的原因,使他轻轻地从中师的草地上飘过了,躲过了高中和高考。尽管他轻慢懒散,漫不经心,仍然取得全县第二名的成绩笑傲同侪,毕业后顺理成章按国家安排做教员,又在职进修提升,终于走到了今天知天顺命怡然自乐的境地。雪山在远处,他可以欣赏那边壮丽美景,却无须艰难经历。

"徐肃霜马上读初中了。这小子拗劲越来越大,他母亲难以管住。总感觉没你那样轻松。你知道,我其实管束得挺严厉的。"

"我是一个自由的人,所以也给孩子充分的自由,在某些人看来,免不了是不负责任的态度,懒散混世。我不那样认为。人的成长是一条自我发展之路,教育的目标是激发和引导,而不是主宰和控制。强迫学生按成人意愿成为某种人或者某类接班人是极端的教育,也必然是错误的。"

"嗯,蔡元培说过,教育是帮助被教育的人给他能发展自己的能力,完成他的人格,于人类文化上能尽一分子的责任,不是把被教育的人造成一种特别器具。我也赞同给孩子充分的自由，对于幼儿园，小学，尤其不要太多的约束限制。但是人性本恶，进入中学以后，特别是对于男孩子，无拘无束只会放纵他们堕落自私的一面，不利于培养他们责任感和自律精神。常言说，子不自教，放出去又担心缺少时时刻刻的监督而学坏。所以我正犹豫呢。"

"这很稀罕啊。在我眼里，徐总是最有主心骨最沉稳的。不过，最好把徐肃霜送出去读书。"楚钰建议。

"你对本校没有信心？秋云不是本校初中毕业的吗？"

"那是舍不得女儿离开，说起来是一点可笑的狭隘私心，现在都有些后悔。璧江中学在全县完成普九之前，还是响当当的。这几年每况愈下。艺术对于完美人性的培育是非常有效果的。乡镇上学校的教育，尤其是艺术方面，是很糟糕的。素质是从胎儿刚刚钻出母体就开始形成的，除了基因遗传外，生活经验和教育的影响都非常大，譬如音乐中和声训练，对于培养协作精神非常有帮助，任何一个人绝对不可以想到只表现自己。有时候，我甚至觉得，中国足球那样臭，与缺少这种艺术教育有关。农村中的艺术教育有多糟呢，我举个例子，国歌是应该人人会唱的吧，我听过许多小学生，中学生唱，他们怎么唱？国歌中有一段，起来起来起来，三段重复，音高递升，表现出昂扬的斗志。音阶是嗦哆——，哆咪——，咪嗦——，学生们都容易唱成嗦哆，哆嗦，哆嗦，中间那个三度音阶直接跳升变成到最后的五度音阶，别提多难听了。真不知这些音乐教师咋教的？或者说，可能是乡村学生自身素质使然，就像白居易说的'岂无山歌与村笛，呕哑嘲哳难为听'。可以说从讲台上到讲台下全是一群驴子的耳朵，阿波罗是一定会砸了竖琴的。全校学生也有两千来往吧，我肯定地说没有一个人分辨得出 F 调和 G 调有啥不同，歌曲中要是转一个调，别说听的人，连唱的人都是一头雾水，含混地溜过去。基本乐理，视唱练耳，音乐老师从来不仔细教这个，虽然教科书上是有的。他们只教唱几首流行歌曲，更没有学生感兴趣深入认真地学习这个，装装样子卖弄一下也就到顶了。倘若一开始是错误的，以后去纠正一个错误就得花十倍的精力，而且保不定在别的地方又会犯同样的错误，所以最好是最初就是正确的，这也是我为什么秋云开始启蒙英语时，不让她由本地教师带，而是直接听音碟，听《走遍美国》。"楚钰说着，在谈到国歌那段，竟然哼出来了。

徐凌仔细听着，点头认同，虽然其中有些专业术语或者典故听得晦涩，他忽然想到在客车上听到司机和乘客对音碟的评论，便问道："那钰哥对周杰伦怎么看？几乎没有中学生不喜欢的，但是成年人大多厌恶，是不是代沟问题？"

"代沟肯定有的，年代年龄也影响着歌曲的口味。就像江浙人吃不惯四川的超级辣，广东人讨厌东北一味地咸一样，口味确实有个固定的倾向。不过，周杰伦是个很有才华的作者，作为个人，我挺喜欢他的作词作曲，但是不喜欢听他唱歌，口齿不清是缺陷，不是风格。他流行的原因，倒真的很像宋时'有井水处皆歌柳永词'。成人通常喜欢晚辈表现出恭顺的态度，周杰伦桀骜自信、啥都满不在乎的神态，常常会引起成人的反感，这已经不仅仅是代沟的问题了。"

"当初秋云读高中时，你没想到送到湖北黄冈去，或者成绵去读？"出于对儿子徐肃霜未来的考虑，徐凌继续问。

"黄冈？"楚钰舔了一下有些干涩的嘴皮，脑袋左右摇摆两下，"黄冈神话已经破灭了，而且必然会破灭的。当初，恢复高考之后，出现了两个神话，海淀神话和黄冈神话，现在黄冈很难辉煌再续，教育资源越来越向中心城市集中。高考分省命题后，省会中学占尽地利，还有天时，曾经辉煌的地方中学也让位于大学附中。

考试就是比赛。比什么？比睿智，比敏捷，比知识，更是比谁少犯错误，比谁能顺应权威。所谓的棋错一着满盘皆输，是相同的道理。创造则不是这样，创造是基于经验、观察和思考之上的突来灵感，然后用验证和逻辑推理证明那是一个正确的猜想，或者拿出一个实际的东西。这个过程本身是一个不断尝试的过程，也是不断地犯错误的过程。任何一个猜想的结果未经证明之前都是不可确定的而且很多是错的，爱迪生经过对一千多种材料的实验对比，找到了在那个时代最好的白炽灯灯泡灯丝，不断的尝试和犯错误成就了发明天才。考试时的时间和场景却不允许考生这样尝试。那些考试最出色的学子们，为他们的少犯错误付出了代价，他们失去了很大一部分创造力。

还有，我乐意看着女儿凭着意愿和兴致去学习。不能把自己期望的压力，放在孩子稚嫩柔弱的肩膀上，盼望着他们成龙成凤。孩子的学习成绩不要管得太细，注重培养孩子的感恩之心，广泛的兴趣，体会家庭的爱和温暖，以及孩子的自控能力。不要给孩子学习上太多的压力，压力应该只来自于孩子的内心，来自于他个体内心的目标和实现这个目标的相对难度，如果孩子没有这个目标，那么外在的强力只会让孩子对学习感到厌恶，从而逃避。

把成功建立在孩子痛苦煎熬和被迫的基础上，很多自诩负责认真的教师不也满怀道德自信感从事着这些行为。璧江小学有个新来的女教师因为半期考试结果不如意，除了放过一个她认为尚可的学生外，把全班痛打了一顿。女人体力弱，自个儿打累了，还让学生打，学生要表现，取得老师欢心，又不知轻重，结果倒把一两个学生手膀子打得抬不起了。真不知这新来的老师哪来这些畸形的心理。"

停了一下，楚钰突然反过来问："我倒想问问，你是搞管理的，一家公司弄得井井有条。你用数学深刻分析一下，璧江中学老是搞不好，每况愈下，啥原因？"

楚钰问得诚恳，徐凌也不好搪塞。他手掌撑住下巴，点着头思考着。楚钰也不催促他，自个儿点了一支烟，从面前烟雾中溜出一丝眼光打量徐凌。

徐凌一向沉稳，对学校事务从来不愿意当众表态，不像楚钰那样心里装不住话，但是楚钰这一招欲擒故众，徐凌倒不得不说点什么才好。他环顾了一下四周，仍旧是吵闹，繁乱，人来人往，反而对于这个角落疏于关照。

徐凌说："我是有一些个人看法，陈，还有朱，未必会以为然。公平的分配原则才能最大化地促进工作热情。太过自利，玩弄权术，必不久长。"徐凌接着就各种奖金分配，职称评定，以及将来的现在正在酝酿中的绩效工资分配方案，诸多公平性一一作了论述。

"摒弃人治，公平管理，最能激励员工勤奋工作，目标高远，恪守规则。"徐凌最后又补充了一句。

楚钰深深地吸着烟。徐凌说完，楚钰顿了一会儿才接上话："我们是少数几个不去给头儿拜年的，所谓腰杆硬，话也不妨直说。各种人区别对待，拉小团体，南南玩点权术，按亲疏分配，整个学校就这样被玩转了。为了蝇头微利，纷纷讨好卖乖。"

"璧江中学的难题还在超前发展，县里暂时没有那么多资金投入，但是学校啥房子都修起来了。坏的结果是，一则学校负债累累，二则以 BOT 方式招商，其实是把学校的收益让给了商人，教师的福利同时也被剥夺了，十年下来，好几百万，本该政府投入的钱变相成了克扣教职员工福利而得到。每年，璧江中学都有 10% 以上的老师调走，或者考上公务员离开。这个比例一直是全市之最。工资本来就不高，和外面一比，即使和本县同类学校一比，单位福利待遇差，工作担子重，人人迫不及待离开是在所难免的。"

楚钰忽然喷出一个笑，真诚地恭维道："以管理的公正和精细而言，让你做校长才是最好的，璧江中学也有复兴的希望。噢，这话算废话，徐总哪里看得起这份苦差事。任命校长你也不会做。"

"不，校长的话，我倒可能做，局长就不会。但是县里必须完全给我放权。我想试试，按照我的观念去管理。"徐凌引用了教导主任蒲易莲对他常说的那句话。

"那有用吗？一则是县长未必敢完全放权，二是，不管什么管理，最后都要回到考试这条路上来。考试指挥教育，只要高考方式不变，考题内容，阅卷标准，评分趋向，等等，管理实质恐怕也难以改变多少。对比一下美国 sat 考试，能够说明一点问题。据说中国学生到美国参加 sat 考试，及格率7%，优生率 3%，这些参加考试的学生可都是尖子生啊。国内专家分析考题后的结论是，美国 sat 考试更注重对学生批判思维能力的，独立思考能力，综合能力的考察，而国内考试看重死记硬背，吻合重复标准答案。依我看，这种考试的目的就是要培养听话的奴才，猜透出题人的心思就是学生最大的本事。教师也日复一日进行着这样揣测上头心意的奴才教育，和当官的揣摩上级，太监揣摩皇上太后心思没啥两样。即使是指鹿为马，学生也不敢说鹿是鹿。"楚钰说得有些愤愤然。

"那么把美国考试的做法，完全照搬到中国来，是否就会立即见效？"徐凌忽然插嘴道。

"肯定不会，说不定更糟。我相信你已经深刻地思考过了。我的看法是，美国考试制度和美国精神是一脉相承的，独立、奋斗。但是我们，骨子里就有依赖性，就有寻找荫庇依靠的懦夫本性，不管庇护我们是神佛，还是祖先，甚至是鬼怪，一律恭恭敬敬。我们甚至懒惰得把思想都交了出去，任由最有权势的人统一思想，连疑问都懒得发出一声，宁愿做一个慵懒的奴才，却不肯做一个勤奋但是充满风险的堂吉诃德一样的骑士。从小我们的歌中就唱道'谁给我们安排下幸福的生活'。"

沉默少许，楚钰见徐凌没有说话，便继续说下去："我有个疑问，小学成绩最突出的学生，进入初中往往不甚了了；初中的状元，到了高中却后继乏力，落下一大截；高考的状元，进入大学，跨入社会实践，却难得有人出类拔萃。和楚秋云同级的秀丽县中考状元，你知道她哪里读高中吗？"

"不知道。"

"和秋云同读一所高中，高一上期完后分班，却和特特尖班的分数要求差得远，进不了。还有，据我所知，有个西安的文科状元，毕业后几次就业不成，靠杀猪卖过日子，成了真正的屠户状元。每个阶段应试考试的佼佼者，升到更高一个阶段后都难以为继，那一定是在应试教育的成长过程中，缺失了什么？也许是状元在应对考试的结果唯一性时，严重扼杀掉自己的独立思考能力和创造能力。考试是顺从权力或者权威者的意志，杰出的创造恰恰是突破旧有的框架，或者说部分否定权威的意志。这两者不是相互矛盾吗？"

"状元不优秀吗？"

"状元肯定很优秀，但不是最优秀的？"

"你的意思是要看轻考试，或者改变考试的评价方式？"

两人聊得进入了相对独立自由的情境，忘记了场子中祝寿演出和四处的热闹纷繁，一个小孩哭闹的声音突然响起在旁边，把两个人都吓了一跳。

那个小男孩，四五岁的样儿，抱着一个五十左右女人的大腿，抽噎着，不时把满脸的鼻涕泪水往女人裤子上蹭。女人恼恨地把他推开，甚至举手作势欲打，她要穿过拥挤的人群去露天厨房干活，但是小男孩不折不挠，紧跟着后面抓扭哭闹，一路上有人指点着笑得开心，女人满脸都是烦恼。

"是小孙子吧？"女人离徐凌两三米左右时，徐凌问。

"嗯哪，徐老板。烦死了，大人要干活，牛牛要吃棒棒糖，阿尔卑斯棒棒糖。哪儿有啊，最近的商店也有四五里，给他酸奶不要，都扔了。哎，烦死了，谁要小孩的，卖了卖了。"女人一边说着，一边捞起围腰布给小男孩擦鼻涕。

"卖了？你儿子儿媳回来，不找你算账啊。"楚钰说。

"你是楚老师吧。牛牛他爸好像以前在你手里读过书呢。你说，现在的孩子咋管啊。想要啥，就得有啥，一点也不替人考虑。要是我亲生的，早在屁股上来两下了。"

"四五岁的小孩，你要他替别人考虑？呵呵，小孩子的脾气还不是大人惯坏的。"

"那咋办呢？"女人愁眉苦脸的样儿。

"面前就是菩萨，你还到处找庙门。"徐凌指着楚钰，"楚老师教育孩子可是有特别的一套，还不求教高招。"

"楚老师就教教我呗。"女人趁机恳求。

小男孩被谈话吸引了，尚自轻微地抽噎，紧紧抱着女人的腿，睁大眼来回看着。他或许期待着这两个了不起的大男人满足他的愿望。

徐凌便好好看着楚钰，楚钰也明白目前这个情势躲不过去了，他得认真地向信任他的女人传经送宝才说得过去。

"当小孩子做错了事，你一定要让他知道错了，要接受大人给他的评判。他用不着知道为什么错了，但是一定要明白这样做是对的，那样做是错的。而且，错了的事，要受到限制和惩罚。"

"怎样制止小孩胡来呢？"女人有点着急。

"每当这时候，你限制他的行动，比如强制他坐在椅子上，或者宽大的凳子，千万要注意安全，安静地坐上几分钟，至少两分钟以上，时间也绝不要太长，三四分钟足以。"

"孩子会那么老实听话。"

"当然不会，所以你要强制。强迫他坐下的时候，要是孩子感受到不可抗拒的强力，不是暴力。你的表情呢，不要恐吓，但是要坚定、冷静。他一溜下来，你就马上抱他回原地，很清楚地告诉他，他做错了事，必须接受惩罚。小孩的力量毕竟拗不过大人，最后，小孩可能规矩地坐在椅子上，一边哭闹。你可千万别理他，万万不可去哄他。等他平静下来后，再明确告诉他，之所以受到限制，是因为做错了事。"

"那不以后每次都要这样费神费力啊。"女人撇撇嘴，一副怀疑模样。

"经过几次经验之后，小孩子领会到了他改变不了的结果，感受到了有种规矩是必须遵守的，有种力量是他不可逾越的。那时候就不费神了，你只要轻描淡写一句话。"

女人似信非信，低头看看小孩。小孩一接触到她的眼光，鼻子一耸，嘴唇夸张地翘起来，又开始哭号，小手把眼泪鼻涕擦得满脸满袖都是。

女人刚刚放松一点的心情立即烦躁起来。她拉扯了小孩几下，小孩用更大的声音回应她。女人苦着脸问："那现在咋办，想帮人呢，走不掉。"

"今天，你还是屈服吧，教育不是一天两天的功夫。"楚钰摇着头，"帮人的事放一放，这么多人也少不了你一个，带着他去买阿尔卑斯棒棒糖。"

女人点着头，牵着小孩从人流中挤着走了。

楚钰眼光和徐凌一相遇，便苦笑着说："缺少教育的妇女通常只会干两件事，宠爱或者吓唬孩子，而养成的孩子，不是专横的人，便是胆怯的人。就算给她所有的材料和烹调方法，也不太可能做得出满汉全席。"

徐凌淡淡一笑，没有立即回答，而是两根手指竖在嘴前，像是抽烟的模样，做出了禁言的暗示。扫描过四周之后，他说："所以呢，教育是专业技能，也是实践，更是创造，不是有了某科目深厚的专业知识就可以做好教师。对一个村妇不必求全责备，能告诉她们多少就是多少，好歹自己去做。"

"嗨，钰哥，徐总，聊得带劲啊。"璧江中学初三年级组长李培峰穿过人群，突然出现在圆桌前打招呼。

楚钰有些惊讶。他很奇怪李培峰和主人家什么熟络的关系，怎么从未听说过。李培峰马上抱怨"钰哥"不够关心兄弟，徐凌替楚钰解围道："培峰和乔志良是连襟，两位太太是亲姐妹哦？"

"那她们，姓不一样啊。一个姓张，一个姓李。"

徐凌不说话了，看着李培峰。李培峰大大咧咧回答："那有啥，还有一个姓周呢，三朵金花，大的两个都寄养出去了。"

李培峰这么一解释，楚钰明白了，乡下人特爱儿子，也需要儿子撑门户，大的是女儿，便要继续生育，甚至连续不断生下去，直到有了儿子才停。

一说到这事，徐凌心里有些不得劲，陈兰想再要一个孩子的固执态度浮现出来，其实徐凌何尝不想再要一个孩子，他尤其喜欢再有一个女儿。他说："钰哥果然对培峰兄弟不够上心了。今天要喝一杯赔礼。这些情况我原来也不知道，是陈天南说的。他了解得够仔细。"

"认识人，记住人，是管理者必须掌握的技能，当官的必修课程，拿破仑最擅长这个。我闲散惯了，做不了官，所以不必费那个心。"楚钰立刻回答。

李培峰干脆坐了下来聊。才说得几分钟，总管大声喊着找了过来，对李培峰道："每排要加五桌，再借几张桌子。你带几个相帮的，去搬圆桌凳子。"

总管交代了几户人家名称。李培峰一一记下了，站起来，四下望着，搜寻着合适的相帮者。徐凌毛遂自荐，楚钰也附和。李培峰又找了三个人，先从最远一户借起。李培峰三人打后面跟着前面三人，拉得有十多米远。

林子很密，平时走这小路人不多，前面的脚步声惊起了一只伶俐的竹鸡扑腾着飞向了更深处，引起了后面的楚钰一阵惊叹。十多年前，密林的路边也少见竹鸡，可见这些年来林子更密了，也没啥人捕竹鸡。出去打工的人多，冷清的山里更见冷清。

"林子更密了，但是好像楠竹比以前小了不少啊，怎么回事？"楚钰突然问。

"你看得很仔细啊。"徐凌说，"都是砍大留小。大竹子生大笋子长大竹子，小竹子生小笋子长小竹子，基因决定的。"

"那为什么都是砍大留小呢？"

"大竹子多卖钱啊。现在的竹林，要么是个人承包的国有林，要么是自留山，谁知道明年后年的政策咋样，土地又是谁的，变来变去的，留着大的给谁呢。谁也不会去管几年几十年后的事，就像我们的教育，看住眼前最好。"徐凌说。

"那还是那句话，恒产者有恒心。"

前面三个人走得快，转过弯不见了。竹林中有多条小路，就在他们放慢脚步辨认哪条才是捷径时，前方路口，走来一个穿着蓝白两色的校服、表情沉郁的女孩子。那校服对于她显得有些宽大，她迟疑着站住了，因为她继续走的话势必和三位老师迎面而过，显然她有所顾虑，竟然转过弯朝另一条小路走，依旧沉默着，走动也无声无息，似乎生怕引起别人注意。她走得很快，路弯，林密，她像幽灵一样不见了。

"什么呀，见了老师不打招呼，躲得远远地。"性急口快的李培峰愤然说，"这女生我面熟，肯定七班的，回去给缪映说说，好好管教一下。"

徐凌相信李培峰不会认错人，赞同他的说法。

但是楚钰摇着头："这女生似乎是怀着什么重重的心事，不单单是礼貌教养或怕羞的问题。她把心灵关起来了，躲避是因为害怕伤害。也许一声普通问候对她都像雷霆一样惊骇。她的表情我看得不够清楚，如果距离近一点，我可以更加确定。"

徐凌听过楚钰的话，若有所思，他相信楚钰的直觉，就像相信自己的逻辑分析一样。

"我就是想反对你也一时找不出理由来，大家都一直认为，钰哥对女人是最有心得的。"李培峰遭到反对，半带讥讽道。

楚钰停步回头一看，少顷又往前走了，冷笑一声说："这个荣誉，培峰留着自个人享受吧。谁不知道八班是著名的美女班，文娱委员想转到九班都不让。班花那么多，一个也舍不得。"

反击对于楚钰来说是一种本能和愉快体验，仿佛是因为浑身涌动着的才智像火山岩浆一样冲突着，只要有个缝隙便喷发出来，而他疏懒和喜欢享受的品性阻碍着，又没能为他洞穿一条足以喷泻能量的宽阔通道，因为那必须有苦行僧一般的意志和行为，历时弥远，方能成就。

徐凌知道，或者说整个初三年级老师都知道，楚钰说的是二年级时李培峰班上的苏季娟想转到小尖班九班的事，那个戴着眼镜的漂亮女生初三时终于转到九班了。苏季娟活泼大方，成绩优秀稳定，又颇有文学想象力，爱和老师谈心，半期刚过，几乎所有老师都喜欢上了她并且看重她。

李培峰脸上一阵发烧，纵队前行的队形使前后两人都看不见他显然的尴尬。他解释着："八班总体成绩一直不太好，少数几个优生再转走了，那我的班级咋整？"

"优生问题是实情，漂亮女生最多也是实情。有什么好隐瞒的，那是李培峰的福气。"徐凌忍不住随着打趣，也是帮他俩调和一下。徐凌其实明白这两人不会争执起来的，李培峰性子火烈，但是对楚钰抱着兄长一般的敬意；楚钰言词尖刻，但是对于强者才容易出言相讥，对弱者善良得近乎懦弱，或者说大度得能和仇敌恳谈。

"还别说，那些娇嫩的或妩媚的，某些女生，从身边走过，还真心痒痒的，恨不得——哎，不说了。"李培峰欲言又止，示好似的语调温和起来。

楚钰忽然坦然笑了起来，刚刚还和李培峰斗气的紧张一扫而光，他常常是这样，受到攻击立即予以反击，稍后又风轻云淡，谈笑甚洽，丝毫不以先前的龃龉为意。他接上话道："每个男教师血液里都流淌着兽欲的冲动，这才是人；巨大的诱惑又在身边飘绕，所以时时得念起道德紧箍咒，这也才是人。不过，百密难免一疏，还是有个别失足男人。"

"钰哥大概也失足过吧？"徐凌突然发问，话一出口，连他自己也感到惊讶。

楚钰望着前面走路，不予正面回答："凡哺乳动物，雄性天生是多偶动物，对于男人要求道德上的从一而终是违反自然法则的。与其要求男人忠贞的平等，不如给予女人淫乱的平等。抵抗异性的诱惑是人类天生的缺陷，我们之凡人，没有成佛成圣的，谁能像柳下惠般心如止水。应该立法一个男教师守则，防患于未然。直接说吧，中学男教师和中国官员一样，是犯罪的高危人群，他们身边充满了诱惑。"

"最后这话经典哦，应该写入教师心理学教科书。"李培峰忘了瞬间的不和，赞同起来。

桌凳陆陆续续搬到了，宴席已经开始。这顿午饭，徐凌吃得格外香，楚钰少见地和徐凌干了一瓶啤酒。

主人留客，楚钰还要留在山村里，明天正席过后才回家。徐凌得回去了，和大多数客人一样，用过午饭往回赶。

离开之前，徐凌四处走走，考察了附近竹类种植的情况，他的担忧没错，竹签厂所需要的慈竹，目前全县拥有量供不上扩大生产的用量，他得抓紧在低海拔的地区发展竹用林。竹签厂若要达到他理想中的规模，保有林需在一万亩以上，大丰公司要考虑承包山地作育林基地的做法。走得晚了一点，一路上已经没有啥人了。他慢慢地开着车，雅阁几乎是顺着山路往下滑行。

和楚钰做了一番深刻的交谈，徐凌是愉快的，就像哽在喉咙里的骨头终于吐出来了。达到这样的效果可是非常的难，一是要有相当智识的人，彼此又不因信仰、爱好或者利益攸关的原因而抵触，同时具有倾心交谈的兴趣和共同主题，还要有一个良好适宜的情境，诱导着进入畅所欲言。

转过一个弯后，前方一百多米处出现一个身影，红色的校服，在绿色背景中分外抢眼，这个身影在听到后边的喇叭声时从路中央跳到了路边。是林薇薇，怎么会一个人走呢？像是回家。她也来赴寿宴了？代替家长？

徐凌几乎把车子停下了，又开起来，磨蹭着时间。他脑子里转动着像是电扇叶片，飞快，飘忽，他拿不定主意。从左、右后视镜分别看，山道上没别的人。

雅阁车超过了林薇薇几米，停下了。

窗玻璃很快降下。徐凌端坐着，转头问道："回家吧？正好顺路，上车吧。"

林薇薇发窘了，点着头，答非所问："弟弟和我一起来的，他们几个跑前面去了。"

林薇薇似乎要说明自己可不是慢慢悠悠走着有意等徐凌的车，因为在寿宴上，她应该已经看见徐凌了，并且注意了他的动向。下山还有好几里路呢，徐凌有点焦急，几乎催促道："快上车吧。"

林薇薇脸红了，急忙点头，她往下看看，跨不过烂泥坎，便指着前面说："我从前边过来。"

她往前走了十来米，在一段稀泥墙最窄的地方停住了。她单脚动作了一下，然而立即收回，发着囧。

徐凌不愿意多等。他看出了林薇薇的停伫，好奇地开了车门，往前走了几步。那段稀泥土坎最窄处大约一米宽，如果不能从这里跳到公路中间，就得再往前走百十米，或者倒后走几十米。林薇薇犹豫的是能不能跳过去。

他伸出了手，和蔼地鼓励道："来吧。"

刹那间，一股热流冲上林薇薇的脸颊，发着烫，林薇薇自己感觉泛着浅淡的粉红色。只犹豫了几秒钟，她把手放进了徐凌的掌中。

"准备好。一，二，三，跳。"

跳字音刚落，林薇薇脚下猛一蹬，同时，手臂被一股巨大的力量牵动。她跳过了泥坎，然而收不住那份猛烈的冲劲。幸好徐凌在前面挡着，她直接扑进了他怀里。

徐凌完全意想不到，两人配合的力量那样巨大，气候并不太冷，林薇薇穿得也不厚实，两件单衣而已，他明显地感受到她胸脯的顶撞。

林薇薇站稳了，徐凌才退后一步。春天的嫣红桃花瓣贴在林薇薇双颊上了。她四下一瞬，前后无人，竹林像是屏障，她便急忙往轿车走去。

"你从那边上。"徐凌伸手一拉，恰好落在她腰际。林薇薇又是一阵灼热。她咬下嘴唇，低头往车的右边去。

清秀高挺的楠竹静默地勾着头，窗外景色缓慢地变换，林薇薇开始平静下来。班上调换过位置后，林薇薇和班长江小彬隔着两排，又左右殊途，离得远了，上课再纠缠不到，林薇薇解脱了一样，至少，她不必上课时担心徐凌锐利的眼光了。唐俊苓还和刚入学时一样，看自己啥都不顺眼，合着伙排挤着她们转学的三个人，尤其是针对着自己。老师们也和几个班委更亲近，无理由地相信他们。唉，新的学校真不那么令人开心，科目也难，回到外公的家里，也没多少乐趣，弟弟老是和自己闹别扭，还得干不少农活，一点都不自由。修了大半的房子在路边立了半年了，砖墙裸露，一片狼藉，样儿真丑，不知道父母打工挣钱要到什么时候才够还债让新房完工。

如果可能的话，她倒是愿意这条僻静的山路有一万里长，不，更长，一直开下去，这里就是她最开心的最温暖的世界。

可以吗？林薇薇混乱地、肤浅地思考着。她可以确定自己，但是无法确定别人，尤其是那些拥有强大力量的人，他们总不可捉摸，也不易改变。林薇薇不禁偷偷去看徐凌握着方向盘的手，这时候，她的头颅端正向前，额前落下的刘海被她用手指赶到了一边，大而清澈的眼珠转动了一定角度偷偷看着。那手和外公、甚至和父亲几乎是深褐的肤色有着巨大的差别。她便有些恍惚。那双手透出温和的力量，坚定，又不可抗拒，向四周散发出一阵阵看不见的暖气。

她的腰间又散发出热度来，被徐凌拉过的地方，便是热源所在。这种亲昵的暗示像冬季火塘里跳动的黄色火光，照亮着那些隐秘的阴暗角落，使她看得清楚了许多。

然而有件事情使她不能开心，像哽在喉咙里的骨刺一样，有时候会让她一阵子心悸。生日收到的 MP4，现在就像一只刚烤熟的红薯，尽管诱人，林薇薇却不敢捧在手里。她对送礼者，一个叫杨骏的人印象模糊，她知道杨骏是璧江中学毕业的高中生，两年了，在邻县一家移动公司服务站上班，其他情况便一概模糊。他们认识也是通过同学辗转介绍的。杨骏的目的是不言而喻的，但是之后他没怎么和她联系，反而令林薇薇找不到机会表明她坚决的态度。她使用过两次 MP4，也很喜欢，但是终于还是忍住了诱惑，把礼物擦拭后小心翼翼地收起来，等杨骏再来找她时退还给他。

退了，再把话说清楚，那此事便算彻底了结了。林薇薇不禁偷偷地笑了，从表面上看却非常隐晦，细心的才会察觉她紧闭的唇线拉长了一点，她在最开怀最应该大笑的时候，也最多露出半副牙齿。她的反抗也应该是含蓄的，在别人尚未觉察之时，她的反抗已经作出了，而当遭受反抗的人清晰地意识到时，已经到了强烈得不可更改的地步。

徐凌开着车，有些忐忑，接下来的结果是不容置疑的，他会平静地回家，看儿子，看厂子，看兼职会计送来的一堆报表，和账户上每天都增加着的资金，还有一大堆用崇敬的眼光瞧着他的员工，他会继续享受着日复一日，享受的那份平静的虚荣。

"就在这里分路口下。"林薇薇忽然说。路边长着几丛硬头篁，最近处没有房屋。徐凌听从了林薇薇的话，停车了。他看见了那条机耕小道中间长着草。

十六　垮掉的代价

清冷的冬晨，天微微亮，山间浮动着淡淡的雾岚，足以润湿衣襟。人越老，睡得也越少，加上前两日的兴奋劲还没有完全过去，乔大爷早早起了床，到屋外转悠。院坝的水泥地面，特别是靠近院墙的一角，那里曾是洗碗、倒水的地方，由于油渍的浸染而变得黝黑，四周空气中还残留着各种食物混杂在一起的怪味。院墙边，本作晾衣竿支架的竹叉，不知啥时候弄倒了，现在歪靠在齐腰高的院墙边。

乔大爷走过去，打算扶正竹叉，走近却看见竹叉下部已经断了，半截还留在水泥墩里面。院墙外边公路比院坝低了一人高左右，急匆匆走过一个三十来岁的山里汉子。乔大爷不乐意了，自己昨前天还是风风光光的寿星，怎么这个相邻的村组的熟人，清早碰见了也不打个招呼呢？他嗒嗒嘴，主动朝下面问："陈二娃，这么早赶哪里哦？"

陈二娃站住了，惊讶地说："太爷不晓得啊？出大事了。张家财家幺女死了。"

"真的啊？咋个死的？"

"还不清楚，我正要过去？"说完，陈二娃急匆匆往前赶。

张家财育有两女，没有儿子。大女儿已经出嫁，女婿比张家财年龄还大，也没什么稳定的职业，这混那混的，小女儿叫啥名字不清楚，在璧江中学读书。今天星期一，本该去上学的，她还要经过乔大爷家门口呢，不清不楚的怎么就走了呢？这事蹊跷。

乔大爷进屋去，手机上凡是本组的人户都留有手机号码。他给张家财打了电话。张家财带着哭腔承认了女儿确实喝药自杀身亡。通话很短，张家财先挂掉了电话。乔大爷愣了一下才反应过来，心底立即原谅了他。

咋办呢，咋办呢？乔大爷直觉应该立即赶过去，可是他腿脚不利索，爬坡上坎的走好久才能到，而且，他已经不是村民组长了。但是他必须做些什么。他费力想着，脑筋确实不太灵光了。他终于想起应该立即通知村长，还有小组长，说不定他们都还不知道。自家也不能不出头。他敲着儿子的卧室门，把乔志良从睡梦迷离中叫出来，让他立即到张家财家中去看看。这个时候，死者亲属最需要人们的帮助了。

乔志良几乎是一路跑着进了张家财院子。带转角的瓦屋有些破烂，成捆干竹枝和树棒靠墙堆放，作烧柴用。女人呜呜地哭，四五个男人边张罗边对着话，看样子还没有达成一致的看法。正中的堂屋里，条凳上垫着门板，门板上铺着席子，席子上躺着身子早就僵硬的张志英。她还穿着蓝色粗条白校服，想来是喝药前就没换衣服。张家财大女婿刘景龙昨天在乔志良家帮忙，喝酒打牌闹得欢，没有回家，在丈人家里留宿了，没想到正好赶上这茬事。

乔志良询问了几句，真是喝农药死的，张志英睡的里屋还残留着一股很淡的硫磺气味。刘景龙似乎是最清醒最有判断力的一个人，他声言学校绝对脱不了干系。

"那就把人抬到学校去，向学校要个说法。"说话的是张家财的远方老表，墩头墩脑的，五短身材，也是本组的人。

这话立即引发了各种复杂的表情，惊讶，迟疑，兴奋，还有期待，几乎所有的男人都以沉默与附和表示了赞同。张志英的母亲则用号哭和一连串的"我的女哎你死得好惨哦"来声援男人们的决定。

"这样好不好呢？原因都不清楚。"乔志良发表了看法，他不好公然反对，只能发出疑问。

"原因还有啥不清楚的？遗书上写得明明白白。"陈二娃嘀咕道。他早来一些时候，了解得多一些。

"有遗书？"

张家财沉痛着，阴着脸不说话。女婿刘景龙凑过去对岳丈低声说了几句，意思是若乔志良也支持的话，多喊几个人，抬尸找说法更加有气势。张家财点头同意，刘景龙去里屋找了一本硬面抄出来，翻开了一页，先前这页被笔隔着，硬面抄放在书桌上，很快被人发现写着遗书。

"李靖能，你好狠。你无情。你不得好死。"遗书笔力很强劲，纸页有两处被笔尖戳破了。

"李靖能是中学的高中学生。"张家财解释了一句。

"对啊。学生之间的矛盾，是直接原因。学校不是管理学生的吗？究竟在干什么？失职，严重失职，学校有不可推卸的责任。"刘景龙振振有词道，跑江湖混日子的人要比老实巴交的农民词汇来得丰富一些，蛮懂得法律的样儿。

乔志良还是觉得不妥，可是又说不出不妥在哪里，他自然是不能阻止同村人伸张正义的，作为乡亲、又是村组里的名人，还得表示出明确的态度积极支持才行。正为难着，村民组长来了。

组长听完讲述，表态说既然有遗书证明张志英自杀是与学生产生纠葛，和学校管理有关，可以去学校讨个说法，这人可不能白死了。他刚上任，乡里乡亲的关系比什么都重要。

陆续有附近的村民来到，七嘴八舌出着主意。开始有人找竹竿，绳子，把门板做担架，有的建议去借一副软担架。身子健壮的人摩拳擦掌，准备效力。

趁着人多混乱当儿，乔志良进了厕所，给村支书打个电话。

村支书半跑半走累得像个逃命的猴子，进了院子，看见人都还在，顿时松了一口气，嘀咕着"还好，还好"，跨进了屋子。

最为激动的是女人们，张志英的母亲拉住支书的手一把鼻涕一把眼泪，要求支书为死去的可怜的侄女儿做主时，两个女人在旁边义愤填膺地帮着腔，似乎她们已经确定找到了一个万恶不赦的敌人，一定要对方付出不小代价，才能体现出社会公义。

村支书心里抱怨着村长走得慢，让他一个人承担了倾听哭诉的痛苦。男人们拭目以待，跃跃欲试。村支书必须有个鲜明的态度，因为人们已经迫不及待了。

"我看，这事，我们一定要找够理由，全面衡量，不能贸然行事。"村支书慢吞吞地说，他身边的人有的没能听出这含糊其词的话中含意，立即眼里冒出激动的火花来，只等书记一声令下。

"刘书记，还有欧所长，最多半个小时就来。也许只要二十分钟。"村支书观察着围住他的人们的表情，故意慢慢说道。

村长晚来半步，站在门外听支书发言，而大半的人因为急于听到村支书的表态，竟然忽略了村长的到来。村长比较年轻，不到四十，高中毕业生，比村支书多读一倍的书，他暗里乐意看到支书应对着紧迫的尴尬。他有些不平，支书一干就是 11 年，一直稳坐江山。他费心费力才干一届，还是四下里讨好村民竞选上的，即使这样，下一届能否继任，实在说不清，单是这眼前的乔志良若跳出来竞选村长，他都未必竞争得过，毕竟人家底子厚，口碑也好。

接到组长乔大爷电话，村长便知道这事极为难处理，须在维稳任务和死者家属利益诉求之间找到平衡点，要不然会上级、村民两边不讨好。小心驶得万年船，若和支书相比，他应该偏下，支书偏上，这是正理。

听到支书说镇上刘书记和派出所所长不久就到，有人直觉这好戏唱不下去了。刘景龙受了几句暗中怂恿，对支书起了疑心，质问是不是支书做了手脚，暗中通风报信，安的啥心，还要不要帮助村民伸张正义。他喷着唾沫星子反复强调这给亲属带来了多大的伤害，自杀者究竟有什么隐情。不时有人为刘景龙重复问话助威。

村支书不慌不忙，等到刘景龙把所有的质疑全部端出来，他反问："大家先说，这是不是天大的事儿，是吧。我们都是乡里乡亲的，是吧？上头越重视，我们就越好说话，越好提出要求，对不？那，我要不要郑重地对当地父母官汇报这天大的事情，一定要引起上面的高度重视。这就是我首先能够为乡亲做的事。我要不汇报，刘书记下来第一个把我骂得狗血淋头，说我不关心群众。"

众人一听，村支书的话根本无从反驳，又反过来觉得支书真的是和村民一条心了，毕竟是几十年的交情，于是其中较为感动的，便追问下一步具体应该如何去做才好。

焦点在支书那里，村长悄悄走到外屋转角，小声地给镇里刘书记打电话，询问他们到哪里了，又说目前群情激奋，担架都快绑扎好了，要抬尸到学校堵校门讨说法，他们正在努力劝说安慰家属和村民，拖延时间。

做过汇报，村长觉得自己一定要出面了。他进了屋，先咳嗽几声。村支书看见他，松了大半口气。

村长悲痛地查看了死去的女学生，和所有的家属一一招呼过了，然后，他告诉在场的人，刘书记已经给他打过电话，镇政府非常重视这事，已经上报了县公安局，县里会立即来人调查，给死者亲属一个满意的答复。刘书记和欧所长正加紧赶来，再有十分钟就赶到了，十分钟，他们的车子开得快。这事也通知了学校，学校会立即成立事故小组来和亲属协商处理。

村长使用了很多新颖的听起来很专业的词语，使在场的人觉得这事正在走上公开调查公正处理依法办事的轨道，他们也身不由己地被引着往这条路上走，虽然有些不太情愿。有些人开始暗示主人家布置灵堂，愿死者安息。张家财心里矛盾着，拿不出什么明确的主见，只得顺应着谙熟丧葬礼仪的人的意见，含混地用"嗯"或者"好"回答着。还没完整地弄出个场面来，刘书记坐着派出所的车到了。

同来的除欧达林所长外，还有分管科技教育文化的李副镇长，以及值班警察。刘书记先问了三个亲属，一一和他们握手，还搂住张家财的肩膀使劲地近似拥抱一般来了两下。张家财在那瞬间心头一热，差点掉泪了。这辈子头一次享受政府领导如此亲切的关怀，张家财好不激动，甚至先前计划好的悲痛的倾诉都忘记了，只等着领导发话。

刘书记一看场面已经平静，容易控制了，同时也知道了刘景龙是最难对付的策划者鼓动者。他让欧达林把刘景龙单独叫到一边，说是了解案情。欧达林要刘景龙和他进车里去，他要单独询问他。刘景龙对刘书记并不太在乎，但是对欧达林却有些怵意，欧达林不像刘书记说话讲理，总是和你言语招呼，惹恼了欧达林，寻个岔子把他铐进派出所的暗屋揍一顿也是可能的，刘景龙这样想。他和派出所有过一次面对面打交道，那次几个朋友合伙开了家地下赌场，每天抽头超过千元，但是不久被举报查封了，他也好不容易才脱身，有个同伙则不幸跌了个鼻青脸肿，最后还得忍气认栽。刘景龙口头上依然强硬，暗中却是提防着，小心着。他抽了几下鼻子，故意把它弄通畅似的，让人感到他是被清早的冷风弄得感冒了。

村长指挥着乡邻亲友布置灵堂时，县公安局张副局长给欧达林打来了电话，说他已经从县城出发，刑侦大队的人也来了，他要求欧达林保护好必要的现场。欧达林出了警车，当着众人的面，大声向刘书记汇报了，同时指令值班警察保护现场，保留证物，等候县公安局和刑侦大队的到来，又请村支书和村长协助。两人连忙行动，请所有的人从张志英卧室出来，不得再进入。

一切步入了一条新的轨道，刘景龙也不得已拿出了遗书硬面抄，他自己用手机给遗书拍了照。欧达林在一旁耐心地看着，鼓励似的吩咐刘景龙调整好角度和清晰度，多拍几张存留。

璧江中学校长陈天南有晨练的习惯，最爱的是颠球或者踢着足球满场子慢跑。家前年已搬至县城，而他在璧江中学工作不能天天回家，原来在学校购买的集资房也还保留着。男人的精力过剩得不少，体育运动是他消耗精力的三种方式之一。接到电话，他立刻紧张起来，李副镇长电话中语焉不详，只知道是初三年级一个叫张志英的女生服毒自杀了，而且还留下了一封遗书，内容尚不确知。

陈天南电话询问初三年级组长李培峰。李培峰想着想着，突然吓了一跳，摩云岭村的张志英，好像就是前天他们在路上遇见的一脸沉郁的女生，李培峰不敢确定，回答说问问初三·七班班主任缪映可能知道。

陈天南从缪映那里得到了证实，自杀女生张志英正是初三·七班的。他有些火了，责问缪映怎么不了解班上学生情况，有学生没到学校都不知道。缪映立即顶回去说，还没上课，一大清早，他怎么知道哪些学生没来。就算有一个学生没到校，他自会电话问询家长，用不着向学校汇报吧。学校为了安全问题，怕惹事，周日晚上不允许学生提前到校住宿，必须周一早晨才到校。这可是学校这一年来的新规定，这些规定也常常变来变去没个定准。

陈天南的火还没发出去就被缪映反烧了回来，憋闷着，指令缪映立即联系副校长周宇全，参与处理这事，保卫科长冯明江协助两人。周宇全受到委托，心里一股弦顿时绷得紧紧的，赶紧约了缪映和冯明江，在校门外的面馆一起吃早餐，碰了头，打个面的赶往摩云岭。

陈天南冲缪映发火，是有来头的。初三·七班是三年级两个重点班之一，在初一阶段，是"最具爱心"的政治老师米佳做班主任，一年过去，米佳叫着"太累太难太不好管"，坚决申请辞职。当时，最适合的就数七班语文老师缪映了。软磨硬推，缪映接过了班主任大印。

缪映可不想干班主任，课余时间，打牌钓鱼买彩票都在行，要是分分秒秒都挂在学校工作上，他可受不了。班主任就像保姆，一旦接下来，一天二十四小时都不属于你。缪映是深有体会的，他遇到过半夜一点钟住校学生来电说有个女生呕吐发烧，他不得不起床，进校带着女生出校去进医院看病拿药，值夜班医生说只是普通的感冒，也没打吊瓶，吃点药便回去睡了。折腾了一阵子，缪映回去睡意也消了大半，被他老是翻身搅得睡不好的老婆便抱怨他这个男保姆。这些事在缪映心里影响很深，以后便不再接班主任了。

可是，这些年，缪映到了晋升职称的阶段，班主任会加分不少。考虑到这点，当学校朱兴顺副校长找他时，缪映权衡了一阵子，终于还是答应了。顺利的是，那年他评上了中一职称。

学校对他工作可是一点都不满意，他接手后一年中，和同是重点班八班的差距越来越大，不管是成绩还是纪律，几乎变成了和一班到六班一样的普通班级，最困难的时候，甚至部分老师的课，要家长分批到教室里听课监督，才镇得住，不然可能是满教室吵闹游荡的人。还过得去的，是米佳的政治课，和缪映的语文课。哪怕是最不非凡的男生，也对缪映的皮鞋尖心存畏惧。有个男生小腿上的青痕足足留了一周。他走路的异样被发现，父亲追问出根由时，这个倒霉的男生不仅没有获得安慰，反而被无处发火的父亲痛斥一顿说"你在学校再撩皮，看老子把另外一根脚杆踢肿"。这学生父亲是一家小厂老板，隔三岔五要和缪映打一次麻将，牌桌上说说笑笑的，心里纵然恼火，实在不好翻脸说老师的不是，还就怕班主任不闻不问呢，况且儿子不争气是明摆着的事实，咋说呢？

陈天南心里恼火归恼火，实在找不到替换的班主任，也只好得过且过。为了努力实现中考目标，把数学组四大高手之一，"最勤奋"的郁含章调换到七班教数学，实属无奈之举。

缪映个子中等，精精瘦瘦，眼镜后面那双眼睛总像是要从镜框后面蹦出来，充满了机灵的活气。他坐在面的里，牢骚满天。一方面，他心里也忐忑着，不知道遗书上究竟写了些啥，假如随便落上一个老师的名字，那麻烦就来了，跳进黄河也洗不清。另一方面，凭空而降的巨大压力和随着陈天南责怪的言辞砸进心窝里的委屈，使缪映总想开口骂人发泄，但是他骂起人来也是个温吞货，文绉绉的词语尖刻但是缺少冲击力，因为一般人没有那么耐心细心和足够的理解力，去仔细分析他言语中尽是语文修辞手法表达出来的深刻含义。温吞的脾气大概和他精瘦的个子有关，肺活量不大，又缺少强劲的胸腔共鸣。要是他像孔庆东教授直接喷出一句痛快直白的"三妈"式俗语，那才令人一听就懂，反而具有了慑人的力量。

缪映爱买彩票出名，小女儿读小学后，生活越来越凝固，成了一块一眼看到头的平板，波澜不惊。既然无法用双手让生活辉煌，那么希望是绝不可再丢掉的，人生总得有一根五彩的精神支柱。缪映看着比他年轻一些的教员不断去考公务员，跑调动，甚至策划着经商、投资，他除了心里还有一些冲动外，骨子里却懒得多走一步路。单位上常可见到这样一些人，五有一缺，有学历、有技术、有家庭、有结余、有梦想，但是自我感觉社会经济地位属于中层以下，社会地位缺失，于是只有深怀梦想，一夜暴富。他主攻 3D 和双色球，每次买彩票，总是变着花样去猜测中奖号码，有些方法古怪得令人匪夷所思，他既能把小男孩洒在地上的尿渍幻想出篮球号码，又能把汶川地震后出现的各种稀奇古怪的数据拼凑一组"吉利"号码出来，对于 3D 则能矢志不渝地连追九期。他是不去连追十期的，因为十期和"失期"谐音，不吉利。缪映最大的斩获是有一期买十注 3D 中了两万元，这让他热血澎湃了好长一段时间，直到到手的两万又变成一张张飘落在地上听凭脚踩水冲的打印纸，缪映方才热情递减。熟识的人善意地嘲笑他买彩票买掉了房子首付，订了房后又笑他买彩票买掉了装修费。缪映也想停，但是停不下来，不买难受，难以自抑，他悄悄地网络上搜寻过相关心理学知识，感到自己真成了一个问题彩民。不过，中一职称到手后，缪映发了狠，发誓到后年一定要装修县城里的新房，哪怕借钱也要装修，如果真借了钱，那他一定彻底甩掉彩票。缪映妻子是本地人，在镇便民服务中心工作，属于事业单位编制，工作清闲，收入不高，缪映没有调入璧江中学时，她一直居住在老宅木屋里。据知情者说，一向顺从他的妻子，正一边抱怨学校周转房太窄，以致卧室兼饭厅，搁着桌子转不开身，孩子碰翻了一大碗汤，泪珠子打转之时，听到缪映立志发奋的狠话，竟然破涕为笑了。

缪映对周宇全和冯明江讲了一些他所知道的自杀者张志英的情况，有些属于他自己的猜想，因为第一学年是米佳的班主任。他对张志英开始有较为深刻的印象，来自于上期将要结束时，一场本校女生的打架事件。

张志英既然能凭小升初成绩考入重点班，肯定是比较优秀的。但是缪映接手之后，本班前十名从来没有见过张志英的名字。这是一个相貌平平，个子中等，比较内向的女生，班上的表现也不活泼，总之放在哪里都不能引人注目。张志英在本校高二有一个男朋友，名字记不清了，后来不知啥原因好像打算和张志英吹灯，张志英不想放手，于是就由那男生两个要好的女同学前来警告张志英，还骂她"下贱，死缠烂打"，当时好像双方是动了手的，吃亏的自然是张志英。后来，更确切的就不太清楚了，反正也没闹出什么大的动静来。张志英家里有些穷，父母都务农，也没啥出色的技术本领，老山村里出卖劳力的报酬也就是能够糊口罢了。

"嗯，已经有些眉目了。张志英没有和哪个老师产生过严重的冲突吧，最近？"周宇全问。

"没有，我知道是没有。张志英啥事都比较被动，不可能在课堂上故意捣乱，哪位老师会和她过不去呢？不过有点钻牛角尖，作业上的错误给她指出来，她也不肯立即改掉，一个人在那里想半天。"缪映肯定地说。

县公安局的人赶到摩云岭村时，比周宇全一行人还晚了半个小时。那时的场面真有些剑拔弩张。张志英的姐姐也到了，张志英的母亲有了大女儿的助阵，激情大增，不时一把鼻涕一把泪地哭诉起晚年惨景来，一般说来，白发人送黑发人是很能让见者伤怀听者动容的。虽然说抬尸讨说法的行动几乎肯定不会发生了，但是矛盾争执却一点未减，张家财和刘景龙终于有一个可以确定进攻的敌人，于是把矛头对准了学校，死活要学校承担大部分责任。

周宇全可不敢大意，又怕说错一句话被对方抓住把柄，或者激怒对方惹起过激行为。尽管他心里愤怒得想要破口大骂，却打落牙齿往肚里吞，涎着脸赔着笑和死者亲属以及乡邻好友据理力争，他还不能笑得稍微显得有一点开心的样儿，那是强忍着悲痛的和善、真诚，以及歉意的综合，他必须要让在场盯着他的人这样去理解他的表情，理解他的真诚和同情。村长、支书除了和稀泥以及表示痛心外，再不会有明确的主张。刘书记和欧所长也不敢擅自出来主持场面，只在双方僵着时打些圆场，缓释一下紧张。他俩都怀着一个心思，耐心等待县公安局的到来。

公安局张副局长成为新的主持局面的人物，张家财甚至庆幸自己有这么一个相同的姓。场面变得严肃，以前爱插话唠叨的几个亲友乡邻，此时也识相地安静下来。张志英的卧室拉起了警戒线，所有人不得随意进入。接下来，照相，取证物，公安局的人忙碌起来，派出所的也没闲着，张局长让欧达林和值班民警询问调查死者附近的村民，取得一些必要的口供。欧达林心领神会，自然清楚应该从哪些方面进行询问。他们在车里这个与外界能够隔离的地方进行了调查取证，分别叫了五个乡民单独询问。快到中午十二点时，初步结果出来了。

第一次座谈会选择在堂屋和厨房之间的饭堂。八仙桌上坐着几个主要人物，次要的就坐在靠墙的几张竹椅上，其余的人没地方坐了，便都站着，一直站到了门外，把一个饭堂包围得水泄不通。

张局长要的正是这架势，公开调查结果，让在场的所有人都听到。堂屋里一下冷清了，只剩下张志英的姐姐守灵，比她年龄大得多的小姑子，刘景龙唯一的一个亲妹子，陪着她。

根据取得的证物，和现场勘查结果，初步判定，张志英系非正常死亡，是因为用水冲服下大量高毒农药涕灭威，卧室里的硫磺气味正是由此而来。张志英卧室里的药瓶和装水的玻璃杯上均取到张志英指纹，两具玻璃器皿上也有其他人的指纹。更具体的死亡时间和确定的死因，需要进一步做尸体解剖，予以确认。

没有出乎意料的结果，一阵沉默之后，张家财同意了张志英服农药自杀的鉴定，但是不同意做尸检。张志英的母亲附和了丈夫的意见。

张局长再次征询了意见之后，作了结案陈述。他提出了所有相关人员到镇上派出所进行座谈解决的建议。没有明确的反对之声。周宇全立即说已经在镇上饭馆里订了两桌，所有参加座谈的人先去吃饭，下午开始座谈。

一行人分乘三辆车，挤得满满的到了镇上。陈天南给欧达林所长来了电话，声称这天有县里两拨人下来，商谈在璧江中学建立乡村少年宫的事宜，这将是学校创示的一个重要筹码，他脱不了身，指定周宇全全权代表学校参加座谈。欧达林告诉陈天南三个细节：确认是服毒自杀；遗书只牵涉到学生；死者小腿上有伤痕，基本上已经确认张家财前两天打过张志英。陈天南心里有了底，胆子也壮起来，给周宇全悄悄嘱托了几句，定下了协商原则。

张局长吃过午饭，县里事多，也不参加座谈了，走前留下意见：张志英自杀，学校没有责任，双方座谈要本着实事求是的精神，互相谅解，尽量早点达成协议。

镇里刘书记也走了。有个村里田地中央开了个铅锌矿，地坑放炮，附近村民房屋受到影响，村民酝酿着要堵了矿场的路。维稳是重中之重的大事，这边要维稳，那边也火急。刘书记让李副镇长留下参加座谈。村支书和村长则被双方要求留下参加座谈。

璧江中学也不敢怠慢，加派了政教处主任章振刚参加座谈。亲属这边，除了死者父母和姐夫外，张志英的舅舅也闻讯赶到。欧达林主持调解，十多个人坐了满满一屋子。座谈开始不久，张家财承认了因为张志英和前男友的事，他警告张志英不得再和李靖能来往，用楠竹丫打了张志英，小腿上的伤痕由此而来。

至此，一个关键人物终于被清晰地提了出来。欧达林立即追加李靖能和他的家长为座谈第四方。

李靖能还在学校里上课呢，起初借口高三时间紧，不想出校来，后来欧达林打了班主任电话让李靖能接，问他是不是要公安局发传票传唤他。这下李靖能没法躲了，连同家长一起进了派出所。

死者亲属和学校双方唇枪舌剑，互不退让，争执了一个下午没有半点进展。死者亲属的主张比较明确：张志英自杀而亡，学校负有管理责任，应该做出经济赔偿。学校一方只用公安局的意见作为还击，学校没有责任，张志英是在家里服毒自尽的，张志英的直接死因是家长的打骂和简单粗暴的处理方式，对孩子缺少细致关爱，而李靖能负有间接责任。六点时稍息，璧江中学再次做东，在饭馆里叫了两桌。村长村支书经过一天的奔忙，腰也坐疼了，脑袋直发涨，吃过饭，各自找了个借口回村里了。饭桌上约定晚上八点开始继续座谈。

这短暂的休会时间，班主任缪映溜回了学校，他可没闲着。夕会上，他对全班学生宣布了张志英的死亡原因，要求同学们看在往日同学情谊上，积极捐助，安慰死者亲属。缪映言辞恳切动人，张志英平日在班上也没啥令人反感的地方，初三·七班每个学生都捐款了，暂时没带钱来的，也记在捐款名单上，缪映先把缺额补上，三元五元，十元八元不等，最多的一位，平日里和张志英走得比较近的一个男同学，捐了100元，便有人笑他是像大人一样赶人情了。

晚上座谈时，缪映恰好赶得上把班上几百元捐款交给张家财。他又把第二天同学们要到摩云岭送别张志英的事说了，缪映自己当然也要去的，师生两年半，万万没想到十六岁的少女就这么早去了。张家财此时不觉眼角有泪，捧着一大叠零碎钞票的手不停发抖，仿佛那是一堆燃烧着的纸。张志英母亲更是忍不住抽咽起来。

又磨叽了一个多小时之后，座谈开始有了一些转机。刘景龙识时务地把矛头转向对准李靖能。李靖能和家长招架不住，很快认定了一个赔偿额，10000元。璧江中学虽说没有责任，出于人道主义考虑，捐助2000元。

过了半夜十二点，派出所所长办公室终于冷清下来，夜风轻轻推着窗玻璃，随着墙壁开关"嘀嗒"一声，灯一灭，黑暗一下子罩住了屋子，再不理睬外面的丝毫动静。

学校的几个人都没想到缪映不在一起吃晚餐，却到学校干这事去了，而且时间上掐算得那么紧凑，两不误事，事实证明挺奏效的，用温情打动了亲属。周宇全一身疲惫，却满脸笑意提醒缪映赶紧去买九注彩票，好心有好报嘛。缪映嘴皮翻着，面对着副校长和政教主任吐了一地的怨言，说老大不要动不动骂人他就烧高香了，骂人的话虽然只是一股虚无的气，但是砸进心窝难受。中学生苦在一时，中学教师苦在一世，每天提心吊胆害怕出事，他们活得甚至还不如坦然自绝的张志英呢。

缪映第二天果然又去摩云岭悼唁去了，同去的还有代表初三·七班集体的班长和副班长，以及捐款最多的那个男生。陈天南同意他们租一辆面的，学校报销车费。班上还有想要去张志英家吊唁送别的，车里坐不下了，缪映让他们自己想办法，班上准半天假，晚自习前必须回校。缪映也准备了一份厚礼，是平日顺水人情的两倍。

张家按照标准的佛道合一的丧葬仪式为张志英置办后事。有个同村老妇人悄悄提醒张志英父亲用水泥把新坟包了，这老汉纳闷地问说，通常都是一年之后修坟，而且年轻人夭折按常理也不修坟山的，老妇人便直言，怕有人七天之内挖坟偷尸配阴婚，新过世的少女值钱呢，去年山那边便有山东的人过来买走了一具，都掩藏着不叫人知道呢。张老汉想来想去，不好找谁开口，又寻思哪有这么巧呢，到底放心不下，还是自己掏钱包了一层水泥外壳。一个月之内，张老汉便天天去坟前看看，打打眼，看到伤心处，不免落下几滴泪。

缪映一行人受到了张家的热情接待，他们一定要缪老师留下来吃过午饭再走，情词恳切得让缪映无论如何推却不下来。面的司机不干了，挑明说学校付的是单面的车费，回去也是他看在老客户情分上免费顺带的，等候缪老师交接好人情就回走，等个半个小时他可以，但是若要吃了午饭再走，时间太长他耗费不起。缪映为难了，寻思要不要自己私人再出一次车费算了，陈天南那里多报销一点钱都像割他肉似的。

"老师，好像徐老师的车进山来了。"班长说。

"是吗？"

"应该是。我们记得徐老师的车号。打电话问问就知道了。"副班长肯定地说。

　　缪映便打了徐凌电话，果然，徐凌因为在摩云岭村买了一车楠竹，今天叫车进来拖运，他也进山来和卖家洽商顺便监督一下，别尽给他弄一些小胸径的楠竹来蒙他。徐凌要求缪映准备好，他车过来后不等，立即就走，两点前必须赶回镇上，因为下午有两节听课，两位新老师上汇报课。

　　缪映满口答应，付钱打发发走了面的司机。

　　一切按照计划的时间表顺利进行。雅阁轿车带上缪映等四个人恰好不多不少。为了车费的事，缪映免不了说些对学校抱怨的话，徐凌便回想起了陈天南对他提过借钱的事。期末就要来了，好多债务必须了结。

　　"人穷志短，马瘦毛长。陈天南为点钱的事也抓僵了。"徐凌竟然替陈天南说话道。

　　缪映不会当面反对徐凌，但是在心里嘀咕着。在他看来，徐凌和陈天南是比较要好的，不像楚钰那样。楚钰固然不在乎得罪老大，不合意的地方公然抗命；老大也是面子上敷衍着楚钰，不想惹他发脾气，实际利益却不给半点。

　　徐凌问起自杀事件，缪映尽自己所知回答着。后排的三个学生，也尽他们对张志英的了解，添加了一些细节。缪映否定了诸多关于张志英家人对张志英冷漠的说法，同情地评价他们不是对张志英没有疼惜没有关爱，只是表达笨拙，思考简单鄙陋而急躁，粗暴得近乎恶劣。到了后来，徐凌和缪映达成了一致的看法：关爱绝不应该是心里暗藏的，行动隐蔽的，而要有一个明确的表面形式，并且要被关爱者理解，随时感受得到，特别是精神抑郁者。缪映还特意提到了楚钰在班主任会议上做的一次专题发言：爱要说出来。人之间的义务是相互的，如果一方没有很好地尽到义务，那么另一方也将不会好好地尽他的义务。爱也是这样，成年人总是有理由首先尽到关爱的义务，以身作则。同时缪映很赞同楚钰曾说过的话：教师的困苦在于，我国是大政府，有太大的权力，太多的职能，对应的也承担了太多的社会责任，在权力运作中操盘者可以财源滚滚，因此绝不想减弱，但是权力和责任在教育这块出现了精神分裂症，教师成了责任的承包者，而权力却稀少软弱，微不足道。

　　下午听课时，徐凌一边听一边胡思乱想，啥也没听清楚，到后来只得抄了别人的听课笔记交了教研组。他想到了儿子的老师告诉他一件欣喜的事儿，徐肃霜近来作业工整了许多。徐凌口头上称赞老师的悉心教导和督促，心里却得意着，让徐肃霜蒙着字帖练习写字看来收到一定成效了。这个方法似乎也可以拓展到其他人身上。徐凌突然有了一个决定，这个决定不是唐突的，是来自于已有经验的成熟想法，他急于去实现。

　　徐凌把硬笔书法字帖夹在一张本地日报中，带进了办公室，放在抽屉里的一叠教学参考书下面。下课后，他让林薇薇到办公室来。

"不做操啊？"林薇薇问。

徐凌瞪了林薇薇一眼，他尽量不要弄出什么动静来，他简短说了一句"不做"，便匆匆走了。

课间操时间，办公室人很少，今天除了徐凌外没有第二个人，恰如徐凌所愿。

徐凌抽出了字帖，要求林薇薇回去用透光的纸页蒙着字帖书写，她最好周末回家后当作家庭作业来做。

"每天一页吗？"

"应该是吧。我没给你下任务，你要自觉，根据个人时间具体安排。"

林薇薇若有所思地点点头，伸手去接字帖，手到半途又连忙缩回来换了左手去拿。徐凌已经看见了异样，她的右手，中指、无名指和小指，指头上都缠着创可贴。

"怎么，受伤了？"

"不是不是。"林薇薇赶紧摇着左手说，右手背在身体侧边。徐凌把字帖放回了桌上。

"别藏了，给我看。"

他的话像一股有形的暖气狠狠地撞击了林薇薇的心扉，瞬间让她大为感动，酥麻了一般。她轻轻咬着下唇，似笑非笑，缓缓伸出了右手，翻过来手心向上。

徐凌刚要伸手去握着细看，突然警醒地收了回来，问："不是伤口，是什么，扯掉我看。"

林薇薇似笑非笑，又明显地紧张。徐凌比她还紧张，他根本不想拖沓下去有人看见。他的眼光中有一种严厉的力量，林薇薇一条条撕下了创可贴。徐凌看见了三个指甲上，涂着粉红色指甲油。

"学校是严禁学生过度打扮的，有明确的规定，戴耳环、美甲都在内。"虚惊一场，徐凌忍着笑，严肃地说。

"不是，我是在家里时，练小芳拿了指甲油过来和我一起涂，她姐姐在做美容店。到了学校里，还有三个手指没弄干净。"林薇薇嘴唇快速翕动着，申辩道。

这个内情，徐凌比较清楚，陈兰和他说起过。工人老练的大女儿在宁波开店做美容，今年国庆过后回家相亲，和蜂窝煤厂老板的儿子——电力公司电工好上了，店子转了，回家暂时待着。这些化妆品是带回家的许多物件之一。陈兰比较了解这事，老练还征询过陈兰本镇上美容店的情况。化妆品对所有女人都有致命的诱惑力，练小芳、林薇薇，只是亿万个俘虏之一。

"那为啥包着藏着呢？"徐凌颇感奇怪，脱口问道。

忽然，徐凌猜出答案了，她是怕他看见，怕他生气。哎——徐凌禁不住一声长长的感叹从心底无声地飘出来，并且像蛛丝一样在空中悠扬地飘舞着，久久不肯落下来。此时，林薇薇还勾着头，因为紧张、犹豫、又自觉有趣，肩膀也微微左右摇晃着，勉强忍住不要显现出一点点笑意来。她不敢确定徐凌会不会生气。

"好吧，去做操了。"徐凌掏出钱包拿了一张20元夹在字帖里，递给林薇薇，嘱咐着："要用透光的纸啊，才看得见红色笔画。自己去买。一笔一画蒙着写。"

林薇薇一愣之下，随即明白了徐凌的用意。她并不慌张，慢慢地走出了办公室，在门口，她昂起头四下看了一下，深深吸了一口气。

徐凌放松了。操场上人群肃立，政教主任章振刚响亮的训话声通过四处的喇叭罩住了全校，衬托出办公室的寂静。看来，章振刚又要把课间操变成一堂全校集体训导课了。徐凌一个人发着怔，对所有事物的反应都迟钝了。这期间，一个男教员进来，接了一杯开水，没去打扰他，端着水杯走出办公室到走廊上看操场动静去了。

这样下去，自己会不会变成一个皮革马利翁呢？是该保持理性的警惕，退缩，再退缩，还是纵容情愫如水之流？他是不情愿掉入陷阱的，不管是带有阴谋意味的人为陷阱还是天然的陷阱，不要弄得灰头土脸一身难堪才好。

徐凌懵懂着，但是并不苦恼，反而有些温暖的感动。

十七　借钱

璧江中学到期末要把一些必需的开支了结，比如宿舍管理员和保安工资啦，教师一期的代课费啦，等等，除开那些继续欠着的，账上还差十多万才摆得平。为此，校长陈天南已经做好了准备——借钱，徐凌答应过的利息也不高。可是，一场意外的惊喜，让陈天南打消了借钱的烦恼。至于还有那些苍蝇一样的债主，明年再说吧，年关还得像以前那样打发，实在逼得急的，给点少数应付一下，谁要翻脸，陈天南也不怕法院起诉的威胁。

年底最后一次教师会上，陈天南公布了一件喜事，市交通局拨给璧江中学 12 万元，拨款项目是改造学校周边交通环境，比如设置警示标志啦，更换减速带啦，等等。这笔钱早就打到了县交通局的账上，交通局不清楚拨给谁的，申请的人又以为项目泡汤了，不好意思去追问，而高贵繁忙重情重义的市交通局一把手张局长又不会示恩炫耀，专门去通知申请的人，确实这样的事情对于张局长而言一则太多二则确实如鸡毛蒜皮不足挂齿。三方一错落没交接好，以致这笔款子在县交通局账上睡觉似的摆了两个多月没处着落。到年底了，审计上要清账，顺便向上问了一声张局长，张局长"啊呀"叫了一声，才让这笔款子重新见了天日。

功劳属于副校长周宇全。周宇全和张局长是同乡同大队同一个生产队的顶搭搭伙伴，童年时没少在一起玩得满身是灰。周宇全请求赞助的项目是改造教师周转房，目前，全校还有二十多位非本地教师在校外租房。学校有一幢筒子楼式的两层办公室，因为被鉴定为危房而空置了两年了，县教育局的意见是需要把瓦屋顶改为现浇楼坪，砖柱外围钢筋加固，才能继续使用。所幸的是，学校教学楼全部没有问题，这得益于二十年前，时任副县长兼教育局长提出的本县教学楼不得使用混凝土预制板，一律打现浇这个提议。这位有些固执的副县长为此和县长、财政局长闹了许多不愉快，而那时候，贫穷的人们也还未被汶川这样的大地震震惊，虽然之前还有唐山大地震，但是唐山地震因为刻意的遮盖和当时信息的闭塞，人们知之甚少，所以印象模糊，通常也不把房屋的抗震性能太当一回事，那时普通居民建房，连抗震柱也不要，仅仅在承重墙上浇筑圈梁是普遍现象，璧江中学这幢二层的半危房正好属于这种情况。现在的公共建筑，则全是框架结构了。

陈天南大会上提议，这栋教师周转房在改建后取名朝阳楼，张局长名字叫张朝阳，没有任何人反对。陈天南又衷心地称赞了周宇全，周校长不仅为学校拉来赞助，而且婉拒了 20% 的奖金。行政会上，你说他说，让周宇全接受了一万的奖励。政教主任章振刚大大咧咧连笑带说："你这次不拿，以后别个也不好意思拿，你不要开了一个坏头啊，打击跑项目人的积极性。"

会上，还通风了另外一件可能的大喜事，璧江中学修建运动场所欠 60 多万，已经列入县长会议，有望在明年划入财政解决；明年省督政检查组对全市教育大检查之际，把运动场租用转变为政府征用肯定会列入议事日程，然后力争三年之内全面完成，学校以后不必年年支付租金。解决问题分两步走，如果两件事都实现，璧江中学可以松一口气了。

徐凌寻思学校暂时不会借钱了，他也正好寻找新的投资方向，但是，他的高中同学邹奉天，银龙初级中学校长，打给他一个电话，却叫他心情有点沉重。邹校长一周前才来过璧江镇，两人还又愉快又默契地商谈了一阵子元旦高中同学聚会的事。

邹校长管理的银龙初级中学在秀丽县是一所数一数二的学校，考试成绩极为出色，一般都是和县城里那所集中了全县尖子生的新风初级中学并驾齐驱，但是它生源却不如新风中学好，做出这样的成绩更不容易。由于名声在外，邻近的县多有学生来就读，还要经过考试择优进入，每个年级外地来的择校生定额200名，总人数占了全校该年级将近一半。由于全市多数县不实行晚自习，也有不少外地学生是冲着这个免费晚自习来的。

牛气冲天固然可喜，人员杂乱也是麻烦，尤其是某些外地学生并非完全仗着有个优异成绩而来，而是家里颇有钱。这些优越感爆棚的家长一则觉得不去读一个名校白白埋没家产名声，也怕落人哂笑；二则主观上感觉名校自然管理严格，那些专爱惹事让人头疼的少年们，正好送去寄宿制学校修身养性，家长也省心。这样的学生多半不是通过考试，而是托人送礼四处找关系进来的。邹奉天箍定的40个机动名额常常不够用。

邹校长的烦恼来自于一个具有这样家庭背景的学生，他死了，在周末放学后还没有回家时死了，那时他在学校内等着父亲开车来接他。因为一个说不清楚的原因，死者和同年级的某个男生因为调换座位产生了矛盾，死者把班主任的决定归结于这个男生要求以及对他的轻蔑。死者受不得半点不爽，约了几个要好的兄弟，教训了敢于藐视他的这个男生。据后来调查，有明显教训形式的好像是两次，其他碰面时推推搡搡骂几句的不计算在内。受教训的男生，父亲在县城蹬三轮挣钱，和死者也是同一个县的，成绩挺不错。撞他推他撕坏他的书本满桌子倒上墨水也就罢了，吞下了几次窝囊气之后，他忍受不了以鄙俗下流的语言羞辱他，连他勤劳老实的父亲也难以幸免。总是被教训欺负的男生忍无可忍，在厕所里连捅了死者五刀。一把不长的水果刀，刀的材质颇好，死者在水果刀的硬度和锋利面前彻底输了，突发的猛烈刺击摧毁他一切骄傲和防御，他是发着愣还来不及还手或者逃跑或者挣扎大叫救命，就倒在血泊中的。

学校摊上这事根本躲不开。据社会传说，某位老师似乎看见了杀人者带着刀具而没有没收，又据说某位老师曾经看见两人在厕所角落纠缠而没有干涉。反正各种不利于学校的传言虽然缺少确凿的证据，却依旧传得沸沸扬扬。死者家里除追究杀人者的刑事责任外，提出45万元的赔偿要求，银龙中学分摊15万元。而杀人者的父亲一脸的冷漠一口的黑色幽默，说他蹬三轮蹬到下辈子也还不清这30万元，反正他就是没钱，要钱没钱要命有一条也值不了几个钱，连猪肉价都买不上，爱咋咋办，儿子才读初二，是未成年人，法律该咋判就咋判，他不发表意见。

死者监护人请来的律师提出赔偿款应由银龙初级中学先行垫付，学校负有管理责任和连带责任，至于这笔垫付的钱，学校可以事后向杀人者监护人

浴火 · YUHUO

追偿。死者监护人克制着悲痛，坚强地死守着律师的谋划，只要一天没有得到赔偿款，学校的体育器材保管室便做一天灵堂，直到事情圆满解决为止。他朋友们的车辆每天都有七八辆停在操场里助威。

邹校长向县教育局汇报，莫局长答复说市里都知道了这事并且多次过问，从县里到市局里上面都很生气，银龙中学必须不惜代价迅速摆平，倘若不能摆平，校长先下课，到时候会另有能人出面代理校长平息事态。

县财政拨给银龙中学的义务教育保障经费，要足足两年才能把45万元的窟窿填满。邹校长一咬牙，召开了紧急校行政会议，像毒蛇噬手烈士断腕般壮烈，达成了统一意见：向本校老师借钱，月息一分二，本校老师凑不足，再向社会借款。

决定一出，邹校长做了两手准备，一边召开紧急教师会公布了行政决议，一边向外界发出了救急信号。他首先答应了死者家属，第二天中午十二点以前交接45万元，随即提出要求遗体迁出学校，另设灵堂，并迅速火化。邹奉天在对家属说话时，倒更像是要哭的模样。死者父亲冷漠地答应了学校。

接下来，邹校长最大的事是筹款，社会借资是第二手准备，逐年还款，三年还清。他首先想到的是高中同学徐凌徐老板。一个人能够凑足的话，不用再找第二人。

恰好徐凌手中正有大笔资金寻找着投资方向，他征求了陈兰的意见，陈兰深为邹校长动容，同意借款。

让邹校长感到庆幸的是，本校教师在这次事件中热情喷发达到高度一致，纷纷解囊相助，很快凑齐了45万元。第二天九点之前款项全部到位，邹校长欣慰之余，随即给徐凌电话表示感谢。

徐凌暗自为邹奉天发愁，这笔省吃俭用几年才能还清的债务，够老同学长出半头白发的。最大可能是邹奉天调走之时或者卸任时，银龙中学还没有还清债。但愿这不要太过于影响邹奉天的心情，让元旦的同学会也开得不尽兴。

徐凌沉浸在个人思考之中。下课后，从教室到办公室，又从办公室出来，下楼，有一双眼睛一直悄悄注视着他的行动，总是在他后边不远处跟随着，他也没有注意到。这双大而秀美的眼睛，黑眼珠像晶莹的玛瑙，是徐凌最喜欢看的，如今，它荡漾着几种情绪糅合的涟漪，一直抚摸着他的背影。

走到操场空旷处，前后十米之内都没有人，林薇薇紧赶两步追上了徐凌。正当徐凌察觉到了身后逼近的身影将转身时，林薇薇浅浅叫道："老师。"

"有事吗？"

"我，能给你借钱吗？要三百块。"

她把两手互相捏着交叉于身前，肩膀也朝前紧缩着，整个身体似乎都在收缩着面积，局促不安的神态显而易见。

"哦。"徐凌来不及细想，伸手去夹克内袋里摸钱包，竟然没有摸到，他顿时不自在，再次找了其他几个口袋，连裤袋都搜了，还是没有，这才想起，他一定是放家里了。

"今天急着要吗？"徐凌紧跟着解释，"我钱包放家里了。急的话我回去拿。"

"不急不急。"林薇薇抽搐似的连摇几下头，"元旦放假回去才用。"

"嗯，那好吧。放假回家那天再给你。"

林薇薇鸡啄米一样连连点头，道了谢，风一样离开了。

徐凌想来想去也没想明白林薇薇为何要借钱，而且一借就是这么多，一个初二学生需要做什么才要这么多钱呢？她的行为常常是奇怪的，令人费解。徐凌又不愿去往深处想，她把他当作靠山一样信任、依赖，他不想辜负她。

不过，更为奇怪的事发生了。这年的最后一天上课，徐凌特地把300元装在信封里，这样不论在什么地方，当着任何人的面，他都可以光明磊落地给她，甚至嘴巴最碎、对林薇薇总是鸡蛋里挑骨头、最爱挤兑她的副班长唐俊芩也无话可说。那节课上，林薇薇淡淡笑容中有着轻松、开朗的意味。课间休息时，林薇薇没来，为了等她来拿钱，徐凌故意翻教材写备课找着事干，在办公室又磨蹭了一节课。

在徐凌焦躁的眼睛中，林薇薇始终没有出现。

徐凌心里不满，猜想着，是像邹奉天一样，不需要钱了吧，但是邹校长专门打过电话说明了情况。林薇薇就在身边，十米，或者一百米，却一句解释的话都没有。他有些气恼她。下午放学时，徐凌特意又到了学校。校门口，停满了面的、摩的，这一群那一群等候着要回家的学生，司机在大声叫着，报着地名拉客。他在人群中看见了林薇薇，她也看见了他，立即绽放出灿烂的笑容来，简直就像春天牡丹恣意无羁地怒放。她抬起小臂对着他晃了两下，又似受到惊吓的小兔迅速屏息安静，眼光急速扫视周围人群。徐凌的气恼立即烟消云散了。

终于跨进新的一年了，徐凌感到去年发生了很多变化，心灵上以前似乎有一层蒙翳，现在撕开了，亮堂堂的。元旦高中同学聚会，来的人只有十来个，而且大多数还就是璧江镇本地人，或许这是正式聚会的一个前奏。分离了近二十年，第一次聚会要想分散在全国各地的人全部到齐太困难，乐观估计，预定在五月的"二十首聚"，应当是济济一堂。

按计划要去县内景区玩一天，同时商议一些事情。第一天人来得比较参差，安排不了什么活动，徐凌主动要求做一次东，在璧江镇吃晚餐。同学们都很高兴，邹奉天也是同学会筹备委员之一，大夸"徐财主"是如何慷慨好义，弄得徐凌倒觉得占了好大便宜，赞助一千元就在同学中间获得这么高的赞誉是很划算的买卖。

下午，到徐凌厂里参观回来，大家先到茶园去喝茶打牌。已经到来的同学中，五个原来做教师的有两个已经改行。一个做工程承包，正在云南在建的一条高速公路上忙。一个川师大毕业即随女友到了湖北，入户去了，两年后跳出去，依靠着岳父是林业局局长的关系开创事业，如今已成了种植大户，以猕猴桃基地和蘑菇为主，计划发展观光旅游业。他们对徐凌已经做成竹木产品规模企业却还咬着教师这根腊肉骨头不肯丢感到惊讶。徐凌不好意思地回答他已有离职打算。

"要跑早跑。越晚的话，顾虑越多。我们就是书读多了，凡事考虑得多，瞻前顾后，左右权衡，遵纪守法，做起事来缩手缩脚的；反倒是那些没啥文化的，大大咧咧乱闯一通，啥都敢做。法律是弹簧，你弱它就强。闯得多机会也多，出事了也没啥，一般花点钱也就摆平了。"做工程承包的同学凭经验授意。

"是哎，时不我待，要跳趁早，还可猛冲几年。转眼，我们这批人，青春已经过去了，一下子跳进了中年门槛，接着就该晚年了。"

"都想抓住青春的尾巴，但你不知道青春是只壁虎吗？"事业没那么显耀的人便眼馋着加入两句，打击一下功成名就者的激情。

徐凌带着一行人到了茶园。郊外茶园面积很宽，十多张方桌散落在树下或者棚子里。小路两边全是盆景，园主既用作茶园点缀风景，看上了的客人也可以谈好价钱买走。

两桌麻将，两处斗地主，十多个同学分成了几处娱乐。南京大学哲学副教授吴法兴对于打牌赌钱一律拒绝，谈兴倒是满满的，徐凌平日里也不打牌，除非是应酬或者缺人时凑阵。他便陪着吴法兴棚子里喝茶聊天，几处人彼此互不干扰。

说到这吴法兴，徐凌最深的印象是太爱读书。高中时，吴法兴要是受了谁的窝囊气，也不叫骂也不怒目以示，总是一个人躲在寝室里静静看书，拼命看书，一连几个小时不挪窝。书看过了，心里也平静了。高中时成绩不算多优秀，主要是数学较差，谁要是问他为啥不去读文科，他准又得回去埋头猛读书了。但是大学毕业后，吴法兴渐渐地越来越出息了。研究生毕业留校任教，做哲学教师。据他说前年评上了副教授，这两三年的人生目标就是一鼓作气评上正高。

吴法兴白白净净，面相慈祥，像个富家女人，笑起来还有个小酒窝呢，在四川人中算是高大的，戴副眼镜，举止文雅，书生气十足。多年不见，徐凌颇怀好感。

浴火 · YUHUO

开始是寒暄式的交谈，询问彼此一些近况。徐凌看见楚钰和一个人从水泥小道上走过，楚钰原来坐最里面的角落，在一棵梧桐树下和朋友喝茶聊天。徐凌便大声招呼。楚钰听见叫声，站住了寻望。徐凌站了起来，亲热地说："钰哥，这边坐。"

"哦，徐总啊，正要找你呢。"楚钰和同路人告别，走过来，进了棚子。徐凌立即大声喊茶房沏茶。

"你喝什么茶？"徐凌问，他知道楚钰很讲究，对喝茶讲起来一套一套的。

"随便吧。"楚钰拉过椅子，刚坐下，又说，"这里能有什么茶。龙井也缺货了。刚才喝的时候都没有。花茶的花质不太好。"

徐凌又对着远处喊"清茶"。年轻的女茶房拿来长玻璃杯，提起地上的开水瓶冲入水。

楚钰完事了便向徐凌道别。徐凌问他《闲云集》家里还有没有，他再要一本。《闲云集》是楚钰前年出版公开发行的以游记为主共32篇散文组成的散文集。楚钰摇头说没有了，市宣传部要评选市重点支持的文学作品，报送资料要五本书，他也只拿出三本送去。然后，他朝着徐凌满含深意笑："动什么心眼呢，炫耀吗，找平衡吗？没必要。况且，与我没有交情，送他干吗？自找羞辱吗？"

这楚钰，有时候像鲁迅一样愤世嫉俗，横眉冷对，言辞尖刻似一根根刺，有时候偏偏又泰然淡然，宽容得像不见深度的海洋，也让人捉摸不透。其实楚钰是苦闷的，超越的人会像伽罗瓦一样孤独，被曲解，但是楚钰在旅游、写作，和风情各异的女人身上解脱了，在广泛得让人瞠目结舌的诸多技能和爱好中融化了。

"呵呵。我哪能像楚哥跳出三界外，不在五行中。这高远超然的境界，我是做不到的。须得给他件物事堵堵嘴亮亮眼才好，也让他睁大眼睛看人。要不，楚哥晚上和我们一起吃饭。"

"那不好。陌生的人，未必能谈得投机。况且你知道，我是不太喝酒的。"

楚钰喝啤酒一瓶脸红，两瓶晕乎，三瓶封顶，徐凌知之甚详，不好挽留。楚钰一走，他独个儿发了愁。他才不想一个人面对吴法兴，更怕他高谈阔论，自己作为主人，他还没想出躲避的招，只得慢慢踱着回走。

没有交谈对象，吴法兴很安静，两手搁在腿上端坐，目光穿过镜片固定在远处某盆景松树上，或者是极远处那株高高的已经绽开的白玉兰上，偶尔端茶喝一口。吴法兴面前没有书，徐凌猜想他应该是进入了书籍冥想状态，便又尊重他，同情他。

浴火 · YUHUO

看到徐凌回来，吴法兴眯着眼微笑，就像猎手发现目标一样，眼睛里透出兴奋的光芒，可爱的酒窝也明目张胆。他从"哲学是关于宇宙的领袖"谈起，宏论滔滔，旁征博引，思维跳跃，结论惊世骇俗，以致听者只感觉汪洋般的深邃广博，对所要表达的东西反而一头雾水。徐凌凝神屏气，意念归一，学着内家功夫习练者两耳不闻杂扰声，但是吴法兴刺耳的一句句话穿透了他的意念屏障，像一根根钢丝钻进脑子。

一个电话救了徐凌。号码陌生，来电者口音也陌生，但是肯定是本地人。他开口便急迫地问吴法兴是不是和他在一起。徐凌回答"是"，那边便激动了，立即请求徐凌看护好吴法兴，他们最多几分钟就过来，他不耐烦徐凌的问题，最后解释了一句他叫吴法天，吴法兴的哥哥，县统战部工作。

吴法兴没有被徐凌接电话打断，自顾自地说着他的玄奥理论，把话题联系上了《周易》和河洛图书。徐凌已经对吴法兴有疑问了，把通话中的细节再联系一下，更发觉了好多古怪。一辆黑色标致 SUV 开进了茶园停车场，下来两个男人，张望着像是寻人，很快，他们向着目标疾走过来。

徐凌猜想这就是打过电话的吴法天了，他起身相迎。吴法天身材和吴法兴相像，很容易看出是兄弟俩。那个瘦一点，手里拿着公文包的，经过介绍，竟然是南京大学某学院的工会干部。

吴法兴看见兄长，竟然有躲避的举动。吴法天亲昵地挽住他手臂，几乎是抱着他，吴法兴才没能走脱。吴法天也不放手，回头对徐凌说，他也刚刚知道弟弟从南京来了，家里有急事，吴法兴不能参加同学会了。

徐凌表示了遗憾，但是吴法兴不跟兄长回去，反复说着"不回学校"。吴法天像是对待一个五岁孩童，寸步不让，只差强行拉着吴法兴上车了。徐凌看不过去，提醒道："如果吴教授想要留下来，也不要太勉强他吧，毕竟同学们二十年没见了。"

"吴教授？"工会干部禁不住轻轻追问了一声。吴法天瞪了他一眼，他立即知道失态。

"你看你看，对吧对吧，同学们都在打牌，等着我和徐老师谈过话就开饭。我怎么能先走了呢？"吴法兴嚷道。

吴法天被难住了。工会干部拉拉他的袖子，吴法天知趣地随着他走了几步远。工会干部小声对他唧哝了什么，许是没听清楚他的江苏口音，吴法天让工会干部又说了一遍，然后沉思了，对工会干部点头示意许可。

现在，徐凌和吴法天交换了位置。徐凌靠近工会干部，吴法天守在兄弟身边。

工会干部说："吴老师还没评上副教授，你别刺激他。他患了精神病，两三年了，时好时坏，都没上课了。前几天他突然失踪了，家属报了警，也通知了学校。后来根据许多迹象猜想是一个人偷偷回四川老家了。学院派我来四川找他，要带吴老师回去交给他家属照管。好不容易查到你是他同学，我到你家里去才获得你电话的。请徐老师帮帮忙，协助我们劝说他回去。还有，别让其他同学知道。谢谢你了。"

徐凌恍然大悟，原来吴法天先前的不耐烦不是高傲，而是胆怯，他担心言多必失，暴露了吴法兴精神分裂症的真相。徐凌便从内心原谅了他。看来吴法天已经把兄弟安抚下了，吴法兴显得平静。徐凌和工会干部站在远处商量了一阵子。

"真是遗憾啊，吴教授。你的儿子所在中学举办辩论大赛，邀请了你做首席评委，元旦假期结束后马上进行。机票都买好了，你现在立即赶回南京还来得及。"徐凌一脸真诚，镇静流畅地转述了一番。

吴法兴既喜且疑，重复问着"真的啊真的啊"。工会干部说了句"你德高望重，缺席不得"感动了吴法兴，他终于被三人连说带拽弄上了车。吴法天熟练地倒车，很快驶出了茶园。

没人聊天了，徐凌走进牌室去看同学们。天有点冷，他庆幸这些人都躲进屋内打牌了，仅他一人知道真相。看见只有他进来，邹奉天问，吴教授一个人在外边吹冷风啊，高傲也不用在同学聚会时候吧。

"他哥哥来了，家有急事，带他回去了。"徐凌微笑着解释。一不留神，他话中还是露出了破绽，但是没人去认真注意这个，只有人对同学来了又走表示遗憾。

元旦过后，上过两周课，开始了期末考试，监考形式上更加郑重其事起来，年级交换监考，徐凌这次分到监考二年级。

第一堂考试开始半个小时，年级组长拿着记录本，依次到本年级各考室通知，让各班主任安排学生立即打扫公地，局里到各校巡视检查来了。接下来，每间考室都出去了两三个学生，拎着塑料扫帚，拿着垃圾铲。足足过了一刻钟，考生才陆续回到考室。

监考是一件苦差事，许多人宁愿上两堂课，也不愿监考一堂。徐凌最愿意监考的是小尖班，考室里只有写字的极其轻微的沙沙声，和翻动纸张的哗哗声，东张西望，交头接耳，寻机作弊，这些现象几乎看不到。学生有个口头禅"考试考得好，全靠眼睛瞟"。这不，半个小时过后，安排了四十个学生的考室，倒有二十来个不安分的盗窃分子左顾右盼，伺机而动。同考室的监考男教师坐到后边去了，蜷在角落里掏出手机看着小说，或者是新闻。这是一位不到三十岁的年轻教师，玩手机是所有年轻人最热衷的打发碎片时间的做法，老师也不例外。似乎年轻人总是需要多加原谅的，扮黑脸的重任便几乎全落到徐凌一人身上。

徐凌走到几个表现尤其过分的作弊者跟前，查看了他们的班级和姓名，威胁说已经把他们名字记入了黑名单。每次期末考试，都有几个作弊的人处分榜上有名，看来眼前这位监考老师真不是好说话的，跃跃欲试者收敛了。考室里的动静也影响了另一位监考老师，他收起了手机，在考室里巡望，遇上那些试探的目光便死死盯住。考场纪律终于正常了。

看看考室安定下来，寂寞的烦躁促使徐凌走出考室，到走廊上深深地呼吸，放松自己。花坛前那株栽了三四年的油樟，才两米多高，密实的树叶中间，鸦雀正在里面做窝，鸟窝的雏形已经完全呈现出来。喜鹊拖着长长的尾巴，喳喳叫着，从高大的玉兰树枝间飞出，掠过清冷的冬季空间，消失在大楼转角处。

几株油樟的地方原来是几株非常高大的柳树、泡桐，精通风水的人看了，说挡住了新修的正面对校门的教学综合楼，不利于藏风纳气，破坏了风水，会妨碍学校发展。议论着的人多了，三人成虎，不能不当真，陈天南一下了决心，大树们自然难逃厄运。

衣袋里手机振动起来。徐凌是喜欢遵守规则的人，开会上课都把手机调成振动模式或者关机。他退到角落里接了电话，县城里姨妈打来的。姨妈的父亲和徐凌外公是两兄弟，算是比较近的亲戚，平日里常有来往的。姨妈完全是哭着说的，她唯一的儿子，袁承罡跳楼死了。

徐凌即惊又悲。袁承罡在离县城很近一所小学里教书，三十刚出头，每天骑着摩托在学校和家之间往返。他有一个非常漂亮的妻子，袁承罡也是一表人才，却不善找钱，只靠着一点干巴巴的薪水过日子，县城里的房子首付五万八也是岳父母出的。姨妈心里明了儿子是个挺不起腰杆说硬话的人，对儿媳妇自然是巴结贴心，处处谦恭。袁承罡看在眼里，憋屈在心里，也只有沉默忍受的份儿。

假若一直能够这样平稳地过日子也就好了，谁料祸从天降。袁承罡一天中午在学校和同事喝了点酒，回家时，飞驰的摩托把一个年过六十行动缓慢却偏偏在平坦的公路上半闭着眼横穿的老人撞翻了，虽然没有生命危险，严重的骨折、挫伤，这些事少不了的。省钱的小诊所决不去，大医院检查也要全方位做到家，恨不得把吸叶子烟落下的肺部阴影也消掉才遂心，已经在医院花了两三万，还要这么个数才能出院。受伤者家属天天往事主家中跑，纠缠得紧，还提出了后续治疗、精神赔偿、误工费等一摊子费用，大约也得两三万才拿得下。

袁承罡先时还躲着不见，被非常漂亮的老婆奚落过一顿后，老老实实面对坚韧不拔的苦主熬受折磨。姨妈向徐凌等亲友求救，徐凌答应了借钱渡过难关。袁承罡却不肯爽口借贷。他哭丧着脸嘟囔，借钱容易还钱难，面对外人还好受一点，欠着亲友巨大的人情，简直没法抬起脸活了。

但是伤者家属的坚韧劲和狮子大张口实在令人吃惊，价码开得越来越高，天天到家里纠缠，并且发出了走司法途径的威胁。酒驾肇事说不定还会落个拘留了事。袁承罢彻底垮了，但是外表上看不出来，有时面对着每日必到的苦主竟然还能面带微笑。姨妈以为儿子有了主意了，也安定下来等着事态发展。万万没有想到，是这么一个结果。

徐凌安慰着姨妈，答应下午赶来，帮着料理后事。心情悲愤，监考的这一段时间更难熬了，徐凌在教室门口出出进进，深深地呼吸着。

一个三十出头，打扮入时，烫了大波浪，身上散发出香水味的女人，和徐凌打了个照面。

"曹冰是在这间考室吗？"女人问。楼梯口又跟上来两个女人，年龄和装扮都和这问话的女人相当。

"不知道。"徐凌冷冷回答，转身要进教室。

"等一下老师。你是徐老板吧？班主任说曹冰在这间教室。麻烦你问问好吗？"女人很客气，也很固执，后面两个女人小声地对她询问着，显得很关心。

这一叫这一说，徐凌推脱不过了。他沉郁着，面对教室里大声问："有没有叫曹冰的，出来一下。"

随着话音一落，站起来一个男生，确认之后，他出了教室，徐凌让他们走得远一点说话。叽哩咕噜的，好像是因为算命先生给的禳解除祸法子的啥事，不敢耽误了时辰，急着要走。男生面露难色，不敢向徐凌请假，又是那个满身香水味的女人，大着胆子对徐凌述说了来由，要带着曹冰回家有急事办，强调着是班主任同意了的。

依照徐凌往日的脾气，是要打电话给班主任证实的，他突然不耐烦地挥挥手："去吧去吧。"

终于熬到结束，徐凌让另外那个老师去交试卷，自己匆匆下楼。半路遇见了林薇薇。她好像有事要对徐凌说的样儿，但是徐凌没心思去想这个，除了沉默地看她一眼外，他甚至连回应一下招呼的时间都没有，林薇薇当然是要招呼对面而过的老师的。徐凌大踏步走向操场里停着的雅阁轿车，弄得林薇薇愣在那里站了好久。

帮着姨妈家里忙了两天，徐凌继续在县城里待着，他恰好被安排三年级数学阅卷。初中第五期期末考试教育局比较重视，一般当作学年统考的规格对待，全县统一阅卷。这次考试考分居前的几位往往事先就被重点中学盯上或者直接录取了。这还没完，徐凌下午开车回家，家里一大摊子事还在等着，对账，核算，发薪，收款。陈兰对数字比较麻木，对化妆品才最敏感，这些财经大事她都乐意交给徐凌操持了。阅卷组紧赶慢赶，个个弄得腰酸背疼，终于两天之内全部阅完，剩下的过分和统计工作交给教育局教研室去做。

徐凌在他临街的公司办公室面对一堆枯燥的数字梳理时，不时有初三·九班的学生路过这里，进来问问成绩。徐凌直觉这小尖班的成绩比较差，具体怎样差他却无法回答，在他设计的方法和效果之间出现了很大的裂隙。数据在教育局教研室那里。他叫他们等通知书，一切会在放假的那天揭晓，他连提前问问成绩的兴致都没有了。

终于等到了本期散学典礼那天，下着冰冷的小雨，似乎是冻雨。学校里来来去去尽是打着伞的人，景象破碎散乱。散学典礼集中不了，各人在班主任那里拿了通知书便回家。然后是总结会，在预祝全校教职工过一个祥和快乐的春节假期之后，陈天南公布了一件任谁都快乐不起来的事件。

二年级某语文老师作为班主任替学生订寒假作业，未在教育局指定文轩书店订购指定的版本，有家长电话举报至教育局，调查属实后，全县通报批评。陈天南对上面解释说，根据调查结果，寒假作业标价 14 元实收 10 元，且有的学生尚未交钱，表明老师是从学生学习角度出发而非是以个人赢利为目的，所以只作通报批评的从宽处理，这也是他在教育局力争的结果，希望所有教师引以为鉴。这次是教师个别行为，年级组未参与，所以学校也不负领导责任，学校没受到追究，自然不追究教师责任。

抱怨，质疑的声音在会场各处起伏着。陈天南尴尬地笑笑，宣布下一个会议议程是校级干部述职报告，总结会继续正常进行。

袁承罡跳楼的阴影就像冬日里的寒冷空气围绕在徐凌身边，他既无法温热，也没法躲避，连淡忘都做不到。借钱可以改变命运，摆脱困境，多少成功是靠着善于借钱达到的，徐凌深有体会。他的厂子创建之初，尽管岳父几乎把平生全部积蓄都投给他了，连日常生活都节俭地过，外面欠账多，投资大，厂子依然周转不灵，年末时几乎到了工人堵门讨薪的地步，那时的他也没有现在的信誉地位和财势地位。徐凌记不清跑了多少次信用社主任的家门，送了多少条红塔山、阿诗玛，也记不清问多少有关系的民间放贷者拿个一万两万凑数应急。最终，他挺过去了那两年，幸运地成功了。唉，可怜而懦弱的表弟啊，这么小的数目都放不下面子借贷。

一阵热烈的掌声，轰然炸响会场。终于结束了，终于结束了，这个浴火一般的年份。还有几天就是除夕，对于未来，徐凌抱着坚定而乐观的希望。

浴火 · YUHUO

十八　春节

　　林薇薇记得，自己小时候，是喜欢过春节的，还没放寒假便期盼起来。那时候，她喜欢比她更小的稚童念唱那支儿歌。"红萝卜，咪咪甜，看到看到要过年。过年又好耍，瓢儿舀汤汤，筷子搛胕胕，肚皮头尽屙稀屁屁。"过年不仅有好吃的，好玩的，人好多好热闹，能得到压岁钱，还有一套新衣服，放在枕头边，大年初一早晨一醒来，首先闻到新衣服好闻的味道。但是自从进入中学以来，林薇薇已经没有这种待遇了，而且，她发现，连身边的少年朋友们也不在新年第一天穿新衣服了，大家会笑"好土"。新衣服倒是比以前穿得多了，但是约束越来越多，不断地有各种任务，必须帮着大人干事，过年越来越不好玩。

　　最亲密的两个伙伴之一——练小芳放假后少有在乡下待了，姐姐在镇上新开美容店，练小芳常去玩。她看见林薇薇，最爱哂笑她变成乖乖女了，老爱一个人偷偷练什么书法，数学成绩居然成了班上"三个火枪手"——期末考试，仅有她和数学科代表，学习委员三人及格，连班长江小彬都悬在了57分愣是没上去，虽然她只是危险的63分——她因此真正成了老师预定的接班人。林薇薇不明白练小芳这话啥意思，总之不像是一句好话，她也听得出练小芳话中半是忌妒半是讽刺，并且是愿意和她交换那个被嘲笑的位置的。不过，练小芳仍旧是她最要好的朋友。

　　另一个伙伴，一直寡言少语，文文静静，长得十分清秀的严晓春，林薇薇认为是她最忠实的朋友。她不否认其实练小芳也是一个漂亮的女孩，仅次于她开美容店的姐姐，因为练小芳个子比较娇小，练姐姐则是一个高挑出众的美人，大城市住过，浑身透着时尚气息，眼界也高。但是林薇薇到了璧江中学后，不时有些反感练小芳，总对她有点发怵，怕她那张想啥说啥麻雀一样叽叽喳喳的快嘴。相比之下，严晓春的不离不弃默默相随更显得难能可贵。

　　还有哪些人可以和她一起玩呢，最好还能有新鲜的玩法，活泼有趣，她可不愿意成天除了农活家务活外就是做作业看书，乡下也没有网络。她想到了江小彬。班长江小彬个头不高，和她差不多，脸上线条硬朗，眉骨明显，不失英俊，尤其那挺直的鼻梁微微带着鹰勾，有点刘德华的味道，对她整天一副小狗随身的样儿。她愿意和他一起学习，谈话，但是江小彬碰了她一下，她都会立即回缩得像火焰了一样快，而且用恼怒的目光还击他。江小彬每天都在受这样的伤害，但是从不放弃，从不发火，他总被林薇薇深潭似的大眼睛看得失去了性格，软弱得像只离不开牧羊人的羔羊。他倒是宁愿沉溺在深潭里淹死的。班主任刘华因为江小彬成绩下滑得厉害专门找过他谈话，他低头认错，非常利索地表示要扭转局面，重拾光荣。他这样说只是想快点离开刘华，然后，该干啥就干啥。

林薇薇信手翻了几页字帖，硬笔书法字帖是一张张分离的硬纸片，便于描红，从字帖中，她才知道有个叫作庞中华的老师钢笔字写得这样好看，完全就是电脑整治出来的一样。字帖上每个字一笔一画有板有眼，描红起来很费劲，林薇薇这天实在没有平静的心思去完成自己定下的任务。她不在学校里练字，只周末在家里练，一天至少一页，先是用方格小字本，后来改成透明度更高一点的无格白纸。要是能写得像楚老师那样多好，秀丽、流利、婉转多姿，看着楚老师写字，毛笔字、钢笔字，还有黑板字，她简直沉醉其中。那种叫作行书的字体，是她最喜欢的，写起来就像手脚麻利的女人打毛线衣，别看织成的毛衣了，单那快捷流畅的动作看着也舒心。但是唐俊苓等原班一群女生现在老喜欢围着楚老师转，楚老师也爱和她们打趣，开着没老没少的玩笑，林薇薇便在很多时候故意避开。这时候，她的出现很容易招致攻击，比徐凌在场时更猛烈，更不留面子。她奇怪的是，自己练了一段时间，反而写字越来越慢，丢开字帖随手写也是这样的，她搞不清楚出了什么状况，也不好去问徐凌，她总是等着他主动发话呢。

她裁起纸来，一下一下哗哗响。要是买的是自带临摹白纸的字帖，她就不会费神地裁剪白纸了，这显然是徐老师的疏忽。这时候，真想徐凌在旁边面带欣赏的笑意看着她，像一个高明的服装师一样熟练地收拾这些材料，再变出悦目的图案来，漂亮的衣服，或者是一篇整齐的字。然后，等着他一句称赞的话。

初二·三班同学私下议论，楚老师是春天，徐老师是秋天，班主任刘华是冬天。林薇薇认可这个说法，却又偷偷地笑这群懵懂的少年知道的太少。成人的内心，深得像海洋，而他们一群只是飞翔在海面上的海鸥，最多浮光掠影似的撞击一下水面捕捉一条小鱼，居然凭着表面的颜色对深不可及的海底擅自揣摩，要知道随便一艘轮船的漏油油污，或者一大团绿色海藻，便让轻浮的海面面目全非了。她觉得自己比同龄人知道更多秘密，甚至她本身就隐藏着许多秘密。

翻开累积起来的一叠白纸，林薇薇胡乱数了数，大概有二十多张了。徐凌一直没有检查她的成就，连询问也没有，是他不关心这个，还是太忙了疏忽了，或者忘记了呢？对此，林薇薇略感失望，或者叫失落，但是，她依旧坚持着，只要是他吩咐的，她是乐意按照指示去做的。他是一座沉稳的大山，永远不会倒，也不会出错，她毫无怀疑地信任他。

但是大山是沉寂的，也将寂寞感染了落在它怀抱里的每一个活生生的人。倘若她是大山的主人，她会让鲜花、红叶、溪声、鸟语、亭台楼阁、阔路梯道充满大山的个个角落，让它变得新鲜活泼，绚丽多彩，像父亲带她去过的市里的翠山公园。那也是父亲唯一一次带她出去游玩，遗憾的是，因为怕花钱，父亲总是带着她离游乐设施远一点，连20元的海盗船都没去坐一坐，新鲜事物是容易吸引她的，她眼睛里发出的光芒最终还是黯然熄灭了。

两手托着腮帮子支在桌子上，林薇薇始终没有操起笔画上一个字，屋顶一团光亮投下来罩着她，宁静的环境正适合冥想。她眯起了眼睛。

她是不怕累的，对于她喜欢的工作，苦累她忍受得了。阳光透过落地玻璃窗投射进宽敞的设计室，明亮而柔和。这是一幢二十三层高的大楼，写字楼位于中间层，可以俯瞰繁华的街道车来人往，但是所有喧嚣都被隔离。连续设计了两套休闲秋装，她感到疲倦了，把宽大的柚木桌上设计图纸一一收拢。伸了一个懒腰，慵懒舒服的气息便顺着腰肢向上蔓延，直到占领了整个脑子。她替自己冲了一杯滚烫的拿铁咖啡，加了咖啡伴侣，喝咖啡，她一定要加糖加奶，她喜欢这个香味，融合着咖啡的高香。单一的气味容易枯燥而失去兴致，而她对于变动的、丰富的气味和颜色都很迷恋。她把座椅转了半圈，面对着大窗，这样从后背看去，她整个身子也就笼罩在蒙眬的光辉中。啜了一口咖啡，含着，慢慢地咽下，半闭着眼睛，宽敞的屋子宁静而温暖。"嘀嗒"一声，有人拧开了门锁，悄悄地不发一声。不用说一定是他。她装作不知，故意迷迷糊糊地半睡半醒，但是感觉到一个沉稳的影子飘过来。窸窸窣窣的声音便到了她身后，一双有些凉意的手轻柔地蒙上她的眼，用意当然是要她猜猜。这种简单蹩脚的游戏一而再地玩，每次她依然兴趣盎然，像吸毒的人上了瘾。那些毒品溶解在血液里后的快感，不是每次都是重复而简单的？她这样猜想。

她没有吭声，拍拍蒙着她眼睛的手背，表示她猜到了。那双手便往下移，在肩颈处停下，揉捏着，消解着她的疲乏。她享受着这份服侍。稍停，手继续下移，落到了她的腰上。她往前动动身子，以便这双不安分的手能够完全在后背和靠椅之间绕过去抱住她。紧紧地抱着她，不管她假装生气，嗔怒地反抗，发出可怕的威胁，他都不理睬，坚定地毫不放松，但是他的力量又绝不会伤害到她。其实她心里忧惧着他突然放手呢，要勒住她喘不过气才好。她细听着扑扑心跳，无心抵抗，浑身发软，躁动不安，期盼着他说出热烈的话来。哦，她的心思不会被看出来吧，多么臊人。

外屋一阵乒乒乓乓的声音，林薇薇被惊醒，恍然醒来，才知道自己落入曾经看过的半截子电视剧情境中。那应该是外公进屋来拿什么家什，还咳嗽了两声。一到冬天，外公便要犯咳嗽的毛病，虽然不太严重，可是总少不了的，像每年的候鸟一样准时，母亲杨宛莹便要忧虑一阵子，出去打工了，也要来电话问询几次。对于自己的父亲，她一直放不下心。

林薇薇顿时脸腺得发烫，生怕外公此刻撞进来，恨不得钻进被窝里铺盖死死蒙住，立即接上刚才的故事，再做一会儿梦。她禁不住会再做下去的。

外公没有进内屋，拿了家什出去了。林薇薇想了一下，觉得应该出去干事了，但是她要再待一会出去，让自己确实平静下来。她保不定别人会看出她心里的荒唐，她的脸色会把秘密泄露出去。

林薇薇拉开抽屉，由于潮湿，抽屉里有股发霉的味道。里角一蓬报纸包裹着一个盒子，那里面便是杨骏送给她的十五岁生日礼物。事情已经过去两个多月了。杨骏知道她没有手机，约她出来也不出来，便给她写信，好几天她才收到。杨骏高中毕业一年，已经在邻县县城移动公司上班了。杨骏说他元旦时移动公司会给两天假，他要回来看望她。这一点林薇薇倒不担心，反正她不和他单独见面就行了，别人爱咋说都行，特别是练小芳那张嘴巴，成天不是编这个故事就是编那个故事，见风便是雨，不得不注意一下。

林薇薇心里悄悄有个计划，等杨骏来时，当面把MP4还他，最好还有其他人在场，不管杨骏是当场摔了还是回去哭，她都不管，与她无关。他们便清白了，而且在最爱胡编乱说的人嘴里都清白了。他们尽可做要好的朋友，她感谢他的一片真心真意。

当她打开MP4盒子时，她震惊了，再次仔细检查过后，林薇薇确认，MP4已被多次使用过，白色背板上好几处细微的划痕，就连包装纸盒，盒角也因不断地碰撞摩擦起毛了。弟弟偷偷瞒着她，不知道用过多少次。她浑身难受，无地自容，恨不得狠狠打弟弟一顿。

她不能告诉任何人，谁也帮不了她，只有嘲笑、奚落，还有一些惊讶和瞧不起。外公倘若知道了，除了一连串的追问外，只会责怪她没有把自己的东西收拾好，弟弟才会拿去用，况且，那个白白的东西看起来好好地，用了又如何呢，没坏也要搅闹，这姐姐也太小气了吧。外公一向沉默寡言，但是偏袒起弟弟来说话却是一套一套的，仿佛什么都是她一个人的错。

她坐在阴暗的卧室里发呆，不想动弹。外公在屋外把铲锄磨得哗哗响，林薇薇用宽宽的铲锄锄过田坎上的杂草，那把铲锄的刃口总是被磨得雪亮雪亮的。外公挥动着，一片片带泥的杂草落下来，簌簌掉进水田里。林薇薇却使不利索，她不敢用太大的劲，何况她本来也没多大的劲。小六的时候，她认真干过一个月，那时她自以为若表现得好的话，父母会让她到镇上去读初中，而不是在中心校读戴帽子初中班。就是那一个月后，她指根下的手掌处，窜出了一颗颗茧子，硬硬的，像炒熟的田螺肉。到底，她还是没能去成镇上读初中，虽然一年后班级并入了璧江中学，但那不是父亲和母亲的决定，是政府的恩德。整整过了半年时间，她手上委屈的茧子才消退。

陈旧的瓦屋通过屋顶几片亮瓦漏下光线，可是这稀少的光线还被竹篾席顶棚遮住了一半，大半间卧室顶都铺着顶棚，遮挡落下的灰尘、瓦砾，和春夏季节掉下的毛毛虫瓦虱子。书桌前有扇小窗，被低矮的屋檐和浓密的竹丛遮住，透进的光线不比头顶上亮瓦多。什么时候才能住进紧靠路边亮堂堂的新房呢？修了都两年了，一直是那副停工待建的模样儿，听人说这叫清水房。可是林薇薇一看到那缺了一个大口子的过道护栏，铅灰色水泥砖中夹杂着米白色沙砖，丑陋不堪，底层室内满地砖块石头，一片狼藉，感觉便不舒服。而徐凌家的壮观厂房才叫人震撼。林薇薇曾有一次和练小芳、严晓春一起进了大丰公司厂部。宽约十米的电动伸缩门，两侧黑色大理石贴面的四方门柱，堂皇气派，不用进厂便可猜想得出厂子里的景象。实际上站在厂子外，巨大的两幢蓝色钢瓦厂房便一目了然，另有几幢单层房屋。她们在门口，大门旁的小门外，被看门人拦住了。练小芳说是来找她老爸练师傅的，看门老头不认识她们，仍旧忠于职守不肯放她们进去。练小芳脸上有些挂不住，正在考虑要不要给父亲打电话，但是她们都没有手机，看门老头磨蹭着不肯为一个陌生人浪费电话费。恰好此时，徐凌开着车到了。他停下车伸出头来问怎么回事。看门老头恭敬地解释了几句，表明他是信得过的看门人。徐凌点点头："这几位都是我的学生，这个是练师傅的三女儿，让她们进去吧。"说完又嘱咐她们进厂后注意安全。

看门人让开了道，打量她们的目光中有些异样。林薇薇三人感觉是这样，并且在无人处交换了这个看法，练小芳立即得意地承认。这时候，三个人从眼里到心里满是崇敬，徐凌就像那幢八米高的厂房。她们在厂子里溜达，俨然成了贵宾。厂里飘溢着楠竹特有的清香，十分好闻，在这里上班应该是愉快的事儿，林薇薇想会干木工活的父亲一定乐意长久在这里做工，不用常年在外不落家了。

林薇薇和弟弟住在外公杨荣的大瓦房里，这是外公的爸爸土改时分到的地主家宅。大瓦房另外一半归外公的哥哥。每户各有几间显得阴暗的屋子，由此看来，从前的地主过得也不咋样嘛。外公的哥嫂去世得都早，继承半幢瓦房的是他们的大儿子即外公的侄子，林薇薇叫他大舅。大舅常年在本地附近做工，满县里跑，大舅母是个勤实的胖女人，拖着两个孩子，话不多，对林薇薇倒是挺好的，有啥好东西吃，看见林薇薇便分给她一点。林薇薇推却不了，对于推却别人的礼物，她一向是优柔寡断于心不忍，每次也就收下了，事后多半给了弟弟。

外公家人丁不旺，唯一的一个大儿子听说是 20 世纪 70 年代几岁时患天花出麻子出不来走了，下面还有两个妹妹，林薇薇的母亲杨婉莹是姐姐，自然落下承接烟火的使命。妹妹出嫁走了，杨婉莹留下了。同样人丁不旺并且是父母双亡孤身一人的林觉民从一百多公里的外县经人介绍入赘上了门。

林觉民是个半截子木匠。眼看着从前和他一样时不时接到一些木工活做的工匠，如今在镇里新区街上修起了四个门面的大楼房，开着气派的家具店，林觉民也坐不住了。四周的房宅都在变，以前是草房变瓦房，现在是瓦房变砖混楼房，至少是二层，只修一个平顶都容易给人笑话，装修得也越来越讲究，越来越漂亮。目前，本组里三分之一住户都是楼房，全村也差不多，甚至不少老山沟里的也盖起了小洋房。林觉民不能落人后，他最怕熟人的白眼，怕人说他一个没用的男人还娶了一门漂亮媳妇在家，沾尽了老丈人的光。他是外地倒插门女婿，倘若修了自己的房子，可以算作独立了，人前也有面子。在只筹集了一半房款的时候，新房动工了。那时，还根本没把装修费用算进去，他也不知道究竟要用多少。他也不担心，岳父杨荣是支持他的，岳母则一向没有个人意见，唯杨荣之话是听，虽然杨荣是个温吞型的人，从来也说不出什么掷地有声的话来。

林薇薇当然不明白父母为什么忙着建新房。财产都是留给儿子的，她的弟弟才有继承权，但是现在却叫她因为将来的新房过着穷日子。自从初中住校生补助费涨到 200 元后，据说以后还要涨，经过外公的提醒，家里人一致认为不必再给林薇薇生活费，已经足够了。林薇薇似乎感觉到了成人们因为早早地卸掉了一个包袱而在不经意间流露出来的欣慰和放松，这令她郁郁不欢，觉得自己成了一个多余的人。弟弟也住校，但是外公会悄悄给他一些，弟弟不够用了，还向自己借钱，大概弟弟就是拿着借的钱去网吧上网，下载了视频放在 MP4 里享受的。林薇薇越往细处想，便越不开心。

书桌上圆镜子像一只明亮的大眼睛瞧着她，她从中看见了自己的愁容，她恼怒地拧起镜子倒了个，镜子便拿背面对着她。仅仅几秒钟后，她改变了主意，又把镜子倒过来，对着它眨眼睛。女同学都带着羡慕的口吻称赞她有一双赵薇一样的大眼睛。林薇薇却看见了不同之处。赵薇的明亮清澈，从里向外射着光；她的却清澈深邃，进去的光线都被吞没了，装着和年龄不太相称的忧郁，大概是她自认为没有过过什么好日子。这种眼光也可以看作是蒙眬的多情，江小彬眼里看见的就是这个样儿。

一想到江小彬，林薇薇很纳闷为什么这班长成绩一路下滑，居然还考不过她了，平时讨论数学问题时，江小彬不是总是对的多吗，一副高手派头，信心十足。林薇薇这一期对数学有点畏难情绪了，特别是以后的数学如果都像因式分解那样，她几乎可以肯定是要掉下去的，她对分组分解法最为发怵。

突然，一个声音吓了林薇薇一跳，外公站在门口嚷道："你还在屋里啊，外婆到河里洗红苕，都快完了吧。年纪轻轻只知道偷懒。"

林薇薇"咦"地尖叫了一声，一下子弹起来，像一只受了惊吓的兔子，蹦跳着向河边跑去。

家里养着三头大肥猪，年底时杀一头过年。另外两头卖掉，一个春节的开销基本上够了。冬天里，红苕碎粒是猪料主食，每隔两天都要煮上一大锅，囤在锅里乌黑乌黑的，拌上饲料店里买的一些辅料，猪儿吃得可欢了。林薇薇听着猪圈房里传来啪啪啪的吃食声，觉得就像是一首好听的歌，让人平静，感受到生活的欣欣向荣。她是一个乐观主义者，一个微小的事物很容易引起美妙的念头。

然而，她却不太情愿亲手实践这猪儿们的理想。冬天到河里淘洗红苕是件不舒服的事。河水冰凉冰凉，一担红苕洗干净后，一双手也冻得发红，恨不得塞进火炭里不出来。她到了河边，外婆一声不吭，用一根顶端带木头槌的竹棒，把鹅卵石围成的水圈里堆着的红苕捅得哗哗响。浑黄的泥水慢慢地从石头圈里浸出去，被河水带走，河里延伸出一条长长的黄带。

她接过竹棒，外婆站到一边，冲洗着撮箕里的泥土。林薇薇机械地重复起捅红苕的动作，红苕在黄水凼中翻滚。她觉得这和写字描红一样，偶尔有一丝快感，和成就感，多数时候却是单调烦闷的。当杨骏告诉她元旦回来看她时，林薇薇狠下了心，豁了出去，向徐凌开口借钱了，但是突然杨骏因为工作上的原因又不来了。她也犹豫着，终于停顿下来，怀着侥幸，借钱的事便搁置了。春节，杨骏要来几乎是肯定的，担忧的日子渐近，她不得不又焦心起来。林薇薇先前看到了期末监考表，考试的第二天，徐凌正好有一堂监考到他们，那时机无疑是最好的，她甚至提前给徐凌做了暗示，但是，徐凌不仅没有理会她的含意，第二天竟然请假了，没来监考他们。林薇薇知道徐凌当然不是故意的，他只是很忙很忙罢了，而且肯定没注意到暗示。

计划一下打乱，弄得她非常苦恼，借钱无着落，她孤独无助地担忧着，等待杨骏到来的日子。不管他们会怎样的谈判，她可以和他决裂似的表明，这个她自认为做得到，冲动起来她是不顾一切的。杨骏尽可以胡思乱想，她可从来没承认过介绍人的主张，那是荒唐的。假如闹开了会遭到外公的白眼母亲的咒骂，她也硬着头皮认了。总之，他们是能够帮她清偿礼物债务的。欠着人情债真是一个莫大的负担。

林薇薇还有另一个隐忧，她自我感觉数学跟不上趟了，虽然竭尽全力竟然还超过了班长江小彬进入前三名，但那是他，以及他们，那些懒散的，甚至可以说，以徐凌的口气，叫作堕落的男生们，漫不经心的结果，到了初三他们就会追赶上来超过她，还会捏着鼻头奚落她。还有那恼人的英语，中学的老师读音似乎都和中心校老师不一样，单词尾什么 s、t 的，几乎都不读出来，一不留意就听错了。如果数学真像徐凌提醒的那样，从初中二年级开始，要么坠入深渊，要么稳居上乘，贫富悬殊，而她恰好是那只折了翅膀的麻雀，浑身麻黄色毫不起眼的小麻雀。哎，怎么办呢，徐凌恐怕连正眼都不会瞧她一眼了。要是从来没有遇见过他，从来没有接受他那么多的关怀，理解和注视，她倒是宁愿缩到不被人注意的角落里享受安静和平凡，但是她潜藏着的虚荣被他唤醒了，再也不肯沉睡，必须要在自我满足中睁着眼，倔强而不屈服于别人的冷嘲热讽。那个薄嘴唇薄身子的翟琼英，什么呀，数学历来不咋样，偏要装努力，老是用那阴狠的眼光瞧她，专爱在徐凌面前打岔，问什么艰深的数学问题，当徐老师认真地回答她时，却又连个假话都说不圆，这道题扯到那道题的，摆明是来捣乱的。她才不让呢，就要叫他们，包括骄傲的老资格的学习委员唐俊苓在内，嫉恨她，眼热她，又拿她没法子。

"哎，你干啥呀，红苕都跑到河里冲完了。"外婆喊起来。林薇薇猛然清醒了，手忙脚乱地弯腰去捡那些被捅出去的红苕，不觉之间，半截袖子湿了，两只裤脚也浸进了河滩里。

从放假到除夕这段日子，外公给了林薇薇一个任务，看守熏腊肉。年猪杀了之后，卖了一半留下一半，盐腌了后做腊肉。熏房在紧挨着猪圈的黑屋里，这是一间零乱的杂物间，墙角堆着一大堆摞好的红苕。为了给腊肉添味，外婆还特意找山里的亲友打了几背篼柏香枝，每天微火燎着，香烟熏着，便得有人守着，青烟天天从瓦屋顶飘出去，在房屋四周缭绕，弥漫着过年的味道。

林薇薇知道，现在大多数农家都不做腊肉了，街上农贸市场专门有商家做了卖，她在镇上也看到好几家呢。练小芳家里就不做，还对她弄得一身土灰撇撇嘴，林薇薇那时也自觉尴尬。可是外公说，她父母过年回来，要带好多腊肉去广东，他们喜欢吃家乡的腊肉，超市里卖的都不如家里的好。这倒可能是真话，徐凌就在课堂上大赞深山里的老腊肉才是最正宗的货，连他们家庭都爱特意去买山里的老腊肉吃，熏得好，熏得久，味道浓郁，最重要的是，真实而不虚假，不像市场上劣货横行，各种危险的添加剂肆意无忌。林薇薇对于食物不太清楚底细，可是徐凌的话绝对是不会错的。

林薇薇父亲林觉民腊八才回到家，还是只买到站票，到成都后转客车回家，刚好赶得上吃年饭。他独自一人，杨婉莹没能和他一起回来。夫妻俩是在东莞樟木头一家鞋厂上班，这家厂子有一百多号工人，老板对颇有风韵的杨婉莹很有好感，林觉民又是一个做事精细踏实沉稳言语不多的人，典型的木匠品性，老板很想留下这对夫妻工，怕他们来年换厂了，便要求只能一个人回家，留下一个人帮着看厂子。这年由于世界金融危机，搞加工出口的往年单子都好接，这年却每况愈下，因为没有订单，倒闭的小厂接二连三。虽然国务院要求地方政府想方设法帮助外贸加工的中小企业渡过难关，但是地方政府也不全部埋单，提出了落后的生产力必定要被淘汰的地方主政思想，当地企业正好通过经济危机促进转型，自然不肯全力去保，很多还没有倒闭的企业都是在死亡线上挣扎。林觉民也担心丢了这家厂子，再回去后不好找中意的干熟了的工厂，杨婉莹则更有深入的打算，干满几年，学得一身全面的技术，那时儿子正好上高中了，他们便不再打工，回去把房子完工，偿还欠下的债，然后在镇上开一家前店后厂的鞋庄，稳稳当当过小日子。她知道镇上有三四家这样的鞋店，生意都不错，主人家的日子过得有滋有味的。劳资双方一说即合，没有过多的言语，杨婉莹便留在东莞过年了。

林觉民在家也待不了多久，厂里初八开工，他初五就得从家里出发，还得求老天保佑路上不要堵车迟延。春运时候，长途汽车因为堵车迟延是家常便饭，不发生几次还不正常呢，只求不要堵得太久就行。他在镇上一家信息部买到了去东莞的长途汽车票，从市里上车。初二过后，林觉民便开始为返厂做准备。

正月初二，已经有一些商家开门了，这是一个吉日。他带着林薇薇和她弟弟挨家看去，替他们买衣服。他准许他们自己选，而不像从前那样全权操办，家长买什么，孩子便穿什么。弟弟很快选中了两件，然后对父亲说他遇见了同学，要一起去玩。林觉民自然不想扫儿子的兴，随他去了，兴高采烈的男孩便揣着压岁钱，溜出父亲视线后，一头扎进了网吧，那里，已经有两个同学等着他。

林觉民也没料到替林薇薇买衣服竟然是一件头疼的事，转了五六家服装店吧，林薇薇竟然没有看上一件，冬装也好，春装也好，总之要置办了他才遂心。他向林薇薇推荐了几件衣服，店主立即一个劲地夸林觉民有眼光，但是林薇薇不表态，认真看了几眼，别着脸，显然看不上。林觉民倒觉得，随便披一件在林薇薇身上，都是蛮好看的嘛。孩子的主见是家长的烦恼。林觉民有些烦了。

"你倒是说，看上了哪些，走了几家了，难道一件也没有中意的？"出了店子，林觉民责怪问。

"就是没有嘛。"林薇薇嘟着嘴，"可能有的店子有，还没开门。"

林薇薇说得理直气壮，林觉民找不到反驳的理由，而且，他瞧见她明显有点成熟了的身子，突然意识到林薇薇长大了，她不需要大人啥事都为她做主。

"怎么办呢？我又要走了。那我把钱给你，等店铺都开门了，你自己去选。"

父女俩又在街上转了一会儿，他们之间总是相隔着几米远，又不拉得太开。回家后，林觉民给了林薇薇 400 元，嘱咐她只准用来买衣服，不准花在其他地方。林薇薇心里惊喜，口头上顺从地连声答应。

父亲走后的几天，林薇薇天天过得开心，愁云被初春的风吹散了。新年一天天过去，所有店铺先先后后全部开门了，林薇薇依旧等着，留着钱没有去买衣服。她心里有自己的打算。农历正月十二璧江镇赶集，也是寒假中最后一个赶集的日子。林薇薇和弟弟一起进镇里了。弟弟照例去找他的乐子，找他的朋友玩。林薇薇逛了一会儿街，被杨骏在街口拦住了，和他一起的，还有一个平头男青年。

杨骏请她到一个地方好好谈谈，林薇薇只想打发他走，但是还欠着一笔人情呢，须得交代。她不敢把 400 元都放在身上，但是谁知道杨骏偏偏这天毫无声息地就来了呢，事先都没给她说一声。她请他在镇里某个地方等候她，她回家拿钱来还他，谢谢他的礼物。

"还什么？钱？礼物？哪有这样小气的。"杨骏既诧异，又为被伤了面子恼恨，更为她的无情无义伤心。他说："今天不谈这个。我们找个地方谈谈。要不，我就跟到你家里去。"

跟到家里去，那真要命了。林薇薇吓得心都快蹦出来。她答应他，两个人私下交谈一下，但是要在一个僻静一点的地方。

"青梧桐生态园。"

青梧桐生态园是璧江镇唯一一处室外茶园，假山盆景和浓郁的林木把茶园分割成许多个既开放又独立的小空间，那里确实很适宜，林薇薇点头了，要求他们先走，她随后就来。

"那是我二哥，——结拜的。"说完，杨骏先走了，他所谓的二哥立即跟上。林薇薇和他们隔着十来米远，既保证别人不会产生怀疑，又保证杨骏能够随时看到她。

进了园子，杨骏果然坐了最偏僻的角落，那里，紫薇的密实枝叶最低的地方矮过了人头。杨骏结拜的二哥大声唤着茶小二，那是一个二十出头和他年纪相当的女人，四十三岁茶园老板的第三任新夫人，衣着朴素，一望而知是农村来的，容貌还过去。林薇薇慢慢地走，直到茶小二离开了才走到这个角落，在紫薇树边站住了，从远处走道上恰好看不见她的脸。

杨骏叫她过去坐，林薇薇摇头，二哥盯着她看，她更加紧张。杨骏走了过来，和她靠得很近，她立即退后了一步。

杨骏呼吸开始变得急促，忽然他沉住气了，他开始介绍起他的工作来，邻近县城的移动公司，县城里的姑妈介绍的，姑妈在那里农贸市场开着一家干货店，生意好着呢，重要的是姑父在县城里很有关系。他保证也可以为她在移动公司门市部谋一个职位，每天穿着蓝色的制服，有时候是粉白色的，穿梭在亮堂堂的服务大厅里，定时下班，定时上班，每天鞋子上都不会沾到半点泥，她尽可以选择最漂亮的高跟鞋，所有的环境都是和她相配的。

"跟我说这些干啥呢。"林薇薇明白地表示她不想听这个，但是她并不生气，反而有些同情他，因为他在她心里没有地位，近似于陌生人，却仍旧这样献殷勤。

"为我的女朋友做好安排啊。让她开心，让她快乐，我做什么都愿意。"

"谁是你女朋友？"林薇薇气恼地瞪着他，真想朝他踢一脚。

"啊，你要相信我啊，毫不迟疑地信任。"杨骏言语中开始出现一种狂醉似的迷乱，手也随着他难以抑制的激动挥动着，"我肯定对你好。巴心巴肝地，像菩萨一样把你供着。没有人会像我这样爱你，愿意为你去死。"

噢，my god！死啊活的这些个词语在某些人嘴里蹦出来就像吐掉一粒瓜子壳一样简单，她天天都听得到。林薇薇恨不得有个地洞钻进去，一脸窘得发烫，但是她不敢扭身逃走，她怀着恐惧，杨骏张狂的表情使她感到一种死亡般的威胁，如果她再刺激到他，他将什么行为都做得出来。这样的例子，她在同学中听过不少，为爱情天崩地裂赴汤蹈火是少年的荣耀、潜行的时尚呢。她颤抖着，不时左瞧右看，期待着出现一个救星。

"你相信我的话了。你应该相信的。我一定让你幸福。"杨骏以为林薇薇被他感天动地的真情感动了，自己也平静了一些，怕一下子过于激烈吓着了心上人儿。

蓦地，林薇薇激动得差点大叫出来。徐凌从那边经过，和两个朋友正要走进一个茅草棚里，虽然隔着十来米远。林薇薇用尖锐的声音喊道："徐老师！徐老师。"

寻着音源，徐凌也看见了她，同时注意到她身边靠得很近的少年，虽然大白天是不可能有什么异常举动，但是徐凌仍旧带着些纳闷地回答："嗯。你也在这里，喝茶？"

"不是呢，其他的事。老师你新年快乐。"林薇薇并不善于撒谎，简单地回答了。她想让别人理解成招呼徐凌是出于基本的礼貌，竟然挤出了一句堂皇冠冕的礼节话。她不敢看杨骏的眼睛，更不敢和他详细地辩说，低了头弱着声音说："我走了。回家了。你们慢慢喝茶。"

说完，林薇薇转身离开。杨俊来不及做出有效的反应，林薇薇已经走出了十多米远，经过徐凌和几位朋友喝茶的草棚。杨骏在璧江中学从初中到高中总计待过六年，认识徐凌，对徐凌的严厉，或者叫狠辣，也曾有耳闻，还知道徐老师特别有钱。他不敢去招惹徐凌。一时间来不及做出快速适宜的反应，只得眼睁睁看着林薇薇走远了，消失不见了。

杨骏没有追出来，林薇薇松了一口气，赶集天好找出租车，有的面的车专门跑某条乡村线路的，不过都要凑足了一车人才走。坐在拥挤的车里，她仍旧有些忐忑不安，因为猜不出杨骏未来的举动而不安，同时也由于无法向任何人求救而惶惶不安。她曾经听说过因爱生恨白刀子进红刀子的结果，女生还喜欢拿这些残暴的事来吓人，甚至做诅咒的愿景呢。

正月十五、十六两天报名。林薇薇十五这天就报了名，因为要等着晚上闹元宵，白天里便整天都在街上逛。她抱着小心，注意来往行人，以免和她最不想遇见的人相遇。谁知道杨骏有没有去上班呢。偏偏这天四乡八村的人都涌上镇里来了，等着闹元宵呢。林薇薇看得眼睛好累，也见识了许多她没有想象过的情景。忽然她感到世界变化得好快，显得陌生，或者说，以前她太闭塞太疏忽，以致没有看见这多精彩。

老十字街口是她多次经过的地方，楚钰和他女儿突然出现在她身边，以致她来不及和他们招呼就过去了。楚老师眼睛不是很好，林薇薇相信楚钰是没看见她。父女俩手拉手，十分亲密，靠得近时，楚秋云还将头侧着靠在楚钰肩膀上。她果然一副聪明伶俐样儿，看一眼便让人喜爱，楚秋云在璧江中学读过初中，三年学霸，目前在市里读高中，现在全校的老师都拿她当榜样激励人呢。林薇薇看得好生羡慕，一边走着，眼睛被紧紧抓着，竟然差点撞了水果摊子。

不知转悠了多久，每条街道，新的旧的，几乎都转过了，林薇薇终于碰见了她害怕的一个人。她远远地看见了陈兰。陈兰显然是从外面回家。她皮肤白皙光滑，虽然能明显看出是美容的效果，但是还是令人妒忌。陈兰穿着青灰色长款貂皮大衣，盘着发髻，略呈方形的脸庞显得端庄，耳垂上钉着和肤色一样洁白纯圆的珍珠耳珠，雍容华贵，神情轩昂，举止大方。走过大街，和她接近的人都避身让她，带着尊敬的口吻和她打招呼。林薇薇见过陈兰多次了，却是第一次这样气馁，她简直就是败给了她的衣着打扮，以及陈兰从内到外的自信和骄傲。

林薇薇悄悄地避开了，避免和她对望而过。她不清楚陈兰是否认识她。其实陈兰还没有她个子高，可是林薇薇自觉目光抬不起来了，抬起来也只能对陈兰仰视。不觉满心的沮丧，自惭形秽，感到自己就像晒干了的褐黄玉米，只有倒在仓里拿仓盖盖着或者装进麻袋挪到墙角才合适。等到陈兰的背影都已经快要消失了，林薇薇禁不住再次从侧面打量。她盯住了陈兰的细致处，展开了个人幻想，若是那耳珠换成月牙片的纯银耳环，一走动便晃动着，伶俐地闪着光，林薇薇认为那样更好看更活泼，她更喜欢。她又觉得陈兰也许不是刚才感觉的那样好呢，是她的畏怯给陈兰加了分。

这个念头以后几天都弄得林薇薇有些无精打采，直到徐凌收缴检查他们的寒假作业后，专门叫了几个人到办公室去，要么是因为不满意，要么是对某人作出个别要求。林薇薇也在这被召唤的人之列。他那熟悉的神情，细微之处流露出的照顾，和他刮得很干净青了一圈的嘴唇四周，——那里摸上去应该光滑而不扎手的——都让林薇薇相信，徐凌仍旧是那个沉稳的徐凌，不会轻易改变。他的一切计划都在悄无声息地进行当中。

更庆幸的是，直到元宵节过，开学了，杨骏都没找过她。开学还不到一周，她收到了杨骏的信。外公很不高兴，因为他从村口小商店那里取挂号信，每次要花一块钱，邮递员也只肯把信件送到村口，若是平信的话，多半弄到哪里丢掉了都不知道。外公又不能不去取信，那样的话，收信人的名字会长时间留在商店墙上的黑板上，惹得别个说上几句，多半还是不好听的话。他让林薇薇以后的信都寄到学校去，她上学直接就去学校收发员那里拿好了。林薇薇可没办法回答外公，寄到哪里是寄信人的自由权，她怎么决定得了。杨骏故意把信寄到村里，是要明确告诉她一些东西呢。林薇薇认为是这样。

家里只有一部手机，外公在用，那是一部长虹翻盖手机。杨婉莹用了几年，出去打工时给了父亲。林薇薇当然认为信寄到村里远比让杨骏知道外公的手机号码好多了。哎，收了一件礼物的烦恼好多啊，退也退不了。

读完信，林薇薇心里的石头竟然放下了。信中只是问候她，即使真心表白的话也平缓而言语朴实，关于礼物则只字未提，只在最后落下了一句充满希望的话。写信人相信，终会有一天林薇薇会理解他伟大而痛苦的爱情，把他当作未来的依靠。

爱情是勉强不来的，他其实是一个通情达理的人。林薇薇暗自感激他的退缩，杨骏是在寻找体面的退路，所以，一切忧惧都已毫无根据毫无必要了。这几天天气不怎么好，老是下着小雨，雨丝中掺杂着阴冷。听老辈子总爱说"春雨贵如油"，林薇薇宁愿由此相信淅淅沥沥的小雨是一个好兆头。她开始后悔没有早早地买上中意的衣服，开学之初便给徐老师一个悦目的惊喜，这是她第一次做主购买自己的衣服呢。某个星期日，她转了好几个店子，以致陪着她的练小芳和严晓春不停地骂她啰唆，林薇薇终于买到了她和小伙伴们都满意的服装，一件因为过了旺季而打折的蓝色冲锋衣。剩下的钱，林薇薇计划过一个多月再去物色一件春装，气温正在回升，明媚的春天就要到了。

十九　游戏设置

正月十二这天，徐凌家里来了好几拨拜年的人。厂里的工人来拜年不稀奇，几乎人人每年都要履行这个礼仪的，就像中学里每个教职员工都给校头拜年一样，不去的只是那么极少数几个。竹签厂的另两位股东欧达林和韦仲航，年前就说过要来拜年，徐凌说笑着婉拒，年快过去了，两人到底还是来了，借口也堂堂皇皇，不是股东之间拜年，是租赁场地的投资人给场主拜年，或者说，是来客给地主拜年。都拎着礼物进门了，哪还推得出去，徐凌中午便在家里接待了两位客人。因为陈兰的要求，张婶初五就上工了，经过半年的调教，做菜也很不错。

还有一位客人，是徐凌意料不到的。陈兰妹妹的大伯子廖复生，也带着儿子廖洪涛拜年来了。廖复生前年在福建厦门承包了一处公交车清洗业务，开了一家公司，很忙，难得回家乡一次。他的妻子和母亲在镇上街尾经营着一家杂货铺，生意还过得去。虽说是只隔着两道弯的亲戚，但是没有特殊事情的话，同辈之间也不用拜年的。徐凌有些诧异，但不便多问。

吃过午饭，徐凌约几位客人到青梧桐生态园喝茶，顺便商谈一下竹签厂今年的生产规划。他也问了廖复生要不要一起去喝茶，廖复生欲言又止，终于还是表示不去了。廖洪涛不知溜到哪儿去了，廖复生正不开心着，他要徐凌尽管去忙不用管他，他留下来和陈兰说说话。

徐凌便和欧达林、韦仲航去茶园了。恰巧碰见了林薇薇单独一人和两个青年男子在一块。徐凌最讨厌看到这样的场景了，甚至懒得去寻求一个合理的解释。他怅然不乐，她虚弱的自控能力叫人失望令人憎厌，使徐凌突然想放弃一切关于林薇薇的念头，但是很快，他的思想被打岔了，不得不专注于生产经营的切要问题上来。徐凌首先提出要对竹签厂实际的管理者韦仲航实行工资制，这半年来，竹签厂试运行顺利，韦仲航日夜操劳，只是象征性地每个月补助 800 元。至于他和欧达林，仍旧作为不领薪水的股东参与管理，打通地方关节，今晚他和欧达林将去林业站站长家拜年，其余的，正月二十以前走完。

说到后来，韦仲航和欧达林都对他大规模扩大竹签生产表示了怀疑。首先是竹资源匮缺，楠竹成本偏高，而慈竹又产量不足；其次是产品利润率只有5%左右，若要扩大客源，势必有很多欠账，以前那些打算赊账的客户都被他们拒绝了，宁愿失去这些客户。扩大生产不就是要把这些丢掉的客户找回来吗，那样的话，已经是低利润前提下能否保证欠账利息算下来之后还有能够接受的利润呢，还有，欠付资金是否安全。若是诸多事情不尽如人意，得不偿失，那有没有必要扩大生产呢？

徐凌提出了相反的意见，竹签利润虽然比较低，但是产品周转周期比较快，一年四季都需要，尤其是市场需求稳定，只要国家宗教政策不发生很大改变，信仰得到充分尊重，香烛签的销量是稳定而巨大的，正好适合大规模生产，这类低技术低附加值产品最适合以量取胜。竹签还可以拓展产品范围，比如牙签棉签，用途很广。他们只需要对那些赊账客户进行周密考察，确定信誉和担保后，完全可以吸纳为竹签厂客户，只需用十元钱的积压资金，可以获得一百元的销售额度。最后利润虽然低，还是可以承受的。若再扩大两条生产线，增加库房库存和周转资金，增加一至两名销售经理，把目前年产300吨提高到1000吨，大约需要追加投入200万元，可以按照目前的比例，他投入80万元，剩下120万元由欧达林和韦仲航商议投资比例。

徐凌的数学计算打动了两人，欧达林和韦仲航同意回去考虑后再做决定。得不到其他股东的有力支持，徐凌稍感不快，但是他坚定地要按照他的思路走下去，而且他相信能够说服两人。散场后，徐凌被一股说不清楚的力量驱使着，又到街上转转，买了两袋水果回去。这期间他一直没有遇见林薇薇，想是回家了。廖复生居然还在家中，徐凌忽然明白，这位转角亲戚是有意等他的，很可能有事求他。

廖复生一见徐凌回家，立即站起来笑着招呼，显得拘谨。陈兰平时多少带着些冷淡的傲气，对后家的亲戚却一向热情细微。廖复生被陈兰招呼着坐下后，不知从何说起，两只手紧张地搓着。陈兰替他解了围，谈起了廖洪涛的事。

廖洪涛是廖复生的独子，在初三·四班读书，徐凌略知一二，成绩咋样却不清楚。陈兰叙述着，廖复生在一边加入补充。徐凌从两人重三遍四的说明和恳请中知道了大概。廖洪涛升入中学后进了普通班，小升初成绩仅在平均七十多。那时廖复生便托过徐凌看能不能调进小尖班。徐凌是个讲究原则的人。这个年级情况不太好，只有会集了全镇精华的小尖班能在统考中挤进全县前五名，稍稍露点脸，学校也极为重视小尖班管理，原则性很强，连陈天南的侄子也没进，只在重点班读。全班只发现有一个人成绩极差，根本不是小尖班的料，却进了小尖班，这人的小学同学，也揭短说这人小学时都随时挂科。那是一个赌场老板的儿子，道上很有势力的。联系起来一想，自然有人以为其中有猫腻了，闲话不少，有人悄悄去查小升初成绩，却是真实的优良，于是只得怀疑考试时严重掺水了。读了一期，各科成绩都差，坐在教室里实在撑不住脸，转到了普通班，读了半期，又觉得丢不起脸，干脆托了关系转到县城里读了。

于此种种，徐凌自然不敢答应，详细解释了一通，婉拒了，他估计廖复生甚至陈兰的妹妹心里都埋下了芥蒂，过后给陈兰细细说明，陈兰又给妹妹说了，才算过去。廖复生心中始终不得劲，连通融去两个重点班的想法都不愿提了。

廖复生常年在福建忙，家里妻子和母亲经营着杂货店，也没多少时间管教廖洪涛，她们更是自认管不了，初中的知识，连她们都是混过去的，廖洪涛摆一本书在面前，干的是啥，两个女人也分不清楚，哪里还有能力去管教呢？初中开设了微机课，家里率先给廖洪涛置办了台机电脑，开通了家庭网络，想方设法套住孩子在家中，反正就不要廖洪涛整天往外跑。廖洪涛不知什么时候迷上了游戏，整天趴在电脑桌前，忘形时还要大叫几声，又把电脑桌拍得啪啪响。家里禀报了廖复生，廖复生让断了网。这下更糟，廖洪涛成了网吧常客，钱用完了，店子里钱柜也不时偷偷地被他照顾一下，虽然每次不过三十二十元的。廖洪涛母亲几次气冲冲地抓了把竹条跑到网吧，把廖洪涛喊出来赶回家，举起竹条却又打不下去，回家便大哭一顿，咿咿呀呀的比死了亲生父亲还伤心。哭得廖洪涛心疼了，流着泪跪在母亲面前表示一定痛改前非，过不了七天却又依然故我。第五期统考，全面溃败，数学仅仅弄了个31分。廖复生又气又急，讽刺他道，"儿子你行啊，这个分数拿去做驾照扣分，比全国哪个司机都高"。眼看毕业在即，人生即将进入拼杀阶段，廖复生着急了，只得涎着脸再次登门。他心里清楚，找学校其他老师帮忙，或者转外校，都是徒劳，最近处便有庙子，菩萨还是亲戚，焉能舍近求远。

廖复生希望徐凌帮他在学校找个老师，周末两天给廖洪涛补课，同时也把廖洪涛管起来，老师管理可比家长管教有效多了。廖洪涛语文稍好，英语勉强过得去，没有突出的科目，数理化差尤其数学差，补什么课，请谁补，怎样补，这些都要徐凌拿主意，同时也要他出面去请老师，看在同事的分上，请到的老师自然会尽心尽力，酬劳多少是不用考虑的，保证给够。陈兰赶在徐凌的前头，一连声宽慰廖复生说亲戚的事一定要帮到底的，她相当于替徐凌表态承诺帮忙了。陈兰妹夫在西藏服兵役，妹妹也随军了，妹夫转业到地方后在川中监狱任职，年龄比徐凌大几个月，已经是副处级，陈兰打听到那相当于副县长了。妹妹一家很少回老家来，陈兰却总感到无形的压力，虽然她历来认为自己和妹妹的家庭是相当的，财与权本是半斤八两旗鼓相当，但凡是妹妹那边有所托付的事儿，陈兰无不大包大揽，格外卖力，这样她觉得自己还是姐姐，高出半头了。

"爱是阳光，过于炽烈便是伤害。你们平时就是过于溺爱，一味地溺爱，又不知道方式方法，才糟到这样地步，其实，依洪涛的智商，完全可以冲到中上成绩甚至上等。"

这句奉承话把廖复生说得感激涕零，鸡啄米一样点着头。他一言不发，等着徐凌教诲。

"全部科目都补不现实，主攻数理化就行，数学最差，而且数学上去了，理化只需认真一点，也差不到哪里去。单补数学一科就够了。周六、周日两天补，每天两个小时，不能太多。不能把时间都占用了，人也承受不起长时间补课。"

"那，请谁补课好呢，数学老师吗？洪涛好像和他相处得不太好。"

"可以找楚钰老师补课，他是班主任，各方面最了解了。"

"楚老师，他不是教语文的吗？"

"这个你不必担心，除了生孩子不会，没有什么为难得了楚钰。问题是，楚老师不知愿不愿意呢。"徐凌犯了愁。

"徐总亲自出马，一定马到成功。"廖复生嬉笑着说。

"徐总肯定请不动楚老师，徐老师嘛，倒还有点可能。"

"那是，那是。"廖复生脑袋随着说话的节奏一起一伏。

徐凌和廖复生商议好了细节，按照目前市里在职教师补课标准，每小时40元。他又让廖复生去买了一条玉溪香烟，一盒贡枣蜜饯，一大袋鲜桂圆，一袋新疆纸壳核桃，他陪同廖复生父子一起去楚钰家中拜年。

楚钰对丰厚的拜年礼物大为不安，隆重之下必另有所求。但是徐凌不管这些，故意打着岔让廖洪涛问候师父、师母新年好，礼物不知不觉间放下了，当然就算是楚钰收下了。楚钰也清楚这些礼节上的微妙之处，当着徐凌的面实在无法推拒，便耐下心和两个成人聊起来。廖洪涛的眼睛不安分地四下看着，老师家中的摆件颇有些丰富奇特。他是第一次到楚钰家来，他原以为楚钰的住宅和他家一样，宽敞得可以跑马，但是现实恰恰相反，楚钰居住的是妻子在农村信用社，现在叫农村商业银行分到的单元住宅，只有八九十平方米，仅仅为廖洪涛家的四分之一不到。廖洪涛理所当然地把杂货店门面算作住宅面积了。进院子时，他看见三楼楼顶栽种着植物，上面应该比较好玩，但是当着父亲和班主任的面他不敢贸然离开，因此强制着自己，又不善于掩饰，坐立不安的样儿一目了然。

话题很快谈到了廖洪涛学习成绩上，徐凌代替廖复生提出了请楚钰补课的要求，主要目的就是要改掉廖洪涛沉迷网络游戏的坏毛病。"报酬，只是一点心意，难以体现劳动的真正价值，每个小时50元。希望楚老师能够拨冗帮帮廖哥的忙，也就是帮我的忙。"

廖复生不禁对徐凌自作主张的行为感到古怪，但是没出半点声。他是个精明的商人，胆子也大，书念得不多，初中还没毕业，却颇有见识，善于随机应变。

楚钰委婉地拿义务教育学校在职教师不得补课来推辞，徐凌反过来拿一对一补课属于真正的市场经济只关乎需求无关教育局规定去劝说楚钰接受。

学校内一对一补课教师大有人在，也绝不会有那种班级型大面积补课家长一边交钱一边悄悄给教育局电话举报的事发生。楚钰对付逻辑森严的徐凌还真得另找高招。他便拿自己的生活习惯不愿多操劳和学生只要在校认真学习无须补课来搪塞。看得出楚钰其实是在摇摆之间，若是逼得太急，楚钰直接答复不接补课生，那还真的难以转圜，徐凌以退为进，笑着亲切地说："楚哥可以慢慢考虑，不急。这事还真的只有拜托你。重任非你莫属。好吧，我们先走了，过年事多，也不耽搁你了。"

楚钰还要留下三人吃晚饭，廖复生聪明地理解了徐凌的心思，推辞说家里还有客人，坚辞了。临走时扔下一句话："廖洪涛的事，就拜托楚老师多费心了，要是给班上惹了什么麻烦，你可千万不要客气。"他也没点明费心是指补课还是校内班级上日常管理那些事，楚钰当然无法否定，也只得含混地客气回答那是分内之事。

在路上，徐凌给廖复生解释了为什么40元加成50元。"我询问了几个市内教书的同学，市里边普通校外教育人员补课是每小时50元，但是在职教师是70元，乡镇上比市里也相差不大。我替你做主了。"

"当然该你做主啊。兄弟，这事全靠你了。"廖复生索性一股脑儿全推到了徐凌身上。

楚钰打算吃过晚饭就给徐凌电话回绝的，但是餐桌上妻子秦淑芳的话让他又迟疑不决。秦淑芳说："廖洪涛这孩子挺聪明的，可惜了。他父亲以前和信用社打过交道，很讲信用的一个人。"

秦淑芳的含意不言自明。他们在客厅里的谈话，秦淑芳肯定都听到了。楚钰唯一不知道的是，徐凌私下给秦淑芳打过电话，嫂子长嫂子短地叫得多亲热。秦淑芳这样贤惠的女人，自然受不住当地财主徐凌这样的恭维讨好，死了心要帮助徐凌，但是她对楚钰除了爱之外还有崇敬，她最不愿意强迫丈夫去做不愿意干的事，尤其是还要受点辛苦劳累。所以她只是敲敲边鼓，帮徐凌一把。

楚钰考虑的不是报酬问题，也不是辛苦问题，他只怕劳而无功。江山易改禀性难移，一入网络游戏的窠臼，便如羊落虎穴，那群贪婪的老虎不把猎物啃得白骨森森是决不会住口的。改变这样的学生需要多大的功夫，多长的时间，而结果尚是一个未知数。一想到那长年累月的艰辛之后却一场空忙的虚落，楚钰就不寒而栗。

二十多年前，初中临近毕业时，楚钰开始对未来有了比较明确的愿望。那时他最敬羡的人是维克多·雨果和阿尔伯特·爱因斯坦。初中毕业时，所有教他的老师都劝他读高中，将来走个好大学是轻而易举的事情，那时全国恢复高考不久，但是他粮站做小职员的父亲难得地做了一次决定，从进可攻退可守考虑，要求他报读中师中专，楚钰母亲是农转非无业居民，家里日子过得也不宽裕。楚钰扭着劲，故意只填报了一个机械专业的重点中专，意外的是，招生办把志愿改了，很多考生也被改了志愿，结果他被一所中等师范录取了。那个时代，正规教师奇缺，国家有政策鼓励优秀学生就读师范学校。读师范是个好选择，国家包分配工作，读书免学费，还每月补给生活费15.5元，这已经保证能够吃饱饭了。将来仍然可以有机会读大学，的确进可攻退可守。父亲同意了县教育局和县招生办擅自给儿子人生作出的重大改变。

是啊，那是一个落后、封闭的年代，经济贫困，生活沉闷，能够吃饱饭已经很不错了。初中时，楚钰的定量是每月25斤大米，每天定为三三二。吃肉很少，肚里缺少油水，楚钰很难受，吃甑子饭时，还可以蹭点大人的口粮，后来为了蒸饭方便，改为分在搪瓷盅里蒸，每人一盅，楚钰时常弄得半饥半饱，他好动，从早到晚和一条街的孩子满街跑，踢石子阶、藏猫猫、逮猫猫、赌烟盒，等等，活动内容十分丰富，半夜里肚子叽哩咕噜会难受。进了师范校，口粮变成32斤了，正是吃长饭的时候，缺少丰富菜肴的伙食在营养上还是不足，他得吃上每月60斤以上才有腹中满足的感觉，幸好那时有喜欢他的女同学把自己吃不完的饭票偷偷塞给他。参加工作三年后，楚钰还瘦得猴样。秦淑芳有时开玩笑说，相亲时怎么就看上了这个"沐猴而冠"的家伙。

师范三年楚钰是极为苦闷中度过的，吃得饱不饱还是其次，他没有书可读，无聊得常常旷课出去溜达。规模小的师范校没有图书室，大的师范校纵有图书室存书也不多。教材那几本书楚钰三天两夜就泛览了一遍，他看书是一次三行地看。毕业后，楚钰分到一所中心校任教，挖掘机老板乔志良也在那时成为楚钰的学生，他俩师生感情颇好。这也使乔志良在那次女生自杀事件中，偏向于老师所在学校而悄悄通风报信，为当地政府的维稳事业立了一功。

少年的梦想纵然历经磨难，也不会轻易湮灭。楚钰结婚后，逐步把文学创作纳入人生轨道。陆续写了一些不能发表或者叫无处发表的诗歌后，他目标转向了长篇小说。花了大半年时间，二十五岁时终于完成了第一部十九万字的长篇，书名《黑牡丹》，内容是：一户生有四子的农家，男主人患有痨病，妻子不堪生活重压，离家出走，多年杳无音信，男主人不久也过世，十五岁的长女白兰便成了一家之主。亲友乡邻虽然不时接济这家人，但也只是杯水车薪。女孩终于离家外出了，把管教弟妹的责任交给了十三岁的弟弟，一个初一学生。她骗了一个亲戚，借到了500元后跑到了广州，20世纪90年代初的500元，是多么大的一笔数目啊，上当的亲戚背地里咒骂之后，少不得还去白兰家里看看，也带点粮食去。队里、亲友、乡邻、众人不得不撑起了责任的伞，勉力支撑着不得让未成年的兄妹三人饿死。意料不到的是，仅仅过了一个月，女孩从邮局寄钱回来还债了。半年之后，白兰已经成了广州某个圈子中有名的夜莺。三年后，弟弟即将初中毕业，到外地读高中，白兰回家了，并且不再去广州卖笑挣钱。她在镇上开了一家服装店，把广州新潮的服装引进小镇上卖，引起了本地服装销售界不小的震动，背地里的猜疑和流言在她的头顶和房屋四周飞舞，好像一件崭新的衣服经过她的手都会沾染上了病菌，但是没有人能拿出确凿明白的证据证明她的钱是脏兮兮的。

爱情总是在被人注视的时候更容易来临，镇上有三个人同时爱上了她，一个经营运输并在镇上第一个买了东风货车的老板，他答应她只要她首肯便立即回去离婚；一个是家里开着火锅店和娱乐城，生意红火，老爱偏着头看人的少爷；第三个是她小学同学，中专毕业后在镇上工商所上班并且是国家正式编制的腼腆青年。她对同学心动了，但是腼腆少年的真诚遭到了父母毫无妥协的公开反对，他们决不接受钱路来历不明几乎就是舆论旋涡中心的风流女子成为儿媳妇走进家门。悲剧的结果是，黑牡丹，俏丽的黑牡丹死在了爱偏着头看人的少爷恼怒的刀下。东风货车开得再快，也来不及堵住胸膛里流失的血。她爱穿一袭黑色的小V领无袖长裙，那时可算夺人眼球了，爱慕的男人便在背后叫她黑牡丹。

创作这部书时，主要是夏天，窄小的屋子中，没有空调，空调在20世纪90年代初的普通家庭是不可想象的奢侈物品。开着电扇，又怕把页页纸张吹得到处都是，楚钰手上的汗水有时竟然把字迹洇得模糊了。全书带有明显的布尔乔亚情调，那时的楚钰却生活拮据，女儿刚出世不久，十分节俭的父母常常资助这对除薪水外别无暗财的年轻夫妇，那时农村和乡镇也没有补课一说。他用横格本写草稿，一遍遍修改，为了节约纸张，纸页上角落里都塞满了修改的字句，最后用专业方格稿纸誊写后投稿。楚钰再三思考，选择了率先开放的广州，认准一家著名文学杂志投过去。一个月过去，没有回音，他去了信询问，也没有回音，最后只得再去挂号信要求退稿。善良的编辑最终还是把稿件退回来了。他又向上海杂志投稿，遇到同样的待遇。更加保守和传统的北京更不可能给他机会，楚钰也不愿意去北京的杂志碰冷眼，至少他明白了一个现实真理：描写第一代妓女的生活是不可能在20世纪90年代的文学期刊上发表的，那时也没有网络提供发布平台。至此，楚钰彻底放弃了。

这年的中元节，按习俗给祖先烧纸钱时，他一张张撕掉稿纸，投入了熊熊的火堆中。

　　他仍旧做着中学语文教员，但是把更多兴趣转向了各种职业。他和人合作开过食用菌培育生产场，乐滋滋地摆弄着一朵朵绽开的菌菇。20世纪90年代后期，镇上小城镇建设开始，新修房屋大量需要液体涂料时，又买来化学书籍加上个人观察，在家里多次试验，竟然一个人搞出了最佳配方。看着烧碱水冲入玉米淀粉溶液神奇地变成一桶糨糊，一桶半透明的涂料胶水时，楚钰便开心地嘲笑那些花了5000元即相当于他大半年工资购买涂料配方的小老板们。每次投入和经营都赚了点小钱，然而每次投资都是两年过后他又兴味索然，放弃了，重新寻找新的项目，借此也满足他探索的兴趣和孩童一样的好奇心。他曾经写诗自嘲，"爱得太多，热情也难以持久；燃烧凶猛，谁曾见烈火悠悠"。后来，楚钰选择了极具智力挑战的家电维修。他先在职业中学搞了一本教师用过的大学教材《电子技术基础》，三个月看完后，又把刚订阅的《家电维修》——尽览，第四个月，他的家电维修店开张了。他很骄傲，脾气也直，又急躁不耐烦，多嘴爱问又生怕被敲竹杠的顾客常常被他奚落一顿，因此尽管他技术出众，生意却远不如别的师傅好，这可正是他所希望的，他才不想太累了呢。与其说是开源增收贴补家用，倒不如说找到了在观察分析诊治成功一系列活动中欣喜的乐趣。不管咋样，总有别处咋也修不好的家电搬到这里来求他修理，他也不愁没有事可做。特别是那些日本进口的组装机，这些机子是日本人扔掉的电子垃圾，基本上为当时少见的大屏幕彩电，进口到中国大陆后加上环形变压器把220伏电压改成110伏，再加装解码板，成为完全适应民用电压和电视制式的中国彩电，在乡镇和较为富裕的农村有广泛的市场。很多维修技师都对这类电路复杂没有图纸元件林立偏偏满肚子灰尘的改装机发怵，但是恰好成了楚钰施展技艺纵情翱翔的广阔天地。

　　从业之余，楚钰给家电维修杂志撰写论文投稿，一发不可收拾，几乎每投必中，又参加全国家电维修论文大赛获奖。见证了CRT彩电从Mμ五片机到TA两片机再到LA、OM单片机的进化，最后是CPU和解码芯片封装在一块，形成超大规模集成电路里的数码机芯一统江湖，这时他惊讶于日本技术对国内彩电生产设计的全面占领，欧美的代表飞利浦机芯以及德律风根只挤占了一个角落，背投彩电昙花一现，液晶电视和等离子电视开始崭露头角的时候，楚钰结束了家电维修。那是由于达到维修技艺的巅峰后，疲倦又浮现了，尤其日渐增加的维修量使他劳累，进而厌烦，开始找借口推脱，躲避接件，不久干脆关了门。在这个时期，他购置了电脑，那时全镇拥有私人电脑的人连他在内只有三户。不久又开通了家庭网络，他喜欢上了上网，写作。电脑写作完全改变了从前伏在桌上流汗疾书的艰苦，又便于资料收集。雨果式的楚钰复活了，但是，他再也不去触碰长篇小说，只捣弄散文诗歌之类的短篇，连中篇也懒得坚持去完成。

女儿到市里就读高中后，他认为她已经成人了，自己也可以基本放手了，所有的压力一下子全部释放掉，工作当然轻车熟路，生活更是宽裕无忧。楚钰的日子基本上定型下来，教学、看书、旅游、摄影、写作，尽情享受生活各方面的愉悦。这时，楚钰通过利用网购和巧妙安排，营造情调，以中产阶级的收入获得了富人阶层的物质享受。

他也在不断挖掘着新的快乐，钓鱼、骑游或者自驾游，纳入了未来不远的计划中。

改换已经安定的生活轨道，而且辛苦多日之后，还说不准是否一场空忙，纵然无效而终家长也不责备或腹诽，在他看来，那种选择也是不可考虑的，因为这不是简简单单地补课。楚钰被秦淑芳恳切柔婉的话暂时打动了瞬间，早上一觉醒来，依然决定回绝徐凌。

楚钰上午给徐凌电话，徐凌立即说他到楚钰家中去一趟，要不他们出去喝茶也行。楚钰一听就知道其中暗藏阴谋，其实两三句话就能说清楚。然而楚钰最不愿意冷酷地拒绝恳求他的人，他善良得近乎软弱，迟疑间，徐凌已经挂了电话，楚钰只得在家里等着他来。

徐凌到来，用郑重其事的语气告诉楚钰他还有别的想法。作为多年的朋友，他其实一直关注，或者说在等待着楚钰的成就，他们其实还有合作的可能。只要楚钰定下心来选择某一项事业，全力以赴，全神贯注，日积月累，坚韧不拔，那么他一定会站在神圣的光辉的殿堂里接受神的祝贺。徐凌对朋友的荣誉也会引以为荣。

"全力以赴，你会爆发出维苏威火山一样的力量，所有敌人都是庞贝。你一定会改变廖洪涛，当熟悉廖洪涛的人惊讶于他脱胎换骨的时候，其实更景仰的是他新生命的创造者。你是天生的创造者。"

楚钰被徐凌盛大的恭维弄得内心啼笑皆非。感动，自得，释然的笑，以及深沉的感慨，倏忽之间楚钰把一生中曾经的片段回映了一遍。教书工作两年后他考入了教育学院中文系函授进修，一进入高等教育的大门，楚钰疯狂地吮吸着丰富的营养，他做了一件人人都觉得疯狂的事：他等不及课程安排按部就班的缓慢，报考了自学考试，在还有一个月零十三天就要考试之前，他向初中同学借了《古代文学作品选》大本教材，整整六本，每本300页以上，工作和函授之余，整日里如饥似渴阅读背诵，终于在自学考试中获得了73分的合格成绩。那个时候他的确感到自己就是赫拉克列斯，强大无敌。楚钰沉默着久久不语，徐凌也跟着沉默着等他，直视着楚钰，满眼期待。

"我始终还是有点担心。除了遗传基因大致决定了人的品质，他的智力、忍受力、身体和心灵的活跃力以及性格的大部分，我们还要受到三种影响，自然的、社会及事物的，还有人为的有目的的教育。当三种影响一致的时候，他的生活就是有序的、顺畅的、愉悦的、和谐的，如果三种影响力是互相冲突的，那么他的人生就会混乱，甚至充满悲剧。对于短期教育而言，这些冲突的结果可能是远远达不到施教者预期的效果，劳而无功。"

"我明白你的意思，我保证不会有人来干涉半点你的补课进程，一丝一毫都不会。"

他们坐在长餐桌的两边，楚钰半低着头，不敢更多地去看徐凌，而是目光在餐桌四处游荡。这张茶褐色餐桌是楚钰特别喜爱的实木餐桌，中空下凹，边角有简易的刻花，桌面上置放着钢化玻璃。他在市里家具店看中了，苦于难以搬运回家，恰好徐凌公司有货外运，回来时空车，帮他忙带回来了。楚钰忽然心中一热，四个指头拍在玻璃面上。

"好，我接了。开学后第一周开始。"

楚钰接任班主任只一期，对于廖洪涛了解的并不是多深刻。但要使廖洪涛达到至少某一方面大家所期待的转变，他心里还是有些底，他可以有多种尝试机会，主要的原因更是基于自信。他想：

要教人知道什么是善，不要多费口舌。絮絮叨叨令人生厌，沉闷乏味，面目可憎，反而叫年幼躁动的心觉得作恶是有趣的了。稚嫩的生命总是生机勃勃的，有趣两字足以引出违背常规的惊人举动。多少在成人看来不可思议的少年犯罪，竟然可以这样产生。学生是有血有肉的人，进入他们的心灵，就可以把握好航向。

补课第一天，廖洪涛八点刚过，来到楚钰家。他们约定是上午九点到十一点补课。这天早餐，廖洪涛母亲特意在家里包了抄手给他享用，而不是往日那样让他上街到面馆去吃。当母亲惊讶叫道"你倒了半瓶麻油了"时，奶奶笑呵呵出来说话，"这纯的小磨麻油就是比调和麻油香，娃儿喜欢由他吧"。

廖洪涛嘴角还带着油沫星子，抱着书本兴冲冲跑进了信用社大院。家里只有楚钰一人，静悄悄的，楚钰坐在餐桌前，面前开着戴尔笔记本。他让廖洪涛要喝水自己用电水壶烧，吩咐他还有半个小时可以自由活动。

楚钰进卧室拿了一套数学试卷出来，他特意从教育网下载后在教导处打印的，内容是数学教材第五期全期，他故意慢吞吞在里面找，待了一段时间。廖洪涛趁机凑近笔记本看，屏幕上打开了QQ游戏大厅，新中国象棋页面。

楚钰回到客厅，廖洪涛立即正襟危坐。楚钰不禁盯着他一眼，廖洪涛绽出笑容说："老师也喜欢电脑游戏啊，哇塞，特级大师哎！"

浴火·YUHUO

"那是以前下的，现在基本上不玩了，太费神。现在级别的对手都超级厉害，稍一疏忽就输了。干啥活都得全神贯注啊。"楚钰把试卷放到桌上，"今天的任务是做完这套试卷，时间两个小时，我要先了解你的数学状况。认真做，可以翻书。不要着急，九点开始，要遵守规定。"

廖洪涛抬头看看墙上石英挂钟，问："我可以玩一会儿游戏吗？"此前他已经看见客厅角落里有台机，摩登和路由器都放在那里。

"可以玩半个小时，不过，不是上课前，而是上课后。而且前提条件是，我要对你这天的表现满意。如果你做不到专心致志地学习，我就取消这天的特别待遇。"

"好咧，说定了。"

楚钰摸出烟盒抽出一支烟，看着廖洪涛问："现在我要抽一支烟，你不反对吧？"

"啊！"廖洪涛既诧异又感动，"这是老师的自由啊。"

"噢，别胡乱理解自由。真正的自由主义者是尊重别人的自由的，同时遵守规则的，这样大家才都有自由。我们在同一间屋子里，抽烟当然对你有影响。"这时，楚钰盯着廖洪涛，似笑非笑。廖洪涛实在憋不住了，说："老师这样看我干啥？我不抽烟的。"

"你不抽？"

"我敢啊？"

"偶尔也抽一支吧，别追问谁检举的。很少很少，其实，说明你还是控制得住自己的。我知道高中生抽烟的很多，初三也不少，怎么都看不到烟盒。"

廖洪涛憋笑起来。

"和我还打埋伏啊？"

"不敢不敢。学生抽烟，大多数买零支的。"

"香烟卖零支？不整盒卖？"

"整盒，零支，什么都卖，只要出钱。学校门口那条街，七八家在卖。"

"那些卖学生饭的应该也偷偷卖了？"

廖洪涛不反对，也不认可。

楚钰放弃了追问下去。水烧起来，很快开了，他冲了一杯铁观音，热腾腾香喷喷。廖洪涛耸起鼻子使劲嗅。楚钰活动起身子来，金鸡独立式蹬着单腿，一边看着挂钟说："还有十二分钟，自己掌握时间哦，违规了就没游戏玩了，还得受罚。咦，平时里很少见你体育活动，怎么不喜欢和同学们一起操场上运动啊。"

廖洪涛闭着嘴不说话，只盯着楚钰看。楚钰继续金鸡独立，摇晃起来只得撑住了墙："运动好啊，流水不腐户枢不蠹嘛。你瞧这单腿支撑平衡，以前都能站稳十来分钟，现在不行了。平衡能力能够衡量人体是否衰老。"

"一只脚站立嘛，好简单的事。"

"简单？你能站住180秒吗？两手不能碰任何东西，也不能跳跃，而且必须闭上眼睛。你做给我看。事非经过不知难——怕啦？"

廖洪涛笑嘻嘻地起身，真的做出了单腿站立。楚钰同意他张开双臂帮助维持平衡，看着挂钟数时间。一分钟过后，廖洪涛摇晃起来，楚钰替他鼓劲，晃动的手多少起到了调整平衡的作用。三分钟一到，廖洪涛大吐一口气，夸张地瘫软在椅子上，长久不肯动弹。

"有点难，但你还是坚持住了，不错。如果你能超过6分钟，可以奖励你多玩十分钟游戏。"

"真的？"

廖洪涛疑问归疑问，心里是完全相信楚老师的。楚钰到角落里用台机上网，廖洪涛在餐桌上做试卷，这里更宽敞更明亮。廖洪涛足足坐满了两个小时，其间包括上了一次厕所，中间他也东张西望起来，但是碰上楚钰平静的目光，立即惊怵一下收敛心神，他甚至悄悄地在桌下狠狠揪了大腿一把，做完后又反复检查，生怕错了漏了，被楚钰否决，第一天就出师不利。

楚钰花了十分钟看看试卷，说："还行，错的地方也不少，最后两道胡乱应付的。可以玩了。记住啊，30分钟。我不会来提醒你，自己控制，犯规了就得受罚，遵守我们达成的约定。"

秦淑芳下班回来，刚好在院子里碰上尽管离开了要回家却还有些意犹未尽的廖洪涛。他一下停住，立定后恭敬地叫了声"师娘"。秦淑芳笑眯眯的，欣慰自己没有白替他说话。

补课第二天，廖洪涛一进门便请楚钰替他看时间，他要破六分钟大关，他始终嬉笑着，生怕楚钰反悔了。楚钰让他不要急躁，平静一下，匆忙上阵容易打败仗。终于开始了，不清楚廖洪涛回去怎么训练的，仅仅一天，他还是摇晃，但是幅度不大，始终坚持着。六分钟过去了。廖洪涛单腿发麻站立不稳，差点跌倒，连忙坐到椅子上，弄得咕咕直响。他抖着腿，双手使劲地揉。

"真是可喜可贺。看样儿，你还能过十分钟的。"

"不行不行了。"廖洪涛一边摇头一边摆手，"脚发麻了，站不住了。"

"那只是体质问题，与平衡能力无关。稍加锻炼就能适应。成功了，游戏时间加到一个小时，可能还有意外的惊喜。"

"什么惊喜？先透露一下。"

"暂时保密！你静下心来，心思澄净，控制住各种杂念，只要不急躁不

浴火 · YUHUO

浮乱，应该站得更久。深呼吸可以帮助你摒除杂念，集中精神，专心如一。不过，机会要等到下周了。总的来说，对自己的思想、注意力加以有意识的控制，你就会胜利。"

廖洪涛认真地听着，直到楚钰又谈到他的学习问题，才又警醒。

"分析了你的数学试卷，你的基础运算都还存在问题，比如整式的加减。你需要从头开始进行板块式复习，先补基础。今天你先完成有理数这章的测试，一个小时，结束后马上给你评析。记住写清楚每道题号。"

楚钰开了台机，打开桌面上的试题，他瞟见廖洪涛脸上露出难以掩饰的惊喜和期待。

楚钰昨天下午可忙得够呛，连习惯晚饭后和秦淑芳散步一圈的惯例都免了。批改和分析试卷倒花不了多长时间，但是接下来他要设计全面的数学补习进程，连英语、物理、化学，也拟定了一个复习步骤，具体到几大板块的内容和自检方式，准备让廖洪涛回去自个儿照章施行。楚钰又照着廖洪涛玩的页游《封神录》Web版在同服注册了账号，玩了一个多小时。这花去了楚钰这天能够付得出的全部精力，吃晚饭时他已经精疲力尽，但是更多的思考强迫着他，他已经承诺了，必须去做。

楚钰通常都睡得比较晚，宁静幽凉的晚上更适于思考。楚钰对廖洪涛家庭已经知道了大概。廖复生前些年人生荒废了，迷上了吸粉，砖厂的股份吃得精光，到底遮掩不住曝光了。这份家当是廖复生的母亲辛苦挣下的，廖复生的父亲已经去世，两个女人气得几乎要撵廖复生出门，不过骨肉之情终究割舍不下。强制送去戒毒所，进了两次，终于戒掉了。廖复生也不好意思赖在家乡，索性出去闯荡，到底给他闯出了一条路来，如今在福建注册了清洁公司承包公交车清洗，过得像模像样的，对儿子要求自然也不能太低。他自己没什么文化天分，不敢奢望儿子太出众，但希望至少读个大学本科。蹉跎了这几年，生育时机也丢失了，他老婆再生不出来，一个做生意人家，家里又有钱，基本上不用受计划生育政策约束，什么社会抚养费不在话下，但竟然只有一个孩子，说起来他自己也难为情，比他家境差的，两三个的多了去。只有一个儿子，骂也不敢狠了，就这么惯着。廖洪涛小学时据说成绩还不错，尤其作文出色，女同学叫他才子，初一时担任过语文科代表，后来由于做事太不上心，楚钰撤了他。

楚钰从不肯服输，只要认定的事咬牙也要坚持到底，没把握的事儿他索性放弃，免得骑虎难下。年轻时是一个自由激进主义者，碰够了硬墙之后，现在转向于折中主义，听天由命，安于现实，所有难解的问题都用黑格尔的"凡是存在的都是合理的"来敷衍过，虽然仍旧时时难以压制住他那急躁暴烈的脾气，对于弱小的事物却总是抱着悲天悯人的恻隐之心。廖洪涛的事，实在给他难题了，正是知道人的改变并非仅仅靠人为，更并非靠一人之力，他却又丢不开，不肯坦然接受几双期待的眼睛无可奈何地露出对他宽容原谅的假笑，那简直是对他的轻视。他接下了就必须成功。他辗转反侧，难以入睡。

脑袋涨痛了，高血压的感觉袭击着楚钰，但是他懒得起床去拿卡托普利和硝苯地平。他只偶尔用药，这晚的反应他更主要归纳为心理原因，没有必要吃药。他觉得自己中了徐凌的圈套，进退两难。或者，他可以仅仅着眼于数学补课，以提高廖洪涛数学成绩为唯一目标，反正家长以及徐凌都没有公开提出更多的要求，那也是不太合理的。但是他一向膨胀的自信又反对退缩。假若知难而上，势必打破生活的平稳安逸闲适，改变固定的轨迹，而落入未知结果的担忧焦虑之中。月过十五光明少，人到中年万事休，哎，何必那么苦呢。

平衡独立的测试，楚钰只站立了十来秒钟便摇晃不定，确实身体大不如从前了，这和锻炼无关，甚至，锻炼强度越大，次数越多，衰老得越快。师范同学五年一次同学会，聚一次少一人，酩酊之时大家坦言，谁也说不准，下一次走的是谁，或者就轮到了自己头上。一切如烟如雾如梦幻，再过几十年，在世的人也没谁记得他们了，短暂的时间就已经销毁了所有的痕迹，仿佛这些人，从来就没有降临过尘世，从来没有存在过。生与死，区别何在，生存竟是这样的虚无。

四周空无一物，楚钰只觉自己落入黑暗的深渊中，直往下掉，没有尽头，眼前看不见任何光线，听不见风声，摸不到任何东西，只能感到疾速直往下掉，身体一点点化成粉粒，轻烟一般飘散，之后什么也没有了。空寂，还是空寂。心脏被一只无形的手攥紧了，一阵猛烈的心悸，楚钰遽然醒觉，手一抓，却摸不着妻子的身体，再一阵清醒的空虚心悸。手伸得远一点，终于摸到了妻子温热的身子，心里踏实了。刚才他一阵子翻身辗转，和秦淑芳有了距离。

楚钰缓过气来，刚才的场景是他以前爱出现的幻象，而现在很少有了，而且也平淡，极少这样的强烈震撼。从前有段日子，他苦苦彷徨于这些虚无寂落的幻想中，生活蒙上一层叔本华式的悲观主义浓厚色彩。偏僻的乡村中心校，附近的单位只有乡政府、卫生院、供销社和两家私人商店，连赶集日子也没有。没有电视，几乎没有娱乐，工作之余学校教师常和乡政府、供销社等联队篮球场上拼杀对抗，输了的那队啤酒埋单。每次篮球比赛都玩得尽兴，人人拼尽全力。一次，他打球时脚崴了，这种宣泄式的运动不得不停下，只有坐在窗前望着青黛的远山，宇宙寂寞无声，思绪若有若无地飘荡着，像一个凄苦的游魂。

用红花油擦着脚踝，油质浸入了肌肤，凉悠悠的，疼痛得到缓解。他想象着身体内的组织和外界物质做着交换，被替代，排出，离开身体而成为尘土一样的成分。岂仅是某些有机物质呢，连整个器官都可以换掉，例如换肾、肝，乃至心脏，高超的美容也可彻底改变一个人的外观。假如一件件全部置换掉人体的器官组织，哦，上帝，这个人变成了另外一个人了吗？不是，仍旧是原来那一个，你爱的或者鄙视的那一个。可见一个人活着，并不是他的身体那些物质结构存在于空间和时间中，而是他的，头脑，无可替代的头脑。那么，脑子里的物质是不是也在和外界交换着呢？比如，组成某块胼胝体的若干分子，是从一个人出生之时就一直固定的那些，还是被其他分子替换掉了，只保留着原来的组成模式，这个模式固定不变，也就构成了思想的物质基础。他的知识、经验、性格、幻想，等等一切，都凝固在这个近乎固定的模式中。所以，物质的替换转变和形式的毁灭不等于一个人的死亡，只要保留了这些特有的思维模式，那么这个人就是活着的。

啊啊，灵魂不灭，生命不灭，只要这个思想灵魂是独立的、卓越的，也必须是不可混淆的，带有自己独特生命特征的，它完全可以用其他的物质形式一直延续下去，完全可以被区别出来，于是生命也就存活于世代相继的人类长河中，获得了永生。不灭的灵魂，不是感知，而是被感知，所以它存在着。芸芸众生，那些永垂于人类文化中的佼佼者，会恒星一样一直在宇宙中熠熠生辉。

原来，对于死亡的恐惧，乃是成就伟大事业的原初动力。

一个人是可以永生的，他的生命寄居于思想的传承中，不会结束，直至永远。人类还有一种可以永生不灭的方式，是以集体存在的方式，个体加入这个集体，而完全放弃自己，成为集体的一分子，集体的生命不断延续嗣承不已，个体也就永恒不灭。

远山凄清的惆怅消失了，楚钰在脚伤恢复的那一周中一直沉浸于这种摒弃了悲哀的轻快愉悦的思想中。在他后来的人生中，只要死亡的翅膀飞翔于思想之上时，他都会下意识挥舞这柄闪着深邃星光的利剑将它驱赶，而空虚怖栗也如阳光下的雾岚立即消散。

躺在温暖的被窝里，他又列出自己足以成为永恒之星的成就来，最后悲哀地流下了泪滴，除了女儿是他认为最有成就感的作品外，其他的几乎不值一提，包括出版的好评如潮的散文《闲云集》。一阵颤抖袭过全身。

除了做信息时代的徐霞客，汉语世界的加缪，还有其他可以让他卓越不凡的永生之业吗？他已经感觉到了衰老，虽然只是微弱的，但是一点点毫不可逆的衰老着。

妻子均匀的呼吸送来微风，她一直都睡得这样香甜，尤其是有楚钰在身

浴火 · YUHUO

边时。楚钰却常常失眠，他的头脑就像草原上的风车，永不停息地转动，每一个细微的生活场景都是一阵风。平庸者更容易幸福，但是上帝惩罚了楚钰，使他在出生之时就被诅咒，永远无法平庸。天花板在眼前暗淡混沌成一体，仿佛身体也和它融成一团了，这种物我合一的感觉消散了战栗的恐惧。于是他狠狠发誓：关于廖洪涛的事，不管多艰难，他都要做下去，做下去。而要做好这事，要点是拆除廖洪涛自我封闭的墙，引导他进入开放的丰富多彩的世界。

补课的第二周，廖洪涛依然提前一个小时去老师家里。去时，楚钰正躺在沙发里眯着眼，似睡非睡，漫步在音箱里放着波格莱里奇弹奏的钢琴曲。楚钰看出了廖洪涛的迫不及待，他马上把话题进入游戏《封神录》，他的游戏体验和廖洪涛几乎一致。廖洪涛眉飞色舞地眼观屏幕口吐评论。他告诉楚钰，经过两次合区后他所在这服的最强者是一个女人，昵称慕容秋白，都花了三十万元了，战力前十名的充值也不少于十万元人民币。原来的第一是个托，战力总在慕容秋白前晃悠，一个多月没玩了，战力也快到顶了。这款页游是道具收费模式，没花钱的玩家，纵然骨灰级别，玩到游戏关门，也达不到人民币玩家的一半战力。

"骨灰级玩家那得成天玩，好多的任务、活动、副本，每样都做，稀稀拉拉的十个小时也弄不完。"

"就是就是。这页游设计得不像页游，倒像网游，挂机玩的话，常常浪费完时间死掉了。太多的关卡陷阱，非得旁边看着手动不行。"兴奋之下，廖洪涛的唾沫星子几乎都喷到楚钰脸上了。

"你恐怕从来没有玩尽兴过。"

廖洪涛害羞地笑笑。

"如果你能遵守我们之间的约定，并且通过今天的考试，你可以从中午一直玩到晚上。就在我这里吃饭。"

"真的？真的啊？你不给我家里说。"

"当然不会啊。"

"那也一定不要对徐叔叔说。"

"那只是我们俩的事。"

廖洪涛仍旧不敢相信。他闷了一会儿，小声地问："老师，怎样看待游戏的。"

"其实啊，爱玩游戏不是那么可怕的。玩游戏的人大致分为四种类型，杀手型、冒险家型、社交型，然而最多的是第四类型，自我实现型，他们在游戏里体验成长和自我实现的感觉。网络游戏给玩家提供的是宽阔的舞台，比如大型游戏中都有公会，组织一个公会相当于管理一个企业，《哈佛商业

浴火 · YUHUO

评论》曾谈道：'看一个人是否能够管理好一个互联网企业，最好的标志不是看他有没有 MBA 文凭，而是有没有创建一个 70 级的公会。'"

廖洪涛似懂非懂点着头，过后，楚钰检查了廖洪涛上周的数学练习，还过得去，看得出廖洪涛是用心去做的。他们开始身体平衡过关。平衡一点也不难，难的是体力，可是瘦弱的廖洪涛坚持下来了。时间到了楚钰叫停的时候，廖洪涛还显得余兴未尽。

"你果然做到了，作为奖赏，这两天你不仅可以连续玩，还可以用罪罚的号玩，玩两天。下周起，每周只能玩一天了，另外一天你还得复习其他科目。"

"玩罪罚的号？大号哎。没合区以前是我们这服的老大，现在也在十三四位。老师你怎么得到的？"

"你没必要知道。"楚钰让廖洪涛平静下来，调整一下心境，他们马上就要开始讲解知识点和进行练习。

楚钰保留了一个秘密，这一周来，他可没少玩《封神录》web 版页游，他加入了一个大帮会，时常在会里聊天，他幽默风趣、机智百出的语言获得了帮众的好感。这个帮会原来的老帮主便是"罪罚"，后来转到最强帮会去了。"罪罚"最近已经少有玩了，战力与第一阵营越拉越远，凑巧的是，这个周末因为承包机场工程的谈判，罪罚不能上线，互相留下手机号后，罪罚满足了楚钰的要求，让他代玩几天。

接下来的补课也很顺利。楚钰从基础入手，循序渐进，廖洪涛听得仔细，练习题一一过关，两个小时完成了两个板块的复习巩固。

中午，廖洪涛留下来吃午饭。涂抹着黑椒汁的烤猪肋排让他吃得吧嗒吧嗒的满嘴是油。他从来没吃过，楚钰叫他帮着洗碗作为对师母厨艺和劳作的感谢。楚钰自己烧上水准备泡茶。等廖洪涛把厨房里的活干完，电水壶里咕噜咕噜开了一阵子后断电了。廖洪涛机灵地拿过桌上茶盅，楚钰已经往里面放好了茶叶，廖洪涛提起水壶要往里冲水。

"等一下。稍待一会儿。"楚钰说。大约过了一分钟，楚钰才让廖洪涛冲水。廖洪涛举着水壶哗哗冲满后，目不转睛盯着餐桌上的茶盅看。一堆茶叶碎末浮在水面转啊转啊，像漩涡星系，渐渐地沉到水底。碎片少了，个体也在转起来，有的顺时针，有的逆时针，在水面甚至形成一个个小漩涡，终于渐渐地平静下来。廖洪涛又盯着鼓囊囊的包装袋上 TARAGUI 品牌名发呆。楚钰不禁莞尔一笑。廖洪涛便问："这是啥呀，像米糠一样。"

"这是阿根廷无梗马黛茶，食过油腻的烤肉之后饮用极好。它冲泡温度不宜太高，90℃左右，否则会破坏有效成分。但是有些茶叶却只能用 100℃ 沸腾的水来冲泡，比如铁观音，否则里面有些物质不能充分溶解，还带有异味。

浴火 · YUHUO

春芽超市卖了一段时间铁观音，后来不卖了，说不好卖，泡茶有鱼腥草味，多半是这个原因。上次去问，老板说还是准备进货。你们店里有吗？"

廖洪涛摇摇头。春芽超市是璧江镇最老的超市，以前也是最大的，四个门面，地处老街十字口原来最繁华的地段，他们家杂货店还不能比。

"常言说知识就是力量，其实知识也是财富，是财源。假如你要继承杂货店，关于货品的知识非常有用的。"

"我才不去开店呢。"

廖洪涛嘀咕着，认为楚老师小看了他。

楚钰往茶水里加了几片橙子和少量蜂蜜，端了茶盅到沙发边，边喝边看手机新闻。廖洪涛知道他可以动手大玩《封神录》了。

这一个下午，从一点半到六点，果真没人干涉，廖洪涛独自尽兴。秦淑芳觉得有些异样，但是她见惯了楚钰怪异的举动，从不怀疑他的正确性。她只会尽职尽责地把饭菜做好，让楚钰顿顿都吃得满意，要是哪顿露出一些不满来，她便会不太开心，寻思是哪里没有调好味。这个贤惠的女人，每天都陶醉于他才华的光辉和丰富的生活趣味中，以他的快乐为快乐。一个人的时候，秦淑芳看韩剧，一集接一集地看。她在网上下载了看，资源多的是，也不愁断了档。贤惠的女人和天才的男人一样稀少。她每每满足于这段打着灯笼走遍四野也找不到的姻缘，把她的生命溶解在丈夫和女儿的生命之中，每天喝这掺了蜜的咖啡。

秦淑芳下班回家，做好晚饭，叫楚钰和廖洪涛吃饭时，廖洪涛才如梦惊醒，揉揉瘪瘪的肚子，不好意思地辞谢着，啪嗒啪嗒跑回家去了。那股满足劲儿，十足过足了瘾。

第二天，补课依旧按时结束。还有一个多小时才午饭呢，廖洪涛说他聊会儿QQ。楚钰正色道："我们有约定在先，在我家里补课时，除了玩《封神录》不能再玩其他任何东西，否则就别上网。"

廖洪涛只得答应着，在台机上打开了游戏。他昨天用"罪罚"大号通过了全部副本的最后一关，感觉除了打到的材料更多之外，没有什么太新鲜的场面和玩法。这材料都是绑定的，转不了给别的玩家，若要对罪罚这样的级别使用这点材料升级，那太少了，只有花大量的人民币才可能增加战力。这个号还可以玩一天，但他的兴致像坐过山车一样从顶端直落到了底部，自己的小号更不想登录了，但是依然机械地点击着鼠标，重复起以前不知重复了多少遍的操作。

吃过午饭，楚钰对廖洪涛说他要去午觉一个小时，他半笑不笑地看着廖洪涛。廖洪涛坚决地说他会认真玩游戏，绝不会违约。楚钰拍了两下他的肩膀，表示信任，并且说活跃度会很清楚地证明廖洪涛勤奋的程度，只有得到金箱子奖励才是合理的勤奋。

廖洪涛不敢懈怠，同时玩一大一小两个号，组队打副本，也还有一些兴致。楚钰眠足了一个小时起来，廖洪涛还在台机前勤奋地过关。楚钰过去看了看，也不理他，坐到餐桌前开了笔记本，写起文章来，但是他眼光却一直不时瞟一下另外一个角落里的徒弟。

廖洪涛偶尔会打个哈欠，拉伸几下肩膀。楚钰不动声色，直到廖洪涛突然打了一个干呕，过了几分钟，楚钰故意轻声低朗读起自己刚刚写的一段文字，点头晃脑的，煞是陶醉。

廖洪涛不停地往这边瞅。几次过后，楚钰问他干啥呢，怎么不一心一意玩游戏。廖洪涛问："老师，我可以玩玩其他的吗？"

"不行。根据我们的协议，要么只能专心专意玩《封神录》，要么啥也不玩。"

"要是我不玩《封神录》了呢？"

"彻底放弃？那，可以考虑每天让你上网一个小时，干啥都可以。"

"两个小时可以吗？"

"不敢去网吧了，呵呵，我知道，还是老师这里安全。好吧，90分钟，相当于一次考试的时间。"

"行，老师你说过的算话。我不玩《封神录》了。"

"怎么才能保证呢？我不可能时时刻刻监督你啊，除非把装备分解，宠物放生，战力再也不能恢复。"

"好，那我分解装备。"廖洪涛迟疑了一下说。

"那我等你，十分钟。完事后我们到乡下去，姨妈那里取醪糟回来，我老爸托姨妈酿的。"说完，楚钰离开客厅进卧室去了。

虽已雨水过了，风钻进怀里依然冷清清的，楚钰开着电摩带着廖洪涛在乡间水泥道上行驶。他们经过一片平整的鸡血李果林，树枝上绽放出嫩芽，正逐渐取代白色碎花，不久紫色的树叶便会在田野上点缀出一块紫褐来，和附近金黄的油菜花对比鲜明，悦人眼目。楚钰提示了一下，廖洪涛也见过这样的景色，楚钰慢慢骑着车，让廖洪涛即景描写一段。

"春风绕过瘦弱的李树，在田野上漫游。挨过了寒冷的严逼，李树不时还会哆嗦一下，它是被摇动它的春风唤醒了苦难的回忆——"廖洪涛停停顿顿说道。

"这简直不像是一个初涉世事的懵懂少年写的，有一种悲沉的意味。你为什么要用瘦弱这些词语，而不用苗条、纤巧、秀颀这些美好的词语呢？"

"我的感觉就是这样，脱口而出的。"

"紧紧抓住自己最初的感觉——直觉，用自己真切的语言叙述出来，太好了，这就是观察写作需要的境界，要把它往深处不断发展，达到很高的境界。真实才是基础，虚假总归浮浅。虽然说你的描写听起来有些悲观的意味，是向下的情绪，但由于是你自己真切的感受而弥足珍贵，这就是作家的天赋。如果要面对高考，这却恰好是一个主观的错误。不是你错，是考试标准衡量你错。高考作文总分分为基础等级 40 分和发展等级 20 分。辞藻华丽，引经据典，要有哲理，思想主题乐观向上健康，这都是加分要点，总的来说就是要熬制充满正能量的心灵鸡汤。所以看起来出色的作家和高考之路是相互矛盾的。你别紧张，在面对高考这个轻浅的层面上，一个人可以两者兼顾，既要在平时练习你自己的文笔，考试时又选择考试标准肯定的、那种只要表面光鲜不管夸夸其谈虚伪做作的笔调。但是要再往深刻发展，矛盾就会出现，你为了迁就浮华虚假的文化风气必然限制了你写作能力的提高，你不再是你，而只能装腔作势。所以，进入大学之后，有志者一定要抛弃考试桎梏的假面具，做真实的自己，以求获得最大的发展。"

楚钰姨妈的家接近了山脚。姨妈和姨父都在地里忙，楚钰不好意思耽误了他们的事，赶紧说自己去取醪糟。姨妈告诉他醪糟在储藏室内。新修了砖混新房后，留下两间瓦屋，一间做厨房一间做储藏室。姨妈又对他说屋里比较暗，灯坏了，新买的节能灯还在饭桌旁边的案板上，没装上去。楚钰连忙说自己对电路最在行了。姨妈露出了笑说："那谁不知道，你干过家电维修嘛。"

楚钰站在条凳上装好了节能灯，依旧站着没下来，他让廖洪涛打开开关。楚钰伸出手凑到灯下仔细看着。廖洪涛问他干啥，他解释道，节能灯因加入卤素和其他发光元素的不同，灯光有所区别，手掌接近时，优质灯为粉红色，劣质灯为青色。楚钰看着手心说："这是一盏不好的灯。"廖洪涛顿悟地接上话："怪不得有次妈叫我去买节能灯，一定要买飞利浦牌子的"。

楚钰把小口罐放在电摩踏板上，浓郁的酒香从纱布蒙着的罐口渗出来，十分好闻，廖洪涛靠近去耸着鼻子"呼呼"嗅了几下。

楚钰两腿护着醪糟罐子，回去的路上开得比较慢。廖洪涛问镇上时常见到卖醪糟的三轮车喊着经过，老师为什么要自家酿。楚钰说他老爸喜欢，觉得姨妈做的很好吃，他直接送到老爸家里去。师徒俩一路聊着天，楚钰是主讲者。

"这罐子装的是十五斤酒米酿的醪糟，现在的价值变多大了呢？把它煮成米饭，有两倍的价值。加上佐料，分成小包用粽叶包成粽子，便有四五倍的价值。在酿酒人手里，配合其他粮食，发酵、蒸馏、勾兑，又是十倍二十倍的价值。在五粮液人手里，加以品牌经营，便是百倍的价值。人的天赋生来固定，但是人生的结果却大相径庭。对生命加工的时间越长，费的心思越多，它的价值就越大。急着享受生活，沉迷于感官快乐的人，当然最接近原来的形态而来不及对人生进行长时间的酿造，它的价值怎么会高呢？"

"楚老师读过很多很多书吧。"

"读书是最容易获得的高贵。人类绝对高于其他动物的最简洁的特征，就是思考、自省，那也就是高贵的标签。"

廖洪涛听后久久不语。楚钰去父亲家里要经过信用社宿舍，廖洪涛请求他停车并把钥匙给他，他要去上网。

"干啥呢？"

"分解装备。"廖洪涛不好意思地说。

"终于下定决心了。我知道你没有分解，还舍不得，但是我要你自己解决，所以不点破你。做不了意志的主人，便只有成为欲望的奴仆，被他左右驱使。你以前是钻进狭隘的胡同了，以为那里就是世界的全部。"

"我知道了，老师。世界大得很，世界有趣得很。"

二十　危机

徐凌对假期中在茶园里撞见林薇薇和几个社会青年搅在一起一直耿耿于怀。他忧愤自己的心思白费了，在他看来这是颓废的不良征兆，赶鸭子上架不是鸭子的错，是赶鸭人的一厢情愿。开学的第一天，教学楼过道上遇见，林薇薇笑容满面招呼徐老师，徐凌却板着面孔哼都不哼一声，和她对视了一眼表示听见了。林薇薇便不安起来，不明白自己哪里做错了惹得徐凌生气。上了两天课后，她终于鼓足勇气趁课堂练习徐凌空闲教室里游走查看时，问徐老师要不要检查她的习字，她在寒假里每天至少一页，积攒了不少。徐凌一下被她逗开心了。

"天天描红，现在我写字都快不起来了，做作业都慢吞吞的。"林薇薇轻轻噘着嘴，满脸委屈。

"就是要这样的效果。"徐凌声音很轻，和他最近的人都没听清楚。

练小芳伸着脖子从远处想听他们说什么，然而徐凌回到讲台去了，停止了对话。

下午要开年级组会，按照惯例，第一周的年级组会是对上期进行成绩分

浴火 · YUHUO

析，并提出本期的应对策略。徐凌不想看到又开成一场批判大会。初三年级上期几乎是全面溃败，除了小尖班英语很好之外，八个班七科全都不理想，小尖班最差的竟然是历史，跌出了全县30名，蹭蹭蹭比初二时倒退了20多名。这历史科向来是璧江中学不惧的科目。任教历史的是新老师陈洪刚，他同时任着初三年级共计五个班的历史。刚接到课程安排，陈洪刚大吃一惊，连说自己一个新人缺少经验忙不过来。朱兴顺副校长告诫他，以前本校王牌历史老师郑永桂还上过六个班呢，本校校长陈天南任教初中历史时又教出过全县第一的成绩。面对这两座无法逾越的高峰，陈洪刚没话说了。他的叔叔是陈天南的好朋友，委托陈天南多多关照，陈天南说"那好，给他加点任务迅速锻炼成长"，就这样陈洪刚接下了包括小尖班在内的历史课。

陈洪刚前两个月还撑着，半期过后终于疲惫不堪松懈下来，不过学大贰（一种纸牌游戏）钓鱼倒上心了。性子急，愤青一样爱唠叨乱骂人，部分学生也爱和他顶着干，上他的课索性连书也不带，合伙商量着要给他好看。对峙的结果，有个普通班历史居全县倒数第一。历史科如此惨败，陈天南大为光火，想骂人又碍于朋友面子。期末总结会上，陈天南含沙射影拿教育局准备实行的考核制度敲打他，同时警告那些敢于对考出全县倒数前三名的老师。今年将要实行教师绩效工资，晚了公务员阳光工资两年后，绩效工资在教育法的保航下和部分教师放出集体罢课的威胁后，终于要兑现了。教育局正在拟订考核教师个人方案，单科成绩居于全县后三名者，将要到县里接受局领导诫勉谈话，会后还要参加骨干教师的公开课教学并且做好听课笔记，上交教育局教研室备案，没有完成的教师将全县通报批评并且扣罚一个月的绩效工资。连续两年位居后三名者，直接扣罚两个月绩效工资。名誉羞辱和经济利益挂钩双重惩罚，教育局领导认为全县教师会人人奋力争先，摆脱落后倒数。

但是陈洪刚憋不住，叫道"不管所有的人多么努力，都有几十名教师必然惨遭蹂躏啊。得，我不入地狱谁入地狱"。这话是他和同事打牌时闲聊喊出来的。新学期开始，学校迫于毕业在即，把陈洪刚调课了，郑永桂接手了他教的小尖班和重点班，普通班还给他留着，另让陈洪刚跨级担任了高中两个普通班的历史。

朱兴顺作为年级分管领导参加了初三年级组会。年级组长李培峰主持，他秉承了数学组敢于批评实话实说的作风，先是自我检讨一番，然后一边分析考试成绩数据一边不提姓名敲打那些弱势科目，几乎人人都被他数落到了，包括他自己。在朱兴顺的督导下，每个人都要花几分钟谈谈自己毕业应战方略。朱兴顺明褒暗抑先点了徐凌的名，说："徐老师先说说吧，你的小尖班是领头羊，数学又历来是璧江中学的老大难。第五期优生名额差得比较远啊，原来还一直能在标准上下徘徊，怎么这次下降得这么多？"

众人不觉不约而同瞅下徐凌。数学组四大高手，除了共性外，各有各的打门锤。朱兴顺靠的是长久的经验和对考试的摸索，郁含章靠的是勤恳细致，李培峰靠的是强硬的管理，他徐凌靠什么呢？徐凌自己认为，他靠的是有效的方法和效率，他坚信自己一直贯彻着最具智慧的教学方法，他喜欢叨咕的那句话是"独立思考能力和思辨力我历来所重。我的学生要到大学甚至在进入社会和科学实践以后，才能体现出所受教育的优越"。学校领导们都抱着怀疑的态度，不是怀疑他的能力而是怀疑他花费的精力，但是因为他是最有钱的人，从另一方面说是成功的人，不好当面质疑他，纵然不满的时候说话都得斟酌一下词语。

徐凌稍作思考缓缓地说起来："好吧，难得被领导点一次名，我先谈谈。关于第五期的成绩，最主要的原因是因为拉进度，抢着上下期新课了，没有停下来全面复习。第五期很多知识学生忘记了。学得好很难，考得好比较容易，所以我不担心中考。我的打算就是以这个年级作为一种实验，前五期学好，第六期考好。以三角函数为例，我从不要求学生强记特殊角的三角函数值。人的记忆仓库和精力都是有限的，你干这个精力花多了，那个相应地就减少了，所以记忆要用在最需要的地方。我是要求学生理解三角函数的实质是直角三角形中边与边的比值，特殊角三角形完全可以设值最短边为1从而轻松求出来。当然，我的这种方法值主要对应于小尖班学生，普通班还是要求学生强记为好。我检查了试卷，发现关于特殊角三角函数的计算题丢分相当厉害，由于记错了函数值丢分，而这些简单的丢分通过总复习是可以轻松拿回来的。如果我觉得经过复习学生仍旧不能很好掌握特殊角三角函数值的求法，那么我会要求强记，这只需要一两个小时，像背课文那样记住。下面我再谈谈复习计划。因为在上期我已经抢出了很多时间，所以本期三四周内我能结束全部新课，再阶段性复习，然后进入总复习阶段。预计在教育局制定的四月下旬毕业考试暨诊断考试前，能够全部完成基本的板块式复习。进入第二阶段，是提高性和针对薄弱环节复习，第三阶段为模拟考试式复习。

关于第一阶段复习，我准备实行周考，每周把复习的板块基础进行考试，精选错误率高的内容用一节课讲析。学生个人得分在80%以下的，单独集中周末进行第二次训练式测试，由学生自行带测试卷回家完成，训练题也是错误率高的题所牵涉的内容。如果毕业班能够集中进行班级补课的话，这些操作将会变得比较简单。已经掌握得比较好的同学则要另作综合性的强化练习，那是另外一套题。全班简单分成两个部分复习，共同进步，各得所需。这样下来，第一阶段学生将会有很扎实的基础，进入第二阶段复习。当然，老师的阅卷量、出题量和评析量都很大。也没什么，小尖班毕业班嘛，老师不累脱层皮说不过去。"

朱兴顺歪歪嘴，他克制着笑容的时候就是这样。他称赞了徐凌的奉献和敬业精神，徐凌这么一表态，年级组会自我检查顺利地开展了下去。

这个会足足开到六点才结束，距离晚自习还有一个小时，有晚自习的忙着去吃饭，徐凌待人散了之后，走近李培峰，要求他安排代课老师，明天他必须去市里一趟。

"周六去不行吗？不好找代课老师啊。"

"周六证交所不交易。其实也不算请假，调课而已，回来后我的课要回来补上。"

李培峰只得答应，要他先去陈天南那里准假，别让他为难。徐凌笑了，说："哪会让兄弟为难，一年我也难得请一回事假。"

北京奥运会前一年，徐凌忍不住多个朋友的怂恿，根据多位专家的评股判断，投入两百多万买入了三只股票，那时他的资金一时找不到投资方向，而陈兰鼓吹的房地产业在他看来泡沫大，风险无法估计，一直不肯涉足。不料买入的股票不到半年就遭遇熊市，一直涨不起来，几乎没有分红，股值更亏掉了四分之一。徐凌一直不肯清仓，坚守着，去年稍有回涨，今年开年后终于两支稍稍了买入价，他想脱手，陈兰想再等等，再涨上去一点出手，徐凌却认为基本上涨到头了。自从扑进股市受损后，徐凌有一个月的时间恶补股市知识，对中国股市有了自己的认识，这次他决定见好就收。陈兰只得由了他。

徐凌提前预约委托交易，当天顺利成交，账面上突然多了两百万，做什么好呢。竹签厂扩张的事已经协商好，韦仲航只加了增股计划的一半资金，欧达林干脆不增股，一则不看好徐凌的利润回报分析，二则他实在拿不出更多的钱了，能够贷到的款都已经顶额了。欧达林刚结婚两年，新婚妻子比他小二十岁，现在的生活更重要，欧达林不愿意手头紧巴巴地成天都为还款的事焦虑，宁愿将来少分一点。徐凌只得追加投资，竹签厂的股本超过了50%。

回到家中，陈兰急着把县城房地产的近况细细给他说。传言新建的成贵高铁要经过县城，城郊将建高铁站口，将会带动房价突飞猛进，是投资的好机会。今年开年后房子均价已从年底的1200元／平方米涨到1400元／平方米了。陈兰打算购买十套100—130平方米住宅，这种面积的住宅在县城是消费主体类型，将来好卖，另外再购买一套跃层别墅自己用。徐凌支持后一个想法，反对前一个计划。陈兰坚持着，并怀疑徐凌攥紧资金目的所在。两人吵了几句，闹起了不快。

僵持了两天，这两天徐凌偷偷地研究房市，他查阅了一二三四线各类多个城市十年来房价折线统计图，又了解了房价的构成，并且通过关系查阅了本县城镇五年规划，最后又把市里、成都的房产十年前景和县城作了投资对比。他还需要一些数据才能最终拍板。

到了周一，这月轮到徐凌和另一位老师办数学组的黑板报，恰好这位老师出去学习了，徐凌不得不一人担当。下个月将会有省督查组到秀丽县全面检查义务教育实施情况，之前一个月，教育局要不断到各校督促完成各项软硬件资料备查。数学组长特意又给徐凌电话，请他及时办好黑板报，徐凌只得答应一天内完成。

徐凌搜寻了一些资料，打印出来后，他想到了林薇薇，想看看她练字的结果，而且让她去办黑板报也是一种有效的锻炼。夕会前，他把练小芳和林薇薇一起叫出来，指点她们怎样去办。两人兴冲冲去办公室拿了彩色粉笔、三角板。徐凌还没出学校，一会儿看见她们回来了，不加掩饰的满脸沮丧。徐凌问是怎么一回事，练小芳说他们挨骂了，班主任刘华知道了，不准她们出来干，要她俩立即回教室。

这明显是针对着他来的，是表示对他个人的不满，徐凌顿时有股火气冲上来。徐凌曾有耳闻，班主任工作会上，校领导点名批评初二年级有两个班班风散乱，学风低迷，包括刘华班级在内。刘华说了一堆理由，可怎么怪到他的头上了呢？这两天怎么总有人和他作对。当着林薇薇两人的面，徐凌又不好说什么，只得让她们回教室上夕会。

晚上，陈兰还是那副冷冰冰的态度。徐凌翻来覆去好久都睡不着觉。这些年来，大城市房价确实以匪夷所思的速度飞涨着，他那套市场经济的经济数学完全失灵了，但是他依然坚持这样畸高的房价简直就是房子传销，是可耻的投机，看看谁傻最后接盘。到底他该不该跟着这种非理性非市场的特色经济走呢？他一定要坚持下去吗？经过这几日深研，也许可以试试。

"建功立业者，多虚圆之士，偾事失机者，必执拗之人。"徐凌忽然想起了这句老话，得，向现实妥协不是什么丢人的事，陈兰的预测不无道理。而且好像很多人都有和陈兰一样的看法。这些年的房价行情充分地印证着中国小妈们的正确预见，在一个感性的社会中，女人的直觉往往比男人的理性更可靠。行，购房！他温和地朝背对着他的陈兰说，完全同意她的决定，根据资金情况，可以在县城购十五套房。陈兰转过了身子，柔软地挨擦着，他便紧紧搂住了求欢。陈兰趁机说明天她就去县城看房，顺便和母亲一道体检，她要敲定这事才遂心。徐凌一连声同意。陈兰又嘀咕了什么话，徐凌也没有细听，积压了几天的荷尔蒙爆发出来把他脑子弄迷糊了。

省督政检查组来秀丽县全面检查义务教育情况，这是比上期的城乡综合治理还要重要的头等大事，上升到高度政治任务，不允许谁说半点不是。教育系统动员教职员工连带学生全民备战，政府部门也战战兢兢，生怕出了漏

浴火 · YUHUO

子。调查16岁以下少儿入学情况的任务分配到每个老师头上，要下乡入户调查。

教师老带少，三或四人一组分派到村，每个村要调查的辍学适龄少儿10到20名不等。徐凌是他们这组的组长，另外三位都是三十岁以下的。看着表册上十多名辍学少年，三个年轻人发了愁，这个村子离校有十多里地，虽说可以报销两次车费，但是两次肯定调查不完，可能还有一些人家不通大路，要走路去的，十多名完全陌生的适龄少儿，还不知哪家是哪家呢。

"这也叫难啊，这次仅仅是复查，和以前差远了。这次要求的毕业率没有普九过关那年高，学校也只是调查不在本地就读少儿的去向，没叫你们去动员入学。这是派出所开出来的名册，有个别人实际上是不存在的，是外地人上了户口，迁走后未下户口，可以说根本就找不到这个人。还有父母亲对不上号的。这样，你们先去初三高一各班级对一对，看没有在校生在这上面的，因为有的人改了名字。可以减少一些白忙。"徐凌指点道。

"以前普九检查是怎样对付的。"年轻人虚心求教。

"如果没读书的人还在村里，那比较好办，镇政府出钱给补助请他们到学校班上去坐几天，上面来点名数人头时应付，村长村支书尽力配合动员。实在找不到的人，从小学六年级里找些个子高大的，借到初中来，坐在教室里顶替名字。反正要凑满那个99%以上的入学率。"

"啊，受教了，长见识了。"

"和我一组，是你们运气好。我先一个人去做，如果需要你们，再出动。"

"啊，太好了。徐哥真是豪侠仗义。"两男一女欢呼起来。

徐凌和要调查的这个村的书记是老关系了。曹支书比徐凌大五六岁，平时两人称兄道弟。如今各村村长支书基本上都搬离乡下，住镇上了。徐凌下午放学后，五分钟便走到了曹支书家里。曹支书女儿曹颖在市里学院读书，今年毕业，周末回家了，"徐叔叔，徐叔叔"地叫得挺亲热。徐凌便觉得自己有些老了，挺不自在。听了徐凌的要求，曹支书二话不说，拿过花名册逐一排除，一半以上的少儿家长在他手机上留有号码，剩下几个，他也都清楚谁家的，找组长问问就能联系上，只有一个名字，曹支书皱起了眉头，他从来不知道这户人家还有这个孩子，家长去年就双双出去打工了，不过去问家长的父亲能够找到他们的联系方式。曹支书答应两天之内把所有人的联系方式和去向落实。

曹颖火辣辣的眼睛盯着徐凌。又聊了一会儿很实际的话题，徐凌告辞了。

半路上，迎面遇见语文组长沈连成。沈连成小声给他说，楚钰出大事了，县里国保大队长带人亲自来找他喝茶，几个人校长办公室坐了一个上午。陈天南紧张得不得了。对外还保密着，教职员工也不清楚究竟为啥事。

"有这事？晚自习下后，我去钰哥家里看看。"徐凌下午还没去过学校，闻言立即决定。

楚钰没料到徐凌会来看他。徐凌一见面忙着询问是咋回事。楚钰一笑之后淡然说道："没啥大事，我这不是回家了吗。只是这国保大队太小气了一点，耽搁我了半天，午饭都迟了，也不招待吃顿午餐。"

上午刚上了一节课，楚钰接到陈天南电话让他立即到校长办公室。楚钰去了，陈天南沏茶待客甚是殷勤。楚钰纳闷着。陈天南问他，到底惹了什么事了，国保在派出所马上要到学校来找他。楚钰想来想去找不到原因，陈天南却惴惴不安。国保声称楚钰去年曾暗中组织全县教师罢课，虽然最后因为地方政府明确承诺今年一定兑现教师绩效工资而未真正实行罢课。国保从县里出发并通知教育局时，局长立即出面担保，教育系统员工绝不会出这样的事，局长又立即通知了陈天南，陈天南先前还以为楚钰是因为学校内部管理的事高上访举报之类给他难堪，直到后来知道是为教师绩效工资长期拖着不发的事，才放下心来。

分管教育的副镇长也赶来学校，和陈天南携手抚慰楚钰，副镇长表白说他们劝住国保不要来学校，压得太紧，怕逼良为娼了。楚钰听了冷冷一笑，轻蔑地说："镇长用错了一个词，那叫逼上梁山。"

副镇长尴尬地笑笑，也不和楚钰计较。楚钰坚称自己决没有联系策划过教师罢工，他那个时候倒是和湖北、重庆的教师朋友们通过电话，询问过他们当地绩效工资的事。看来他的电话是被监听了。

"一个县能起多大的波浪？要罢工也是几个省，或者全国一起做俯卧撑，同进共退。"

副镇长吓得心头咚咚直跳，还只得顺着楚钰的话接上说："教师要求自己的正当利益，也没啥不对的，只是和政府双方缺少了沟通，有些误会。绩效工资今年暑假前一定会到位的。教师工资增长是受义务教育法保护的。所以说，政府和各部门之间的信息交流很重要，可以避免很多误会。"

国保的人坐在派出所，到底还是忍不住，由派出所范指导陪着到学校来了。陈天南和副镇长回避了。范指导员在门卫那里候着，直到晌午。

国保询问了一些情况，除组织罢课，外市串联之外，又有什么纪念北大女生的，连呼吁废除劳教的事都牵扯上了，双方都平静而坦诚。国保两人一一做好了笔录，满意地离开了学校。

楚钰还笑得出来，看来真的没事了。徐凌对侄子廖洪涛的巨大变化表示了感谢，然后问：

"他们怎么凭空就栽了一个罪名到你头上。"

"我才不在乎呢，不过没做的事也犯不着招认，把自己陷进去啥也做不了。下午我四处了解了一下，县中的老戴他们确实联络过，罢课的事也不算空穴来风。恰好那时我又给外面打过不少电话。奥运期间，我的手机、QQ全被监视的。"

"我听说过……呵呵。怪不得有老师说，楚哥丰衣足食的，日子过得幸福满满，还为几个钱的事闹啥？"

"幸福不止于丰衣足食，也在于碧水蓝天，还在于公平自由。"

"对，说得好极了。世界文明潮流汹涌澎湃不可阻挡。教育改变民族。制度重建，文化重建，道德重建。每个人都该做点什么。"徐凌盯着楚钰说。

"我们已经找不到灵魂了。世人愚不可及，教诲枉费心机。你说的每个人，不是指活着的每个人，而是指具有时代责任感的精英中的每个人，或者是抱有危机感和审视精神的每个人。能对所有的人提这个要求吗。"

"是的，是指少部分人。那也够了，我们不应该只为着自个儿微小的利益奔忙。"

"为生存奔走难道不是每个人最迫切的事吗？你有具体的目标了。"楚钰立即问。

"还没有，不过会有的，很快。希望到时候钰哥能够和我一起行动，我需要你的帮助。"

二十一　暧昧的冲突

省督政检查工作小组即将到来，全县上下一致紧张备战。璧江中学作为普及高中的示范性培养学校，被抽查到的概率很大。学校红头文件发出通知："全校教职工务必以高度的政治责任感发挥主人翁精神落实本项工作，责任到人，对本次督政工作中做出突出贡献的教职工给予表彰奖励，对在本次工作中敷衍塞责，不尽职尽责，影响学校声誉的教职工将根据情节给予相应纪律处分，对严重影响督政工作者年度考核不称职，造成重大影响的报教育局处分。"学校又将相应硬件、软件指标数据打印成传单，发放到各位教职工手中，人手一份，内容分为普及程度、师资水平、办学条件三大部分，要求老师像背课文一样记住，遇到省督查组来人抽到提问时，统一口径地回答，

浴火·YUHUO

不准出错。

"近三年入学率分别为 102.9%、115.3%、125.1%，辍学率都为 0%，初中毕业率都为 100%。"一看到这些数据，初三老师不由得议论纷纷，本年级初一入学时有 600 出头的学生数，现在 500 都还差几个，就是凑上十来个没读书光报名考试拿张毕业证的社会考生，也不会达到 95% 呀。

"好假哦。"不知谁冒出了一句。顿时爆出有节制的笑声。

"假啊？假又怎么了，就是要假给上面看，要理直气壮地假。"政教主任章振刚振振有词地说。

没人反对，也没人敢反对，因为这是政治任务。政治任务不和员工讲理，也不管什么常识真理法律法规，胆敢出错罚你没商量，人命一条也不过蝼蚁一具。作为校长陈天南，面对省督政检查组，只是小小一员兵，临检之前，楚钰的一个电话，让陈天南吓出一身冷汗。

"上诉材料全部在你那里吗？"陈天南抖着声音问。

"全部都在，放在办公室抽屉里。"

"那好，你把它全部交给赵主席，我让赵主席立即去镇政府汇报下，向县里申请，及早解决。"

及早解决？楚钰怀着冷笑和疑问。怀疑归怀疑，他还是把复印好的几十份上诉状悉数交给了学校工会赵白鸥主席。十年前，地方财政实行乡镇统筹，教师工资及其他福利等都由县财政局下拨到乡镇再转拨到学校账户。那几年，乡镇财政吃紧，连续拖欠全镇所有吃财政饭人员三个月工资没发。到 12 月了，教师群体发出罢课警告，又反映到局里县里，县里才下了元旦前若有拖欠教师工资的，地方一把手二把手先下课再解决问题的死命令。那段时间，乡镇上正副级干部人人分派到任务，纷纷四处借钱凑足教师工资，终于渡过了危机，但是福利门诊费等一千多元却落下了，这笔钱相当于当时两个月工资。这次事件过后，县里重新把财政权全部收回，由财政局直接划拨到学校，工资直接进入个人账户。

为了这欠款的事，教员们上访过两次，一次镇里一次局里，最后县政府的答复是该账务已经由镇里划拨到县里，以后由县财政想法统一解决。这下好似吃了定心丸，教职工安定了，可是三年过去，问题依然，被欠账的教员一一调离，剩下的不到一半，再难形成浩大的讨账阵容。

十年过去了，省督政小组检查带来了契机。几个老职工商量之后，政教处的勤务员罗老师把原来备份在电脑硬盘里的上访材料调出来打印好，找到还留在本校的三十来位教职工一一签了名，又复印了几十份，准备趁省督政小组来时，每辆车里扔一份，不愁不达上听。

副校长朱兴顺也是被欠账的老教员，也签了名，可是他偏不给陈天南说。

陈天南万万没想到这个唯一敢和他当面叫板，时时都拂他面子的楚钰，竟然在关键时刻顾全大局当了"内奸"。他赶紧安排工会赵白鸥主席去处理这事。赵主席连任三届了，圆滑谨慎，深明为领导分忧之道，第二天立即特邀了两位签过名的老职工陪同，带着一大叠上诉材料到镇政府。刘书记、张镇长和蔼地答复说立即上报到县里，等省督政工作结束，一忙过来马上解决。

但凡上面检查组一到，地方当政者便战战兢兢如履薄冰，怕的是按下这头翘起那头，稍一疏忽前途堪忧。省督政小组组长是本省一个市的人大常委会主任，姓林，正厅级官员，他们到秀丽县的第二天检查璧山镇。林主任和璧山镇刘书记年龄相当算同辈，顶多也就大个三四岁，可他总叫刘书记"小刘小刘"的，刘书记也脆生生答应着，蛮像小孙子回应爷爷的呼叫。一部分人在资料室检查，刘书记和陈天南陪着林主任几人校内四处巡视。林主任对校内的标准足球场称赞了几句，在他所见过各市乡镇级的高中中是非常少有的。这也是学校将来创建市级示范学校的重要硬件之一。林主任提议若能将跑道提升为塑胶跑道，对于学校形象将是极大提升。

陈天南苦笑一声："学校哪有资金啊，平场的60万元，除了工程过半时付过10万元，都两年了还有50万元没付，没处着落。只得仰望着县财政，张开口等着下雨，县上倒是口头答应过解决了。土地也是租用农民的，每年租金3万元。"

"租用？每年租金3万元。"林主任掉头问。

"是，是啊。这笔钱由镇上承担，每年年底把租金拨到学校账户，由学校付给村里。镇财政负担也重啊。"刘书记眼皮跳了一下，瞬即沉着镇定地回答。

陈天南眨巴了几下眼睛。刘书记镇定自若，谁知道他在撒谎呢。林主任又问了几句，接着看别处去了。

教师们的上访材料到最后一份都没人向检查组递交，省督政工作也结束了，璧江中学获得了县里的肯定和口头表扬。大事过后，员工们私底下又再次流传起陈天南这学期过后将任教育局副局长的小道消息。

徐凌也被几位同事打听过这个秘密，他确实不清楚这事，便老实地摇头了。这天是他守午休，眼看着一个小时的时间将从眼前白白溜走，徐凌烦得慌，他惦记着厂里的一件事。教室里，有两个男生趴在课桌上，不时扭动一下脑袋，似睡非睡，其余男生和全部女生，都在埋头抄写着东西。偶尔会有个男生揉揉脸颊，似乎发麻了，这会引起附近的同学扭头看一下，然而又立即回到忙碌的、机器人一样的奋笔疾书中。天气还不热，正是睡午觉的好时机，徐凌无聊得想眯一会儿眼，但是立即又被轻微的响动惊醒了。门口有了响动，相邻教室守午休的闵老师进来了。

碰上徐凌询问的目光，闵老师笑笑说："我看这个班多少人在抄历史，那边三分之二以上的人在抄。"

徐凌有些诧异地问："普通班也变得这么勤奋了。"

数学老师闵老师仔细数过人头，才回答："还好啦，小尖班是百分之百。"

原来，两个似睡非睡的男生被成人浑厚的声音弄醒了，也被闵老师统计在内。

想起有两次数学课时班上少了四五个人，原来是被新换任的历史老师郑永桂叫到办公室背书去了，徐凌感到不快，等闵老师离开，他问："你们历史究竟有多少作业啊？"

立即七嘴八舌回答徐凌道："不是作业，是抄卷子。90 分以上的只抄一遍，80 分以上抄两遍，70 分的……不按时交去检查要吃饱。"

"肯定三遍，每少 10 分加一遍，以此类推。"

"对啊，就是这个样的。"教室里几乎欢呼起来。

徐凌制止了教室里的喧闹。戴着眼镜的苏季娟便问道："历史老师的作业多死了。老师，昨天我做梦了，梦见你带着我们逃课，到山上野炊。你一车把全部的人都装完了。"

徐凌哭笑不得。教室里喁喁私语。徐凌表情严肃起来，拿起教鞭拍拍桌子，立即安静了。突然一个男生举手问道："老师，我可以提个问题吗？"

徐凌点点头，那男生说道："昨天我看到一辆车才叫大呢，背着一个大圆罐，不知道装啥用的。罐子上印着字，我看了半天没看明白，后来从右到左倒过来看，好像应该是粉粒物料运输车。老师这车是运啥的，肯定不是油罐车。"

徐凌猛然来了兴致，慢慢说道："这种车也叫粉罐车，专门运输粉煤灰、水泥、矿石粉这类颗粒很小的干燥物料。你是在车右边看的吧，没有到左边去看。"

"没去。老师你是福尔摩斯啊，怎么知道我在右边看的？"

"车子左边也印着同样的字——粉粒物料运输车，两边的字都是从前面排到后面的，所以你在右边看的话，要倒着念了。这正是我们民族文化的显著特征之一，轴对称性。为了达到形式主义的美感，宁愿放弃实用性和明确性，如果是英文，绝对不会这样有悖于阅读习惯左右对称排列。"

"为什么呢？这里面也有数学啊？"好几双眼睛十分感兴趣地望着。

"你们想一想看到过古代建筑，金銮殿、亭台楼阁、各种庙宇，他们不都是轴对称图形吗。还有古典诗歌中的对仗、春联；还有易经八卦，太极生两仪，两仪生四象，四象生八卦，再演化成八八六十四卦。这些哲学思想都严格按照轴对称变换进行推演。它形成了一个民族的思维习惯，思维定式。各种思维定式既有好处也有坏处，而其中消极性的思维定式是创造性思维的枷锁。轴对称思维可以看作一种稳定性的思维，简单的稳定，稳定的简单。一分为二，非好即坏，黑白对立，这样的机械固定的分类常常使得我们忘记了人是凡人，具有丰富复杂的多面性。崇敬则为圣为贤，放弃独立的判断而盲从；贬斥则为魔为匪，不容对方有生存之机。缺少起码的包容，赢者通吃，最后结果便是矛盾尖锐对立，斗争时时爆发。一旦有人与自己的观点不同，不是观点的交流，而是通过各种下流手段抹黑、消灭对方，这样排除异己的心理会导致令人恐惧的自相残杀。我们已经看到过很多历史例子。

轴对称思维因为具有向对称轴收缩平衡的特征，还导致一种心理倾向，也就是极度的形式主义，为了达到形式上的对称统一，宁愿牺牲一切甚至篡改事实，弄虚作假。最后是极爱面子，死不认错。如果犯了一个错误，便会用更多的错误去掩饰，而绝不否定自己，不会坦然公开承认失败或者错误。或者说，缺少公开的忏悔精神。你们一定听到过'为尊者讳，为长者讳'这句话，它是结果之一。”

苏季娟两手托着粉腮，眼珠在镜片后定住了，她认真地听着，丰润的嘴唇十分柔美。徐凌停下了，她噘着嘴，抱怨道：“老师经常说些我们听不懂的话。”

“那你就快点长大啊，那时候你就听得懂了。”

苏季娟的眼瞳里便流露出柔和的光辉来，轻易地穿透了镜片。

那几位起先还颇有兴致的学生，此时因为听得一头雾水而现出漠然之态。教室里保持着轻微声响的平静，这是所有教师都对小尖班满意的一种状态。徐凌在教室里逡巡两次后，学校里响起了响亮的起床小号声。

现在整个下午都属于自己了。徐凌打算到行政办公室去拿教师信息表回家去填，这样这天他不必再到学校来。刚进博志楼门厅，一个熟悉的身影迅速拐入了过道。张思琴？好久没见了。她这样做明显是在躲避自己，为什么呢？徐凌不由得脱口而出：“张思琴。”

张思琴不得不停下来，转身面对徐凌。她脸红红的，挤出尴尬的笑容来，嘴缝线七扭八歪的。

“体考完了没？考得怎样？”

“体考还行，能上重本。只等文考了。”

“那最终至少能上二本吧。我相信你。——你喝酒了？还要上课呢。”

“喝酒，嗯，喝了一点点，躲不掉的。蒯露的满月酒。”

“哦，这个时候喝酒？能不喝就不喝吧，马上要上课啊。”

“怎能不喝呢。蒯露你忘记了，我的初中同学啊，初二下期没读书了。

两年办了三次酒。"

"蒴露，哦——想起来了。满月酒？还喝了三次？两年？"徐凌惊讶不已。

"一次婚酒，两次满月酒。她比我大半岁。"

"奇闻。马上就要高考了，全部心思都要放在学习上，全力以赴。社会应酬这些事，能不参加尽量不参加。"

"嗯，知道了，谢谢老师。"

离开学校，一个小时之后，徐凌已经坐在了铲车开敞的驾驶室里。他在竹签厂厂棚内吊装一台大铁柜。铁柜近三米高，表面布设着管道、阀门。钢绳挂在铲斗锯齿上，搂着铁柜缓慢移动。徐凌小心翼翼操作着，若一不小心，铲斗抬高了，厂棚顶会掀开一个大洞。韦仲航和欧达林跳跃在铁柜周边察看着，发着各种警示。他们不敢驾驶铲车。徐凌驾驶技术更好，而且，出了事故他赔得起自己。供货商派来送货的技术员后来干脆站到了铲斗中，指挥着吊装。厂棚一个角落没有硬化，还是泥土地，被铲车压出深深的辙印。

大铁柜终于落定了。众人一拥而上忙碌之时，徐凌下了驾驶室，他鬓角沁出了细微的汗珠。他还没去屋子里拿出毛巾到水龙头那里冲洗呢，先站住了，他看见林薇薇，练小芳和严晓春站在棚外，目不转睛看着棚内。

徐凌小步走着，三人的目光都随着他的身形缓慢移动。有人说男和女对视十秒以上还没有移开目光，不是敌人就是情人。徐凌缓慢而沉默地走着，他也尽量不去看她们。他在等着她们先开口问好，这是起码的礼节。

"老师，这里。"最先说话的是林薇薇，她食指摁着自己的腮，微微含笑，俏目生情。

徐凌花了一会儿工夫才明白，林薇薇是提醒他脸上有污渍，应该是油污吧。他立即燥热起来。他说："你们别进去，里面忙乱，有危险。"

三人连声应着。她们眼中无所不能的大神，拥有无穷力量的英雄，外表沉静内心迷乱走过了她们身边。她们又一起转身目送了他一段路。

送还借来的铲车，徐凌刚回到家，陈兰劈头便问："那几个学生到厂里去干啥，离学校这么远的路，也不怕脚走软。"

徐凌立即明白他归还铲车的当儿，陈兰到厂子里去了。每日巡视厂子，是陈兰，或者徐凌必做的功课，他们不定时去，偶尔甚至出厂后又杀个回马枪，这样，工人始终都掌握不准老板什么时候到厂。有没有偷懒的，是不是珍惜工具，浪费材料了吗，这些细微处，尽管有经理在场，但老板巡视的效果是截然不同的。徐凌粗略计算过，这些细节控制好的话，可以降低1%—2%的成本，而对于没有什么技术含量、低附加值的竹木器生产来说，成本控制不仅关乎利润多少，艰难时期还多半决定生死存亡。起初陈兰还觉得工人都是乡里乡亲的，平日里老板待人真、福利好，不至于不照顾老板的利益，这样做担心过分了，引起工人反感。可是徐凌坚持人性本恶的观点，四五年过去了，厂子管理得很好，员工服气，成本控制得非常到位，陈兰才不得不膺服徐凌恩威并施的先见之明，于是一直坚持了下来。之后，徐凌却又告诉她，事必躬亲是制约公司发展的瓶颈，规模小时还可，大了必须分权授权，共享利益。陈兰又再次放弃了自己的主见，说："反正你说的都是对的，到时候那只有你来做了。"

今天陈兰的态度有些反常。徐凌解释道："几个小孩子，天性好动好玩，怕什么路远。其中那个练小芳是练师傅的女儿，你认识的，大概是去找父亲有什么事吧。"

"还小孩子，只有你才这样看吧。现在的女孩子，一个个鬼精灵。"

徐凌忽然明白陈兰话里有话了。他内心冷冷一笑，替自己泡好了茶，往沙发里坐下不说话了，等着晚餐。

陈兰存心等他回答，却不料徐凌心安理得若无其事品起茶来，分明不屑一辩。她往厨房里走了一圈，家佣张婶办好了材料，准备炒菜了。时间不多，陈兰出了厨房，一副慵懒模样，坐到了侧面的单人沙发中，用不容置辩的口吻说："以后我不去厂里了。每天你去。"

徐凌不由得真的紧张起来。他问："我哪有那么多时间。你怎么不去啦？"

陈兰慢慢说道："医生吩咐过，说厂里各种药水材料的气味污染还有粉尘，对胎儿不利。"

"什么，胎儿！"徐凌一下子蹦了起来，屁股刚离开沙发，立即又坐下了，看起来倒像是猛地挺了一下腰，"什么时候有的？"

"上个月的事。我陪着妈去县里检查身体时，顺便取了环。没给你说。上个月没来，前天去医院检查了，说是怀上了。昨天给我妈说了，今天打算过去给婆婆报喜呢。两家老人都斟酌过的，老人们都想再抱个大孙子。肃霜上中学后，刚好接上趟。"

陈兰搬出一个又一个长辈来，把徐凌压得只有聆听的份儿。

交代完这事，陈兰也想躲避一下，站起身，对着厨房里故意大声问张婶是不是可以开饭了，又朝着楼上大声叫徐肃霜下来。

听张婶的回答，还不会马上出来，徐凌趁此时机，克制着压低了声音："这么大的事，也不跟我商量经我同意，你个人怎么就做主了。生孩子是我们共同的事。"

"那，不生孩子也要我们共同同意才行，为什么你一个人就做主不让生了呢。"

陈兰似乎早有准备，反驳道。

徐凌瞬间被自己夸许的逻辑打得晕乎了，一时间竟然找不到话去反驳陈兰。他着急起来，慌不择言愤怒道："没有我的同意，那不行。"

陈兰狠狠盯着他："你专制，暴君。"丢下这话，她立即往厨房里走。

徐凌再次蒙了，软弱地咕哝："我专制？就算专制，也是开明的专制。"

张婶在厨房门口咳嗽一声，端着菜出来。徐凌瞟了一眼，端起茶盅不吭声了。

沉闷的晚饭过后，陈兰简单对张婶吩咐了几句，自个儿上三楼卧室休息去。徐凌坐着没趣，心里烦着。寻思一阵子，忽然又心里暖和起来，柔情满满，上了楼。陈兰和衣躺在床上，估摸还在生着闷气。

他悄悄地靠近。听见响声，陈兰侧过身子，看着一边的梳妆台。徐凌轻轻把手放在了陈兰腰肢间，她颤抖了一下。

"你可不能生气啊，生气会内分泌毒素，对胎儿影响不好。要保持心情愉快，来，看着我，对我笑一个。"

"我哪知道你怀的什么鬼心思。"

他抚摸着她柔软的腰，那里凹下去有一个弧坑，手腕搁上去很舒服。他轻轻挠着，陈兰不禁扑哧笑了。刚转过身，徐凌温柔地说："我的心思都装在你的嘴里，你说啥便是啥。"

夜越来越深，陈兰在身边睡得很沉，她这次几乎把积累着的激情都倾泻完了，不留分毫。徐凌想翻身，又怕把倚在肩头的陈兰弄醒了，满足过后的女人睡得都是分外香甜的，他实在不忍心打破她的美梦。苏季娟那句"老师尽说些我们听不懂的话"，反复刺激着他。他的脑子里便一阵紧一阵松，有节奏地涨痛着。尽管他仍旧想坚持做一个中学教师，改变别人是一种快乐，但是只要考试评判标准不变，他就不会成为校长和家长眼中的优秀教师，他只会平庸而自觉委屈。胎儿在孕育中，假如两头兼顾的话，他绝对忙不过来，但那是父亲的天职啊，不可有半点推诿。辞职吗？一个模糊的影子晃来晃去，仿佛故意要阻挠他这个念头锲进来。

怎么办？他问自己。窗外一片漆黑，天亮还早着呢，先睡觉。

浴火 • YUHUO

二十二　目标

初三年级新换任的老师中，历史老师郑永桂最为强悍。她也是全校唯一一个曾两次赴黄冈中学学习"苦读苦教苦帮"模式的教师。多次占用别的老师上课时间让指定学生到办公室背书之后，相关的老师渐渐地由腹诽到群体私下议论，表示抗议，而这种遮掩不住的情绪传染到学生之后，她所新任的普通班终于按捺不住，不断有学生向校长信箱举报。

郑永桂接任了初三小尖班、重点班、普通班共三个班历史课，还留任了二年级的班主任和历史课，担子很重，但是撤不下王牌历史老师，高级中学教师的荣誉牌子，咬着牙接下的。陈天南作为个人交换意见，和郑永桂谈了谈学生的反应，郑永桂回答说若不这样做，整个初三只有等着中考死掉了。陈天南连忙笑着说他一向支持郑老师的工作，他只是以朋友身份和她交流一下教育心得而已。

郑永桂老师回到普通班上，借助一节晚自习，好好地发泄了一通。全班学生噤若寒蝉呆若木鸡。她对着全班叫道："我严厉啊，我凶啊，我残酷无情啊？那我图什么？还不是图你们好。看看你们上期有多好，赶鸭子，好什么，好意思啊？要赶着你们走，我多累。你们恨老师，有怨气，没说不准你们有怨气啊。你们可以发泄啊。期末抽学生评价老师时，你们给我零分也可以啊。我不会计较的，我也不在乎。我问心无愧。不是有同学一到期末评分时候就抢着去评吗？没叫到他也争了别个的名额去。动什么心思当我不知道？现在教师又有绩效工资了，你们的评分又多了一分影响力了。要报复尽管报复，要举报的尽管举报。该我凶时，我还得凶。不怕你们！只要别当着我的面说我残酷就是，看老子踢你两脚。"

怒吼时，郑永桂不时还带着笑，长而翘的下巴展现着成熟女人健康的肤色，那精神头叫强。叫喊归叫喊，郑永桂终究没有再在上课时间叫学生出课堂背书了。

楚钰庆幸郑永桂没有任教自己这个班。他俩的行事风格是格格不入的，他和郑永桂这样的老师合作共事会发怵。吃过晚饭，太阳还明晃晃挂在天上，楚钰去理发店洗了个头，他喜欢洗头妹做的头部和肩颈按摩。舒服一阵子过后，衣着光鲜的理发师摆动着电吹风替他烘干头发，楚钰的手机在镜台上响起来。

"楚老师，你快来，你班上出事了。"副校长朱兴顺着急的时候说话有些结巴。

"还没到夕会时间啊。我正理发呢。"

"我在你班上看着，你快来吧。"

楚钰闹不清是什么突发紧急大事，只得立即结束，匆匆骑车赶到学校。初三·四班教室里，五十多位学生齐整整站着，一派肃穆。朱兴顺站在讲台上，严肃的目光在学生头上扫来扫去，训斥着。看见楚钰到来，朱兴顺让他到教室外面去，对他简略介绍了事件的来龙去脉。

这个炸药包上周周一就埋下的。班主任通常周一第一节课，刚进教室，楚钰察觉到教室里骚动着，他问了下，好几个人都说放在课桌下的书本不见了。他感到奇怪，立即要求所有学生清点，结果凡是周末没带走书本的，几乎全被清扫了。有人偷盗了。清点之后做了登记，楚钰让学生们有书的帮助一下凑合看着上完课，下课后，他立即向学校保卫科报了案。

案情很快真相大白，有人看见初二两个学生周末时提了几个大口袋出校门，里面装的全是书本，他们对门卫说是老师让清理一下废旧书本，后来悉数卖给垃圾回收的了。赃物找到了，学校通知了这两个学生的家长来校解决，楚钰提供了三百多本书的清单。

初三·四班学生苦熬苦等过了一周，有教本的照顾大家共看着，实在拼凑不齐的，眼睛盯着黑板看。整整一周过了，家长没有来，这周一又推说有事暂时来不了，楚钰问了两次，保卫科不得已接连打电话，家长说了几句就挂掉。性子急的学生索性花了两块钱一本，到废旧物回收点买回了自己的书，也有个别学生另外寻到了教本。

初三·四班有个学生叫邓奇，是全校有名的人物，还在小六时享名小霸王，长得精瘦精瘦，身高到初三末期了也只有一米六挂零。翻窗偷书卖的两个学生就是被他在学生之间询查出来，并向保卫科举报的。邓奇个头不高，力气也不大，凶猛无畏却是赫赫有名。一次邓奇约了人在河滩打群架，说好了赤手空拳不带器械。邓奇闷着头冲来冲去，摔倒了又爬起来，鼻青脸肿却依然叫喊得最猛烈。后来，拳打脚踢他的那群人害怕了，不打了，认输了，凑了钱请邓奇几个在饭馆里吃了一顿以示了结。初二时邓奇因吸毒差点辍学了，有段日子他手腕上总是包着黑色腕带，而且是两条接着，楚钰好奇撩开来看过，原来手腕上满是道道触目惊心的刀痕。到底戒了毒，家长托了人情央求，邓奇才又回到学校读书。

这天，邓奇带了全班已到校的同学，趁着夕会前空当时间，蜂拥到两个行窃者的教室，堵住了门，声称学校不管的话就用自己的方式解决。在场的全部同学在他号召之下都去了，邓奇提出了"女的助威男的动手"的口号。那个班的同学见了这声势，都蔫缩着不敢出头，有人悄悄给保卫科打电话。

邓奇其实也是雷声大雨点小，行政值周朱兴顺赶到现场时，还只是在推搡威胁阶段。朱兴顺强调若不是他及时赶到，还不知有啥严重的后果呢，下面的事，他交给班主任处理。

朱兴顺一离开，教室里便响起低低的声音，站得久了，想坐坐。

楚钰拿起教鞭拍下讲桌，严肃地说："别急着坐，我和你们一起站着。"几十个学生刚刚放松的神经立即又绷紧了。

楚钰走了一圈，回到讲台后居高临下说道："我一直教给你们做人的三个素质，还记得吗？"

"正直、勇敢、智慧。"回答虽然参差不齐，却是异口同声。

"很好。都记得。那你们如何实践的呢。"

教室里没有声音了，过了一会儿，邓奇小声说："我们只是想吓唬他，人多声势大。"

"全班都去了？没漏掉一个？的确，这声势够大的。好了，我再问问，谁能一字不漏地背完中学生守则？"

七八个学生举了手，楚钰选了一个办事沉着的学生，他很顺利地把十条守则背完。1. 热爱祖国，热爱人民，热爱中国共产党。2. 遵守法律法规，增强法律意识。遵守校规校纪，遵守社会公德。3. 热爱科学，努力学习，勤思好问，乐于探究，积极参加社会实践和有益的活动。4. 珍爱生命，注意安全，锻炼身体，讲究卫生。5. 自尊自爱，自信自强，生活习惯文明健康。6. 积极参加劳动，勤俭朴素，自己能做的事自己做。7. 孝敬父母，尊敬师长，礼貌待人。8. 热爱集体，团结同学，互相帮助，关心他人。9. 诚实守信，言行一致，知错就改，有责任心。10. 热爱大自然，爱护自然环境。

"背得很好，一百分。你们都听到了。现在，谁又能告诉我，对于今天的事，应该怎样去做才是适当的呢？"

众学生面面相觑，小声地议论着，把十条守则翻来覆去寻找，始终找不到一条适合的守则来。

"找不到吗？当目标大而空的时候，假必如影相随。谎言、欺骗，则是假的孪生兄弟。好了，安静了。现在我们来看看英国的小学生守则。首先说明，我们找不到全国统一的英国中学生守则，各个学校可能有自己的校规。你们听清楚，我慢慢说，每条重复一遍。你们从左到右，每列为一组，每小组记住一条，记不住的话，我要罚你们抄——一条十遍。只抄你应该记住的那条，不多吧？"

"不多！"

"那好。最后两条，分别由班长和学习委员记住。"楚钰在讲桌抽屉里翻出班务笔记本，仔细看着慢慢念出来："1. 平安成长比成功更重要。2. 背心、裤衩覆盖的地方不许别人摸。3. 生命第一，财产第二。4. 小秘密要告诉妈妈。5. 不喝陌生人的饮料，不吃陌生人的糖果。6. 不与陌生人说话。7. 遇到危险可以打破玻璃，破坏家具。8. 遇到危险可以自己先跑。9. 不保守坏人的秘密。10. 坏人可以骗。"

学生非常认真地听着，交流着，思考着。他们从英国的小学生守则中找出了三条，总结起来作为这次集体行动的辩解理由，比如不保守坏人的秘密。

"好了，你们思考了，做出判断了。我不想对你们的行为做出评判，你们可以自我评价。除了正直、勇敢、智慧外，克制是一种永远值得歌颂的美德。以后的事，你们暂且放开，不要过问，有我在呢。能借到书的，或者能买到书的，不是收垃圾的那里两元一本吗，去看看还有没有，必须立即想办法自己搞定。下周还有谁没书上课，那你就抄当天的课本好了。都听见了吗？"

"听见了。"响亮而整齐的声音。

上课铃响了，夕会开始。楚钰让学生都坐下："夕会，我们班算是已经上过了，但不能出教室。我们来演一段话剧，我充当一个角色，其余的你们毛遂自荐。大家找一找，找课本上的话剧选段。"

第二天一早，楚钰看守早读，刚到学校，冯明江科长立即叫他到办公室去，两位家长等着他呢。楚钰到教室嘱咐了几句，来到保卫科办公室。一个来了母亲一个来了父亲，两位学生的家长赔着笑，客客气气地说话。冯明江交代了几句离开了。只用了十多分钟，楚钰便和两位学生的家长商量妥当，按照初三·四班提供的清单，以每本书两元的价格，由监护人家长均摊，赔偿班上六百多元，中午之前将钱款交清，政教处那边，由楚钰老师负责去说明。家长同时要求学校承诺保证两名犯错学生的安全。

一切按照议定的内容在顺利地走。念在家长积极配合处理问题，念在学生是接受教育为主的人，政教处给犯错误者以轻微的口头警告处分，在周一升旗仪式集会上，进行不点名批评。楚钰将赔偿的钱按照学生登记的失窃物名单，每本两元一一发放，让他们自己把书买回来。事情过了，领头羊邓奇依然是三天两头不到学校来，不过都是事先来了电话，随便找个理由请假，楚钰心里明了也阻挡不了，只得随即又通知了家长。邓奇的父亲在一家厂里当保安，管不了那么多，他母亲离婚改嫁到外地了，每月给邓奇寄点零花钱。邓奇倒也不愁饿着肚子，外婆那里永远都有做好的饭菜等着他，朋友招待他的也很多。他只爱在社会上飘着，等着日子到了拿张初中毕业证。关于邓奇，偶尔有老师问起，楚钰只有摇头。练小芳也好奇地问过，小霸王是不是读函授了。楚钰便拍拍她的脑袋说："别的班的事，离你老远了，管好自己就行了。还是多关心自己的事吧，至少，你的语文应该学得不错的。"

练小芳挤挤嘴："楚老师好好说话哦。要是遇上徐老师，邓奇可有苦头吃了。"

练小芳伙同严晓春、林薇薇一道，课间操后操场上碰见徐凌，跟徐老师贫嘴时，也拿这话问徐凌，她可不可以一边跟着姐姐学美容，读书也弄个函授形式。徐凌狠狠盯着她，曲折着两根手指做了个敲脑袋的姿势。练小芳吐出了舌头，林薇薇抿着嘴笑，严晓春看看练小芳，又看看林薇薇，闹不懂他们玩什么。

严晓春只知道，即将到来的艺术节文艺汇演上，没有她们的节目，副班长兼学习委员唐俊苓和文娱委员孙小茜她们有个四人劲舞，而且被选上了。严晓春个人认为至少练小芳那活泼机灵劲儿和林薇薇那身段那脸蛋，化了妆走上舞台还怕不掌声一片，孙小茜难道选人的时候没有想到这点，为班级增光的事也不考虑全面一点。几千双眼睛的注视，七彩的灯光，强劲的音乐，那是多么露脸的事。以唐俊苓为主的原班女生几乎都不和她们插班的几个玩，明显地排挤着她们。徐凌老师也不帮帮她们，亏得私底下那样要好，连班长江小彬这期也和她们有些疏远了。

"老师，艺术节节目要怎样才能选上？"想着想着，严晓春突然问。

"这个——你问错人了，要去问楚老师才对。"

"徐老师的好都藏在心里，表面上不给你看，要是像楚老师那样明明白白就更好了。是不是啊，尊敬的徐老师。"练小芳爆炒豆一样说完。

"不对吧，看老师对林薇薇多好啊。"严晓春突然脱口而出。

林薇薇对严晓春翻了白眼，说"我去洗衣服了"，边说边走。严晓春低了头，悄悄跟在林薇薇后面，练小芳挤吧着眼，跟上了两人。

这天上午，徐凌走着路去学校上课，即将走到拐角。老街拐过角连接着新大街，璧江中学的新校门开在新大街上。大门一变，老街大部分生意熄火。为了这个转变，陈天南多次被断了财路的店主追着骂，还差点没被打，口头威胁是发出了的。

一大股水哗哗从消防栓口冲出来，老街口漫溢成一条河。徐凌站住了，四下看看，十多米远处，一个干瘦龅牙的女人，脸上明显地里干活常晒太阳以致变得赭黑的皮肤，她悄悄地把门口的一担水桶拎近屋内。

消防水栓通常都是关着的，偶尔附近有红白喜事办酒席或者搞建筑修建什么的，便会打开水栓用水，附近的个别女人趁机过来捞便宜接水，挑回去把水缸装得满满的。水栓在檐坎上，靠着墙，小心地从上面跨过去也行，可以躲开水流，但是徐凌走近时却停下了。他观察着，确认水栓没有坏，是有人打开后故意不关上，以方便就近的人挑水的。

汹涌喷出的水流有小臂粗，显然已经流了一阵子了。消防水栓的阀门已经掉了，只剩下一个小指头粗细的方形螺杆，没有扳手之类的工具很难拧动。徐凌继续往往四周打量，没有人理他，他仿佛一个人站在深山的溪涧边聆听自由欢畅的流水声。他弯下腰，指头紧紧捏着螺杆，狠狠地用劲，好，动了，没有想象的那么艰难。

消防水栓安静了。徐凌拐过了街口，慢慢地走着，新大街带纹路的红色方砖铺成的人行道足有三米宽，但是处处都有可能堆放着东西或者被杂七杂八的栏杆、铁架拦住，昨天还是通畅的今天可能突然出现障碍，而且毫无警示。占道的事在乡镇上太普遍太霸道，徐凌知道拐角前方十来米处，曾经有木栅栏拦腰截断了整个人行道。

那里是一家幼儿园，房屋的主人用这种方式围住人行道，增加了一块幼儿活动玩耍的地方。经过城乡环境综合治理后，栅栏被镇上城管强制拆除了，但是徐凌经过这里已经习惯性地放慢了脚步。

幼儿老师响亮清脆的声音冲出了屋子，一群三四岁的幼儿跟着唱诗。小家伙们扯开了嗓子叫着，远远的声音也清晰可闻。"太阳西边起，月亮东边落，小鸡水里游，小鸭天上飞。"

怎么全是错的？听着听着，徐凌纳闷了十来秒钟，忽然醒悟，敢情幼儿教师是在对孩子进行辨伪认识。这个年龄阶段，幼儿对自然界的正确认识远未形成，辨伪认识是否会适得其反呢？徐凌想。但是，幼儿教师显然是照着书本念的，说明这是幼儿教育专家编撰的参考教科书，那应该有它的合理性吧。专家不会错吧。哎，到底合理还是不合理呢？现在的专家值得信赖吗？为了他们自个儿获得的报酬利益，他们不是经常故意误导人们吗？昧着良心说假话都习惯了几十年了。徐凌模糊了，幼儿教育对他来说，突然之间变得生疏遥远，而他却又不得不去想。

木栅栏把屋内空间和人行道隔开了，徐凌站在外面停下了往里面看，像一位家长探望自己孩子那样。老师冲他笑笑，继续大声喊着。她认识徐凌，以前这里还有一个老师是他的学生呢，高中读了一期便停了到这里教课。三十来平方米的屋内放着低矮的课桌，密密麻麻坐着四十多个幼儿，一半背着手，有几个手舞足蹈。璧江镇有十多所幼儿园，都是这个样，随便租两间房子就可以开办，幼儿教师没有一个经过专业的培训，也找不到一个接受过高等教育的，哪怕是专科形式的职院教育。蓦地，一道闪电样的光芒划过了徐凌的脑子。他兴奋得差点喊出声来。

"我找到了！我找到了！"徐凌内心欣喜若狂。

按捺住躁动的喜悦，徐凌上完了上午的课程。中午时分他用电话完成了一件两年前就商谈过但是没有结果的事，与文轩书店老总初步议定买下一块地。新华书店的库房地处璧江镇一条僻静的小街，小街有进路无出路，里面分散着二三十户零散老宅。库房除了一幢两进三间破败的老木屋外，三方被菜地和院坝围着，面积接近一亩。新华书店解散后，这份地产归属文轩书店，售地广告打出去十年了也无人问津。徐凌曾经有过买来作为产品仓库的打算，终因意义不大且小巷狭窄不便大货车进入而作罢。他一个人去库房看了看，坍塌小半的土墙上长着狗尾巴草，对开的两扇木门半吊着，稍大的风似乎都能把它吹落。两年过去了，价格从十五万元涨到了十八万元。徐凌没有犹豫，文轩书店也想脱手。傍晚，徐凌开车去县城签订了合同，预付三万元，过户手续办完后一次结清。文轩老总十分满意这种速度，在酒店里订了一顿丰盛的晚餐招待徐凌。

　　拿到签下的合同，徐凌就寝之前郑重其事给陈兰看了。花钱不是很多，价格也适中，陈兰没有表示异议，顺口说道："是不是受我的启发，突然对房产感兴趣了。"

　　"不是。我要用它办一家私立幼儿园。"

　　"私立幼儿园？你想好了？镇上幼儿园多得是，能赚什么钱？"

　　"当然不是那样简陋的幼儿园。我要乡镇上的孩子也能接受到最好的学前教育。你不要动不动只想到利润，头三年没有利润我也要做。但我看好未来。"

　　"再想想吧，开办一家上档次的私立幼儿园很复杂。你一个人做不了。"

　　"肯定不会一个人去做。我先和楚钰老师合计一下。你知道廖洪涛的事了，我非常相信他。"

　　徐凌在楚钰那里被泼了一盆冷水。楚钰认为乡镇收费不高，能收多少个小孩都有疑问，若按照初步预算投入一百五十万元，五年都难以享有稳定且满意的回报，到最后可能是慈善家不像慈善家，投资人不像投资人。

　　"你是成功的商人。在教育上，尽管你一直不服气，但是到目前为止，依现行的标准，你其实一直都在失败。或者说接近失败，平庸即是失败。"楚钰说。

　　"我可以失败一百次，但是依然会追求第一百零一次成功。我对幼儿教育了解不多，只是在肃霜小时候，翻过一些皮亚杰的书，皮毛而已，现代教育又迈进到哪步了，更是一无所知。"

　　"坦白地说，对于幼儿教育，我也是略知一二，全面完备的策划现在我是做不了的。幼儿园是不是需要园本教材，我都不敢确定，但我想不能将幼儿园办成考试教育的那种学校。我更愿意它像动物园一样，孩子要像动物那样，没有自以为是的成人规定了目标和任务，有照顾有引导地自由玩耍自由成长。要聘用一定数量的男教师，幼稚园不是保育院，不是医院的育婴室，只有女人围绕的幼稚园，容易产生伪娘或女汉子，或者说，会导致部分孩子的情感偏移、畸形。"

"非常好，继续说下去。"

"国内幼儿教育可以从北京和上海两个样式分别来看。北京具有传统文化背景，教育风气严谨务实。上海从幼儿园开始很多追随美国的蒙特所利式快乐教育，啥都不教，让小孩傻玩。举个实际例子吧，我一位朋友在北京做电视台编辑的，她的孩子进的私立幼儿园，连玩带学 5 岁时结束幼儿园生活，已经认得 1000 个汉字，小提琴入门、游泳、旱冰、画画，样样拿得起放得下。我个人觉得，你会选择北京样式。"

"那你选择什么样式？"

"我，更倾向于上海样式。"楚钰想了想说，"不过加入一些北京元素，但始终还是沪菜，不是京菜。"

"这样已经够完美了。你完全胜任的。再用三五个月的时间出去实地考察一下，花两三个月选择聘请培训幼儿教师，刚好幼儿园工程也能完工了。可以在明年春节后开园。"

"不，我不适合做领导的。当官不好玩。"

"哈哈哈，你只需要做总策划，总监督，就像公司里的总工程师一样。而且是兼职做的。"

楚钰沉默了好一会儿，摇摇头："我没准备，没兴致，没打算。目前不想尝试别的生活。秋云今年高考，这才是我最关心的。我也没有把握去做你所说的事业，虽然它看起来很光辉很宏大。作为商人，你也要从经济角度去衡量。"

又说了一会儿，楚钰怎么也不答应。徐凌提出了以后再说，至少这一两年他也会忙得够呛。楚钰仍旧笑笑，没做确定答应。

二十三　变故丛生

楚钰和妻子秦淑芳聊起社会上的人事和趣事时，自然地谈到了化学老师许瑞。许瑞工作三年了，二十六岁，工作上点子多，人也聪明，相貌端正，就是在找对象上走了霉运，左右不合适。学校每年进新人，但凡单身的女教员，许瑞都会看上一位，追一阵子，但都是无果而终，三年失败三次，也闹不清究竟是谁不愿意好了。在学校外面还有多少次尴尬悲伤的结局不得而知。语文教研组长沈连成曾当众取笑他别人撬墙脚抢婚都办成事了，他还咋搞的无主之花也摘不到。

学校里曾老师一家和许瑞原本关系很好，发生过几次事故后，她悄悄给许瑞算了一次命，命相师竟然说这张八字要倒八辈子霉运，还会连累朋友，曾老师后来便疏远了许瑞。许瑞第一个正式的女朋友是计生办干事，初次见面，许瑞约了校内几个同事，和女朋友的朋友总共六七个人吃夜宵。晚上回校已经过了十二点，叫了几声，门卫没听见，许瑞便和一个同事翻过电动门进校。门卫睡眼惺忪起床看时，两人已经翻过门了，这一场面正好被大门监视器记录下来，门卫给了陈天南看。恰好这段日子半夜三更不断有老师翻门进校，门卫告到陈天南那里，陈天南在校会上专门强调过，必须报告门卫开门进校，十二点以后进校的，要缴纳两元辛苦费给门卫，擅自翻门的罚款。看了视频，陈天南只得在大会上宣布两人罚款 100 元。消息不知怎的传进了计生干事的耳朵，她家里人认为许瑞不沉着，爱干出格的事，两人的关系竟然就此黄了。

许瑞第二次谈了一个邻镇小学的老师，也是初次相识，为了增进了解，趁春光明媚之时，约好到县内一景区去吃枇杷逛庙子赏春。小学老师恰好有长她几岁的闺蜜也要自驾车去，便说好一路，许瑞叫上了本校两个要好的同事，先骑摩托车到邻镇小学去再换乘车，摩托车正是跟曾老师家借的。三人高高兴兴赶到半路，不料摩托车前轮滚珠全部打坏，快速行驶中轮子突然猛烈摆动，摩托车翻倒了，三人全受重伤其中一个还摔断了胫骨。医药费几近许瑞半年工资，摩托车也撞坏了。白白损失了一辆摩托，曾老师便去偷偷替许瑞算了一次命，至此后，和许瑞疏远了。许瑞身边熟识的人也没人再敢替他介绍对象。

许瑞向楚钰求教，楚钰恳求秦淑芳帮着物色门当户对的。秦淑芳了解底细后哪还有这份做好事的心思，只在嘴里敷衍着找找看，老久了也没找到合适的对象。教研联组活动时，县教研室化学教研员陈老师听完课后比较欣赏许瑞，建议学校重视这个年轻人，增加点高中的化学课，为正在发展的璧江高中乃至县中培养人才。陈天南立即半开玩笑似的提要求，希望县教研室帮助年轻人才考虑一下介绍对象。没料陈老师还真把这事放心上了。

一个月过后，毕业班开展交流指导课时，陈老师再次来到璧江中学，听完其他老师的课后，下课时，陈老师约许瑞在校长办公室谈谈。

接到电话，许瑞不敢有半点怠慢。他吩咐化学科代表带领两人把仪器送到实验室去，路上千万小心。化学科代表叫住了信得过的同学，那位同学急急往外走，说憋不住了，去趟厕所再回来帮他。除了新修的教学大楼每层楼都有厕所外，原来的三幢大楼只有一处共用厕所，比较远，方向和实验室恰好相反。

"回来再搬，那可能下节课迟到噢。"科代表说。

"总比上厕所回来迟到好吧。"

"好，我也先去放松。"科代表跟着一路走了。

经过讲桌前的学生，有的顺手摸摸铁架，有的敲敲托盘。长得韩星一样的周天浩拿起瓶子凑到鼻子前闻闻，举着瓶子对正在擦黑板的纪熹琳说："我要毁你容哦，怕不怕。"

纪熹琳是镇上一家药房老板的女儿，面容清秀，衣着入时，对自认为有些高富帅的男生有着隐约的吸引力。她瞥了一眼，没有理睬周天浩。

"还居然有不怕的人。真的哎。"周天浩拿着瓶子，往纪熹琳那边一冲一冲地作势。纪熹琳瞪着他，骂他脑袋进水了。

"看清楚，这不是水哎，是硫酸。你不怕。"周天浩嬉笑着又冲了一下。

嘭的一声，瓶子的软木塞冲脱了，一股液体冲出瓶口，溅到了纪熹琳脖子上和胸前。

纪熹琳一声尖叫，然后哇地哭了出来，疼得猛抓衣裳。

教室里顿时乱作一团，机灵地喊道快去女厕用水冲洗，一群人便蜂拥而出，奔往厕所。两个男生挥舞着手，大叫着"让开让开"前面开路。

许瑞得到消息时，纪熹琳已经被送去镇医院了。做了基本处理后，因为以后还要植皮，又直接转往市三甲医院。消息很快传到县里，教育局莫文刚局长指示璧江中学不惜代价一定要稳住受害者家属的情绪。周天浩家长是镇人大主席，倒也不含糊，率先拿出五万元医疗费，又要学校拿出同样多的钱来，以后的事以后再说。许瑞干瞪着眼支支吾吾就是说不出明白的话来，他哪里拿得出这么多钱。纪熹琳家属不干了，几乎就要大闹起来，陈天南只得让总务主任和出纳一道取了五万元现金，由工会主席一同去市里交款和看望抚慰受伤学生。直到三年后，许瑞老师也还不起这笔钱，那时校长已经换了，经过教代会举手表决，学校免掉了90%。这是后话。

第二天下午放学后，璧江中学召开了全校教职工紧急大会，再次强调重申安全第一的首要原则，安全问题一票否决成绩，出了这事，李培峰的重点班这期评县级优秀班级一下子泡汤了，会上宣布立即取消上报资格，由初三另一个重点班缪映所任班级顶替，小尖班已经获得过市级优秀班级称号。

趁着课间操间隙，缪映和沈连成去校外面馆吃早饭，遇见了楚钰。三人坐在人行道雨棚下面的小方桌旁，一边等着一边聊起来。楚钰说缪映运气好捡了个鸡。

"这点加分有啥了不起啊，你也做了班主任，晓得那个难。"缪映以他惯有的抱怨方式说开了，"现在对班主任的多方面高难度要求是这个样的。上得了课堂，跑得了操场。批得了作业，写得了文章。开得好班会，访得了家长。劝得了情种，管得住上网。解得了忧伤，破得了迷惘。Hold得住多动，控得住轻狂。忍得了奇葩，护得住低智商。查得了案件，打得过嚣张。骂得过泼妇，斗得过流氓。镇得过泼皮，演得了三藏。"

"初中尤其难。"等缪映一字不漏耐心说完，楚钰接着感叹，"初中老师最难做，小学生还有点惧意和崇敬，高中生已经有些自律，况且因不受义务教育法保护而对学校处罚有所忌惮，唯独初中生是受保护的天不怕地不怕既叛逆又无知的蛮汉野小子。听说周天浩第二天就到学校打篮球了，整个人没事一样。"

"若有一点敬畏之心，周天浩也不会惹出如此大祸。你接的班级座右铭是'敬天爱人'。下期还做班主任的话，钰哥给我也写一幅大字'敬天爱人'贴在教室里。"

"看看我们语文组人才济济，这样的才思，这样的文采，陈天南整得出来吗？以为全校就他最聪明。"沈连成撬动了燃面，边搅边说。

"前天还听老大叫苦呢，说经费垫支了医疗费，更捉襟见肘了，听说这期末绩效工资要把代课费午休补助这些纳入列支。是不是真的？"缪映问沈连成。

沈连成交往广，牌友多，消息灵通，牌馆茶楼是占用了他工作之余一半人生的去处，偶尔也会困迷牌馆忘了上课。附近有家兴鑫茶楼，店主是镇政府人员，女性，四十八岁，没退休但是去年离职了，工资一分不少，干拿着工资，等着五十五岁退休，全部身心经营茶牌馆，牌馆原来是她母亲照看着，母亲过世那年正是她离职那年。沈连成拿这境遇一比，每每骂骂咧咧，感慨自己投错了胎入错了行。

正吃着说着，徐凌也来了，叫了豌豆面，并要为四人一并埋单。店老板不答应，说各付各的一贯如此。学校校门口附近三家面馆和几家学生饭店，在这里用餐的多是老师学生，彼此都是熟人，老板怕客人碍于面子相互招待疲于应对有诸多不便，开店之初便一直实行 AA 制。

"我很少在这边早餐，要不是今天集会又要讲上好久，耽误大半节课，还不会出来吃东西呢。老板你破个例。"徐凌这些天有点拗性。

"徐老板人好钱多，你就成全他一次。我的让他付。"楚钰笑着说。

"徐总把现在店里的人全部结了，我也没意见。"缪映接着道。

浴火 · XUHUO

四个人凑满了小方桌。玩笑过后，沈连成一本正经地说："缪映刚才说的那事，我可以说基本上定了的，代课费班主任补助等在将来的绩效工资中列支。下午行政会讨论这个，其实还不是陈天南一人说了算。他是法人代表嘛，民主更要集中，其他人算个鸟。"

"许瑞一个失误，学校又花进去六七万元了。这个扫帚星。一个人过失，全校遭殃。"缪映半笑半骂说，平日里他和许瑞关系挺好的。

"也不能全怪他吧。教师只是一种职业，不是完美的圣人，也不是万能的神，不能把社会和家长以及学生个人的责任都一股脑儿推到教师身上，这不仅无赖，也很无耻。许老师的过失是职务行为，一个集团公司总经理失误，导致投资跳水，几十亿元的损失，难道也是总经理全部埋单吗。"楚钰为许瑞辩解道。

"钰哥说得不错，学校应该帮着承担一定的民事赔偿责任。"徐凌说。

"说来说去，本质还是学校经费太少，干啥都掐毛掐算。那点保障经费够啥。这个头儿那个头儿还要刨点。一个人吃肉，大家汤也没得喝。只顾学校超前发展，拼个人业绩，罔顾现实困境，这才是学校困难重重的本质。"沈连成说。

三个人沉默了，表示不同程度的认同。沈连成继续说道："捞够了还不算，整天骂这个呵斥那个，像对仆人一样，一副老板派头，当学校是他私人开的。心里盼着他倒台的人多得是。只要有人站出来，保证一呼百应。"

沈连成说着，看看楚钰，又看看徐凌。

楚钰和徐凌都没有接话，缪映和沈连成一直最要好，略知沈连成和陈天南之间的过节。在一般人看来，沈连成刚来时，备受陈天南重视，第二年便大有上中层的走向，但是四年过了，沈连成还是语文教研组长，没升半点。莫非这正是沈连成怨言满腹的原因。但缪映猜测应该是另外一件事。

沈连成妻子为乡村小学代课教师，已干了五六年。中央著名节目主持李兆山教育公益基金，对西部省份乡村教师开展培训公益活动，每省 100 名，参加后对于转为正式公办教师很有帮助。沈连成老婆托人好不容易申请到了一个名额，上报了，但是最后参加的是另外一个年轻女人，沈连成打听到是陈天南的侄女。沈连成怀疑是被顶掉了，去教育局询问局长莫文刚。莫局长说上面没有行文，而且教育厅公开对培训做了"不反对、不支持、不参与"的表态，仅对参加名额进行公示，所以整个过程和教育局是无关的，教育局仅仅负责发个通知。

沈连成老婆没做代课教师了，迫于经济压力，自己又感觉做不了其他的事，便外出打工。沈连成做了两年的孤家寡人，还带着女儿过日子，艰苦烦闷自不必说，怨恨憋不住时，对缪映泄露过一两次。

"所谓天下乌鸦一般黑。走了一个吃饱的，来了一个饥饿的，璧江中学不又是要遭遇一场劫难。"徐凌从经济学角度发问。

"徐总当然不关心这个，现在坐着吃也能吃上一辈子，哪里清楚我们这些拮据人的苦恼。这么多年学校普通老师有啥福利？你不是不知道，马上要到手的教师绩效工资也要克扣去一半，谁受得了。徐总可以悠闲旁观，我们却不能不为稻粱谋。说到底，仅仅是经济利益也还罢了。头儿吆五喝六，自认为一手遮天；欺上瞒下，做了好多缺德事。可能各位还不知道，高三邱艳班有个报考艺体的，是头儿的秘密情人，左编右编哄上床的。"

徐凌和楚钰都吃惊地看着沈连成，只有缪映似乎早知内情，精灵的眼睛在镜片后面瞅瞅徐凌，又瞅瞅楚钰。没有更多的谈话，徐凌和楚钰吃完面，相继离开了。看着两人的背影，缪映说："钰哥向来藐视强权，憎恨丑恶，眼睛里进不得沙子，点火就着的，怎么倒沉得住气了。"

沈连成往四周看了看，确信没有人注意他们谈话。"他也是向来吃得亏打得堆，不爱计较个人利益。不过，我仍旧看好他，只要他揭竿而起。这位老总吗——"沈连成竖起拇指摇一摇，"单位上这点肉渣渣，还没放在眼里，况且和头儿关系好像一直不错的，从没红过脸。没事多和钰哥谈谈，周末约他钓鱼。"

校方和老师之间矛盾历来较深，但徐凌不太相信沈连成的某些话，虽然沈连成确实交友广泛，小道消息灵通，其言凿凿或者是捕风捉影也未可知。不过这些传闻如果成了举报材料，曝光了，影响可坏了。也许减弱了利益冲突之后，各类谣言或者会消弭于无形吧。主动权显然在陈天南那里，他要做出行动来缓解紧张对立才行，谁能提醒他并让他相信而且行动呢？徐凌自己很不愿意去做这事，这样看起来要么像内奸对不起沈连成他们的信任，要么像拉皮条一样低贱。他想到了一个最合适的人，去疏通，转达。

这个最具威望最可能影响陈天南的人，是支部书记许正伦。

许正伦在璧江中学任教物理已经近二十年，第一届教师节便评为全国优秀教师。因经费紧张，陈天南严禁教师在教导处为学生印刷任何资料，除非学生自己掏钱。许正伦没让学生购买现成的资料，总是他自己收集或编辑的补充资料给学生用，他自认为这些资料比购买的成套资料更实用，他又不肯通知家长出资，便个人掏钱印刷了两次试卷，花了八十多元。许正伦工资不算高，资格最老但是还是中一职称，因为文凭还是中师的缘故一直评不上去。陈天南也劝他去报个函授大专的名，不要怕年纪大，考试的活他能找到人顶替下来，保证拿到毕业证。许正伦不干，说一辈子不会干弄虚作假的事。家里妻子没工作，偶尔找点临时工干干，还有一个病恹恹的老父亲，有点微薄的工人退休金，女儿出嫁后也补贴不了多少父母，因此生活颇为拮据。每当

浴火·YUHUO

有人为此抱不平时，许正伦总是嘿嘿一笑。不过他背地里也有得意的地方，他说他到了省会成都，还没具体通知哪一个学生时，总会有人接到消息出来接待他，贵宾一样侍奉着。

徐凌在校时间少，和许正伦交往更少，几乎没有过私人交情，但是徐凌一直在心底保持着敬意。某年的春节，徐凌经过一个十字街口时，正好碰见许正伦，当时，街口正在演着车车灯。徐凌打个招呼，随口问道"许老师也看车车灯啊"。哪知许正伦立即正色道："我从来不看这个，纯粹是糟践人。"许正伦公开坦白的话招来了敲着小锣的矮汉子敌视的眼光，那个男扮女装的车幺姑儿装作没听见，配合着鼓乐，低着头，扭着粗壮的腰，不时拨弄一下脑后的长辫子，继续被几个故意淫邪的男人挑逗着，把民间谐剧演下去。

这是徐凌和许正伦屈指可数的对话之一，还有一次徐凌也印象深刻而一直没能忘记。初高中毕业班老师战前动员会上，学校专门让许正伦做指导讲演。许正伦在会上谈了不少教学心得，以供参考。许正伦自己把初中物理罗列成一个个细微的考点，细致地分为两类，一类每年必考，一类选考。许正伦做过十多年的精细统计，考试前参考一下上年的考卷，凡是选考过的考点，今年必不再考，这些知识点复习时便可一带而过。这样总复习可节约五分之一甚至四分之一的时间，挤出来的时间用于加强基础或者针对性的提高练习，优秀生可能会提高 5 分，普通学生可能会提高 10 分。对数字敏感的徐凌听后瞠目结舌，深受震动。

无论如何，包括徐凌在内都不得不承认，许正伦是教育部门和社会公认的应对考试的顶级高手和最认真负责、不计利益的老师，是品教兼优的楷模，他获得了几乎所有人的崇敬，唯独楚钰例外。

大家都以为，楚钰会把女儿楚秋云送到市里最有名的初级中学，比如凤凰外国语实验中学去时，楚钰却出人意料地选择了在本地璧江中学，用他打趣的话说是免得父女互相牵挂耗费了时间。第二年，为楚秋云所在小尖班选择物理老师时，楚钰向陈天南提出了出人意料的要求，不要许正伦担任。陈天南有些为难，楚钰便威胁要将楚秋云转走，那样的话全班可能会有十来个学生跟风似的也转学了。陈天南和朱兴顺商量一番，竟然答应了。教导主任蒲易莲是比较前卫开放的教师，好奇地追问理由。楚钰答非所问，只是简单地漏出四个字"敬而不崇"。

同语文组的女教师正面临着孩子即将小学毕业何去何从的抉择，不甘心楚钰简略的回答，继续刨根问底。楚钰说教育者必须在长远目标和眼前目标中做出选择，要敢于忍耐善于忍耐着眼于学生真正的发展，急功近利不是好的教育者。楚钰对教育一直有着让人目瞪口呆的做法。楚秋云小五时，当时的镇中心小学还没有开设英语课，他自个儿让毫无半点英语基础的楚秋云在电脑上自学，而他竟然不给一点辅导。先是系统地跟学《洪恩gogo》基础儿童英语，一年过后又开始泛听中级英语，后来发展到楚秋云做数学作业时戴着耳机听《走遍美国》。秦淑芳问女儿能够听懂吗，楚钰说管她听得懂听不懂，有声音传进耳朵刺激大脑就够了，他不提出目标，楚秋云也没有压力。楚秋云到后来得意地宣布发明了"一心二用"乃至"一心三用"学习法，她会转着呼啦圈，耳机里听着英语，眼睛里看着课本记化学方程式。为此楚钰每年都要新买一个蓝牙耳机。楚钰还会从国重高中特尖班暑假补课教室里叫出楚秋云，去外省旅游，不管班主任如何当面抱怨。当楚秋云的同学面对着椭圆方程昏昏欲睡时，楚秋云却在千里之外武汉东湖的舢板上坐剥莲蓬，或者在湖畔楚天楼上聆听编钟古乐。

对于教育，楚钰和许正伦有截然不同的看法及行动，徐凌在某些方面还偏向于支持楚钰一些，但是徐凌仍然相信，目前许正伦是唯一可以化解内部积怨和危机的人物。

下午上课，徐凌比往常早了十多分钟到校。刚刚结束午休，校门口有学生进出，周天浩和高二一个男生在电动门内争吵推搡，高二那个男生孔武高壮，看起来气势汹汹。高壮男生突然起脚去踢周天浩，被周天浩侧身躲开了，周天浩边退边说着找场子的大话。高壮男生四下看看，冲出校门，从电线杆旁边菜担子上抽出扁担。这担子是菜农卖早菜后，在面馆里吃早饭，不知怎的撂那儿了，半天还没来收拾。周天浩见势不妙，往校内小步跑去，不时回头观望。年老的门卫厉声叫了两声，但是拦不住高壮男生冲进校门。

紧急间，拖着的扁担被一双手从后面攥住了。扭，拉，甩，折腾了一阵子，高壮男生始终夺不回扁担。许正伦和比他高出半个头的年轻小伙子较力，丝毫不落下风。

高壮男生带着哭腔喊："许书记你放手，我要杀了这个杂种。"

许正伦严厉地警告男生不要冲动，手里依旧紧紧攥着没松半点劲。徐凌大步上前，一手握住扁担一手搭在男生手上，叫他放手。保安也来了，拦住去路。男生恨恨地脱了手。许正伦把扁担递给了保安。

保安带高二男生到保卫科办公室，问清了缘由，记录好了档案，心下同情他，答应他不作进一步处理。原来这个男生是纪熹琳的爱慕者和追求者，两人关系也挺不错。泼硫酸事件后，他憋着气很久了，说是故意找茬也罢，他不在乎，倘若纪熹琳开口，他还真的会去砍了周天浩。

徐凌原本打算给许正伦说的话，一下全吞回去了。他重新考虑后决定放弃，他的顾虑是，依许正伦的脾气，听到对陈天南极为不利的风言风语时，倘若信以为真，恐怕不是帮着捂着，调和内部矛盾，而是直接向局纪委县纪委汇报了，那璧江中学倒真的闹开锅了。许正伦明年退休，就让这个可敬的长辈平静地离开学校吧。徐凌决定不管这事了。

提前三分钟的预备铃响起，有课的教师听到铃声后陆续走出办公室。徐凌赶着写完教案上最后一个字，最后一个走出办公室，迎面撞上一个急乎乎的家长。

家长和他相识，"徐总徐总"叫着，向他打听初二某个班级的班主任在哪里，教室又在哪里。徐凌有些纳闷，校讯通不是把家长和班主任连成一个移动集团了吗，班主任都把学校通知定期发到家长手机上，这家长咋会不知道班主任手机呢。他指了方向，又把手机拿出来替他找号码。家长却说他打过，班主任关机了。徐凌明白老师是去上课了，便叫他在办公室里等等。

这么一耽搁，上课铃响了，徐凌判断走进初二·三班的教室会迟到三十秒以上。如果他迟到了，初二·三班会怎样呢？乱成一团，还是静静等待。徐凌突然想看到结果。他又走回办公室，接了一杯开水，慢慢喝着。他把迟到的时间控制在三分钟左右，不慌不忙地往教室走。他的身影出现在教室窗外，立即听见小声的议论，而之前，教室里是安静的，他很满意。

在这些低低的议论声中，有一个声音熟悉而清晰，在教室里显得那么突兀，怎么也掩盖不住。一个甜美的女声说："迟到了，扣工资。"

徐凌站在门口，眼光扫过教室，他看见好几个女生抿着嘴笑，林薇薇低头躲避着他的目光，班长江小彬表情则是古怪而难以描述。

徐凌装作没事一样，心里却酝酿开了。他喜欢一种井然的秩序，这种秩序不是"君君臣臣父父子子"那样严格威厉不可僭越，但也必须讲究"长幼有序尊卑有别"。一句玩笑话亲切而又甜蜜，带着亲昵的暧昧，受宠的放肆，他回味着，舍不得这种味道消失。但是，嗯，林薇薇破坏秩序了，她不可变得轻浮随意，她必须为她的放肆吃点苦头。

讲课中，他提了关于绝对值取值的问题，他先叫了前排一个男生起来回答，在回答问题可靠度排名中，这个男生基本上属于后十名了，徐凌断定他回答不了。果然没让他失望，这个男生起身后，过了一分钟也没憋出半句话来。接下来，徐凌瞄准了往后两排的林薇薇，叫出了她的名字。

按照往常的水平，林薇薇回答这个问题在能与不能之间，正好可以考查出近段时间林薇薇的用功程度，但是徐凌若同一内容往深处多问几个问题，林薇薇，包括班上平时表现最好的学生，多半都会蒙住。林薇薇显然很紧张，回答错了。徐凌没有指正，另外叫了数学科代表站起来回答。

科代表转着眼珠子，谨慎地挤牙膏似的一个字一个字往外蹦，徐凌也故意给他一些暗示，这样一来，问答就在正确缓慢地进行着。林薇薇坐下了。徐凌回头一看，严肃地大声叫道："谁叫你坐下的。"林薇薇连忙站起来。

浴火 · YUHUO

前排因为回答不了问题依旧站着的那个男生，竟然噗嗤一声笑了出来。徐凌朝他一瞪眼，他赶紧用手掌挡住嘴，看那样儿，还是忍不住在笑。

科代表回答结束了，徐凌让前排的男生坐下，而林薇薇继续站着。关于绝对值的问题，他继续向全班学生提问，看样儿非得大家拼凑着回答完了，才会解除对林薇薇的惩罚，而这是为了弥补她不经同意擅自坐下的错误，徐凌这样认为。

学生可不这样看，凡是对这事上了心的，大多认为是报复林薇薇刚才讥讽老师的言语，但是，单纯的心灵全都看作是一种亲密的玩笑啊，开这种玩笑都是由于喜欢和亲密无间而不是出于仇视，老师过分小心眼了。他们的想法遮掩不住，化作道道目光偷偷射向林薇薇。林薇薇无地自容，死死盯着地板，恨不得炽热的眼光像激光一样把楼板烧穿个洞，自己掉下去。

冷遇没有结束，持续到了周末。徐凌打算下周晚自习时抽空找林薇薇作次长谈，再往以后他太忙了，很难有时间去引导她监护她。好孩子是不太需要别人的督察的，自个儿会把该做的事做好，自尊自强，行为节制，礼数周全。

林薇薇也知道自己一时说错了话，不该当着全班同学的面开这个玩笑的，但是没有想到徐凌会如此耿耿于怀。她等待着下课，或许他走到门口就会给她一个微笑，啥芥蒂都化了。

谁晓得接下来的日子徐凌板着的面孔从来就没个晴天呢。练小芳悄悄告诉她的话，像是晴天中的霹雳，把她震醒了，所有的现象都有了合理解释。练小芳父亲回家和她母亲说道，陈兰这段日子都不到厂子里去了，怀上小宝宝了，怕环境有污染影响了胎儿发育。哎呦喂，这老板的派头就是大，还有这多讲究，想当年生练小芳她二姐时，还在地里干活呢，察觉肚子不对劲赶忙往家里跑，刚进家门羊水就破了。

太阳白花花地挂在高天上，它的炽热让人不敢抬头一看。林薇薇脑子里也像天空一样，空荡荡的，毫无着落的地方。她情绪低落，怕和人说笑，那些笑话怎么听也像是暗中讽刺她，走路也常常发呆，踢着台阶变成常事，这个时候她偶尔会嘟噜出一句：骗子。

二十四　拯救

徐凌简直想如楚钰那样哼着歌儿进学校。停产半年的竹菜板生产线花十三万元购买了两项生产专利后，重新开工了，产品质量得到很大提升，构造外形也从圆形改为直板形，工艺简单了，成本降低了，却更加结实耐用了，大丰公司一下子获得了大量订单；竹签厂的产量稳步上升，品种增加，货款回收也比较满意。销售经理从三名增加到五名，除销售提成外又增加了回款提成，激发了跑外勤人冲天干劲。总的来说，企业经营一帆风顺，陈兰还凭母亲的直觉告诉他，怀的可能是一个女儿。徐凌简直乐坏了，他怎不喜形于色呢。他毫不掩饰地说梦寐以求想要个楚秋云那样的女儿，而且不反对她胖乎乎的贪吃好玩。

在学生起立之后，按照惯例，他一边回礼，迅速清点了人数，看见了两个空座位。座位每周轮换一次，有时班主任还做出临时调整。

"缺的两位是谁？"

"林薇薇。"有人小声回答。

"还有一个是谁？"徐凌心里咯噔一下，很不满意这不完整的回答。他盯着纪律委员。

少顷，纪律委员低低地说："江小彬。"

"都干啥去了？"

"找人去了。"后排不知是谁说。

"找谁啊？"

"林薇薇跑了，江小彬去找她。"声音开始多起来，七嘴八舌补充着。

"私奔了。"

私奔这两个字狠狠刺激着徐凌，像在他脑子里放进了辣椒粒，火辣辣难受。他让鄙视的敌意占满胸臆，努力削减着冲击。他在操场边遇见班主任刘华，问知不知道两个学生没来，他也想借此打听到更多的消息，以及可能连带到他的评论。刘华倒显得平静，说昨天下午已经知道，林薇薇和人说过不想读书了，跟着一个年轻男子走了，具体细节还不太清楚。林薇薇的外公今早到了学校，也给了外地打工的父母电话，只是不知道到哪里去找林薇薇。

浴火·YUHUO

"原来家里都知道了，那就好，那就好。"

江小彬第二天才回到学校上课，脸上明显显露出沮丧，神态疲惫，甚至能够看出淡淡的黑眼圈。

徐凌没有那么绝望，他觉得过两三天林薇薇就会幡然悔悟，回到学校来。他在思考怎么和她说第一句话，尽量不要刺激到她。周三的时候他朦胧的希望有了回应。当时他正在办公室，严晓春悄悄走进来，递给他一张纸条，上面写着地址，说林薇薇在杨骏六姨妈家里，还没出去。那个村子距镇上五六里地。

严晓春平静的表情下掩藏不住对他，或者他们的关切。徐凌不得不对她露出一个领情感谢的微笑，虽然他自己都感到这个笑容中的苦涩怪异。上课了，办公室里静悄悄的，只有他一个人。没有工作和准备工作的话，他应该回去了，到厂里，或者家里，或者是约见某个客户的途中。但是他没动，转动着黑笔。纸条压在书底下，徐凌思考着。

磨蹭到了下课，他让人叫来江小彬，把纸条推到他面前，江小彬看完地址后徐凌才说："林薇薇在这里。什么时候去，时间上你自己把握。"

江小彬看了他几眼，终于明白徐凌的意思，他对徐凌鞠了一个躬，拿着纸条离开了。

徐凌在学校内再次看见江小彬时，这个昔日强健的班长木然憔悴，令人同情。林薇薇真的走了，再不回来了。

过了一周，马上就要高考和中考了，学校凝结着紧张的气氛。升旗集会时，天色本不明朗，甚至有些清冷。校级领导轮番讲话，集会开得很长，中途天上飘起了雨丝，忽大忽小。领导不动，教员和学生自然跟着扛风扛雨。好在雨丝并不急迫，也没有增强的趋势。徐凌突然觉得头顶更暗了，回头一看，江小彬背后举着伞，旁边还站着一名不认识的学生。及时地为老师撑伞遮雨，这是男生讨好、感激男教师时最常做的事，其实是冒着可能被同学集体讪笑的风险的。

徐凌对他一笑说："给我吧，你回到班级队伍里去。"

江小彬对身边教师们诧异的目光毫不在意，但还是听话地把伞交给了徐凌。

立即有一个男教师凑过来，搂住徐凌肩膀，这蹭伞的举动被当作笑料低声地在教员队伍中流传，借此也打发掉集会无聊的时光。徐凌更加觉得江小彬好生可怜，他想为他再做点什么。他更希望知道，这些神秘善变、匪夷所思的女孩子们究竟怎么了，她们的想法不仅是别出心裁，而是和徐凌这样的阶级格格不入。

徐凌便想到了沈连成所说邱艳班级的高中生情人，他急于确定是不是真实的。

晚上，一个平静的时刻，徐凌给邱艳电话以求证实。邱艳说得有鼻子有眼，还说可以给出确证的细节。

"那这个人究竟是谁？"

停顿了一会儿，邱艳说："你可别说出去。是张思琴。"

张思琴！徐凌顿时惊呆了。后来他仔细想想，反而觉得是真的了，他应该猜得到的。张思琴那天躲避自己不是没有缘由的，那是移情别恋的惭愧和罪恶感在作祟。

徐凌这样一想，反倒觉得自己一样是满身罪孽了。他怒火中烧，要么撕裂自己，要么撕裂某个邪恶的魔鬼，那披着人皮、道貌岸然、装模作样的——人类。

徐凌立即给沈连成电话，声明全面支持他们对陈天南的倒戈行动，他让沈连成找几个同志，今晚小聚一下，先弄个行动大纲。他做东，去怡园订一桌上等酒席。

"那么破费。随便夜宵砂锅什么的就行。"

"吃好喝好才有干劲。"

"先不要太声张，我建议，首先限制在最小范围以内，我叫上邱艳和缪映。"

徐凌同意了沈连成的提议。

中考阅卷名单发下来了，有徐凌的名字，徐凌去教导处找蒲易莲，希望她换掉自己。教导处办公室里，两位年轻教师正围着蒲易莲，各人手中拿着一张纸，兴致勃勃地比画着，有问有答。徐凌凑近一看，原来是"大贰水表"。

教师内部最为流行的纸牌是大贰，远远超出斗地主干瞪眼扎金花，比起麻将也略胜一筹。新学者往往弄不清和牌后的大贰番数，以便计算输赢大小。在许多新学员的一致要求下，蒲易莲制作了这张水表，详细列出各种和牌的番数。外出阅卷日子艰苦生活单调，中考结束后该放松一下，晚上正好派上用场鏖战一番。

教导主任蒲易莲风头最劲时，楚钰预测她将来有厅级的待遇，三四年过去了，她反而沉沦了。徐凌摇头不解。

放下纸张，徐凌说明来意，蒲易莲为难地说："名单是朱校长确定的，都已经上报了。我做不了主啊。"

"那我辞职了，总可以不去的吧。"

蒲易莲却不禁笑了："我要是徐哥，我早辞职了。——你别急，我给朱校长电话。徐哥的面子，朱校长应该给的。"

朱兴顺考虑之后，答应了另换阅卷老师。徐凌出来，碰见楚钰也去教导处。便问他是不是也要去改名额，其实这样的事只需一个电话，行不行都能确定。

"没我呢。我早做好准备了，先已经给朱校打过招呼这期阅卷千万不要安排我，高考结束了，该陪着秋云旅游去了。这是大事啊。"楚钰说。

"你不是还有一个初二吗？"

"是啊。不过这个班没多少事，现在我是先酝酿好心情准备出游。"

"真会享受生活。"

"去找了？"楚钰忽然问。

"找什么？"

"哦，我以为你在行动，当我没说。"

"你指那事吧，没时间过问呢，现在太忙。"徐凌实话实说，突然醒悟过来，又甩出一句话，"这关我什么事。"

"这种事吗，你要说有关，那就是有关，你要说无关，那当然就无关。"楚钰耸耸肩膀，准备离开，却又忍不住啰唆了一句，"我干事不喜欢半途而废，除非我还没干。"

徐凌挠挠鬓边，那儿真的痒痒。他说："这一说，好像真的有点相关，不过确实是目前太忙。"

"有些事等不得，晚了，就像隔夜的馊饭，饭还在，完全变味了。"

徐凌不禁认真思考楚钰的话。他的意思是不是暗指，时机一过，林薇薇干脆破罐子破摔，再也回不到他的身边了。哎，楚钰怎么这样想呢，这楚钰，总是在贤哲和俗人之间变换着，时而高尚时而低俗，时而聪敏而糊涂。但是，难道自己的愤怒不是也隐藏着这样的臆想吗？大家都这样看了，我也没必要遮掩对她过多的关心吧。究竟这是怎么一回事呢，戏剧史上有过这样的标本吗？徐凌自己也糊涂了。他含混不清地咕噜："不错，我得去干，我得马上去干事。"

起义筹谋会——沈连成这样称呼——开得很有效。考虑到徐凌是个大忙人，没给他分配任何任务，但是缪映不反对徐总在大家辛苦之余偶尔犒劳一次。邱艳提议把朱兴顺拉入阵营，他了解的事情最多，结局对他也有利。谁知沈连成却说道："他呀，正在活动县职高校长，才没兴趣玩这个呢。"

"县职高，又换了？"徐凌问。

"徐总对教育总是三心二意，难怪教育界这么大的事也不知道。"缪映说道。

原来，县职高是国家重点职业高中，两年倒下了两个校长。前任钟校长是冒领学生补助。国家对职高生每年都有经济补助，职高生第一年在校有了档案，但是不少学生读着读着就没读了，当然也不会领补助了，可是补助名单上这些名额并没有消失，签名也有，补助的钱一直一分不少地发了出去，被举报查处后，钟校长等几位迅速归还了全部几十万元冒领款，教育局还没处分呢，钟校长主动辞职了，这事便作罢。继任郭校长是克扣薪水。职高学生第三年都要由学校组织参加工作实践，一般是到一些大型工厂去，工厂会给这些实习生一定薪水，但是没有直接给学生，拨给学校后统一发放。郭校长联合校内几个财经骨干成立了一个劳务公司，学生外联实习一概经过公司进行劳务派遣，财务也经过公司账目，终于有人发现，实习生领到的薪水，只有工厂发给的一半。这事一经曝光，郭校长和几位学校财经骨干就进去了，一时半会还出不来。

"我们只要知道我们校的事就够了。把握不大的事，就不要做了，我们几个还搞不定证据？"徐凌问道。

三个人各有分派，徐凌也没闲下来，驱车去了乡下，问着路，找到了林薇薇外公家里。

林薇薇的外公对徐凌早有耳闻，在杂乱的、脏兮兮的堂屋里接待了贵客。他局促不安，甚至不知道要不要去倒杯茶给客人，但那是凉凉的装在温水瓶里老粗茶泡的茶，像徐凌这样气派的老板都是龙井金骏眉喝惯了的，这些生疏而高贵的茶叶名称是女儿女婿回家，天南地北海聊时他擦耳边风听来的。他坐在板凳上，勾着腰，双手一会儿放这一会儿放那，徐凌坐在椅子上，比他矮了半截，林薇薇的外公更加不自在。

这位干瘦黝黑的老人说，林薇薇父母接到电话就打算回家，后来听说不是被拐卖了，也不着急赶回来了。林薇薇确定是和一个叫杨骏的人走了，听说是姓杨的让她还什么MP4，她还不起，只得跟着走了。两个年轻男子还和林薇薇一起在三岔路口的商店里喝了一顿啤酒才走，赊的账，是他去结的。

"不管你那4什么的值多少钱，给我们说，我们都会想法还的，唉，犯得着书都不读了么。"老人叹着气。

"他母亲确定什么时候回来？"徐凌问，他相信事情不会是还一件东西那么简单，严晓春好像说过林薇薇给她说不想读书了，那是在周末啤酒店赊账之前。

老人解释说，等厂里准了假，她妈妈一定会回一趟家，不过也要坐两天两夜的火车，中途还要转两次车，回一趟家很艰难。徐凌不禁想起十来年前，他到广东去跑业务，长途卧铺在贵州的高山峻岭中颠簸，十多道之字拐后，卧铺车才会从山脚爬到山梁上，然后慢慢下山。深沟里，不时会看见四个轱辘朝天的汽车，翻到深沟里后，连事故车的架子都懒得要了，捞上来卖了还值不上吊车的工钱。正是长途颠簸煎熬和闻够了卧铺车内的臭气后，徐凌宁愿多花钱坐飞机，再也不坐卧铺车了。那时公司刚刚起步，经费非常紧张，为此陈兰没少奚落她，直到陈兰一个表妹从广东打工回家，和表姐说起长途客车的艰难，陈兰才再没说啥了。

想到这，虽然现在交通状况已经大大改善，徐凌还是体谅地说了句："确实，回家一趟很难。"

沉默了一会儿，林薇薇外公想起了什么，进里屋去，出来时拿着一封信。

那是杨骏来的信，昨天刚收到，信中措辞热烈地表达他再也离不开林薇薇了。他让他们放心，他会一辈子对她好。他们现在住在杨骏姑妈家里，姑妈在邻县县城农贸市场开了一家干货批发店。信的末尾留下一个座机电话。

徐凌抖落一地的鸡皮疙瘩，带有责备的语气说："虽没留具体地址，应该不难找，去过电话吗？"

"去过，总是啥话也不说。"

"我给她电话看看。"

徐凌照着座机号码拨了过去，接电话的是一个男人，自称是杨骏姑爷，听说是外公找林薇薇，便说林薇薇正在外边帮着择菜，他马上去叫。林薇薇很快到了。

外公说老师要和她谈话，便把手机递给了徐凌。徐凌听得见林薇薇那边的呼吸声，但是没有说话。

"赶快回来，参加期末考试还来得及。"徐凌说。

长久的沉默。杨骏姑父见状接过了话筒，轻蔑地说："管什么呢。你不就是个老师吗。"

徐凌狠狠捏着手机，几乎听见了手机咔咔作响。林薇薇的外公望着他，一脸的无助。徐凌挂了电话。

"这样电话里说，起不了太大作用。我经常到那个县办事，抽空亲自去接人。"

"那太劳烦老师了。可是我家里丢不开啊。去了接得走接不走也说不定。要不还是等她妈回来再说吧。"

"你不用管，你只需要写一张委托书，说是未成年人的监护人委托我去接人。我通过当地公安局问他们要人。这群杂碎。"

徐凌回去向当地派出所所长、他的合作股东欧达林咨询，欧达林回答说正巧邻县城关派出所所长是他警校高一届的同学，参加缉毒培训时又在一个班。有当地派出所出面，料来对方还不敢太放肆。徐凌当即让他介绍认识，正好两天后他要去重庆办事，回来刚好路过邻县县城。

欧达林亲自陪着徐凌去了。酒桌上，邻县县城派出所所长刘志鹏听完欧达林对徐凌个人介绍和事件的说明，拍着胸脯说没问题，他傍晚时分去把林薇薇带到派出所，徐凌从重庆回来一定看得到人，回来得晚也没关系，多久他都值班等着。他喷着酒气说："老欧，你开了车来，没喝啥酒，回去我就不叫人送你了。你那面包警车也该换换了。土气。"欧达林白了他一眼。

看刘志鹏豪爽，徐凌放得下心，他知道刘所长会尽力去做的，中午这瓶五粮液没有白喝。临近晚饭时分，刘志鹏开上警车，叫了两名警员到农贸市场找到了杨骏姑父家中。林薇薇出去了，刘志鹏所长告诉杨骏姑父，八点钟他来带人走。杨骏姑父偏着头问，要是林薇薇不愿回去咋办，他可做不得别人的主。刘志鹏手指头点着杨骏姑父说："别给我耍花招，走不走监护人说了算，未成年人可以使用强制手段。看不到人，我只问你要。要不要我回去给你发张传票？"

杨骏被移动公司派到乡镇上办业务去了。刘志鹏等人刚离开不久，林薇薇回家了，知道家里来人这个消息的，而且竟然是徐凌亲自开着车来接她。她羞愧难当，手足无措。杨骏家里人轮番问她的想法，她沉默着，最后，实在躲不过去，她才说："我不跟他走。"

杨骏姑父家里人才又欣喜起来，接连给杨骏电话，催他往回赶。天色渐渐暗了，杨骏赶着回来，越来越近，而派出所的人则随时可能出现。林薇薇不敢想象那些学过擒拿的精壮警察拽住她纤细手臂往警车上拉会是怎样一幅情景。那时，她是反抗，还是乖乖地跟着走呢？抵抗有用吗，除了增加更多的羞辱之外。

胡乱对付过晚饭，林薇薇没有往常一样帮着杨骏姑妈收拾餐桌。杨骏姑父和一个客人在屋子外对着黄花菜一边看货交谈着。林薇薇经过他身边时候，他顺便问了一句："你哪儿去啊，杨骏快回来了。"

"哦，我去看他回来没有。"林薇薇神情恍惚，下意识地随口回道。忙着生意的杨骏姑父没去仔细听，嗯了一句又认真去应酬客人了，客人要的货除了黄花菜之外还有腰果等干货，是个重要客人。

林薇薇出了曲折的农贸市场，毫无目的地往前走着。她怕人和她搭讪，询问她，而且一定要她回答。只想躲开喧闹的人流，如果能逃进大山中，坐在潺潺的小溪边，深绿的良姜叶密密地遮掩着土地，也像是把她遮掩起来了。不知走了多久，她来到了江边老公路上。自从新建的长江大桥竣工通车，公路改道，这段老公路算是被废弃了，很少有车辆经过。路边十分陡峭，七八十度的斜坡直插暗流汹涌的水面，平均高度有十米。

暮色苍茫浮动，粉黄的江面凝结成浑然的一体，像一条极为宽阔平坦的通衢，诱惑着人们跳上去自由自在地奔跑。忽然，一道刺眼的亮光刺破昏暗，吓了林薇薇一跳，一辆黑色轿车对面过来了。她不禁心里怦怦地猛跳，徐凌怎么知道她在这里呢？要不要跟他回去，她脑子飞快地思考着这个问题，以致得到的只是一团翻滚着的混沌白气，没有答案，也没有某个清晰的画面。车灯由远光变为近光，车子却没有减速，平稳地从她身边开过了。

她稍稍平定一下，她已经感到自己刚才紧张得喘气了。"林薇薇——"耳鸣似的，她脑腔里回荡着这个声音，她被自己弄怕了，赶紧摇晃起头，她会被这些幻觉逼疯的。

"林薇薇——"声音拖得长长的，她站住仔细听了听，确信不是听错了。很远很远的地方，晃动着一个黑点。难道，杨骏找来了？

那个呼叫的声音没有目的的、搜索似的再次缭绕在昏暗的空中，听距离仿佛比刚才近了。没错，是杨骏，这个可怜巴巴的声音不是在诱惑她拉扯她，而是在逼迫她疯狂地逃亡。她谁也不见，她只想躲起来，一个小时，两个小时，十个小时，然后，她就会有主意了。

林薇薇往路边一看，迅速地奔向灰色的铁护栏。撑住凉凉的栏杆，她翻了出去，蹲下来。栏杆和立柱遮住了她半个身子。这里光秃秃的，十多米开外，栏杆外长着稀疏的灌木。她犹豫着，要不要马上翻进公路，跑到那儿去，然而她无法判定杨骏是不是已经发现了她，要是这一出去，刚好被他看见了呢。

她蜷缩着身体没动。狂放的几乎嘶哑的叫喊中，林薇薇感觉到杨骏越来越近，感觉到杨骏是直接冲她的位置来的。她必须离开目前的位置，到一个更加隐蔽的地方。她心慌意乱，一脚踩空，手一扬，指尖仅仅擦上了铁栏杆，咕噜噜滚了下去，几次尖利的叫声刺破夜空。哗啦啦的滚石碎泥短暂回应着。随着"噗通"一声，江畔回归了平静。

茫茫的江面上，闪烁着夜行船几点灯火。这灯火虽然微弱，无边无际的黑夜怎么也把它吞没不了。徐凌着急地驾着车，几次遏制住了打电话的念头。

雅阁轿车在三岔路口停下了。往前直走，回家，往右一拐，进县城。徐凌忽然像初恋一样紧张，他很想抽一支烟。待了一会儿，他打了刘志鹏所长的电话。

刘志鹏第一句话就说："我正要给你电话呢。事情很糟。林薇薇掉到江里去了。"

震惊之下，徐凌一连声地问："她跳到江里去了？怎么回事？她怎么跳到江里去了？"

"我不知道，是杨骏家里人给我说的，他们亲眼所见。派出所和杨家亲属在江边寻找了一个多小时，没有结果，应该没指望了。真看不明白这人。以后有消息，我会及时通知你。"

徐凌茫然地嗯了一声。刘志鹏立即挂断电话，害怕徐凌继续追问，或者提出过来坐坐的要求。

浴火 · YUHUO

她跳江了，她跳江了，徐凌脑子里一直回旋着这句简单的话。他甚至听出了刘志鹏所长话中隐含的鄙视的意味。悲哀笼罩了徐凌，他想，她跳江了，她用生命单枪匹马抗争了整个成人世界，可笑、威严、自以为是的成人世界，注定不会落得一个好名声。

摸着车窗框，确信自己不是在做梦，徐凌胸口潮涌一般阵痛。恍惚中，徐凌不知身置何处，更不知道该往哪儿开车。他关掉了车灯，右边，灯火团簇、人影幢幢，显示出真实的人间世界；左边，夜色深罩，江水微微的反光透露着一种诡异阴深、神秘莫测。

悲痛中，徐凌把头靠在了方向盘上。

尾　声

徐凌辞职了，这是在陈天南被免职之前。陈天南挽留徐凌，承诺自己甘冒风险，暗里在学校内部给他类似以前那种停薪留职的待遇，那样的话，以后退休时徐凌可以得到远远高于社保养老金的退休工资，他是有办法的。徐凌却说："谢谢你的好意，我怎么会为了我不缺少的，去换你正好缺少的呢。"

徐凌没有罢手。进入假期，沈连成等人更是全力以赴，他常把一句话挂在嘴上"打虎不死后患无穷"。群策群力的实名举报，分头举报，从市里到省里，接连不断的一封封举报邮件，一桩桩无可否认的事实，终于酝酿出一阵惊涛骇浪，将一艘张开七张大帆的快船覆没。暑假里，县纪委对陈天南的调查从学校小金库开始，要求璧江中学首先交出违反财经制度的十多万元资金，纪委予以没收。陈天南哪敢交出来，一旦交出去了，璧江中学恐怕连买粉笔都得赊账，还别说每月巨额的水费电费了，那样的话，教职员工还不把他撕成一块块吃了。

纪委约谈时当场放出话，若不交出违规资金，纪委会将全部材料移交司法部门正式立案。领队的胡主任叫陈天南为小陈，陈天南知道还有戏可唱。双规后的那段日子，陈天南靠着一部又一部美剧卸除彻夜难眠的恐惧不安。莫局长和他隐秘通了一次话，劝他以大局为重，舍弃学校小利。陈天南咬着牙让出纳划拨了璧江中学仅剩的、不在账户上的十几万元违规资金。

县纪委没收违规资金入库后，又向政府建议，由教育局免去了陈天南校长职务。其他举报情节因无确凿证据，到此只得作罢，至于作风之类的谣传小事，也不再追究了。陈天南新学期调到县中任职去了。

说起陈天南的新任职务，颇有话题。为更好地留住本县优生就读本县高中，县中开设了初中部，在全县乃至全市范围内招新生入学，毕业生将有降分录取在本校的待遇。县中这些年上升势头很强，高考成绩年年递升，大有直追市里国重之势，而创建国重已经提上了县长工作会议，作过一两次讨论，借助这个势头，初中招生比较顺利。新设初中部以民办公助的形式成立，私募入股，根据章程，教育局长莫文刚必须成为股东之一。莫文刚把陈天南调去负责新生招生和管理。初中部按照私立中学标准收费，经物价局核定，按照国家相关规定收取费用。

副校长朱兴顺竞争职高校长，没有成功，眼看年龄已高扶正无望，调到县城中学做普通教师去了。后来听到陈天南出事的消息，痛失良机，大哭一场作罢。

徐凌全身心投入了大丰公司的管理和发展策划中，与立志于教育来改良国民性的理想渐行渐远。中秋前的一个中午，徐凌接到了刘志鹏所长打来的电话，他们聊了几句欧达林所长调到县里缉毒大队的事，然后刘志鹏切入了主题。他告诉徐凌，杨骏挨黑打了，几个壮汉趁夜黑用蛇皮口袋把杨骏套住了头，一顿拳打脚踢。杨骏受伤不轻，三天了还在医院观察，据医生说脑震荡后遗症是可能有的。亲属报了案，案件也转到刑警大队立案侦查了。

"哦，谢谢你告诉我。他这是咎由自取。"徐凌平静地说。刘志鹏有些失望，从电话中徐凌的语气里，他听不出任何征兆，好像这事与徐凌毫不相干，也漠不关心。他们又客气地寒暄了几句，之后，两人再也没有联系过。

后　记

三年的光阴，忙碌的人觉得短暂，无聊的人觉得漫长。竹签厂继续扩大，超越了年产1200吨竹签的规模后，大丰竹木有限责任公司独资在邻县又建了一个厂子，并发展了一万亩的用林基地。有人说就连如来佛和张天师每年都要邀请徐凌吃团年饭，怕他停了产，寺庙道观一时会缺少香烛。经过详细地考察，他又认为家具销售将在今后还有十年旺盛期，他计划投建一个家具厂，总投资六百万元，合伙股东已有两个，正寻找基地。徐凌在县城某个小区购置的九套住房，价位三年内翻了一倍，恰好因为中石油天然气管道暂未搬迁，所购房竟然还未动工，平场都要年末去了，因为这原因，连买主资料都还未在房管所备案，出售这些期房只需要变换一个登记名字，所有的契税都不必缴。惊喜之余，徐凌承认自己僵硬地套用数学和金融知识，错误估计了畸形的现实，现在是亡羊补牢未为晚。

徐凌认定房价已经到了拐点，毅然将两个小区全部13套住房清盘，只留下那栋跃层式别墅。这次陈兰没有半点阻挠。看着这赚到手的200多万元，徐凌火烧火燎得心里也在流着汗，其中有部分就是从前的教师同事们省吃俭用积攒下来贡献给他的，他这个可恶的资本家，投机者。他思忖着怎么回馈社会。

在市里遇见了读艺体本科的张思琴，她不再躲避徐凌了。她有了男友，是和她父亲一起在江苏昆山做工程承包的，大张思琴五岁，手里颇有些积蓄。谈起未来的工作去向，徐凌感叹艺体本科生已经供大于求。张思琴却说她不想去考公务员或者教师、事业单位吃财政饭，她和几个同学谋划一起开办幼儿园，父亲和男友都支持她。这个念头和徐凌不谋而合。徐凌和她们一家子两方谈妥了以七三比例合股投资学前教育，今年首期150万元筹建璧江镇私立幼儿园，规划远景是组建学前教育集团公司，在本省多个县筹建标准化私立幼儿园。徐凌再次邀请楚钰做总策划，这次楚钰爽快地答应了，这三年内他下了不少功夫，对幼儿教育基本上了然于胸了，确立了一整套系统的行动方案。徐凌聘请楚钰的公司职务是兼职行政总监，除开唯独不管财务以外连将来的总经理都管。

楚钰辅导过的廖洪涛高考优秀，竟然被四川大学录取了。廖复生乐得合不拢嘴，逢人便笑，大造声势，为儿子筹办状元酒。

酒宴办在怡园。隧道式大门通道进去后一个大院子，后面是两层楼的宴会厅。还未开席，熙熙攘攘的客人早已在院子和厅堂四处来往穿梭，寻找着聊天的对象，走廊和过道坐满了人。徐凌和楚钰站在一株棕榈树旁，身边还有几位熟识的教师。

几位老师不断和徐凌谈话，徐凌筹建璧江镇私立幼儿园并最终将成立全县幼教联合体的消息早已传开，地基已动工，计划元旦后开园。他们询问徐凌既然已经辞职几年了，为什么又回来赶教育这趟浑水。待在教育界尤其是初中教育，他们一直以来都有浴火的感觉，只是被捆仙绳绑着，没有徐凌那么大的能量脱身。

"别说初中义务教育像浴火，幼教同样难做。花了一年半盖了139个章，才办下来幼儿园证，腿都跑断半根。其实那些不办证的野班照样开得好好的。"徐凌现在看见自己移动手机号码139都有不愉快的感觉了，他叹了一口气。替他跑腿的是一个三十出头的勤快踏实女人，小学代课五年下岗后自办幼儿园三年，徐凌心目中的第一届准园长。而通关细节，却有赖于一个人。

徐凌是让公司挂职的姚会计，从前的璧江小学校长，目前还是小学教师，起草建园申请报告的。姚会计草稿完成后，让徐凌过目确认。徐凌读完报告，感觉写得文采飞扬，有理有据，简直有高屋建瓴的感觉。他询问姚会计，姚会计不好隐瞒，只好说了实话。原来，前任县委书记秘书葛云龙是姚会计中学同学。前任书记卸任后到市里任政协副主席，据传是受到开发区征地事件的牵连影响，明升暗降赋闲去了。葛云龙没处着落，到县宣传部临时挤了一个副部长的名额。宣传部原来就有两个副部长，新来的没啥事干，部长也偏不给他安排什么重要的事。按姚会计的话说，这习惯了创造数据和文字的脑子，一旦闲下来还真是闷得慌。家里人怕葛云龙部长闷出病来，劝他反正没事，多出去走走，拜望下老同学。葛云龙就到乡镇上姚会计这里喝酒来了。姚会计正忙呢，不方便应酬接待，葛云龙也看出来了，便追问他何事撤不下。姚会计当然直说。葛云龙听完，一拍大腿，说那正好是他的家常便饭，张口就来的。姚会计一寻思，可不是这样的吗，于是拜托葛部长起稿。徐凌知道内情后，灵机一动，专程设宴请葛云龙，委托他轻车熟路在县里打点关系。葛云龙也爽快接受了，要不然还没有那么顺利批下来。

考察时，徐凌有个和政府合办县城幼儿园的机会，市招商引资局的官员和他磋商过几次，几近成功。长江上游一个县城因水电大坝建设整体搬迁，县政府规划引资办学，新建幼儿园占地面积5000多平方米，建筑面积近4000平方米，规划设计标准班级9个，标准学生学位270个，投资约700万元，工程已经全部竣工，只等投资方进入。投资模式为民办公助、租赁办学等各种模式，由投资方提供具体可行性报告，县政府择优选择。办园模式实行一园两制（普惠班、高端班）模式。招生方式为普惠班面向户籍在新市分流区的幼儿招生，高端班由学校实行自主招生。管理模式由投资方全权负责管理，县教育局负责业务指导与过程监管。最终因为另一个股东不赞同普惠班和高端班的名额比例，徐凌也觉得婆婆多了牵扯多，左约束右限制的，不乐意，这一事搁浅了。

"既然这么难，还上项目？依我看，投资这样大，又在乡镇上，收费不高，赚钱很难。"

"你们不是徐凌，徐凌不是你们。用陈胜的话说，'燕雀安知鸿鹄之志哉'。"楚钰打断了他们的提问。

"楚秋云回家了吧，怎么没看见她。马上大四了，准备考研吗？"徐凌

浴火 · YUHUO

借机换了话题。

"不用考了。秋云大三时获得国家奖学金，同时获得保外资格，暑假里参加了浙大的夏令营，成为浙大免试直博生了。已经收到了拟录取函，剩下的只是例行手续、等待时间，下期要到浙大生命科学研究院做实验，本科论文的实验都将在浙大完成。"

"恭喜恭喜。这大事啊。"

"在秋云保研这段时日，我收集调查了一些数据，国内名牌大学里的学生都非常勤奋，而位列前茅的优秀学生，几乎百分之百想出国留学，还希望获得外国国籍。这些可爱的莘莘学子，将来都是中国的顶梁柱啊。党报上报道，新世纪以来中国有近千万移民，移民的基本上是国内四有之人，即有权有钱有才有名，他们是两种财富的集中者，移民首选地是加拿大和美国。"

"为人作嫁，几时休。为什么会这样呢？"徐凌问。

"听说你和秋云都办好了护照。你会移民吗？"

楚钰没有立即回答徐凌，看着别处。徐凌说："一个强盛千年的民族，不会沉沦，必将再次强盛。"

"哪里有自由，哪里就是我的祖国。"楚钰说，突然又停下了，徐凌忧心忡忡地看着他，他忽然粲然一笑，"但是，作为你的盟友，我不会逃跑，为什么要逃呢？为什么要坐享其成，逃避风险，而不成为勇敢的创造者和建设者呢，哪怕是孤独的，饱受讥讽，尝尽挫折。只有在这块土地上，才能实现个人最大的价值，因为我们有了土地的基因，天生的水土适应。中国的菜式和口味，是世界上最丰富的，鲁、川、粤、闽、苏、浙、湘、徽八大菜系还加上京菜鄂菜，不仅在国内各地饭馆里能吃到各式各样的美味，即使在家里，自己稍加改动，又会创造出新的菜式，简直太享受了。出国，离开了这里，我去哪里享受这多么美味啊。哈哈哈哈哈。"

院外不断涌进宾客，不少人陆续入座。一辆白色 BMW 在大门外停下了。车里先出来一个打扮入时的女人，她绕过轿车打开了右边的门，一个两三岁的小女孩迫不及待地扑了出来。陈兰放开小女孩，往院内指了指。小女孩撒开小腿往院子里一蹦一跳跑进去，她脑后那两束小散发晃荡着像蓬开了的蒲公英。多支眼光注视着跌跌撞撞的小女孩。徐凌没有挪动脚步，他张开双臂，微笑着，关注、鼓励、希望，目视着小女孩跑过来。终于，小女孩扑进了徐凌的怀里，把小脸贴在他脸颊上，双手紧紧箍着他的脖子。

"徐薇，让伯伯亲亲。"楚钰拍着手叫道。

小女孩转过头，睁着圆溜溜的大眼睛看着楚钰，又嘟着嘴摇头："不，爸爸亲。"

爱给别人难堪的人，自己也常领受同样待遇。四周的人们哄然笑起来，

浴火·YUHUO

打趣着楚钰。楚钰摸着下巴，巧妙地自我解嘲，让笑声更浓了。喧闹声中，知客官在音箱里大声喊着，说着一长串客气的套话，请来宾入座。盛宴开始了。